Robert Muchamore · Top Secret – Die neue Generation
Die Rivalen

Robert Muchamore

Top Secret – Die neue Generation

Die Rivalen

Aus dem Englischen
von Tanja Ohlsen

cbt

Bei diesem Buch wurden die durch das verwendete Material und die Produktion entstandenen CO_2-Emissionen ausgeglichen, indem der cbj-Verlag ein Projekt zur Aufforstung in Brasilien unterstützt. Weitere Informationen zu dem Projekt unter:
www.ClimatePartner.com/14044-1912-1001

FSC
www.fsc.org
MIX
Papier aus verantwortungsvollen Quellen
FSC® C014496

Wir produzieren
Klimaneutral
ClimatePartner.com/14044-1912-1001
Druckprodukt

Penguin Random House
Verlagsgruppe FSC® N001967

1. Auflage 2021
Erstmals als cbt Taschenbuch Juli 2021

Die englische Originalausgabe erschien unter dem Titel »CHERUB: Black Friday« bei Hodder Children's Books, London.
Aus dem Englischen von Tanja Ohlsen
Lektorat: Ulrike Hauswaldt
Umschlaggestaltung: Karsten Molesch, Liebenburg
kk · Herstellung: LW
Satz: Uhl + Massopust, Aalen
Druck: GGP Media GmbH, Pößneck
ISBN: 978-3-570-31417-3
Printed in Germany

www.cbj-verlag.de
Dieses Buch ist auch als E-Book erhältlich

Was ist CHERUB?

CHERUB ist Teil des britischen Geheimdienstes. Die Agenten sind zwischen zehn und siebzehn Jahre alt. Meist handelt es sich bei den CHERUB-Agenten um Waisen aus Kinderheimen, die für die Undercover-Arbeit ausgebildet wurden. Sie leben auf dem Campus von CHERUB, einer geheimen Einrichtung irgendwo auf dem Land in England.

Warum Kinder?

Kinder können sehr hilfreich sein. Niemand rechnet damit, dass Kinder Undercover-Aktionen durchführen, daher kommen sie mit vielem durch, was Erwachsenen nicht gelingt.

Die wichtigsten Eigenschaften eines CHERUB-Agenten sind überdurchschnittliche Intelligenz und physische Belastbarkeit sowie die Fähigkeit, unter Stress zu arbeiten und selbstständig zu denken.

Die 300 Kinder, die auf dem CHERUB-Campus wohnen, werden im Alter von sechs bis zwölf Jahren rekrutiert. Ab zehn Jahren können sie undercover arbeiten, vorausgesetzt, sie überstehen die hunderttägige Grundausbildung.

Die CHERUB-T-Shirts

Den Rang eines CHERUB-Agenten erkennt man an der Farbe des T-Shirts, das er oder sie auf dem Campus trägt. ORANGE tragen Besucher. ROT tragen Kinder, die auf dem Campus leben, aber zu jung sind, um schon als Agenten zu arbeiten. BLAU ist die Farbe während ihrer hunderttägigen Grundausbildung. Ein GRAUES T-Shirt heißt, dass man auf Missionen geschickt werden darf. DUNKELBLAU tragen diejenigen, die sich bei einem Einsatz besonders hervorgetan haben. Ein SCHWARZES T-Shirt ist die höchste Anerkennung für hervorragende Leistungen bei vielen Einsätzen. Wenn man CHERUB verlässt, bekommt man ein WEISSES T-Shirt, wie es auch das Personal trägt.

Der Aramov-Clan

Im April 2012 erhielt der CHERUB-Agent RYAN SHARMA nach einer erfolgreichen, von den Amerikanern geleiteten Operation zur Infiltration einer internationalen Schmugglerorganisation, des Aramov-Clans, das dunkelblaue T-Shirt.

Anstatt das Netzwerk der Aramovs direkt zu zerschlagen, entschied sich der amerikanische Geheimdienst, den Clan zu übernehmen. Ziel war es, die Geschäfte der Organisation langsam abzuwickeln, wobei man wertvolle Informationen über etliche weitere Gruppen erhielt, die mit dem Clan in Verbindung standen. Diese heimliche Übernahme erfolgte durch die Einheit TFU unter dem Befehl von DR. DENISE HUGGAN.

Kurz nach seiner Beförderung kehrte Ryan Sharma ins Hauptquartier der Aramovs in Kirgistan zurück, wo er sich als Sohn des CHERUB-Trainers YOSYP KAZAKOV ausgab. Während die TFU-Agenten den Aramov-Clan von der Spitze aus heimlich kontrollierten, operierten Ryan und Kazakov auf den unteren Levels und beschafften Informationen, die die höheren Ränge sonst nie erlangt hätten.

1

22. November 2012, Manta, Ecuador

Das einzige Terminal am Flughafen Manta machte den Eindruck, als hätte es seine besten Tage hinter sich. Es war für eine amerikanische Air-Force-Einheit gebaut worden, die Maßnahmen zur Drogenbekämpfung durchführte, und da es den Yankees nicht gefallen hatte, dass die ecuadorianische Regierung sie hinauswarf, hatten sie vor ihrem Auszug alles demontiert – von der Radaranlage im Control-Tower bis zu den Sitzbänken an den Abfluggates.

Der vierzehnjährige CHERUB-Agent Ryan Sharma saß in der halb leeren Abflughalle auf seinem Leinenrucksack und lauschte der schmalzigen Flötenmusik, die den aufs Dach trommelnden Regen zu übertönen versuchte.

Während der zwanzigstündigen Reise von Kirgistan hatte Ryan kaum geschlafen. Nach dem langen Flug war er heiser und seine Augen waren blutunterlaufen. Er sehnte sich nach einer heißen Dusche und einem weichen Bett, doch es würde noch lange dauern, bis es so weit war.

Die letzten sieben Monate hatte Ryan im Hauptquartier des Aramov-Clans in Kirgistan verbracht – auch Kreml genannt. Ryans Aufgabe war es gewesen, den Angestellten des Schmugglerunternehmens und ihren Familienmitgliedern Informationen zu entlocken.

Der Kreml bot nicht viele Unterhaltungsmöglichkeiten und so hielten sich die Jugendlichen hauptsächlich auf einem Hinterhof voller Hanteln und Gewichte auf. Ryan hatte genügend Metall gestemmt, um seine Brustmuskeln um zehn Zentimeter anschwellen zu lassen. Es gefiel ihm, wie er ohne Hemd aussah, und dem Mädchen, in das er sich verliebt hatte, ebenfalls.

Durch die Fenster der schäbigen Abflughalle konnte man drei Flugzeuge sehen. Es war früh am Morgen, doch wegen der dichten Bewölkung kam die Sonne nicht durch, sodass man eher das Gefühl hatte, es dämmerte. Das kleinste Flugzeug, eine Turboprop-Maschine, gehörte der ecuadorianischen Post; daneben stand eine Boeing 737 Frachtmaschine mit vanillegelbem Rumpf und dem Logo von Globespan Delivery mit dem Motto der Firma darunter: Anywhere, Anytime, On Time.

Dahinter stand das dritte, wesentlich größere Flugzeug auf achtzehn abgenutzten Reifen. Die Farbe war abgeblättert und an einigen Stellen waren Einschusslöcher notdürftig geflickt worden. Es sah so grimmig aus, als wolle es die beiden kleineren Maschinen überrollen und ihnen ihr Taschengeld abknöpfen.

Es war eine Ilyushin 76. Die viermotorige Frachtmaschine, die 1975 in Usbekistan gebaut worden war, konnte durch die weit geöffnete hintere Frachttür einen ganzen LKW verschlucken. Der alte Vogel hatte seinen Dienst angetreten, als die Sowjets in Afghanistan einmarschiert waren. Offiziellen Aufzeichnungen zufolge hatte die russische Luftwaffe sie 1992 verschrottet, doch in Wahrheit war der alte Frachter weitere zwanzig Jahre in der Welt herumgeflogen und hatte von gestohlenen Mercedes-Coupés bis zu erstklassigen Drogen so ziemlich alles transportiert.

Wenn das Geld stimmte, konnte sie jeder mieten, und neben den illegalen Aktionen hatte die Ilyushin auch

Lebensmittelrationen in Erdbebengebieten abgeworfen und das US-Militär im Irak beliefert. Im Laufe der Jahre hatte das Flugzeug die Schriftzüge von zwanzig verschiedenen Fluglinien, zwei Regierungen und der UN getragen, doch jeder, der clever genug war, um eine Dokumentationsspur aus gefälschten Wartungseinträgen und zwielichtigen Holdinggesellschaften zurückzuverfolgen, hätte schnell herausgefunden, dass die eigentlichen Eigentümer im Aramov-Clan saßen.

Ryan musste die säuselnde Flughafenmusik ausblenden, als er über das unsichtbare Kommunikationsgerät in seinem linken Ohr eine leise Stimme vernahm.

»Hat sie sich schon bewegt?«

Die Stimme gehörte dem CHERUB-Trainer Yosyp Kazakov, der im Moment die Rolle von Ryans Vater spielte.

Ryan sah kaum merklich auf und erblickte aus den Augenwinkeln eine Frau Anfang dreißig. Sie saß in einem zerschlissenen Lehnsessel und trug eine Pilotenuniform. Auf dem Sitz neben ihr lag eine Mütze mit einem gelben Band, das den Schriftzug *Globespan Delivery* trug.

»Noch nicht«, erwiderte Ryan und legte die Hand vor den Mund, damit es nicht so aussah, als spräche er mit sich selbst. »Der Größe ihres Latte nach zu urteilen, muss sie bald aufs Klo.«

»Was macht sie denn?«, erkundigte sich Kazakov.

Die Pilotin las eine Ausgabe von *USA Today*. Die Zeitung selbst hatte sie durch und betrachtete nun einen Stapel Werbebeilagen. Home Depot, Walmart, Target, Staples. *Black Friday Sonderangebot: 40-Zoll Sony: $ 399,00, zweiteilige Klimaanlage: $ 800,00, komplette Harry-Potter-Blu-Ray: $ 29,99.*

»Sie wirkt deprimiert«, berichtete Ryan.

Kazakov schnaubte verächtlich. »Kein Wunder. Es ist Thanksgiving. Sie wäre lieber in Atlanta bei ihrem Alten und den Zwergen.«

Ryan verspürte einen Anflug von Schuldgefühlen. Hoffentlich diente das, was er vorhatte, einem höheren Zweck. Möglicherweise rettete es Tausende von Leben, aber diese Pilotin würde die schrecklichste Erfahrung ihres Lebens machen.

»Du magst die Amis wirklich nicht, oder?«, bemerkte Ryan.

In Ryans Ohr erklang Kazakovs knurrige Stimme: »Du hast doch drei Brüder, Ryan. Wie fändest du es denn, wenn die Amerikaner einem Haufen Terroristen eine Rakete verkauft hätten, mit der sie einen von ihnen umgebracht hätten?«

Bevor Ryan noch etwas sagen konnte, sah er, wie die Pilotin die zerknitterte Zeitung zusammenfaltete und unter ihren Sitz schob. Dann stand sie auf, klemmte sich die Mütze unter die Achsel und griff nach der Aktentasche zwischen ihren Beinen.

»Showtime«, murmelte Ryan.

Er wartete, bis die Frau ein paar Schritte gemacht hatte, bevor er selbst aufstand. Als er sich den Rucksack über die Schulter warf, bemerkte er, dass sie sich beeilte. Entweder kam sie irgendwo zu spät hin, oder sie hatte es eilig, zur Toilette zu kommen.

»Mist«, stieß Ryan hervor, denn es war wesentlich schwieriger, jemanden zu verfolgen, der es eilig hatte.

»Probleme?«, erkundigte sich Kazakov.

»Nichts, mit dem ich nicht fertigwerde«, entgegnete Ryan leise, während er versuchte, möglichst unauffällig zu der Frau aufzuholen.

»Versuch, sie auf dem Gang abzufangen«, riet ihm Kazakov.

»Weiß ich«, flüsterte Ryan gereizt. »Ich kann nicht denken, wenn du mir ins Ohr plapperst.«

Der nächste Passagierflug in Manta würde zwar erst in sechs Stunden abgefertigt werden, doch immerhin hatten noch ein Zeitungsstand und ein Café offen, und es trieben sich noch ein paar andere Leute in der Halle herum. Da die Möglichkeit bestand, dass die Pilotin durchdrehte, handelte Ryan erst, als sie einen einsamen Gang betrat und an einer sprechenden Waage vorbei die Damentoilette betrat.

»Entschuldigung«, sagte Ryan laut.

Die Pilotin glaubte, er meine jemand anderes, bis er seine Ansprache wiederholte und ihr von hinten auf den Blazer tippte. Überrascht und ein wenig gereizt drehte sie sich um.

»Kann ich dir helfen, Kleiner?«, fragte sie von oben herab.

»Sie müssen mir gut zuhören«, erklärte Ryan so gleichmütig wie möglich und zog ein Smartphone mit einem großen Display hervor. »Ich muss Ihnen etwas zeigen.«

Die Frau hob beide Hände und trat einen Schritt zurück. Wegen seiner dunklen Hautfarbe konnte man Ryan durchaus für einen Einheimischen halten.

»Kein Geld«, erklärte sie eisig und fuhr sich mit dem Finger über die Kehle. »Es ist schon schlimm genug, dass ihr Kids auf den Straßen bettelt. Verschwinde, bevor ich den Sicherheitsdienst rufe.«

Ryan schaltete das Telefon ein und hielt ihr das Display hin.

»Bleiben Sie ruhig und geben Sie keinen Laut von sich«, befahl er.

Die Pilotin ließ die Mütze fallen, als sie das Bild auf dem Display sah. Es war ihr eigenes Wohnzimmer. Vor dem Sofa kniete ihr Mann, nur in Pyjamahosen. Hinter ihm stand ein Mann mit einer Kapuze über dem Kopf und hielt ihm ein Messer an die Kehle. Zu seiner Linken standen zwei kleine Jungen, die wohl gerade hatten ins Bett gehen wollen. Sie wirkten ängstlich, und der ältere hatte nasse Schlafanzugbeine, weil er sich in die Hose gemacht hatte.

»Was soll das?«, fragte die Pilotin bebend. »Soll das ein Scherz sein?«

Ryan bemühte sich, ruhig zu klingen, obwohl er sich schrecklich fühlte.

»Tracy, Sie müssen leise sein. Sie müssen mir gut zuhören und tun, was ich Ihnen sage. Wenn Sie genau tun, was ich sage, werden Ihr Mann und Ihre Kinder unversehrt wieder freigelassen werden.«

Die Pilotin heftete zitternd den Blick auf das Bild.

»Was willst du?«

»Seien Sie leise«, verlangte Ryan. »Holen Sie tief Luft und kommen Sie mit mir.«

Er steckte das Telefon weg, ging langsam los und führte Tracy zurück zur Abfertigungshalle.

»Sie sehen die große Ilyushin da draußen auf dem Asphalt«, sagte Ryan. »Mit der sind meine Leute und ich gekommen. Aber jetzt brauchen wir ein Flugzeug, das die Genehmigung hat, Fracht in die USA zu bringen.«

»Was für eine Art von Fracht?«, wollte Tracy wissen.

Ryan ignorierte die Frage. »Hinter der Bühne dieses Flughafens arbeiten unsere Freunde. Sie beladen gerade Ihre 737 mit unserer Fracht. Sie sollen in vier Stunden nach Atlanta fliegen. Sie werden auch planmäßig starten, aber sobald Sie amerikanischen Luftraum erreicht haben, werden Sie einen Notruf absetzen und auf einem kleinen Flugplatz mitten in Alabama landen. Bis die Behörden mitbekommen, was passiert ist, werden wir die Fracht ausgeladen haben und verschwunden sein. Danach werden Sie und Ihre Familie unversehrt freigelassen.«

»Ich will mit meinem Mann sprechen«, verlangte Tracy.

»Sie können alles Mögliche wollen, aber kriegen werden Sie nichts.«

»Woher soll ich wissen, dass das Foto nicht mit Photoshop bearbeitet wurde?«

Ryan hasste, was er tat, aber er brachte ein gemeines Lächeln zustande. »Möchten Sie, dass Ihr kleiner Christian einen Daumen verliert?«

»Du bist doch selbst noch ein Kind«, stieß Tracy hervor und rieb sich die feuchten Augen. »Für wen arbeitest du?«

»Sie nennen sich das Islamische Ministerium für Gerechtigkeit«, erklärte Ryan. »Aber ich arbeite nicht für sie. Mein Dad und ich tun das nur des Geldes wegen.«

2

Für Ende November war das englische Wetter eigentlich nicht mal so schlecht. Wenn der Wind wehte, war es ein wenig kalt, aber der Himmel war klar. Die vier CHERUB-Agenten trugen ihre Combathosen und Trainingsstiefel, aber da außerhalb des Campus nichts mit dem CHERUB-Logo getragen werden durfte, hatten sie schlichte T-Shirts und Kapuzensweatshirts an.

»Wo zum Teufel sind die nur?«, fragte Leon Sharma, der auf der sechsten Stufe einer verrotteten hölzernen Tribüne auf einem flachen Brett lag.

Ryans elfjähriger Bruder Leon war der jüngste des Quartetts. Doch auch die anderen drei hatten eine Beziehung zu Ryan: Alfie DuBoisson war einer seiner besten Kumpel, Fu Ning war eine gute Freundin, und Grace Vulliamy war einmal seine Freundin gewesen. Vielleicht war sie es auch noch, das kam darauf an, wen man fragte.

»Warum haben sie uns denn so früh aufstehen lassen?«, maulte Leon und warf einen Blick auf die Uhr auf seinem iPhone. »Ich hasse es, zu warten.«

»Ist besser als Unterricht«, meinte Alfie und warf Leon ein Stück Schotter auf den Bauch, das harmlos davon abprallte.

»Ich habe mir den Ort hier mal auf Wikipedia angesehen«, verkündete Ning, was jedoch niemanden zu interessieren schien.

Ning war vor drei Tagen dreizehn geworden. Jetzt saß das breitschultrige Mädchen auf dem oberen Teil der Tribüne, von wo aus sie einen guten Blick über eine lange Asphaltstrecke, verblichene Werbeplakate von Dunlop und Martini sowie das Stahlgerüst einer wesentlich größeren Tribüne hatte, das durch einen Brand völlig verbogen war.

»Ich komme nicht mal auf Facebook«, beschwerte sich Leon und starrte sein altes Blackberry finster an. »Vielleicht haben sie uns vergessen. Hier ist nicht mal ein Telefonsignal zu kriegen.«

»Hör auf zu meckern«, verlangte der kräftig gebaute Alfie mit seinem starken französischen Akzent und neigte sich über Leon. »Du gehst mir auf die Nerven.«

»Ich habe etwas über diesen Ort gelesen«, wiederholte Ning. »Auf Wikipedia steht, dass es hier seit 1957 keine professionellen Rennen mehr gegeben hat. Damals ist ein Bentley über die Seitenbegrenzungen gegangen und in Brand geraten, wodurch sieben Zuschauer ums Leben kamen.«

Aber Grace hörte nicht zu und Leon machte Alfies Nähe nervös.

»Was starrst du mich so an?«, fragte er.

Statt einer Antwort machte Alfie die Hand auf und schnippte Leon eine kleine Spinne auf die Brust. Leon schoss von dem Brett hoch, wedelte mit den Armen und begann zu kreischen.

»Du Idiot!«, schrie er und schlug nach imaginären Spinnen, während er über die Holzbänke in Richtung Rennstrecke kletterte. »Wo ist sie? Nimm sie von mir runter!«

Grace konnte nicht widerstehen und behauptete: »Ich glaube, sie ist in deinen Haaren.«

»Oh Mann!«, rief Leon und fuhr sich hektisch mit den Händen durch die Haare. Dann zog er den Reißverschluss seines Kapuzenshirts auf und griff unter das T-Shirt.

»Ist sie weg?«, wollte er wissen. »Lacht nicht, das ist kein bisschen lustig.«

»Ich finde es *ziemlich* lustig, Leon«, grinste Grace breit.

Alfie bog sich vor Lachen. »Ryan hat mir gesagt, dass du Angst vor Spinnen hast, aber so ein Theater habe ich nicht erwartet.«

»Ich kann nichts dafür!«, fuhr ihn Leon an.

Endlich hatte er sich davon überzeugt, dass er die Spinne abgeschüttelt hatte, und stapfte wütend die Tribüne hinauf zu Alfie. »Was hab ich dir denn getan?«, brüllte er ihn an. »Ich hau dir in die Fresse!«

Doch da standen die körperlichen Gegebenheiten schlecht für ihn, denn er war nur ein durchschnittlich großer Elfjähriger, während Alfie dreizehn war und sich im Rugbyspiel gegen Jungen behaupten konnte, die mehrere Jahre älter waren als er selbst.

»Ach, auf einmal bist du wohl nicht mehr so mutig«, spottete Alfie und schlug sich mit der Faust in die Hand.

»Das bringt doch nichts!«, warnte Ning beunruhigt. »Lasst den Quatsch, sonst passiert noch etwas!«

Aber Leon war zwar nicht so dumm, jemanden zu schlagen, der ihn glatt niedermachen konnte, doch er wollte seine Rache, und Alfies Rucksack lag zwei Meter weiter auf einer Bank.

»Ha!«, schrie er, schnappte nach dem Riemen und begann zu rennen.

»Gib das lieber wieder her!«, brüllte Alfie.

Er konnte zwar recht schnell geradeaus rennen, aber er war eher der Typ Dampfwalze als ein Balletttänzer, während Leon leichtfüßig über die Holzbänke zum oberen Ende der Tribüne sprang.

»Wollen wir doch mal sehen, wie dir das gefällt!«, rief

Leon und warf Alfies Rucksack über die Rückwand der Tribüne in die verwilderten Büsche.

Alfie kam bis auf ein paar Bänke an Leon heran, rutschte dann jedoch aus und schlug sich das Knie an.

»Ich bring dich um!«, tobte er und rieb sich die Kniescheibe. »Hol das wieder!«

Doch Leon lief über die Tribüne davon, an deren Ende er sich zu Alfie umdrehte und ihm wiederholt mit beiden Händen den Stinkefinger zeigte.

Alfie erkannte, dass er wenig Chancen hatte, Leon zu schnappen, und entschloss sich, ihn stattdessen lieber aus der Deckung zu locken.

»Na gut!«, rief er und ging zu dem Platz zurück, wo Leon gelegen hatte. »Du hast meinen Rucksack weggeworfen. Dann sehen wir mal, wie dir das hier gefällt!«

Als Alfie sein Ziel erreichte, hob er den Stiefel Größe 42 und trat auf den Puma-Rucksack. Es hörte sich an, als zerbräche ein Lineal, und es erklang das Ploppen einer Joghurtpackung. Dann nahm Alfie Anlauf und kickte den Rucksack hoch in die Luft und auf die Rennstrecke.

»Bist du jetzt zufrieden?«, schrie er, verstand allerdings nicht, warum Leon immer noch grinste.

»Mein Rucksack ist da oben«, erklärte er.

Bei diesen Worten fiel Ning ein, dass sie ihren eigenen Rucksack unten hatte liegen lassen. Und der, den sie eben durch die Luft hatte fliegen sehen, sah ihm verdammt ähnlich …

»Alfie!«, schrie sie und stand auf.

Es gab nur wenige Mädchen oder auch erwachsene Frauen, die Alfie Angst einjagen konnten, doch Ning war eine frühere chinesische Boxmeisterin, und wenn sie jemanden schlug, dann merkte der es auch.

»Ich dachte, das wäre der von Leon«, versuchte sich Alfie mit erhobenen Händen zu verteidigen, als Ning auf ihn zustürmte. »Er hat mich reingelegt!«

»Du hast angefangen, mit der Spinne«, erinnerte ihn Ning, nahm ihren Rucksack und zog den Reißverschluss auf. »Ich habe euch gesagt, ihr sollt das lassen.«

Wütend betrachtete sie ihre mit Joghurt verschmierten Arbeitsbücher und den Taschenrechner in ihrem Rucksack. Dann wandte sie sich an Leon.

»Hör auf zu grinsen und geh Alfies Rucksack aus den Büschen holen«, verlangte sie und stieß ihre eigene Tasche Alfie vor die Brust. »Und ich weiß zwar nicht, wie du das sauber bekommen willst, aber ich rate dir, dich anzustrengen, sonst kaufst du mir einen neuen.«

Ihr stahlharter Blick machte ihm klar, dass sie es ernst meinte, daher kramte Alfie in seinen Taschen nach einem Taschentuch, während Leon hinter die Tribüne ging, um nach Alfies Rucksack zu suchen. Doch noch bevor sie Erfolg damit hatten, wurden sie vom Geräusch von Autos auf der Rennstrecke abgelenkt.

»Na endlich!«, sagte Leon.

Grace stand jetzt am höchsten auf der Tribüne und konnte über die Baumwipfel hinweg zwei VW Golf in der Ferne erkennen, einen silbernen und einen blauen, die dicht beieinander auf der Rennstrecke fuhren. Mit quietschenden Reifen nahmen sie eine Kurve. Die Motorengeräusche wurden lauter.

Bei der Einfahrt in die Zielkurve vor der Tribüne schwenkte das Heck des silbernen Wagens aus, und der Blaue musste ein waghalsiges Manöver fahren, als er haarscharf an ihm vorbei auf die Gerade schoss.

Vor der Tribüne, auf der die Kinder standen, trat der Mann im blauen Auto auf die Bremse und ließ das Fahrzeug in einer Kurve herumschleudern, wobei er eine Wolke von grauem Gummirauch aufsteigen ließ. Währenddessen hielt das silberne Auto wesentlich geruhsamer an und ein Mann mit Sturzhelm stieg aus.

»Alles klar, Jungs und Mädels«, sagte der Fahrer,

während er den Helm absetzte. »Ihr wollt also den Fahrkurs für Fortgeschrittene mitmachen?«

Ning gefiel, was unter dem Helm zum Vorschein kam. Ihr Trainer war etwa eins fünfundachtzig groß, Anfang zwanzig und kräftig gebaut. Er hatte blaugrüne Augen und blonde Haare, die lang genug waren, dass sie verstrubbelt unter dem Helm hervorkamen.

»Ich nehme an, mein guter Freund Mr. Norris wird sich zu uns gesellen, wenn sein Ego wieder auf Normallevel ist und sich der Reifenqualm gelegt hat«, verkündete er. »Aber ich stelle mich mal zuerst vor. Ich bin Mr. Adams, aber ich würde es vorziehen, wenn ihr mich James nennt.«

3

Bis Ende 2010 wurde das Islamische Ministerium für Gerechtigkeit (IDoJ für »Islamic Department of Justice«) als eine der vielen militanten islamischen Gruppen angesehen, die hauptsächlich dafür bekannt waren, antiamerikanisches und antiisraelisches Material im Internet zu verbreiten.

Das änderte sich im Oktober 2011, als IDoJ während einer Konferenz in Kairo zwei reiche amerikanische Geschäftsmänner entführte. Die ausgefeilten Methoden, mithilfe derer die Entführung bewerkstelligt wurde, ließen darauf schließen, dass die Mitglieder des IDoJ eine ähnliche Ausbildung erhalten hatten wie Angehörige von Spezialeinheiten.

Nach der Veröffentlichung eines Videos, auf dem die Enthauptung der einen Geisel gezeigt wurde, missachtete die Familie des anderen Opfers die Wünsche der US-Regierung und zahlte ein Lösegeld in Höhe von mehreren Millionen Dollar. Man geht davon aus, dass mit diesem Geld weitere terroristische Aktionen finanziert wurden.

Vom IDoJ hörte man bis März 2012 nichts mehr. Dann wurde in Paris eine Frau verhaftet, die dabei war, einen Cyberangriff auf das französische Zugsignalsystem durchzuführen. Man konnte ihr Verbindungen zum IDoJ nachweisen, und weitere Nachforschungen ergaben das glaubwürdige Szenario, dass man zwei Hochgeschwin-

digkeitspersonenzüge hatte kapern und zusammenstoßen lassen wollen.

Durch diese Bedrohung eines so prominenten Zieles in Europa rückte IDoJ in die Topliste aller Geheimdienste der Welt auf. Doch die Befragung der Verdächtigen, die man in Frankreich verhaftet hatte, ergab kaum Resultate, und der Rest der Organisation blieb weiterhin weitgehend unauffällig.

Das nächste Anzeichen für die Aktivitäten von IDoJ war der Versuch der Gruppe, ein großes Frachtflugzeug einer kirgisischen Schmugglerorganisation namens Aramov-Clan zu mieten. Zum Glück wird diese Organisation im Prinzip seit einigen Monaten vom amerikanischen Geheimdienst kontrolliert, sodass sich hier die einzigartige Gelegenheit bietet, die Terrororganisation IDoJ zu infiltrieren und zu vernichten.

Auszug aus einem Antiterror-Bericht der CIA an den Präsidenten der Vereinigten Staaten im Oktober 2012.

*

Man hatte Ryan ausgesucht, um Tracy gefangen zu nehmen, weil er kräftig genug war, um es mit ihr aufzunehmen, aber auf dem Flughafen weniger auffallen würde als ein Erwachsener, wenn er ihr folgte.

Im Kreml hatte er schon für die Rolle geübt, wobei die TFU-Agentin Amy Collins Tracy gespielt hatte. Zuerst sollte er der Pilotin mit dem Bild Angst einjagen und sie dazu bringen, dass sie sich alle möglichen schlimmen Dinge vorstellte, die ihrer Familie zustoßen könnten. Doch jetzt musste Tracy als sorglose Pilotin überzeugen, die sich auf einen Routineflug vorbereitete, daher dämpfte Ryan seine Stimme und bemühte sich, freundlicher zu klingen.

Nachdem er ihr ihr Handy weggenommen hatte, wartete er vor der Tür einer Behindertentoilette auf sie.

Dann musste sie in die Pilotenlounge, um ihren Flugplan einzureichen, und Ryan sah ihr durch eine Glastür zu, wie sie Wetterdaten überprüfte und ihren Flugplan an einem Computer eingab.

»Sie haben einen Anruf verpasst«, erklärte Ryan, als sie wieder auf den Gang trat. »Atlanta HQ. Sie müssen sich ganz normal verhalten.«

Tracy nickte und nahm ihr billiges Android-Telefon an sich. Selbst ein Routineflug verlangt komplizierte Berechnungen bezüglich Betankung, Wetter und Frachtgewicht. Die großen Fluggesellschaften wie Globespan verlangten, dass die Piloten ihre Flugpläne an den Hauptsitz mailten, sobald sie sie eingereicht hatten, und Tracy befürchtete, dass sie in ihrer Nervosität vielleicht einen Fehler gemacht hatte.

Doch die Angestellte von Globespan rief wegen eines Problems mit der Besatzung an.

»Phil Perry hat ein verdorbenes Krabbenbrötchen gegessen und liegt krank in seinem Hotel«, erklärte die Frau. »Zum Glück hat die Personalagentur vor Ort jemanden als Ersatz gefunden. Es ist ein Inder namens Elbaz. Er wird gleich bei Ihnen sein.«

Bis jetzt hatte Tracy noch den Trost gehabt, dass ein bekannter Kopilot ihr Schicksal teilen würde.

»Hat Elbaz die Sicherheitsfreigabe für Flüge in die USA?«, erkundigte sie sich.

»Volle Freigabe«, bestätigte Atlanta. »Er befindet sich bereits auf dem Flughafengelände, und falls er Sie nicht findet, hat er Ihre Nummer.«

»Super«, seufzte Tracy und bemühte sich, ihre Aufregung zu verbergen. »Ist das alles?«

»Sonst ist alles klar. Guten Flug!«

Tracy sah Ryan an, als sie ihm das Telefon zurückgab.

»Weißt du das mit diesem Elbaz?«

Ryan nickte. »Er arbeitet für uns.«

»Geht es Phil Perry gut?«

Ryan kannte nur wenige Einzelheiten der Pläne von IDoJ, doch sie waren ein rücksichtsloser Haufen, die bestimmt keinen Grund sahen, den Kopiloten am Leben zu lassen, nachdem sie ihn mit vorgehaltener Pistole gezwungen hatten, sich krankzumelden.

»Ich bin sicher, wenn er sich vernünftig verhält, geht es ihm gut«, log er. »Wir begeben uns jetzt zu Ihrem Flugzeug. Wir sollten noch genügend Zeit haben, da kann ich mal sehen, ob sie Sie mit Ihrem Mann sprechen lassen.«

Tracy nickte und in weniger als einer Minute hatten sie das kleine Terminal durchquert.

»Du brauchst einen Ausweis«, meinte Tracy, die eine an ihrem Gürtel befestigte Karte vorzeigte, als sie auf die Tür zutraten, die zu den Runways führte. Doch der Sicherheitsbeamte ließ Ryan einfach mit einem Kopfnicken durch.

Es wurde langsam etwas heller. Immer noch prasselte Regen auf sie hernieder, als sie auf das Pflaster traten und einem gelb markierten Weg folgten, der sie zu den drei geparkten Flugzeugen brachte.

»Es ist alles unter Kontrolle«, erklärte Ryan in der Hoffnung, Tracy das Gefühl zu geben, dass sie ihr eigenes Schicksal besser in der Hand hatte, wenn er ihr ein paar Informationen zukommen ließ. »Wenn es so ruhig ist, sind nur ein paar Zollbeamte und eine kleine Frachtcrew im Dienst.«

»Das heißt, wenn deine Leute zehn Leute bestechen oder bedrohen, kontrollieren sie praktisch den ganzen Flughafen?«

Ryan nickte und schnippte sich den Pony aus dem Gesicht, damit ihm der Regen nicht in die Augen rann.

»Man hat mir gesagt, dass man auf der ganzen Welt nach einem Flugzeug einer amerikanischen Linie gesucht hat, das zwei Bedingungen erfüllt: Es ist groß genug für unsere Belange und darf auf einem Flughafen landen, der so klein ist, dass man ihn für ein paar Stunden mit einigen wenigen Männern besetzen kann.«

»Also hat man den Zollbeamten auch ein Bild auf einem Handy unter die Nase gehalten«, erkundigte sich Tracy bissig.

»So etwas in der Art«, erwiderte Ryan, als sie die Nase der senfgelben Boeing erreichten. »Sie erzählen mir nicht alles. Ich gehöre nicht gerade zum Management.«

»Wie wird denn ein Kind in so eine Sache verwickelt?«, wollte sie wissen.

»Mein Dad und ich verdienen dabei genug, dass wir in den Staaten ein neues Leben beginnen können.«

»Weißt du, mit was sie mein Flugzeug beladen?«

Ryan deutete auf die große Ilyushin. »Wir haben einen Haufen militärischer Sprengstoffe in China geholt. Mit einem Stück davon, so groß wie ein Tischtennisball, kann man offenbar ein Auto in die Luft jagen, und wir haben elf Tonnen davon.«

»Und ich fliege das Zeug nach Amerika«, bemerkte Tracy mit einem Schluchzer und sah zum Himmel auf. »Womit habe ich das nur verdient?«

»Denken Sie an Ihre Familie«, sagte Ryan. »Niemand wird Sie dafür verurteilen, dass Sie sie zu schützen versuchen.«

Sie standen jetzt kurz vor der gelben 737, wo ihnen ein Mann die Treppe hinunter entgegenkam.

»Hat sie sich benommen?«, fragte der gut aussehende Inder, als Ryan näher kam.

Es war Elbaz. Groß, Stoppelbart. Er sah aus wie ein Bollywood-Schauspieler in einer Pilotenuniform, mit Pilotenbrille und gebleichten weißen Zähnen. Er sprach mit dem gepflegten britischen Akzent, den man an den besten indischen Internaten bekommt.

»Alles in Ordnung«, meinte Ryan.

»Haben Sie Ihren Flugplan eingereicht?«, fragte Elbaz.

Tracy nickte.

»Dann gehen Sie ins Cockpit und fangen Sie mit dem Vorbereitungs-Check an«, befahl Elbaz.

»Der Junge hat gesagt, ich dürfe vielleicht mit meinem Mann sprechen«, sagte Tracy, während sie die unterste Stufe betrat.

Elbaz sah Ryan finster an und sagte dann zu Tracy: »Wir werden sehen.«

»Geh du zurück zur Ilyushin«, befahl er dann Ryan, während Tracy die Metalltreppe ins Cockpit hinaufstieg. »Du bist zu jung, um dich hier herumzutreiben, und nicht alle hier arbeiten für uns.«

Damit hatte er zwar recht, aber Ryan gefiel sein Ton nicht. Er war äußerst arrogant, bedankte sich nie und ging immer davon aus, dass er das Kommando hatte.

Ryan rannte die fünfzig Meter durch die Dämmerung und lief die Laderampe hinten an der Ilyushin hinauf. Die meisten Glühbirnen im Rumpf waren durchgebrannt und es roch nach einer Mischung aus Öl und Zigaretten. Drinnen befand sich nur Kazakov, der im Cockpit saß und müde vor sich hin stierte.

»Alles bereit, Dad?«, fragte Ryan. Nach sieben Monaten undercover war es für ihn vollkommen normal, den CHERUB-Trainer Dad zu nennen.

Der muskulöse silberhaarige Ukrainer trug eine ölverschmierte Schutzweste und einen verschlissenen khakifarbenen Mechanikeroverall.

»Der Sprengstoff ist angebracht. Das alte Wrack hier wird vier Stunden, nachdem wir in der Globespan 737 abgehoben haben, in die Luft gehen.«

»Ist unsere Crew weg?«

»Sie haben die ganze Ladung in die Boeing gebracht. Jetzt fahren sie mit falschen Papieren an die kolumbianische Grenze, die Taschen voller Dollar.«

Ryan betrachtete das dreckige Innere der IL-76, dachte an die Dramen, die sich in den letzten siebenunddreißig Jahren hier abgespielt haben mochten, und verfluchte seine Müdigkeit, die er der schlaflosen, weil ohrenbetäubend lauten Reise vom Kreml hierher verdankte.

Für diesen Einweg-Flug hatte der Aramov-Clan ein Flugzeug zusammengeflickt, das schon seit zwei Jahren in einem Hangar vor sich hin rottete. Es musste an Ort und Stelle vernichtet werden, denn niemand würde es wagen, noch einmal eine Besatzung an Bord zu schicken, wenn die Amerikaner erfuhren, dass es in einen Terrorangriff verwickelt gewesen war, und das IDoJ war zu clever, um einen Haufen forensischer Beweise auf einem ecuadorianischen Flughafen stehen zu lassen.

»Was hältst du von Elbaz?«, fragte Ryan.

»Dämliches Großmaul, aber unbestreitbar beeindruckend«, antwortete Kazakov vorsichtig. »Seine Leute haben Tracys Familie und den Kopiloten reibungslos überwältigt.«

»Und auf diesem Flughafen haben sie alle wichtigen Leute in der Tasche«, sagte Ryan und nickte zustimmend. »Beim Zoll haben sie mich und die Crew einfach nur durchgewinkt. Könnte es sein, dass wir IDoJ unterschätzt haben?«

»IDoJ hat zwar die Entführungen geplant und hier in Manta alles vorbereitet, aber es waren unsere Leute, die den Landeplatz in Alabama gesucht und präpariert haben«, erwiderte Kazakov. »Wir werden auf heimischem Boden landen und die Bundespolizei erwartet uns schon.«

Ryan wusste, wie es von nun an ablaufen sollte: Das FBI würde zusehen, wie das Flugzeug in Alabama seine »Notlandung« machte, und abwarten, wer es dort in Empfang nehmen würde. So konnten sie auf einen Schlag Elbaz und seine beiden Mitarbeiter, Mitglieder von IDoJ, die in den Vereinigten Staaten arbeiteten, festnehmen und elf Tonnen hochexplosiven Sprengstoff beschlagnahmen, den sie von einem korrupten chinesischen General gekauft hatten. In Atlanta würde ein zweites FBI-Team überraschend Tracys Wohnung stürmen und ihre Familie in Sicherheit bringen.

Doch ganz so wasserdicht, wie sich der Plan anhörte, kam er Ryan dann doch nicht vor. Nachdenklich blickte er durch die offene Frachtluke auf den regennassen Asphalt.

»Wenn irgendetwas schiefläuft, sind wir dafür verantwortlich, dass einem Haufen durchgeknallter Terroristen elf Tonnen Sprengstoff in die Hände fallen«, meinte er.

Kazakov zog amüsiert eine Augenbraue hoch und begann zu lachen. »Na, ich habe die dämlichen Amis sowieso nie gemocht.«

Ryan verdrehte die Augen, als Elbaz' Silhouette im Lichtstrahl auftauchte, der durch die Frachtluke fiel.

»Wir machen jetzt die Luke der 737 dicht«, verkündete er. »Ich nehme mal an, dass ihr beide mit an Bord kommt?«

Kazakov stand auf und nickte. »Mrs. Aramov wäre ziemlich ungehalten, wenn wir ihren Sprengstoff aus den Augen ließen, bevor sie ihr Geld hat.«

4

»Von Ihnen habe ich schon gehört«, erzählte Leon, als James Adams auf sie zukam. »Sie sind doch der, der die legendäre Essensschlacht im Speisesaal auf dem Campus ausgelöst hat.«

»Schön, zu wissen, dass die Legende lebt«, grinste James.

»Ich neige mein Haupt vor Ihnen«, verkündete Alfie. »Sie sind der Kerl, der im Campusspringbrunnen Sex hatte.«

Grace schüttelte den Kopf und widersprach: »Nein, das war Dave Moss.«

Eigentlich sollte James einen autoritären Ton anschlagen, doch er musste unwillkürlich lachen. »Die Schlacht haben zwei meiner Freundinnen angefangen, aber ich bezweifle, dass je jemand im Campusspringbrunnen Sex gehabt hat. Das Wasser ist eiskalt!«

Bruce Norris war ein weiterer Ex-CHERUB, ein Jahr jünger als James und ein paar Zentimeter kleiner.

»Sie haben sechs Jahre hintereinander die Karatemeisterschaften auf dem Campus gewonnen«, erinnerte sich Leon, als Bruce zu ihnen trat. »Ihr Name steht auf dem Pokal, der zurzeit in *meinem* Zimmer steht.«

»Ja, und das kriegen wir alle naselang zu hören, nicht wahr, Leon?«, warf Grace kopfschüttelnd ein.

»Na gut, ihr wisst also, wer wir sind«, verkündete Bruce. »Und ihr habt gesehen, wie ich James für einen spektakulären Sieg überholt habe. Aber wir sind hier, um zu arbeiten, also haltet die Klappe.«

»Dies ist der CHERUB-Fahrkurs für Fortgeschrittene«, ergriff James das Wort. »Ihr alle habt die Grundlagen des Autofahrens gelernt, aber in den nächsten fünf Tagen werdet ihr fortgeschrittene Techniken lernen, sowohl auf dieser Rennbahn hier als auch auf den Straßen zwischen hier und dem Campus. Dazu werdet ihr verschiedene Fahrzeuge von Motorrädern bis zu Limousinen fahren. Ihr werdet Handbremsenwenden und Ausweichmanöver lernen und wie man Straßensperren überwindet. Diesen Kurs will jeder gerne belegen, und ich will nicht abstreiten, dass einige Teile davon wirklich Spaß machen. Aber Autos sind *keine* Spielzeuge. Wenn ihr nicht aufpasst, könntet ihr, und was noch schlimmer wäre, könnte *ich* in den Nachrichten landen. Wer also Unsinn macht, fliegt aus dem Kurs, ist das klar?«

»Ja, Sir!«, riefen die Kinder zackig.

»Wahrscheinlich ist es bei den meisten von euch schon ein paar Monate her, seit ihr in einem Auto gesessen habt«, meinte James. »Daher wird jeder von uns zwei von euch mitnehmen, und ihr wechselt euch damit ab, Runden um die Bahn zu fahren, zuerst langsam und dann immer schneller. Wenn ihr ein Gefühl für die Wagen bekommen habt, zeigen wir euch ein paar Spezialmanöver, und wenn ihr Glück habt, könnt ihr zum Schluss noch ein Rennen fahren.«

»Leon Sharma und Grace Vulliamy, ihr kommt mit mir«, verlangte Bruce. »Fu Ning und Alfie DuBoisson fahren mit dem Hintermann.«

»Holt euch einen Sturzhelm hinten aus meinem Auto, bevor wir anfangen«, befahl James. »Noch irgendwelche Fragen?«

Blitzartig schoss Leons Hand in die Höhe.

»Sir, wenn Sie nie Sex im Campusspringbrunnen hatten, woher wissen Sie dann, dass das Wasser zu kalt dafür ist?«

James hatte nichts dagegen, Witze zu machen, aber die Kinder mussten ihn respektieren, wenn er das Beste aus ihnen herausholen sollte. Er fragte sich, was ein richtiger CHERUB-Trainer wohl getan hätte. Doch noch bevor er etwas sagen konnte, hatte Bruce Leon schon an seiner Sweatshirtkapuze gepackt und brüllte ihn an:

»Ich sag dir mal was, Leon. Diese Bahn ist ungefähr vier Kilometer lang. Ich glaube, du kannst dich lieber zu Fuß damit vertraut machen, anstatt in meinem Auto mitzufahren.«

»Was?«, fragte Leon verdutzt.

»Fang an zu laufen!«, befahl Bruce.

James grinste seinen alten Kumpel an und wandte sich an seine beiden Schüler.

»Also los«, sagte er, während Leon anfing zu joggen. »Sturzhelme auf, Alfie fährt als Erster. Drei Runden, dann übernimmt Ning. Und versucht möglichst, Leon nicht zu überfahren ...«

*

Kazakov brachte den Hauptzünder an Bord der IL 76 an, betätigte den Schalter zum Schließen der Frachtluke und sprang hinaus, als diese sich zu heben begann. Er war der Letzte, der die Stufen zur Boeing hinaufstieg. Einer von Elbaz' Männern schloss die Tür und gab einem Mitglied der Bodencrew ein Zeichen, die Treppe fortzurollen.

Wie die meisten Frachtflugzeuge hatte auch diese 737 erst einige Jahrzehnte als Passagierflugzeug gedient, bevor sie zur Frachtmaschine umgebaut worden war. Doch trotz ihres ansehnlichen Alters bildeten das beigefarbene Plastik und das kraftvolle Summen der Klimaanlage einen wohltuenden Kontrast zum ohrenbetäubenden Lärm und den Vibrationen in der großen Ilyushin.

Im Vorderteil der Kabine stand noch eine einzige Sitzreihe mit sechs Plätzen, die durch eine verbeulte Aluminiumplatte vom Frachtraum dahinter getrennt war.

Ryan hatte einen Platz am Gang. Neben ihm auf der anderen Seite saßen zwei fast vollständig stumme Männer von IDoJ, die sie begleitet hatten, seit sie Kirgistan verlassen hatten. Kazakov sah ihn aufmunternd an, als er über seine Beine stieg, um den Platz am Fenster einzunehmen, doch das bekam Ryan gar nicht mit, weil er die Vorgänge im Cockpit beobachtete.

Elbaz war zwar nur der Kopilot, doch er war eindeutig derjenige, der die Befehle gab. Tracy wirkte zuversichtlich, während sie ihre Flugvorbereitungen traf, auch wenn Ryan nur ihre Haare und ihre molligen Arme sehen konnte, wenn sie nach den Schaltern über ihrem Kopf griff.

»Tower, Flug GD39 bittet um Starterlaubnis. Over.«

Die Antwort konnte Ryan nicht hören, da sie über Tracys Kopfhörer kam.

»Roger, Tower. Wir folgen Spur B zur südlichen Startbahn.«

Während Tracy den Schubhebel nach vorne drückte, um loszufahren, drehte sich Elbaz zu seinem Kollegen auf dem Sitz am Gang um und hielt einen Daumen hoch.

»Dann lass uns mal ein paar verdammte Amis umbringen!«, rief er.

Der Flug sollte etwa fünf Stunden dauern, daher holte Ryan sein iPhone aus der Jeans und entknotete das Kabel der Kopfhörer.

»Du solltest versuchen, etwas zu schlafen«, schlug Kazakov vor. »Du siehst aus, als hättest du es nötig.«

Da Manta kein großer Flughafen mit einer langen Schlange von Flugzeugen war, die auf die Startfreigabe warteten, wurde Ryan schon durch den Start in seinen Sitz gedrückt, noch bevor er sich die Kopfhörer in die Ohren gesteckt hatte.

*

CHERUB-Agenten sollen sich anpassen und sich wie normale Kinder verhalten. Normale Kinder können nicht Auto fahren, doch in gefährlichen Situationen hatte die Fähigkeit, sich einen Autoschlüssel greifen und schnell fahren zu können, schon manch einem jungen Agenten ernsthafte Schwierigkeiten erspart.

James' silberner VW verfügte über doppelte Armaturen, sodass er bremsen oder Gas geben konnte, falls der Fahrer etwas Dummes tat. Die Karre war schon ein paar Jahre alt und hatte daher einige Kratzer und Beulen, die zum Teil nur mit grauem Rostschutz grob ausgebessert worden waren, um die Neulackierung zu sparen.

Ning hätte fast eine weitere Beule hinzugefügt, als sie viel zu schnell in eine Kurve fuhr und fast von ihrem Heck überholt worden wäre.

»Ich habe dir schon beim letzten Mal gesagt, dass du die Kurve von links anfahren, vorsichtig hineinfahren und Gas geben sollst, sobald du ihren Scheitelpunkt erreicht hast«, mahnte James.

»Tut mir leid«, entschuldigte sich Ning.

Das Getriebe knirschte grauenvoll, und der Motor heulte auf, als Ning den vierten Gang einlegen wollte und versehentlich den zweiten erwischte.

»Nur gut, dass es schon eine Weile her ist, seit wir gefrühstückt haben«, rief Alfie vom Rücksitz, wo er sich am Griff über der Tür festhielt, als hinge sein Leben davon ab.

»Markierung!«, schrie James. »Bremsen!«

Die Vorderräder blockierten, als der Wagen die nächste Kurve nahm, doch plötzlich neigte er sich heftig zu einer Seite. Sie waren gerade in die Boxenstraße eingebogen, was bedeutete, dass der Wagen eine Metallbarriere treffen würde, bevor er völlig außer Kontrolle geriet.

Ning schrie auf, als das Auto an der Schranke entlangschrammte. Funken stoben und der Außenspiegel brach ab. Unter dem Auto war lautes Poltern zu hören. James' Herz setzte fast aus, doch mithilfe seiner Bremse brachte er das Auto vorsichtig stotternd zum Stehen.

»Frau am Steuer!«, schrie Alfie.

Ning hätte ihn geschlagen, wenn das nicht so schwierig gewesen wäre bei jemandem, der hinter ihr im Auto saß. Stattdessen sah sie James völlig verwirrt an.

»Ich habe keine Ahnung, was passiert ist«, erklärte sie. »Was habe ich denn falsch gemacht?«

James machte die Beifahrertür auf und sah am Auto entlang.

»Ein Platten«, stellte er fest. »Wir müssen über irgendein Trümmerteil auf der Fahrbahn gefahren sein. Du kannst nichts dafür. Nun, wer von euch beiden weiß, wie man einen Reifen wechselt?«

Ning und Alfie sahen ihn beide verständnislos an.

»Na gut, dann wird das wohl eure nächste Lektion werden«, meinte James. »Und jetzt stellt erst mal das Warndreieck auf, damit uns das Team von Bruce nicht hinten reinfährt, wenn sie das nächste Mal durch diese Kurve kommen.«

5

Hayneville, Alabama, hat nicht einmal eintausend Einwohner und einen winzigen Flugplatz, der vom Fliegerclub Central Alabama betrieben wurde. Die Lage der Stadt an der Schnittstelle von drei Autobahnen und der Interstate 65 nur ein paar Kilometer weiter östlich machte den Flugplatz zu einem geeigneten Ort für jemanden, der ein Flugzeug landen und mit seiner Ladung verschwinden wollte, bevor jemand über das ortsansässige, aus zwei Polizeiautos bestehende Sheriff-Büro hinaus vor Ort sein konnte.

Der Verkehr vor Thanksgiving, der den Highway durch das Stadtzentrum von Hayneville verstopft hatte, hatte nachgelassen. Mittlerweile war es später Nachmittag. In ganz Amerika waren die Menschen zu Hause, brieten Truthähne und warteten auf das Thanksgiving-Spiel der NFL. Doch für ein vierzigköpfiges FBI-Team unter der Leitung von Dr. Denise Huggan vom Nachrichtendienst war der Feiertag gestrichen worden.

Huggan war exzentrisch und bestand darauf, von allen Dr. D. genannt zu werden. Sie leitete eine Einheit namens TFU, die sich den Aramov-Clan zum Ziel gemacht hatte und ihn mittlerweile praktisch kontrollierte. Trotz ihres wallenden violetten Kleides und der Kette aus Holzperlen war die kleine Frau genauso zäh wie die FBI-Beamten, die unter ihrem Befehl standen.

Da man logischerweise davon ausgehen musste, dass

IDoJ den Flughafen Hayneville überwachte, mussten Dr. D. und ihr Team sehr vorsichtig vorgehen, damit man sie in einer so kleinen Stadt nicht bemerkte. Trotzdem war es ihr im Laufe der letzten Woche gelungen, als Mechaniker und Piloten getarnte Beamte auf dem Flughafen einzuschleusen, und jetzt wurden die Rollbahnen, Hangars und die Straßen in der Umgebung von winzigen Nachtsichtkameras überwacht.

Auf dem kleinen Schreibtisch in ihrem Hotel standen drei Bildschirme, und auf einem davon sah man gerade, wie drei Laster eines LKW-Verleihs auf den einzigen Zugang des Flugplatzes zurollten. Eine Kamera am Haupteingang verfolgte einen Mann, der aus dem ersten Laster sprang und mit einem Schlüssel das Vorhängeschloss am Tor aufschloss.

Die Stimme einer Beamtin erklang in ihrem Kommunikationssystem. »Sehe durch mein Fernglas drei Laster. Der am Tor ist dunkelhäutig, mit Bart. Sieht aus, als wollten sie auf unser Flugzeug warten.«

»Verstanden«, antwortete Dr. D. »Alle Einheiten bleiben außer Sichtweite. Die Leute von IDoJ sind sehr geschickt.«

Dabei klickte Dr. D. auf ein Icon auf einem der Bildschirme, womit sie von der Überwachungskamera am Flughafen zu einem Bild aus der Flugleitstelle wechselte. Auf der schwarz-gelben Grafik bewegten sich langsam Dreiecke, unter denen jeweils die Identifikationsnummer eines Flugzeugs blinkte. Bislang hielt sich der Globespan-Flug aus Ecuador an seine Flugbahn im zivilen Flugkorridor und seine Route bis zum großen Hartsfield Airport in Atlanta war genehmigt.

Schultz, der Einsatzkommandoleiter des FBI, sah Dr. D. über die Schulter und blickte dann auf seine Uhr. Er trug Körperpanzerung und hatte eine Betäubungspistole sowie eine Schusswaffe an seinem Gürtel.

»Was glauben Sie, wie lange es noch dauert?«, erkundigte er sich.

»Das Flugzeug wird in ungefähr siebzig Minuten langsam an Höhe verlieren«, erwiderte Dr. D. »Ich nehme an, dass Tracy kurz darauf vom Flugplan abweicht und einen Notruf absetzt. Also dürfte die Landung hier in ungefähr neunzig Minuten erfolgen.«

»Nun, meine Jungs sind bereit und warten«, erklärte Schultz und lächelte leicht.

»Sorgen Sie nur dafür, dass sie sich nicht rühren, bevor *ich* es sage«, verlangte Dr. D. streng.

*

Der Tag war schwer gewesen für Ning. Man musste sich stark konzentrieren, wenn man schnell fuhr, von den Autositzen tat ihr der Hintern weh und vom Betätigen der Fußpedale die Waden. Doch sie lernte schnell und bekam langsam das Gefühl, als gehöre der verbeulte VW zu ihrem Körper und sei nicht länger ein merkwürdiges, fremdes Gerät.

Ning legte den dritten Gang ein und trat aufs Gas, als sie eine der schärfsten Kurven der Bahn nahmen. Wenn man Geschwindigkeit und Position richtig einschätzte, rutschte der Wagen fast von der Bahn, und das Steuer fühlte sich so leicht an, als glitte der Wagen nur so über den Asphalt.

Als Ning wieder auf die Gerade kam, schaltete sie sauber in den vierten Gang und drückte das Gaspedal durch. Es war dunkel und das einzige Licht kam von den gelben Lichtkegeln der Scheinwerfer und dem diesigen orangen Licht der Straßenlaternen in einem nahen Wohnviertel.

James sah auf seine Stoppuhr und meinte: »Sehr gut. Achte auf das Verkehrshütchen. Du liegst vier Sekunden hinter Alfies Zeit.«

Als der Tacho 180 Stundenkilometer anzeigte, sah Ning das einzelne orange Verkehrshütchen mitten auf der breiten Asphaltgeraden. Sie bremste stark ab, und sobald die Nase des Wagens daran vorbei war, schaltete sie in den zweiten Gang, griff nach der Handbremse und riss das Steuer nach links herum.

Sie hatte an diesem Nachmittag eine Stunde lang Handbremsenwenden geübt, doch ihre Erfolgsrate lag bei knapp fünfzig Prozent, und als sie nach dem Hebel zwischen den Vordersitzen griff, bekam sie Angst.

Die Kombination von scharfer Wendung und Handbremse ließ das hintere Ende des Autos heftig ausschwingen. Wenn Ning Bremse und Steuer richtig betätigte und im richtigen Moment wieder Gas gab, würde der Golf auf seinen Vorderrädern drehen und innerhalb von vier Sekunden die Richtung ändern. Doch wenn sie es falsch machte, konnte sie in jede beliebige Richtung davonschießen oder den Motor abwürgen und in einer Wolke von Reifenqualm stehen bleiben.

Dreißig Stundenkilometer waren ein wenig schnell und Ning lenkte nicht ganz richtig. Sie musste korrigieren, um das Verkehrshütchen nicht zu treffen, als sie wieder auf die Gerade lenkte, und einen kurzen Augenblick lang stotterte der Motor, doch sie betätigte das Gaspedal vorsichtig und brachte den Wagen wieder auf volle Geschwindigkeit.

Alfie saß hinten, und es machte ihm nichts aus, dass Ning unter seiner Zeit blieb. Nach einem harten Übungstag waren sie zu einem Team geworden und er schrie und schlug auf seinen Sitz.

»Geschafft, Ning!«

Im letzten Teil des Rennens fuhren sie von der Rennstrecke ab, eine einspurige Straße entlang, an ein paar schäbigen Boxen vorbei und auf einen Parkplatz hinter der Haupttribüne. Mit Verkehrshütchen war ein gewundener Kurs markiert, doch während sich Ning darauf konzentrierte, wohin sie fahren musste, übersah sie eine alte Dame in der Mitte einer Kurve.

Sie wich aus, doch nicht schnell genug, sodass sie den Dummy traf und ein Schauer von Styroporbrocken auf die Windschutzscheibe hagelte. Unter dem Auto kreischte ein großer weißer Brocken, der dann unter einen der Hinterreifen geriet, sodass dieser die Bodenhaftung verlor.

Ning fuhr ein paar Verkehrshütchen um und nahm die letzten Kurven bis zum Parkplatz ein wenig langsamer. An einer weißen Markierung hielt sie an, legte den Rückwärtsgang ein, sah sich um und parkte rückwärts in eine mit Strohballen markierte Fläche ein.

Sobald sie standen, schaltete Ning den Motor aus und öffnete keuchend ihren Sturzhelm. Schweiß lief ihr in die Augen, als sie den Helm auf den Schoß legte und James abwartend ansah.

»Es gibt gute und schlechte Nachrichten«, meinte James und zeigte ihr lächelnd seine Stoppuhr. »Die gute ist, dass du fünf Komma drei Sekunden schneller warst als Alfie. Die schlechte ist, dass du für den Tod von Styropor-Polly zehn Strafsekunden bekommst.«

»Ich habe an dieser Stelle nicht mit ihr gerechnet«, erklärte Ning ein wenig beleidigt. »Als Alfie gefahren ist, hat sie an einer viel schwierigeren Stelle gestanden.«

James löste seinen Sechs-Punkte-Renngurt und meinte mitleidslos: »Das ist aber der Punkt bei der Sache. Fußgänger können überall auftauchen. Und mach dir bloß keine Gedanken: Das Wettrennen war nur zum Spaß. Ihr wart heute beide gut.«

Lächelnd strich sich Ning eine verschwitzte Haarsträhne aus dem Gesicht. »Sie sind ein guter Lehrer.«

James hatte so etwas noch nie zuvor gemacht und fühlte sich von dem Kompliment geschmeichelt.

»Wie kommst du darauf?«

Ning zuckte nur mit den Achseln, doch Alfie antwortete: »Sie finden das richtige Gleichgewicht, uns anzutreiben, wenn wir es brauchen, aber nicht so sehr, dass wir die Lust verlieren.«

»Und Sie können die Dinge sehr anschaulich erklären«, ergänzte Ning.

Der andere Golf mit Bruce, Leon und Grace war ein paar Minuten früher fertig geworden. James, Ning und Alfie gingen auf sie zu, während der fünfzehnjährige Kevin Sumner herumlief und die Verkehrshütchen einsammelte.

»Alles klar?«, fragte Bruce. »Seid ihr bereit, es morgen mit uns aufzunehmen?«

»Euch machen wir fertig!«, lachte James.

»Draußen steht ein Minivan, der uns zum Campus zurückfährt«, verkündete Bruce mit einem Blick auf die Schüler. »Irgendwelche Freiwilligen, die uns nach Hause chauffieren?«

Alle vier Kinder betrachteten angelegentlich ihre Füße.

»Na, wenn das nicht Begeisterung ist«, grinste James Bruce an.

»Ich bin völlig erledigt«, verteidigte sich Leon.

»Es ist körperlich nicht so anstrengend wie normales Training«, erklärte Grace. »Aber geistig! Wenn man nur eine Sekunde lang die Konzentration verliert, kracht man mit dem Wagen gegen eine Mauer und ist tot!«

»Na, dann werde ich euch kleine müde Häschen wohl nach Hause fahren müssen«, meinte James ironisch. »Und bleibt nicht zu lange auf, denn morgen sind wir den ganzen Tag wieder hier draußen, und es wird bestimmt nicht leichter werden.«

6

Die Rennstrecke lag mit dem Auto zwanzig Minuten vom CHERUB-Campus entfernt – fünfzehn, wenn man James Adams hieß und entschlossen war, anzugeben. Die vier Kinder liefen bei ihrer Ankunft gleich in den Speisesaal, um etwas Warmes zu essen zu bekommen, während James und Bruce zu strahlen begannen, als sie in der Rezeption waren und die heiße Blondine im kurzen Jeansrock erkannten, die aus dem Büro der Vorsitzenden Zara Asker trat.

»Amy Collins, verflucht noch eins!«, rief James.

»Hey!«, tönte auch Bruce. »Was machst du denn hier? Dich habe ich ja Ewigkeiten nicht mehr gesehen!«

Amy grinste.

»Die Frage könnte ich euch auch stellen, Jungs.«

James wies auf Bruce. »Er ist für ein paar Tage von der Uni hergekommen. Und Zara hat herausgefunden, dass ich gerade nichts zu tun habe. Mr. Kazakov ist auf einer Mission und ein anderer Trainer ist langfristig krankgeschrieben wegen irgendwelcher Rückenprobleme, also hat sie gefragt, ob ich zwei oder drei Monate herkommen und beim Training aushelfen will.«

»Dann hast du also die Uni geschmissen?«

James schüttelte den Kopf.

»Ich habe im Sommer meinen Abschluss gemacht. Ich habe mich im Silicon Valley um ein paar Jobs beworben, doch im Augenblick ist der Arbeitsmarkt ziemlich tot.«

»Ist Kerry auch hier?«

»Nein«, erwiderte James. »Sie ist im letzten Jahr an der Stanford. Sie behauptet, es würde sie vom Lernen ablenken, wenn ich in unserer Wohnung herumhinge.«

Amy lachte. »Du musst jetzt einundzwanzig sein. Wie alt wir alle werden!«

»Und warum bist du hier?«, wollte Bruce wissen.

»Ich habe das übliche Ex-CHERUB-Ding durchgezogen«, erzählte Amy. »Ihr wisst schon, wenn man hier weggeht, kann man nichts finden, was auch nur annähernd so gut ist. Dann hat mich eine kleine Nachrichtendiensteinheit gefunden. Nennt sich Transnational Facilitator Unit oder TFU.

Hauptsächlich kümmern sie sich um Schmugglerorganisationen. Im großen Stil: Menschenhandel, Waffen, Drogen. Die Bezahlung ist anständig, und es ist ein kleines Team, deshalb ist man immer mitten dabei. Außerdem stehen meine beiden Bosse Ted und Dr. D. kurz vor der Pensionierung, das heißt, meine Aufstiegsmöglichkeiten sind enorm.«

»Dann wohnst du also in den Staaten?«, erkundigte sich James.

»In Dallas«, antwortete Amy. »Obwohl ich wohl noch keine zehn Nächte in meiner Wohnung verbracht habe, seit ich im Januar eingezogen bin.«

»Und was wolltest du bei der Vorsitzenden?«, fragte James.

»Am größten Projekt von TFU arbeitet ein CHERUB-Agent mit. Ich habe Zara vom Stand der Dinge unterrichtet und mit ihr ein paar andere Situationen besprochen, in denen CHERUB-Agenten nützlich sein könnten.«

»Klingt, als liefe es ganz gut für dich«, meinte James.

»Es ist der reine Wahnsinn, aber ich genieße jeden einzelnen Moment«, erklärte Amy. »Morgen Mittag muss ich nach Dubai fliegen, aber wenn ihr heute Nacht auf dem Campus bleibt, könnten wir drei doch zusammen essen gehen?«

»Klar«, meinte James und sah auf seine Uhr. »Jetzt ist es sechs und ich habe den ganzen Tag noch nichts gegessen. Wie wäre es, wenn ich schnell unter die Dusche springe, und wir drei sehen uns gegen sieben?«

Amy passte das, doch Bruce schüttelte den Kopf.

»Ich habe mich mit Bethany Parker auf einen Drink verabredet.«

»Mit deiner alten Flamme?«, lachte James.

»Du und Bethany, ihr seid immer aneinandergeraten«, erwiderte Bruce abwehrend, »aber wenn man sie richtig kennenlernt, ist sie eigentlich ziemlich in Ordnung.«

James trat auf den Lift zu und lächelte Amy zu.

»Dann sehen wir uns um sieben!«

Im Aufzug drückte James auf den Knopf zum sechsten Stock, um zu seinem alten Zimmer zu fahren, dann fiel ihm jedoch ein, dass er viel zu erwachsen war, und er wählte den zweiten Stock, wo die Wohnungen der Angestellten lagen.

»Stimmt es, dass Sie James Adams sind?«, keuchte ein kleines Grauhemd, das atemlos einen Tennisschläger festhielt. »Der Typ, der die Essensschlacht angefangen und Sex im Campusspringbrunnen gehabt hat?«

*

Ryan war seit vierundzwanzig Stunden auf den Beinen, doch wenn man zehntausend Meter über den Vereinigten Staaten in einem mit Sprengstoff randvoll bepackten Flugzeug sitzt, das von einem Terroristen und von einer Frau, deren Familie gerade mit einer Waffe bedroht wird, gesteuert wird, ist es gar nicht so leicht, einzuschlafen.

Mit trockenem Mund trat er aus der engen Flugzeugtoilette und schüttelte Tropfen von den Händen. Vor

Müdigkeit sah er nur noch verschwommen. Im Vorbeigehen warf er einen Blick durch die offene Cockpittür. Tracy und Elbaz wirkten vollkommen ruhig, angestrahlt von dem goldenen Sonnenlicht über den Wolken.

»Hey«, sagte Elbaz, der sich umsah, als Ryans Schatten über das Cockpitglas huschte. Ryan erwartete schon einen Rüffel, doch zur Abwechslung klang Elbaz mal freundlich. »In drei Minuten setzen wir den Notruf ab. Fünf Minuten später sollten wir am Boden sein, also weck die da drinnen mal alle auf.«

»Alles klar, Boss«, erwiderte Ryan.

Tracy sah sich um, und erst hatte es den Anschein, als wolle auch sie etwas sagen, doch es kam nichts, und Ryan versuchte, sich ihre Qual gar nicht erst vorzustellen, während er wieder zur Sitzreihe zurückging.

»Hey«, sagte Ryan und tippte dem Terroristen auf den Arm, der ein billiges iPod-Imitat in die Ohren gestöpselt hatte. »Elbaz sagt, in acht Minuten ist es so weit. Ihr solltet euch bereithalten, loszulegen, sobald wir gelandet sind.«

Der andere IDoJ-Terrorist las eifrig in seinem Koran. Er steckte das kleine blaue Buch in die Brusttasche seines Leinenhemdes und nickte Ryan zu, dann tastete er auf dem Kabinenboden nach seinen Turnschuhen.

Kazakov war der Einzige, der schlief, genauso, wie er es an Bord der IL 76 bereits getan hatte. Nach zwei Dienstzeiten während der russischen Invasion in Afghanistan könne er überall schlafen, behauptete Kazakov, wo nicht direkt auf ihn geschossen wurde.

»Aufstehen, Dad«, weckte ihn Ryan.

Er betonte das »Dad« mit Absicht, da man in den ersten Sekunden nach dem Aufwachen leicht seine Coverstory vergessen konnte.

»Wo sind wir jetzt?«, erkundigte sich Kazakov und gähnte herzhaft.

»Ein paar Minuten vor der Landung«, antwortete Ryan.

Als er sich setzen wollte, machte das Flugzeug einen Satz, sodass er sich die Knie an der Zwischenwand vor ihm anschlug. Er neigte sich vor, um ins Cockpit spähen zu können, und erwartete fast, zu sehen, wie Tracy mit Elbaz um die Kontrolle über das Flugzeug kämpfte, doch sie saß auf ihrem Platz und setzte ihren Notruf ab.

»Mayday, Mayday!«, sagte sie. »Globespan 2726 nach Atlanta. Unsere linke Maschine ist soeben ausgefallen. Der Motor auf der rechten Seite stottert und ich bekomme keine Meldung über den Treibstoff. Wende einhundertsechzig Grad nach Osten. Bereiten uns auf Notlandung vor. Mayday, Mayday!«

Die Antwort der Verkehrsleitzentrale konnte Ryan nicht hören.

»Notlandungskoordinaten verstanden«, sagte Tracy. »Navigationssystem hat die Landebahn erfasst. Over.«

Ryan schloss den Sitzgurt und spürte, wie sich sein Magen hob, als das Flugzeug sich erneut schräg legte.

»Oh Mann!«

Kazakov nahm ein Pillenfläschchen aus seinem Mechanikeranzug und nahm zwei Koffeintabletten. Dann bot er Ryan welche an.

»Du musst einen klaren Kopf behalten, und die hier werden dich wach halten«, erklärte der Trainer.

Ryan war sich unsicher. In jeder Pille war so viel Koffein enthalten wie in drei Tassen starken Kaffees, doch wenn die Wirkung nachließ, konnte man davon auch üble Kopfschmerzen bekommen.

»Du hast seit über vierundzwanzig Stunden nicht mehr geschlafen«, erklärte Kazakov streng. »Nimm eine!«

Widerstrebend schluckte Ryan eine der Pillen, während sich Kazakov an die beiden Terroristen auf der anderen Seite wandte.

»Drogen?«, fragte er mit breitem Grinsen. Er war sich

vollkommen im Klaren darüber, dass die beiden strenggläubigen Muslime von der Vorstellung, irgendwelche Stimulantien zu sich zu nehmen, schockiert sein würden.

An den Fenstern zogen Wattebauschwölkchen vorbei, und als sie durch die Wolkendecke stießen, sah Kazakov auf die sonnige Landschaft von Alabama hinunter. Doch dort gab es nicht so viel Landschaft, wie er gerne gesehen hätte, und besonders störte ihn der Anblick eines glänzenden Footballstadions, auf dessen leuchtend gelb gestrichenen Endzonen ASU geschrieben stand.

»Was stimmt denn nicht?«, wollte Ryan wissen, als Kazakov aufstand. »Pass auf deinen Kopf auf, es ist ganz schön holperig!«

»Als ich das letzte Mal nachgesehen habe, hatte Hayneville, Alabama, eine Bevölkerung von eintausend Menschen und lag nicht mal in der Nähe eines Footballstadions«, verkündete Kazakov laut genug, um die beiden IDoJ-Kerle auf der anderen Seite des Ganges aufzuschrecken.

Er trat ins Cockpit, wo beide Piloten bei seinem Erscheinen zusammenschraken.

»Wo zum Teufel landen wir, Elbaz?«

Die beiden Piloten konzentrierten sich auf den raschen Sinkflug und steuerten eine Landebahn an, die ein paar Kilometer entfernt vor ihnen lag.

»Änderung in letzter Minute«, erwiderte Elbaz.

»Was soll das?«, schrie Kazakov. »So war das nicht abgemacht!«

Ryan gefiel überhaupt nicht, was er da hörte. Vorsichtig tastete er unter seinen Sitz und spürte erleichtert den Griff eines großen Jagdmessers. TFU hatte schließlich gewusst, dass Tracys Flugzeug gekidnappt werden würde, und Dr. D. hatte dafür gesorgt, dass Ryan und Kazakov für den Notfall ein kleines Waffenarsenal zur Verfügung stand.

»Wir haben einen Tipp bekommen, dass der Flughafen überwacht wird«, erklärte Elbaz. »Setzen Sie sich wieder. Es gibt keinen Grund zur Beunruhigung. Sie werden trotzdem bezahlt.«

Selbst wenn Kazakov etwas unternehmen wollte, konnte er das erst tun, wenn sie gelandet waren. Ryan sah aus dem Fenster, um zu sehen, wie hoch sie waren, und erhaschte einen Blick ins Footballstadion. Autos strömten auf die Parkplätze, Zuschauer sammelten sich auf den Tribünen, und in der Ferne schwebte ein Zeppelin.

»Thanksgiving Classics, großes Eröffnungsspiel im Stadion«, rief Elbaz höchst selbstzufrieden. »Die Polizei von ganz Montgomery wird dort im Einsatz sein, und bei dem Verkehr sind wir längst weg, bevor sie auch nur in unserer Nähe sein können.«

»Zoll?«, erkundigte sich Kazakov.

»Da unten ist nichts als Asphalt. Der ganze Bereich soll zu einem Parkplatz für das Stadion umgebaut werden.«

Aus einem Lautsprecher zwischen den beiden Pilotensitzen erklang eine elektronische Stimme: »Zweihundert Meter.«

»Hinsetzen und anschnallen«, befahl Elbaz. »Wir landen in dreißig Sekunden.«

»Einhundertachtzig Meter.«

Ryan und Kazakov sahen sich besorgt an, als der große Ukrainer sich wieder auf seinen Fensterplatz niederließ.

»Ortswechsel«, erklärte Kazakov.

Einzelheiten konnten sie nicht besprechen, solange die beiden IDoJ-Kerle neben ihnen saßen. Ryan war nervös, als die Räder des Flugzeugs auf der Landebahn aufsetzten. Die Koffeintabletten zeigten ihre Wirkung. Er war froh, sie genommen zu haben, denn als die Maschine zum Stehen kam, erwartete sie kein FBI-Team.

7

»Wo fliegen die hin?«, schrie Dr. D. und schnappte sich ihr Handy, um die Flugleitzentrale anzurufen.

FBI-Leiter Schultz hatte seinen Laptop offen auf dem Motelzimmerbett liegen und überprüfte mit Google Maps die Flugplätze in der Nähe.

»Wenn er nach Montgomery fliegt, kann er zwischen drei Landemöglichkeiten wählen«, erklärte er. »Dem Regionalflughafen von Montgomery, der Maxwell-Air-Force-Basis, und dann gibt es noch eine stillgelegte Landebahn in der Nähe des neuen Hornets-Stadions.«

Dr. D. überlegte kurz. »Der Regionalflughafen hat ganz normale Sicherheitskontrollen, und solange sie nicht vorhaben, sich bei der Landung selbst in die Luft zu sprengen, wäre es hirnrissig, auf einem Militärflughafen zu landen. Also wie weit ist die stillgelegte Landebahn von hier entfernt?«

»Dreißig Kilometer«, erklärte Schultz nach einer kurzen Pause. »Aber da beginnt in einer Stunde ein Footballmatch. Der Verkehr wird mörderisch sein.«

Die Armbänder an Dr. D.s Handgelenken klirrten, als sie mit ihrer kleinen Faust auf den Schreibtisch schlug.

»Das müssen sie gewusst haben!«, fuhr sie auf. »IDoJ hat wahrscheinlich einen Fluchtweg geplant, der beinhaltet, dass wir im Verkehr zu einem College-Footballspiel festsitzen!«

»Ich schätze, die Laster, die hier angekommen sind,

gehören mit zum Täuschungsmanöver. Sollen wir sie festnehmen?«

»Versuchen Sie, ihnen zu folgen, wenn sie abfahren«, verlangte Dr. D. »Die große Frage ist doch, weiß man bei IDoJ, dass wir ihnen auf der Spur sind, oder haben sie den Landeplatz nur gewechselt, weil sie übervorsichtig sind?«

Schultz wollte ihr gerade antworten, als ein weiterer FBI-Agent ohne anzuklopfen ins Zimmer stürmte.

»Es ist im Fernsehen!«, stieß er hervor.

Ohne um Erlaubnis zu bitten, schaltete er einen altmodischen Röhrenfernseher ein, der an der Motelwand festgeschraubt war, und stellte einen Lokalsender ein, der das Footballspiel übertrug.

Man hatte mit der Übertragung gerade erst begonnen, aber die Studiokommentatoren waren außer sich, weil gerade ein Flugzeug dicht über das Stadion und nur ein paar hundert Meter am Werbezeppelin vorbeigeflogen war.

»Nun, wir wissen nicht, was da los ist, aber das hätte eine Tragödie werden können am Eröffnungstag dieses unglaublichen neuen Stadions«, erzählte der weich gespülte Moderator. »Nach den Einblendungen unserer Sponsoren berichten wir das Neueste von diesen College Classics.«

»Wir brauchen Leute dort vor Ort«, erklärte Dr. D. »Die dortige Polizei. Im Stadion muss es doch Polizei geben.«

»Was ist mit den beiden Agenten und der Pilotin, die sie als Geisel genommen haben?«, fragte Schultz. »Wenn wir stürmen, könnten sie getötet werden.«

»Wir haben soeben die Spur zu elf Tonnen hochexplosivem Sprengstoff verloren, mit dem Tausende von Menschen getötet werden könnten«, fuhr ihn Dr. D. an. »Unsere oberste Priorität ist es, den zurückzubekommen, egal mit welchen Konsequenzen! Unsere zweite Priorität ist es, jeden IDoJ-Angehörigen zu verhaften, den wir in die Finger kriegen können.«

Der FBI-Agent sah sie entsetzt an.

»Aber ...«

»So lauten meine Befehle!«, erklärte Dr. D. »Und diese Befehle werden Ihnen den Arsch retten, also führen Sie sie aus!«

*

Ryan tippte zweimal auf die Rückseite seiner Ohrmuschel, um sein Kommunikationsgerät einzuschalten, als das Flugzeug rollte. Er hoffte, eine bekannte Stimme hören zu können, doch das kleine Gerät hatte eine Reichweite von nur zwei Kilometern, daher hörte er nur statisches Rauschen, das durch die Störungen durch den Flugzeugradar verursacht wurde.

»Bleib ruhig«, befahl Kazakov, als das Flugzeug zum Stehen kam. Doch in diesem Moment ertönte ein Knall aus dem Cockpit.

Kazakov zuckte zusammen und Ryan neigte sich vor und sah Elbaz mit einer Pistole im Cockpit stehen. Tracy war ans Fenster gesunken, die rechte Seite ihres Kopfhörers war geborsten, und über das Cockpitfenster war Blut verspritzt.

»Warum haben Sie sie umgebracht?«, schrie Ryan wütend.

Elbaz drehte sich mit der Waffe in der Hand um, und Ryan fürchtete erschrocken, dass er der Nächste sein würde.

»Was kann sie uns schon noch nutzen?«, fragte Elbaz. »Sie hat unsere Gesichter gesehen.«

Dann legte er ein paar Schalter um, um die Frachtluke zu öffnen. Da keine Treppe zum Flugzeug kam, machte einer der anderen Terroristen die Tür auf und zog an dem Hebel, mit dem eine aufblasbare Notrutsche aktiviert wurde.

Kazakov legte Ryan die Hand auf die Schulter, als der erste Terrorist hinunterrutschte.

»Keine Gefühle zeigen.«

»Sie haben sie umgebracht«, sagte Ryan und nahm seinen Rucksack aus dem Gepäckfach. »Und was ist mit uns?«

»Tracy hatte für sie keinen Wert«, erklärte Kazakov. »Wenn sie uns anrühren, dann müssen sie sich dafür vor dem Aramov-Clan verantworten, und ich bezweifele, dass sie das riskieren wollen.«

Draußen schien die Sonne und es waren fast zwanzig Grad. Ryan glitt die Nylonrutsche zur Landebahn hinunter, die selbst noch gut in Schuss war, nur die Markierungen waren teilweise lose. Die Sicht auf das Stadion wurde ihnen von riesigen Erdhügeln versperrt, hinter denen eine ganze Reihe von Baggern und Kipplastern standen, die das Flugfeld zu einem zusätzlichen Parkplatz für das neue Stadion und das angrenzende College machen sollten.

Von der anderen Seite näherte sich ein Gabelstapler mit der Aufschrift »Denver Airport« der Frachtluke des Flugzeugs. Als er sie erreicht hatte, sprangen sechs Männer, die auf der Ladefläche gestanden hatten, in den Frachtraum und begannen, ihn zu entladen.

Gleichzeitig trat ein untersetzter Mann mit einer Gebetsmütze auf dem Kopf auf Elbaz zu, umarmte ihn und begrüßte ihn mit einem mittelwestlichen Akzent: »Mein Bruder, willkommen in Amerika!«

»Mumin!«, rief Elbaz begeistert. »Ist alles bereit?«

Eine Hand am Messer in seiner Tasche ging Kazakov auf die beiden Männer zu.

»Wo ist mein Geld?«, schrie er. »Sie sollten sich lieber nicht mit mir anlegen!«

»Auf dem ursprünglich anvisierten Landeplatz wurde ein FBI-Agent gesehen«, erklärte Mumin ruhig. »Da wir den Grund dafür nicht kannten, mussten wir in letzter Sekunde neue Vorkehrungen treffen. Es wird Ihnen nichts geschehen, aber ich muss Sie bitten, uns eine Weile nicht zu verlassen.«

»Das war aber nicht geplant«, erwiderte Kazakov.

»Pläne können sich ändern«, erklärte Mumin unbeirrt. »Sie erhalten Ihr Geld und Ihre amerikanischen Pässe, sobald wir unser Basislager erreicht haben. Wäre es Ihnen lieber gewesen, das FBI hätte Sie bei der Landung verhaftet und Sie dürften den Rest Ihres Lebens in einem Bundesgefängnis verbringen?«

Ryan versuchte, die neue Situation zu erfassen. Das FBI hätte eingreifen sollen, sobald die Maschine in Hayneville gelandet war. Damit hätten sie den Sprengstoff und alle Leute erwischt, die für IDoJ arbeiteten. Er brauchte dringend Schlaf, doch zumindest hatten sie die Chance, den Sprengstoff im Auge zu behalten, wenn sie zum Lager von IDoJ fuhren.

Als der Gabelstapler drei Paletten mit Sprengstoff zu Boden senkte, deutete Mumin auf einen gelben Minivan.

»Warten Sie hinten im Wagen«, befahl er Ryan und Kazakov. »Schalten Sie keine Telefone oder andere elektronische Geräte an. Alle Funksignale könnten vom FBI geortet werden.«

Durch eine Schiebetür stiegen Ryan und Kazakov in ein schäbiges Ex-Taxi.

»Guten Tag«, begrüßte sie der Fahrer misstrauisch. Ryan roch den Zitrusduft eines Lufterfrischers, der am Rückspiegel hing.

Der Fahrer war ein schlanker Teenager mit dunkler Haut und dem spärlichen Schnurrbart eines Jungen. Während Ryan und Kazakov zusahen, wie das Flugzeug entladen wurde, sprach er kein weiteres Wort mehr.

Ryan zählte jetzt sieben Männer und eine Frau im Frachtteam. Sie hatten das Abladen von Flugzeugpaletten offensichtlich geübt und ihre rasche Zusammenarbeit und die gleichmäßigen blauen Overalls erinnerten ihn an die Boxencrew einer Formel-1-Mannschaft.

Der Wind trug Jubelrufe aus dem Stadion zu ihnen herüber, als der letzte verbeulte silberne Container die Rampe zu einem Laster mit dem Logo eines Sportbekleidungsladens hinaufrollte. Die Wege um die Landebahn herum waren während der Arbeiten am Stadion von schweren Fahrzeugen genutzt worden, sodass die vier LKWs über ziemlich holperiges Gelände fahren mussten.

Als der letzte Laster abgefahren war, sprangen Elbaz und Mumin hinten in den Minivan und setzten sich Ryan und Kazakov gegenüber. Sobald die Schiebetür zuknallte, fuhr der junge Fahrer los, nur sechseinhalb Minuten nachdem die 737 am Ende der Landebahn zum Stehen gekommen war.

Mumin nahm vom Fahrer eine halbautomatische Uzi entgegen, während Elbaz Kazakov ansah. Es hatte den Anschein, als versuche er, ihn bei Laune zu halten.

»Wir würden sehr gerne wieder mit dem Aramov-Clan zusammenarbeiten, und dieser Betriebsunfall tut mir außerordentlich leid«, erklärte er. »Als Entschädigung werden wir Ihrem Honorar zwanzigtausend Dollar hinzufügen.«

Ryan bekam einen Stoß in den Rücken, als sie durch ein besonders tiefes Schlagloch holperten.

»Ich verstehe, warum Sie so gehandelt haben«, sagte Kazakov. »Aber Sie hätten es mir schon während des Fluges sagen sollen.«

»Ja, das glaube ich auch«, erwiderte Elbaz.

»Sollten Sie die 737 nicht sprengen, damit die Beweise vernichtet werden?«, erkundigte sich Ryan.

»Sie ist präpariert«, erklärte Mumin. »Aber sie hat

Treibstoff bis Atlanta an Bord, und ich will nicht, dass sie hochgeht, solange wir noch in der Nähe sind. Ein Bewegungsmelder wird die Ladung zünden, wenn die ersten FBI-Agenten an Bord gehen.«

»Ein paar Bonusleichen«, grinste Elbaz.

Ryan zuckte es in den Fingern, sein Telefon anzuschalten und der TFU nur eine einzige SMS zu schicken, doch er konnte nur abwarten.

Ein paar Augenblicke später fuhren sie durch ein Loch, das in den Zaun, der das Flugfeld umgab, geschnitten worden war, und auf eine vierspurige Schnellstraße. Auf dieser Seite des Mittelstreifens war nur ein einziges Auto zu sehen, während auf der anderen Seite eine Kolonne von Fahrzeugen mit gelben Fähnchen und wehenden Footballslogans stand.

8

Auf dem CHERUB-Campus standen Kinder und Personal an der gleichen Essensausgabe, doch die Angestellten konnten auch in einem separaten Speisesaal essen, wenn sie wollten. Der Lärm der Kinder nebenan erklang stark gedämpft, und es gab kleine Annehmlichkeiten wie Tischtücher, bessere Gewürzständer und normalerweise ein armes Kind, das als Strafarbeit Besteck verteilen und die Tische abräumen musste. Und was am wichtigsten war: Bei den Erwachsenen standen drei mit Glasfront versehene Kühlschränke voller alkoholischer Getränke und ein schicker Espressoautomat.

James und Amy erzählten sich bei Fish and Chips die letzten Neuigkeiten. Sie redeten über alte Zeiten und teilten sich eine Flasche Weißwein, während James seine Fritten zwischen Weißbrotscheiben packte.

»Ich habe Kerry an ihrem Geburtstag in ein todschickes Restaurant eingeladen«, erzählte er. »Aber das Essen war nicht halb so gut wie ein vernünftiges Sandwich.«

»Stimmt. Die Pommes hier sind die besten«, stimmte ihm Amy zu und leckte sich das Salz von den Fingern.

Sie hatten einen Tisch am Fenster, das ihnen einen Blick über die abfallenden Rasenflächen neben dem Hauptgebäude bot. Weiter weg konnte man einen zwölf Meter hohen Wellblechzaun erkennen, hinter dem die Kräne aufragten, die am Campusdorf arbeiteten. Wenn es fertig war, würden alle CHERUB-Agenten und das Personal des Lagers ins Dorf umziehen, und das alte Hauptgebäude würde zu einem Lehr- und Trainingszentrum umgebaut werden.

»Im letzten Jahr bin ich ein paar Mal auf dem Campus gewesen«, erzählte Amy. »Aber viel zur Ruhe bin ich hier nie gekommen.«

»Es ist zwar kalt draußen, aber ich habe den ganzen Tag in einem lauten Auto gesessen«, meinte James. »Hast du Lust auf einen Spaziergang? Wir könnten sehen, was sich so alles verändert hat.«

Die Vorstellung ließ Amy lächeln.

»Wie schön nostalgisch!« Sie schob knirschend den Stuhl zurück, griff nach ihrem Mantel und ging direkt zur Tür, doch James lief vorher noch zum Kühlschrank und machte zwei Flaschen Bier auf.

»Einen auf den Weg?«, fragte er und reichte ihr eine der Flaschen.

»Deine Denkweise gefällt mir«, gab Amy zu, nahm die Flasche und saugte vorsichtig den Schaum aus dem Hals.

Die meisten Kinder waren drinnen beim Essen oder saßen an ihren Hausaufgaben, und James und Amy genossen an diesem frischen Novemberabend einen ungestörten Spaziergang und sahen zu, wie sich der Atem vor ihren Gesichtern kräuselte.

»Und, glaubst du, aus der zeitweiligen Beschäftigung als Trainer könnte eine dauerhafte Stellung werden?«, wollte Amy wissen.

James zuckte mit den Achseln.

»Ganz unmöglich ist das nicht. Kommt darauf an, was Kerry will, aber wenn ich hierher zurückkomme, würde ich eigentlich lieber an Missionen arbeiten. Zehnjährige Schüler trainieren zu lassen, bis sie kotzen, turnt mich nicht wirklich an.«

»Du bist mit Kerry jetzt schon eine ganze Weile zusammen.«

»Acht Jahre, mal mehr, mal weniger«, nickte James. »Aber wenn ich ehrlich bin, dann ist es im Moment eher weniger.«

»Warum?«

»Ich hatte Ärger«, gab James zu. »Ich habe mit ein paar Mathefreaks zusammen den Abschluss von der Uni mit einer Reise nach Las Vegas gefeiert, um Blackjack zu spielen.«

»Dann hast du also das ganze Geld von deiner Mutter verloren?«, staunte Amy.

»Nee. Wir hatten ein System, um die Karten zu zählen, und haben ganz schön Geld gemacht«, erzählte James. »Aber der Sicherheitsdienst vom Casino ist uns auf die Schliche gekommen und daher haben sie uns aus Las Vegas verbannt. Da hatten wir ganz schön was auf die Finger bekommen, aber ein paar der Jungs hatten ziemlich hohe Studiendarlehen, also haben wir uns verkleidet und sind für ein letztes Spiel zurückgekehrt. Und dann sind wir im Knast gelandet.«

»Du warst im Gefängnis?«, stieß Amy hervor.

»In Las Vegas gibt es Gesetze bezüglich unerwünschter Personen in einem Casino. Man kann bis zu zwei Jahre Haft dafür bekommen. Kerry ist ausgerastet, als ich verhaftet wurde, und hat auf dem Campus angerufen und um Hilfe gebeten. Wir haben uns alle auf einen Deal eingelassen und zweitausend Dollar Strafe gezahlt und bekamen drei Monate auf Bewährung.«

»Das ist heftig«, meinte Amy. »Aber wenigstens ist die Strafe auf Bewährung ausgesetzt worden.«

»Ja«, nickte James. »Aber das macht die Jobsuche nicht gerade einfacher, wenn man zu der Frage kommt, ob man schon einmal verhaftet worden ist.«

»Nein«, stimmte Amy zu.

»Na ja, Zara fehlten ein paar Trainer auf dem Campus, und Kerry wollte, dass ich nicht noch mehr Ärger bekomme, also bin ich hier.«

»Aber deine Mutter hat dir doch viel Geld hinterlassen«, meinte Amy.

»Es ging nicht ums Geld«, erwiderte James achselzuckend. »Es ist nur so, als ich dreizehn war, bin ich in einer Verfolgungsjagd ein schnelles Auto gefahren. Ich habe mich mit Motorradgangs angelegt, mit Terroristen herumgehangen und die Tochter eines Drogenhändlers in einer Badewanne gepoppt. Ich glaube, ich habe das mit dem Casino nur gemacht, um den alten Thrill noch einmal zu spüren. Der bloße Gedanke an einen geregelten Job macht mich wahnsinnig.«

»Das kann ich dir nachfühlen«, meinte Amy. »Ich hatte auch keine Ahnung, was ich mit meinem Leben anfangen sollte, bis ich zur TFU gekommen bin.«

Sie hatten nicht weiter darauf geachtet, wohin sie gingen, bis sie plötzlich feststellten, dass sie an der Schwimmhalle des Campus vorbeiliefen. Durch das Fenster leuchteten ein paar Lichter im Hauptbecken, doch niemand schwamm darin. Amy presste ihr Gesicht an eines der Fenster.

»Neue Fliesen«, bemerkte sie. »Höchst elegant.«

Doch James dachte an etwas anderes.

»Hier haben wir uns zum ersten Mal gesehen«, erinnerte er sich und nahm einen Schluck Bier. »2003 konnte der elfjährige CHERUB-Rekrut James Adams seine Grundausbildung nicht eher anfangen, bis seine wunderschöne sechzehnjährige Trainerin im schwarzen T-Shirt ihm das Schwimmen beigebracht hatte.«

»Du warst so süß damals«, sagte Amy. »Dieses schäbige Arsenal-T-Shirt mit Viera auf dem Rücken! Sie hatten dir die Haare abrasiert, du warst neu auf dem Campus und total verängstigt.«

»Ich war so in dich verknallt, aber ich kam mir vor wie ein kleines Nichts«, gestand James. »Du warst so reif und weise.«

James war sich nicht sicher, ob Amy ihn gehört hatte, denn sie hatte die Haupttür zum Schwimmbad aufgestoßen und war in die Halle getreten. James folgte ihr und genoss die Wärme, den Geruch nach Chlor und das vertraute Grollen der Umwälzanlage im Pool.

»Ich glaube, ich würde gerne schwimmen«, meinte Amy.

Während James die Hinweisschilder in der Halle betrachtete, konnte er das Kreischen von Kindern aus dem angrenzenden Spielbecken hören. *Keine Straßenschuhe. Nicht rennen. Nicht schreien. Benutzung des Pools nur in Anwesenheit eines Schwimmmeisters.*

»Im Umkleideraum liegen bestimmt Handtücher«, sagte er.

Amy ließ den Mantel von den Armen gleiten und auf eine Bank fallen, bevor sie durch die Tür trat, die zum Pool führte. Offiziell galt James mittlerweile als erwachsen, aber er verspürte immer noch Ehrfurcht, als Amy ihre Schuhe abstreifte und begann, sich die Bluse aufzuknöpfen.

»Kommst du mit?«, wollte sie wissen, während sie den Rock fallen ließ und sich einen Strumpf auszog. »Oder hast du vor, da stehen zu bleiben und mich anzustarren wie ein Perverser?«

»Na klar«, antwortete James, zog sich dabei jedoch schon das T-Shirt über den Kopf. Bis er die Hose heruntergezogen hatte, war Amy schon ins Wasser gesprungen, und das Erste, was sie tat, war, ihn mit einer kräftigen Ladung Wasser nass zu spritzen.

»Halt, meine Sachen!«, rief James. »Wir müssen zurücklaufen und es ist eiskalt draußen!«

»Hindere mich doch!«, rief Amy und spritzte erneut.

James trat sein Kleiderbündel zur Wand zurück und sprang ins Wasser, während Amy sportlich bis zum tiefen Ende schwamm. Er schaffte es nicht, sie einzuholen, doch schließlich konnte er sie in die Ecke treiben. Sie sah unglaublich aus, wie sie so im Halbdunkeln Wasser trat und Lichtreflexe auf ihrem Gesicht tanzten.

»Du hast noch eine Socke an«, bemerkte sie.

James sah nach unten, um sich zu vergewissern, dass er völlig sockenfrei schwamm, und Amy nutzte den Moment zu einem Fluchtversuch an ihm vorbei. Hätte sie ihm wirklich entkommen wollen, hätte sie einfach aus dem Pool steigen können, doch es war ein Spiel, und so suchte sie nach einer Lücke, wo keine war. Fast als wollte sie, dass James sie packte.

Es war ein merkwürdiges Gefühl, als James einen Arm um Amys Taille legte. Er hielt sie nicht fest, sodass sie sich hätte losmachen können, doch sie drängte sich gegen ihn und entspannte sich, als erwarte sie, geküsst zu werden.

»Wo soll das hinführen?«, wunderte sich James. »Ich hatte keine Ahnung, dass du auf mich stehst.«

Amy lachte. »Als du elf warst? Nein. Aber als Mädchen kann man auf Schlechteres treffen als auf James mit einundzwanzig.«

James hatte von Amy geträumt, seit er sein Interesse für Mädchen entdeckt hatte. Kurz kam ihm Kerry in den Sinn, doch das hier konnte er nicht ablehnen.

»Weißt du, ich habe die letzten sieben Monate in einem Land verbracht, in dem die meisten Männer sechzig Zigaretten am Tag rauchen, einmal im Monat baden und ihre Bräute durch Entführung bekommen«, fuhr Amy fort. »Meine Ansprüche sind im Moment vielleicht nicht ganz so hoch.«

Sie schwammen in flacheres Wasser und küssten sich, als sie den Beckenrand erreichten.

»Nur dass das klar ist«, meinte Amy, als sie Luft holten, »es ist nichts dabei. Wir sind nur zwei alte Kumpel, die aufeinander stehen. Was soll daran falsch sein?«

»Gar nichts«, stimmte James ihr zu, als sie ihre Finger in seinen Rücken krallte und ihn erneut küsste.

9

Der Junge mit dem Teenagerbärtchen fuhr zwanzig Minuten und ließ das alte Taxi dann auf dem leeren Parkplatz einer Highschool stehen. Auf der Weiterfahrt in einer Chrysler-Limousine musste sich Ryan zwischen Mumin und Kazakov auf den Rücksitz quetschen.

Eine Stunde später bogen sie von einer entlegenen Schnellstraße ab und holperten knappe zwei Kilometer über eine unbefestigte Straße zu einer Farm, an deren Zufahrt ein Gerichtsbeschluss und ein Auktionsverkaufsschild hingen.

Von Landwirtschaft hatte Ryan keine Ahnung, aber er ging davon aus, dass es sich um eine Milchfarm handelte, da er draußen umzäunte Weiden sah, in denen man Großtiere halten konnte, und weil neben einem großen Schuppen mit Aluminiumwänden riesige Kühltanks standen.

Vor einem großen Wohnhaus parkten zehn Laster, die jedoch alle kleiner waren als diejenigen, die am Flughafen die Ladung aufgenommen hatten. Auf Ziegelsteinen aufgebockt stand ein Wohnwagentrailer ein paar hundert Meter vom Hauptgebäude entfernt. Dort setzte der Chrysler Ryan, Kazakov und Mumin ab, während Elbaz und der Junge zum Haus weiterfuhren.

Im Wohnwagen war es schmutzig, aus dem Badezimmer stank es nach Urin, und auf dem Fußboden lagen die toten Fliegen des ganzen letzten Sommers.

»Es ist nichts Besonderes, aber Sie bleiben hier ja nur knapp vierundzwanzig Stunden«, erklärte Mumin und deutete auf die beiden schwarzen Rollkoffer, die auf dem Sofa im Erkerfenster am Ende des Wagens lagen. »Dort ist, weswegen Sie hier sind.«

Kazakov machte die Koffer auf und schlug die Leinendeckel zurück, unter denen Stapel von Fünfzig- und Hundertdollarscheinen zum Vorschein kamen. IDoJ glaubte, dass der Aramov-Clan das Bargeld, das man nicht zurückverfolgen konnte, für die Krebsbehandlung von Irena Aramov, der Matriarchin des Clans, brauchte. Tatsächlich wurde Irenas Behandlung vom FBI bezahlt, und das Geld war nur der Vorwand, um es Ryan und Kazakov zu ermöglichen, die IDoJ-Operation von Kirgistan über China bis in die USA zu verfolgen.

»Zwei Millionen Dollar in bar«, erklärte Mumin. »Zählen Sie es, wenn Sie wollen, aber das wird eine Weile dauern.«

»Ich vertraue Ihnen«, erwiderte Kazakov und fügte eher beiläufig hinzu, »Leute, die den Aramov-Clan betrügen, leben meist nicht sehr lange.«

»Die restlichen vier Komma zwei wurden in Beträgen von je zwanzig- bis achtzigtausend Dollar auf die von Ihnen genannten Bankkonten transferiert«, fuhr Mumin fort. »Ihre Leute müssten den Empfang gleich nach der Öffnung der Banken morgen früh bestätigen können.«

Während Mumin weiterredete, betrachtete Ryan fasziniert den Inhalt der Rollkoffer.

»Es gibt hier Fernsehen und eine Dusche. Im Kühlschrank finden Sie Lebensmittel. Die Mikrowelle ist in Ordnung, aber leider haben wir keine Gasflasche für den Herd.«

»Wir sind hier am Arsch der Welt«, stellte Kazakov fest. »Wir werden ein Fahrzeug brauchen, um von hier fortzukommen.«

»Wenn unsere Laster abfahren, bekommen Sie die Schlüssel für einen Leihwagen«, nickte Mumin. »Vor Ablauf der einwöchigen Mietzeit wird den Wagen niemand vermissen. Wenn Sie fertig sind, werden Sie ihn irgendwo los.«

Während Kazakov die Reißverschlüsse der Rollkoffer wieder zuzog und ihr Gewicht prüfte, ließ Ryan den Rucksack zu Boden gleiten und stellte sich dem übel riechenden Bad.

»Wir wollen Sie nicht einschließen, aber es wäre uns lieb, wenn Sie nicht draußen herumlaufen«, erklärte Mumin. »Je weniger Leute Ihre Gesichter sehen, desto besser.«

»Das geht uns ebenso«, entgegnete Kazakov. »Wir werden duschen und uns hinlegen. Vielleicht sehen wir noch ein wenig Football.«

Die winzige Plastiktoilette war vom Alter vergilbt und der Dreck auf der Toilettenbürste drehte Ryan fast den Magen um. Er drehte das Wasser in der Dusche auf, doch es kam nur ein Tröpfeln. Daneben stand eine halb volle Flasche pinkfarbenen Shampoos, das wahrscheinlich die früheren Besitzer zurückgelassen hatten, und mit den beiden zerfetzten Handtüchern hätte sich Ryan nicht einmal den Hintern abgewischt.

Als er nach dem Pinkeln aus der Toilette kam, war Mumin bereits gegangen, und Kazakov füllte einen alten Wasserkocher, den er in einem der Schränke gefunden hatte.

»Und, wie sieht es aus?«, fragte Ryan vorsichtig.

Da die Gefahr bestand, dass der Wohnwagen verwanzt war, drehte Kazakov vorsichtshalber einen Wasserhahn voll auf und winkte Ryan näher, bevor er leise sagte: »Sie sind rücksichtslos. Wenn sie uns töten wollten, hätten sie uns nicht erst hierhergebracht.«

»Ist das Geld echt?«

»Soweit ich das beurteilen kann, schon«, sagte Kazakov. »Und außerdem glauben sie, wir sind die, für die wir uns ausgeben.«

»Wie kommst du darauf?«

»Sie haben uns nicht durchsucht und uns nicht unsere Telefone weggenommen«, erklärte Kazakov. »IDoJ hofft offenbar auf eine künftige Zusammenarbeit mit dem Aramov-Clan, deshalb können sie uns nicht wie Gefangene behandeln.«

»Was ist mit dem Sprengstoff?«, wollte Ryan wissen. »Wir haben nichts mehr davon gesehen, seit wir den Flughafen verlassen haben.«

»Wir haben das Auto gewechselt. Wenn der Sprengstoff hierhergebracht wird, werden sie mit Sicherheit auch die Laster wechseln«, meinte Kazakov. »Das Ent- und Beladen braucht seine Zeit, und um unauffällig zu sein, werden sie verschiedene Straßen benutzen.«

Ryan nickte, nahm sein Telefon und schaltete es ein.

»Dann ist es also unwahrscheinlich, dass sie vor uns hier angekommen sind, doch wir sollten darauf achten, ob hier irgendwelche Laster ankommen.«

Kazakov hatte den Wasserkocher angestellt, der mittlerweile so viel Lärm machte, dass er den Wasserhahn abdrehen konnte.

»Glaubst du, dass uns das FBI hierhergefolgt ist?«, wollte Ryan wissen.

»Das kann man unmöglich wissen«, erwiderte Kazakov. »Wenn ja, haben wir Glück gehabt, aber wir müssen wohl davon ausgehen, dass wir auf uns selbst gestellt sind, und uns entsprechend verhalten.«

Ryan sah auf das Display seines Telefons und registrierte, dass er keinen Empfang hatte.

»Na ja, sehr wahrscheinlich war es ja nicht, dass es hier draußen in der Einöde funktioniert.«

»Wir haben hier nur ein Bad«, stellte Kazakov fest.

»Wenn ich jetzt unter die Dusche gehe und mir richtig viel Zeit lasse, könntest du doch eigentlich einen Spaziergang zum Haus machen und versuchen, festzustellen, was da vor sich geht, oder?«

»Und wenn man mich schnappt?«

»Du musst nicht herumschnüffeln«, beruhigte ihn Kazakov. »Steck die Hände in die Hosentaschen und mach einen Spaziergang. Wenn dich jemand aufhält, kannst du einfach sagen, dass dein Bauch grummelt, dein Dad sei unter der Dusche, und du suchst nur einen Ort, wo du aufs Klo gehen kannst.«

»In Ordnung«, meinte Ryan. »Soll ich jetzt gleich gehen?«

Kazakov schüttelte den Kopf.

»Warte noch eine halbe Stunde. Ruh dich aus und gib ihnen die Gelegenheit, ein wenig in ihrer Wachsamkeit nachzulassen. Außerdem wird es dann schon fast dunkel sein.«

*

Als in Alabama der Abend dämmerte, war es auf dem CHERUB-Campus tiefe Nacht. James schlief in einem Zimmer im zweiten Stock, das er sich mit Bruce teilte, als ihn ein unbekannter Klingelton weckte.

»Willst du nicht rangehen?«, rief er und setzte sich auf.

Die Wohnungen für unverheiratetes Personal auf dem Campus waren ähnlich geschnitten wie die für die Kinder, nur dass es eine Schiebetür zwischen dem Schlaf- und Wohnbereich und eine Miniküche mit Herd und Backofen gab.

Bruce lag im Wohnbereich auf dem Schlafsofa und rief zurück: »Das ist deins!«

»Ich kenne doch meinen Klingelton«, gab James gereizt zurück.

»Kommt aber aus *deiner* Hose.«

James warf die Bettdecke fort, schaltete die Nachttischlampe ein und stand auf, um nachzusehen.

»Hab ich doch gesagt«, murmelte Bruce, als James das klingelnde iPhone aus seiner Jeans zog.

Aber James war nicht nur der Klingelton fremd, er kannte auch den Namen Dr. D. nicht, der im Display aufleuchtete.

Er drückte auf die Annahmetaste.

»Hallo?«

»Amy, hier ist Dr. D. Es gibt ein Problem mit Ryan und Kazakov. Das musst du Zara Asker sofort sagen, denn das hier könnte schlimm ausgehen.«

»Immer schön langsam«, verlangte James. »Amy ist nicht hier, aber wenn es dringend ist, kann ich sie holen.«

James hatte keine Ahnung, dass Dr. D. Amys Boss war.

»Warum haben Sie ihr Telefon?«, fragte sie wütend. »Wer sind Sie?«

»Ich weiß, wo sie ist«, erwiderte James und ignorierte ihre Frage. »Sie ruft Sie gleich zurück.«

»Wie bist du denn an Amys Telefon gekommen?«, wollte Bruce wissen, als James aufgelegt hatte.

James zog sich die Jeans an, um über den Gang zu dem Zimmer zu gehen, in dem Amy übernachtete.

»Nach dem Essen bin ich mit Amy nackt baden gewesen«, erklärte er seinem Freund. »Amy hat gesagt, sie steht auf mich, also endete es damit, dass wir es auf einem Haufen Schwimmbretter getrieben haben.«

»Ts«, machte Bruce, »klar doch, James. Träum weiter.«

James musste grinsen, weil er Bruce die Wahrheit gesagt hatte, wohl wissend, dass dieser sie nicht glauben würde.

»Wieso bist du dir da denn so sicher?«, hakte er nach.

»Zum einen hat Amy immer nur für ältere Jungen etwas übriggehabt«, erklärte Bruce. »Außerdem hält dich

Kerry an der kurzen Leine und drittens bist du schon immer der totale Aufschneider gewesen.«

»Gute Argumente«, fand James. Aber sein Lächeln verschwand, als er aus der Tür ging, denn Bruce hatte ihn wieder an Kerry erinnert, und seit seiner Verabschiedung als CHERUB-Agent war dies erst das dritte Mal, dass er sie betrogen hatte.

Amy schlief vier Zimmer weiter und ihre Tür war nicht verschlossen.

»Du hast mein iPhone«, erklärte er ihr anklagend, als sich Amy die Augen rieb. »Jemand namens Dr. D. hat angerufen.«

»Scheiße, das ist mein Boss«, rief Amy und sprang auf. »Dann muss das da im Ladegerät dein Telefon sein.«

James nahm sein Telefon aus der Ladeschale, während Amy Dr. D. anrief. Als sie das Klingelzeichen hörte, scheuchte sie James mit einer Handbewegung aus dem Zimmer.

»Tut mir leid, aber das ist vertraulich«, sagte sie. »Würdest du bitte?«

10

Vor dem Farmhaus fuhr ein Sattelschlepper vor, als Ryan in der offenen Tür des Wohnwagens stand. Er fühlte sich wegen ihrer misslichen Lage und auch wegen des verschwitzten T-Shirts, das ihm am Rücken klebte, unwohl. Er brauchte dringend Schlaf, doch immer wenn er die Augen schloss, stand ihm das Bild von Tracys Blut vor den Augen, das im Cockpit verteilt war.

Kazakov kniete auf dem Sofa am Fenster und sah durch die schmutzigen Vorhänge in die Dämmerung. Das Aluminium eines Frachtcontainers, der aus einem der Anhänger gerollt wurde, blitzte auf.

»Sprengstoff?«, fragte Ryan und kam näher, um zu sehen, was Kazakov beobachtete.

»Sehr wahrscheinlich«, entgegnete Kazakov. »Die Zeit passt auch, eine halbe Stunde nach uns.«

Sie sahen noch ein paar Minuten länger zu, und Ryan glaubte, ein paar der Männer zu erkennen, die am Flugplatz gewesen waren. Kazakov hatte den Fernseher eingeschaltet, doch der Empfang war schlecht, und erst nach einigen Sekunden erkannte Ryan den Nachrichtensprecher, der vor dem Bild eines brennenden Flugzeuges stand.

»Hast du den Ton abgestellt?«, fragte Ryan.

Es war ein altes Gerät, an dem die Lautstärke durch einen Knopf geregelt wurde, was Kazakov durch eine Handbewegung andeutete.

»Der Lautsprecher fällt immer wieder aus«, erklärte er. »Irgendwelche Drähte müssen lose sein. Ich habe ein paar Bildunterschriften gelesen. Ein FBI-Beamter starb, als sie an Bord der 737 gingen, und das Stadion wurde evakuiert, für den Fall, dass es noch weitere Explosionen geben könnte.«

Als ihn die flackernden Bilder des Fernsehers langweilten, stellte sich Ryan ans Fenster und sah zum Farmhaus hinüber. Dort stand Elbaz, der ohne seine Pilotenuniform, sondern jetzt in einem leuchtend rosa Hemd mit breitem Kragen noch mehr nach Bollywood aussah als zuvor. Von Mumin war nichts zu sehen, aber etwa zehn junge Männer und ein paar Mädchen halfen dabei, die Paletten mit Sprengstoff in die Sechsergarage neben dem Haus zu rollen.

»Die scheinen ganz zufrieden zu sein«, meinte Kazakov.

»Glaubst du, das sind Selbstmordattentäter?«, wollte Ryan wissen.

»Schon möglich«, entgegnete Kazakov. »Einen Lastwagen voller Sprengstoff kann man vor einem Gebäude parken. Aber meist ist es wesentlich effektiver, wenn man mit großer Geschwindigkeit direkt in sein Ziel fährt. Allerdings sind das verdammt viele.«

Ryan sah ihn verwundert an.

»Wie meinst du das?«

»Selbst die Fanatiker stehen nicht unbedingt Schlange, um sich umzubringen. Die meisten Selbstmordattentate werden von nur einem oder zwei Männern durchgeführt.«

»Und das am 11. September?«, wandte Ryan ein.

»Jede Regel hat ihre Ausnahme«, erklärte Kazakov achselzuckend. »Es wird mittlerweile ziemlich dunkel. Wie wäre es, wenn ich jetzt dusche und du dich auf deinen Spaziergang machst?«

»Gute Idee«, fand Ryan. »Aber wir sind hier am Ende der Welt. Ich wette, das Gelände wird bewacht. Selbst wenn wir herausfinden sollten, was sie vorhaben …«

Bevor Ryan seinen Gedanken zu Ende aussprechen konnte, unterbrach ihn Kazakov: »Immer schön eines nach dem anderen. Finde du erst mal Informationen, dann überlegen wir uns, was wir damit anfangen.«

Ryan schlüpfte mit bloßen Füßen in seine Turnschuhe und tippte sich zweimal hinters Ohr, um sein Kommunikationsgerät einzuschalten.

»Kannst du mich hören?«

»Laut und deutlich«, antwortete Kazakov, nachdem er sein eigenes Gerät eingeschaltet hatte. »Benutze es nicht zu viel. Die Batterien sind winzig und können nicht mehr viel Saft haben.«

»Verstanden.«

Der Vierzehnjährige stapfte die Wohnwagentreppe hinunter. Nach Sonnenuntergang war die Temperatur gesunken, und er rieb sich fröstelnd über die Arme, als er zum Farmhaus ging. Man schien mit dem Umladen fertig zu sein und die bösen Buben und Mädchen gingen nach drinnen.

Aus fünfzig Meter Entfernung konnte Ryan erkennen, dass die zehn kleinen Laster, die vor der Tür des Farmhauses standen, alle vom gleichen Modell waren. Alle hatten saubere schwarze Reifen und blank geputztes Glas und keiner von ihnen wies die für gewerbliche Fahrzeuge sonst so üblichen Schrammen und Kratzer auf.

Der einzige Unterschied zwischen den Lieferwagen war, dass sie in den Farben mehrerer großer amerikanischer Handelsketten lackiert waren. In der Fahrerkabine eines dunkelblauen Lasters von *Office Megastore* brannte Licht und eine kleine Frau mit dickem Hintern kletterte darin herum. Hätte sie hingesehen, hätte sie

Ryan mit Sicherheit bemerkt, aber sie schien damit beschäftigt, irgendetwas im Fußraum zu suchen.

Als sie die Kabine verließ, versteckte sich Ryan hinter einem Baum und knöpfte die Hose auf, damit er sagen konnte, dass er nur pinkeln war, falls ihn jemand sah. Die Frau ging ein paar Schritte zurück und drückte einen Schalter auf einer Fernsteuerung, woraufhin die Scheinwerfer des Lasters angingen.

Mit dem nächsten Knopfdruck wurde der Motor gestartet, und während die Mechanikerin weiter zurücktrat, schob sie einen Hebel an der Fernbedienung vor und ließ den dunkelblauen Laster zwanzig Meter nach vorne fahren. Dann ließ sie ihn abrupt anhalten, fuhr zurück und parkte den Wagen wieder an seinem Platz zwischen den anderen, bevor sie das Licht ausschaltete.

Als sie in die Garage lief, ging auch Ryan wieder weiter und war bald in Hörweite.

»Die Batterie war nicht richtig angeschlossen«, erklärte die Frau einem Kollegen, als sie in das Licht trat, das durch die hochgeschobenen Türen der großen Garage fiel. »Jetzt ist wieder alles in Ordnung, aber wir müssen alle anderen Wagen noch einmal überprüfen.«

Ryan überquerte den Weg, der zur Farm führte. Von dieser Seite aus konnte er zwischen zwei geparkten Lastern einen Teil der Garage überblicken. Die Crew, die er auf dem Flughafen gesehen hatte, war damit beschäftigt, pizzaschachtelgroße Stücke von Sprengstoff aus den Frachtcontainern zu nehmen und die Plastikverpackung mit Teppichmessern zu lösen.

Im Hintergrund arbeiteten geübtere Leute an Werkbänken mithilfe von Vergrößerungsgläsern daran, Komponenten zusammenzulöten, die Ryans Meinung nach entweder zu den Fernsteuerungen für die Laster oder zu den Zündern für den Sprengstoff gehörten.

Ryan fand, dass er Glück gehabt hatte, so viel in Erfahrung zu bringen, ohne sich dem Haus auch nur auf dreißig Meter nähern zu müssen. Doch jetzt war es zwar klar, dass die Terroristen vorhatten, die zehn Laster mit Sprengstoff vollzupacken und sie ferngesteuert in ihre Ziele rasen zu lassen, doch er hatte keine Ahnung, was diese Ziele sein mochten oder wann die Angriffe stattfinden sollten.

Er hatte gehört, wie Mumin Kazakov gesagt hatte, dass sie keine vierundzwanzig Stunden hierbleiben würden, doch das beschrieb nur den Zeitpunkt, an dem die Laster zu ihren Zielen aufbrechen sollten. Amerika war ein großes Land, und vielleicht sah ihr Plan ja auch vor, die Wagen in den ganzen USA zu verteilen und den eigentlichen Angriff erst in Tagen oder Wochen auszuführen.

Mehr würde Ryan nur erfahren, wenn er sich näher zum Haus begab und vielleicht an einem offenen Fenster ein paar Gesprächsfetzen mitbekam. Nachdem er zwischen den Lastern hindurchgeschlichen war, musste er sich für Haus oder Garage entscheiden. Was in der Garage vor sich ging, war klar, daher war es sinnvoller, mit seiner »Ich muss aufs Klo«-Geschichte zum Haus zu gehen.

Das große Farmhaus hatte zwei Stockwerke und ein ausgebautes Dachgeschoss. Der Vorbesitzer hatte offensichtlich mitten während eines groß angelegten Umbauprojektes Pleite gemacht. Die Fassade wies neuen Putz und einen marmorverzierten Eingang auf, während weiter hinten noch Fenster verbrettert waren und man die Fundamente für einen noch nicht fertiggestellten Anbau erkennen konnte.

Die Haustür war nicht abgeschlossen, und Ryan trat bewusst laut ein, da er wusste, dass die Menschen weniger misstrauisch sind, wenn es so aussieht, als wüsste man, was man tut.

In allen Zimmern konnten sich Leute aufhalten, doch der Lärm kam eigentlich nur aus einer großen Wohnküche. Sie sah nach exklusiver deutscher Wertarbeit aus, doch dort, wo die Deckenleuchten hätten sein sollen, hingen nur Kabel herunter.

An der Schiebetür stand ein 4000-Dollar-Ofen aus Schweden noch in seiner Styroporverpackung, daher scharte sich die lebhafte Gruppe um eine verschleierte junge Frau, die aus einem Kübel mit Marinade Hühnchenteile fischte und sie auf eine Reihe von Einweggrills warf.

»Ryan«, sagte Elbaz, der aus einer Art Schrank unter der Wendeltreppe zum ersten Stock kam. »Hat Mumin nicht gesagt, ihr solltet in eurem Wohnwagen bleiben?«

Es hörte sich an wie eine normale Frage und nicht wie ein Verweis, daher brachte Ryan seine Ausrede vor.

»Mein Dad braucht immer Ewigkeiten in der Dusche. Der lange Flug und dass ich nicht richtig gegessen habe, hat meinen Magen völlig durcheinandergebracht.«

Elbaz lachte. Er schien gar nicht mehr der arrogante Kerl zu sein, der mit ihnen vor eineinhalb Tagen vom Kreml aus gestartet war. Ryans Meinung nach rührte die Veränderung daher, dass sein Selbstbewusstsein stieg, je mehr sich die Operation von IDoJ ihrer Vollendung näherte.

»Die Toilette ist hinten im Gang«, erklärte er. »Begleitest du deinen Vater überallhin?«

Ryan nickte.

»Meine Mutter ist gestorben, als ich noch ein Baby war. Seitdem gibt es uns nur im Doppelpack.«

»Und die Leute vermuten nicht, dass man schmuggelt, wenn man Kinder dabeihat«, fügte Elbaz hinzu.

»Das hat uns schon ein paar Mal aus Schwierigkeiten geholfen«, gab Ryan zu und deutete dann auf die Toilette. »Darf ich?«

»Besser da drinnen als hier«, scherzte Elbaz.

Angespannt betrat Ryan die große, marmorgetäfelte Toilette. Auf der verspiegelten Wand prangte das Gesicht des jungen Clint Eastwood. Ryan verriegelte die Tür, setzte sich auf den Toilettendeckel und blieb dort so lange, wie er normalerweise brauchen würde. Um seiner Geschichte noch mehr Glaubwürdigkeit zu verleihen, betätigte er auch noch die Spülung.

Dann ging er zur Küche, mit der Ausrede, sich bei Elbaz bedanken zu wollen. Doch der war verschwunden, und so hielt ihn niemand auf, als er den riesigen Raum betrat und sich an die Kücheninsel zwischen einen der Terroristen, die mit ihnen geflogen waren, und den schnurrbärtigen Teenager aus dem Taxi stellte.

»Nimm dir von dem Hühnchen«, forderte ihn der Teenager freundlich auf. »Das ist gut.«

Lächelnd griff Ryan nach einem Pappteller und nahm sich ein Hühnerbein mit orangefarbener Marinade. Da er seit dreißig Stunden nichts anderes als Dosenessen und Sandwiches gegessen hatte, regte das frisch gebratene und gut gewürzte Hähnchen seinen Appetit an, und er ließ gleich noch zwei Lammkoteletts folgen, die auf einem Tablett an ihm vorbeigetragen wurden.

»Ich habe euer Geld gesehen, als die Koffer gekommen sind«, erzählte der Teenager Ryan.

»Das ist nicht *mein* Geld«, verwies ihn Ryan und probierte das Lamm. »Ich wünschte, es wäre so, aber ich bin nur der Lieferjunge eurer Kuriere.«

Es entstand eine Gesprächspause, und obwohl Ryan festgestellt hatte, dass es wohl kein Selbstmordattentat werden sollte, fand er, dass das wohl eine gute Möglichkeit wäre, eine Unterhaltung anzufangen.

»Seid ihr alle solche Bekloppten, die sich in die Luft sprengen?«, fragte er.

Der Teenager sah ihn beleidigt an. »Na klar, wir sind alle Selbstmordbomber.«

»Tut mir leid«, entschuldigte sich Ryan. »Es ist nur … mein Dad und ich haben die ganzen Laster draußen gesehen …«

Auf der anderen Seite der Kochinsel erkannten sich zwei Männer, die höchstens zwanzig sein konnten, und umarmten sich. Sie nannten sich Cousin und begannen ein Gespräch à la *Wie geht es? Wann bist du angekommen?* und so weiter. Beide sahen arabisch oder auch nordafrikanisch aus, doch ihr Akzent war reinstes Texanisch.

Während Ryan sein zweites Lammkotelett verdrückte, sagte der größere der beiden Cousins: »Meine Tante ist auf der Jagd nach einem Plasmafernseher für den Black Friday. Ich habe einen Kerl beauftragt, ihr das Auto zu klauen, damit sie am Morgen nicht losfahren kann.«

Der andere Cousin lachte.

»Du meinst deine Tante in Houston?«

»Ja«, nickte der Mann. »Sie hat mich vor dem Kinderheim gerettet, als meine Mum sich abgesetzt hat. Ich will nicht, dass sie morgen früh in der Nähe der Läden ist.«

»Und was ist mit ihrem Auto?«

»Ich habe dem Kerl den Schlüssel gegeben. Er wird es ein paar Häuserblöcke weiter weg parken. Falls es niemand findet, bevor ich nach Hause komme, sage ich ihr einfach, ich hätte es auf dem Weg zu ihr gesehen.«

Ryan hatte viele Informationen über die beiden Cousins herausgefunden, aber das Wichtigste war die Sache mit dem Auto: Es bestätigte, dass IDoJ morgen früh Anschläge auf Läden plante und dass zumindest ein Ziel in Houston lag. Und mindestens einer der Attentäter hatte vor, den Anschlag zu überleben.

Als Ryan sich umdrehte, um zu gehen, legte ihm Elbaz von hinten die Hand auf die Schulter. Er hatte ein Folientablett mit Grillfleisch, Salat, Reis, Servietten und

Plastikbesteck in der Hand. Doch seine Stimme klang jetzt streng.

»Es ist nicht angemessen, dass du dich hier aufhältst«, sagte er. »Nimm dir eine Packung Orangensaft und teil dir das hier mit deinem Vater. Und ich muss dich bitten, den Wohnwagen nicht noch einmal zu verlassen.«

Ryan tat zerknirscht.

»Tut mir leid, Boss«, sagte er. »Als ich vom Klo gekommen bin, hat es so gut nach Essen gerochen.«

»Iss und schlaf«, riet ihm Elbaz. »Ich hoffe, das Essen schmeckt euch, und sag deinem Vater, dass ich für seine Hilfe dankbar bin.«

11

Kazakov hatte tatsächlich geduscht, um Ryans Ausrede zu unterstützen. Als der Teenager zurückkam, saß er am Erkerfenster und betrachtete angelegentlich seinen Fußballen.

»Alles in Ordnung?«, fragte Ryan.

»Splitter vom Fußboden«, erklärte Kazakov. Sein Gesicht leuchtete auf, als er das Tablett sah. »Das riecht vernünftig.«

Ryan stellte den Wasserkocher an, um die Geräusche zu dämpfen, falls sie abgehört wurden, und schaltete auf Russisch um, eine Sprache, von der er bezweifelte, dass einer von Elbaz' Leuten sie beherrschte.

»Die Laster werden ferngesteuert«, erzählte er. »Es sind insgesamt zehn. Ich schätze, sie fahren sie bis in die Nähe ihrer Ziele, springen hinaus und steuern sie die letzten paar hundert Meter mit den Fernbedienungen.«

»Klingt plausibel.«

»Die Anschläge gelten Läden«, fuhr Ryan fort und goss ihnen Orangensaft ein, während Kazakov in einen fettigen Hühnerflügel biss. »Scheint morgen zu sein. Die Logos auf den Wagen könnten ein Hinweis auf die Ziele sein. Und die beiden Cousins haben etwas von Black Friday gesagt. Das habe ich auch in der Zeitung gesehen, die Tracy gelesen hat. Ich wünschte, wir könnten es googeln, um herauszufinden, was das heißen soll.«

»Bevor es das Internet gab, verfügten die Menschen

über so etwas wie Allgemeinbildung«, sagte Kazakov grinsend. »Der vierte Donnerstag im November – heute – ist Thanksgiving. Viele Leute hier in den Staaten nehmen sich den Freitag danach frei und machen ein langes Wochenende. An Thanksgiving sind die Läden geschlossen, aber am Black Friday öffnen sie wieder und locken mit Sonderangeboten.«

Ryan nickte. »Wie in den Werbebeilagen, die Tracy in ihrer *USA Today* hatte. Ich wette, wenn sie es nach Atlanta geschafft hätte, wäre sie rechtzeitig nach Hause gekommen, um ein paar Schnäppchen zu machen.«

»Der Black Friday ist der größte Einkaufstag des Jahres hier drüben«, sagte Kazakov. »Die Einkaufszentren sind knallvoll, und ich denke, man kann darauf wetten, dass das die Ziele sind, die IDoJ angreift.«

»Wir müssen sie warnen«, meinte Ryan. »In jedem Laster steckt eine Tonne Sprengstoff.«

»Genug, um ein Rieseneinkaufszentrum in die Luft zu jagen«, stimmte Kazakov zu. »Wenn es voll ist, dann sind in jedem Laden Tausende von Menschen.«

Ryan nickte ernst.

»Das ist wie das World Trade Center mal zehn.«

»Und außerdem haben wir jetzt eine Wache vor der Tür«, bemerkte Kazakov.

Ryan war zu gut ausgebildet, um sich umzudrehen und aus dem Fenster zu sehen.

»Wo?«

»Ich habe ihn gerade zwischen den Bäumen entdeckt.«

»Elbaz war eigentlich ganz cool«, sagte Ryan. »Er hat mir den Grillteller gegeben, aber auch deutlich gemacht, dass er nicht will, dass ich weiter herumstreune.«

»Irgendein Hinweis auf die Ziele?«, erkundigte sich Kazakov.

»Houston«, antwortete Ryan. »Dieser Kerl hat gesagt,

dass er das Auto seiner Tante klauen lassen wollte, damit sie in Houston nicht in die Läden fahren kann.«

Kazakov sah ihn überrascht an.

»Dann müssen die Laster aber bald losfahren. Houston ist bestimmt an die tausend Kilometer von hier entfernt.«

»Das sind an die zwölf Stunden bei 80 Stundenkilometern im Durchschnitt«, rechnete Ryan laut. »Kommt darauf an, wann die Anschläge auf die Läden stattfinden sollen.«

»Die Leute stehen früh auf, um die Sonderangebote zu bekommen«, erklärte Kazakov. »Sie werden zuschlagen wollen, wenn die Läden voll sind. Wenn die Menschen von Bomben in Einkaufszentren hören, werden sie Panik bekommen und nach Hause gehen, daher müssen alle zehn Angriffe möglichst gleichzeitig stattfinden, um die größte Wirkung zu erzielen.«

»Und wer sagt denn, dass Houston das am weitesten entfernte Ziel ist«, fragte Kazakov rhetorisch. »Wir müssen so schnell wie möglich jemanden warnen.«

»Wie schnell?«, fragte Ryan.

»So schnell, wie wir einen Plan schmieden können.«

»Sobald wir irgendetwas versuchen, ist unsere Tarnung futsch«, mahnte Ryan.

»Sie werden weniger misstrauisch sein, wenn wir das Geld mitnehmen«, meinte Kazakov. »Vielleicht glauben sie, wir hätten Angst bekommen, nach dem, was sie mit Tracy gemacht haben, und nach dem Flugplatzwechsel.«

»Sie würden uns trotzdem umbringen«, bemerkte Ryan.

»Es gibt Regeln bei CHERUB«, sagte Kazakov ernst. »Kein Agent darf je gezwungen werden, etwas gegen seinen Willen zu tun. Wir haben allen Grund zur Annahme, dass IDoJ uns gehen lässt, weil sie weiterhin gute Beziehungen zum Aramov-Clan haben wollen.

Niemand wird dir einen Vorwurf machen, wenn du kein weiteres Risiko eingehen willst.«

Ryan schüttelte den Kopf.

»Es könnten Tausende von Menschen sterben, und bislang deutet nichts darauf hin, dass Dr. D.s Team weiß, was nach unserer Landung passiert ist. Wir müssen versuchen, jemanden zu kontaktieren.«

Kazakov lächelte schief.

»Ich habe befürchtet, dass du so etwas sagst.« Dann deutete er zu einem Oberlicht in der Decke. »Wenn wir durch die Tür oder ein Fenster abhauen, bemerken sie uns. Das Oberlicht wäre eine Möglichkeit, aber auch da muss man erst über das Dach kriechen und an der Seite hinunterspringen.«

»Und wenn wir Krawall anfangen?«, meinte Ryan. »Wir locken die Wache hier herein und geben ihm eins über die Rübe.«

»Könnte klappen«, meinte Kazakov. »Aber der sicherste Weg für uns ist, nach einer Bodenluke zu suchen. Wohnwagen haben normalerweise einen Anschluss für Wasser und Strom oder einen Zugang zu irgendwelchen Leitungen am Boden.«

»Wo ungefähr?«, erkundigte sich Ryan und suchte den Fußboden ab.

Kazakov ging zum Schrank unter der Küchenspüle und machte ihn auf. Sein Blick fiel auf Gas-, Wasser- und Abwasserleitungen, die zum Bad führten.

»Hier nicht«, erklärte er.

Der massige Ukrainer war fast zu groß für die winzige Badezimmertür. Er duckte sich, und keine zwanzig Sekunden später hörte Ryan lautes Krachen und ein Geräusch, als ob Plastik zerbräche.

»Einfach hochheben«, stellte Kazakov zufrieden fest. »Komm, sieh dir das an.«

Ryan ging zur Toilette, doch noch bevor er etwas sehen konnte, atmete er grauenvollen Gestank ein und wich zurück, um einen Brechreiz zu unterdrücken.

»Igitt, ist das eklig!«, beschwerte er sich.

Kazakov lachte.

»In der Sowjetarmee hättest du mit so einem schwachen Magen keine fünf Minuten überlebt.«

Ryan zog sich den Kragen seines T-Shirts über die Nase, bevor er einen zweiten Versuch startete. Kazakovs Gestalt nahm fast das ganze Badezimmer ein, doch Ryan konnte sehen, dass er irgendwie die Toilette und das Wandpaneel dahinter losgerissen hatte, sodass sie an Angeln in die angrenzende Dusche geschwungen war.

Die Lücke hinter dem Paneel war tief, und Ryan sah, wie Kazakov mit einer Münze eine große Plastikschraube lockerte und damit ein rechteckiges Stück vom Fußboden löste.

»Ich werde da nicht durchpassen, aber du schon«, meinte er und lehnte das Fußbodenstück unter das Waschbecken.

Ryan neigte sich über Kazakov und stellte fest, dass der Gestank von einem kleinen Leck in einem Abwasserrohr stammte. Der Boden darunter war mit braunem Schleim bedeckt, der fast wie Schokoladensirup aussah.

»Der Wohnwagen steht auf Ziegelsteinen, du kannst also darunter hindurchkriechen und an der Seite wieder herauskommen«, erklärte Kazakov.

»Bring mich lieber gleich um«, entgegnete Ryan und versuchte, nicht zu würgen.

»Ich suche etwas, was wir über das Schlimmste legen können«, erklärte Kazakov, der Ryans entsetztem Blick zur Küche zurück folgte.

»Bis zur Schnellstraße sind es vielleicht zwei Kilometer«, sagte Ryan. »Ich kann gut so weit rennen, aber ich glaube, unsere Chancen, mitgenommen zu werden, sind jetzt im Dunkeln ziemlich gering.«

»Vielleicht haben unsere Telefone wieder ein Signal, wenn wir in die Nähe der Straße kommen«, hoffte Kazakov. »Aber zu Fuß sind wir angreifbar. Wir brauchen irgendein Fahrzeug. Was hast du beim Farmhaus gesehen?«

»Autos«, erklärte Ryan. »Es gibt sonst keine Möglichkeit, hier herauszukommen. Die meisten von ihnen sind neu. Ich nehme an, dass Mumin für eine Menge Mietwagen gesorgt hat, denn die Besitzer wollten sicher nicht, dass man ihre eigenen Autos zurückverfolgen kann.«

»Neuwagen haben Wegfahrsperren«, überlegte Kazakov. »Wenn wir kein Werkzeug haben, ist es am besten, wir kommen an die Schlüssel.«

Ryan nickte.

»Ich schleiche raus und versuche, die Wache zu überwältigen.«

»Wir dürfen keine Zeit verlieren«, mahnte Kazakov. »Ich werfe ein paar Sofakissen da runter. Wenn du vorsichtig bist, kannst du um den gröbsten Dreck herumkriechen.«

»Du musst mir meinen Rucksack mitbringen«, sagte Ryan und tippte sich zweimal aufs Ohr. »Kommunikationscheck?«

»Klar«, erwiderte Kazakov.

Während er die Sofakissen nahm und über den Matsch unter der Zugangsluke legte, sah sich Ryan von innen vorsichtig nach ihrer Wache um.

»Er gibt sich nicht sonderlich Mühe«, meinte er. »Ich kann ihn auf einem Baumstumpf auf der anderen Seite des Weges sitzen sehen. Keine Waffe zu sehen, aber die kann er auch unter der Kleidung versteckt haben.«

»Wahrscheinlich hat er ein Funkgerät«, meinte Kazakov. »Du musst ihn erledigen, bevor er da rankommt.«

Ryan nickte. Kazakov schluckte eine weitere Koffeinpille und gab Ryan ebenfalls eine. Der zögerte, doch Kazakov blieb hartnäckig.

»Du bist seit über dreißig Stunden wach. Das Risiko von ein paar Aufputschpillen ist weit geringer als das, mit halb benommenem Gehirn in die Schlacht zu ziehen.«

Zögernd schluckte Ryan eine kleine gelbe Pille, holte dann tief Luft und versuchte, den Gestank zu ignorieren, als er durch das Loch im Boden stieg.

12

Die Wache war nur ein paar Jahre älter als Ryan. Sein Gesicht wurde von dem Spiel Angry Birds erleuchtet, das auf seinem Handy lief, und offensichtlich schmollte er, weil seine Mitverschwörer im Haus Party machten, während er hier draußen auf einem Baumstumpf hocken musste.

IDoJ war eine professionelle Organisation, doch Ryan schätzte, dass dieser Kerl ein fehlgeleiteter Student war. Man hatte ihn für eine große Sache angeworben, und vermutlich war ihm nicht klar, dass ein glattzüngiger Redner wie Elbaz ihn höchstwahrscheinlich für entbehrlich hielt.

Ryan hatte nicht vor, ihn umzubringen. Ein wirklich rücksichtsloser Agent hätte ihm einfach die Kehle durchgeschnitten oder ihm den Kopf so heftig in den Nacken gezogen, dass das Genick brach, aber Ryan wollte keinen Mord auf dem Gewissen haben, auch wenn es länger dauerte und riskanter war, ihn nur außer Gefecht zu setzen.

Nachdem er relativ abwasser-unverseucht unter dem Wohnwagen hervorgekrochen war, sammelte er im Weitergehen ein paar Tannenzapfen und einige biegsame Zweige vom Boden auf. Der junge Wächter spielte nicht nur Angry Birds, er war auch noch dumm genug, den Ton laufen zu lassen, sodass die laute Musik des Spiels einen höchst unangemessenen Hintergrund bildete, als sich Ryan von hinten an ihn heranschlich.

»Aah!«

Das Telefon landete im Matsch, als Ryan dem Wächter einen Arm um den Hals legte. Auch wenn der Junge größer war als Ryan, so hatte diesen doch das Training mit den Gewichten im Kreml stärker gemacht, sodass er keine Schwierigkeiten hatte, sein Opfer nach hinten vom Baumstamm zu zerren und ihm die Hand auf den Mund zu pressen, um ihn am Schreien zu hindern. Sobald er ihn am Boden hatte, drückte er dem Wächter das Knie auf die Kehle, bis dieser das Bewusstsein verlor.

Sobald sein Körper erschlaffte, zwang Ryan ihm einen Tannenzapfen in den Mund, rollte ihn auf den Rücken und schleifte ihn tiefer in den Wald hinein, damit man ihn vom Weg aus nicht mehr sehen konnte. Den provisorischen Knebel band er mit einem geschmeidigen Zweig zusammen und benutzte noch weitere davon, um den Jungen an Händen und Füßen zu fesseln.

Nachdem er alle Knoten noch einmal überprüft hatte, begann er, seine Taschen zu durchsuchen. Wie Kazakov vermutet hatte, trug er ein Funkgerät bei sich. Ryan nahm es an sich, damit er alles hören konnte, was IDoJ sagte. Außerdem nahm er dem Jungen die Brieftasche ab und hörte erfreut das Klingeln eines Schlüssels in seiner Hosentasche.

Ein großes Schlüsselbund, das nur Haustürschlüssel und Ähnliches zu enthalten schien, warf er weg, doch er fand noch einen weiteren Schlüsselring mit einem automatischen Autoschlüssel und dem Emailleanhänger einer Mietwagenfirma. Zuletzt nahm Ryan dem Jungen eine halb automatische Pistole ab, die er im Bund seiner Boxershorts stecken hatte. Er überprüfte die Kammer und stellte fest, dass das Magazin voll war.

Ryan tippte zweimal auf sein Kommunikationsgerät.

»Dad, hörst du mich?«

»Was gibt es?«, erklang Kazakovs Stimme in Ryans Gehörgang.

»Ich habe mich hier draußen umgesehen und es gab nur eine Wache. Der ist außer Gefecht. Ich habe eine Beretta und den Schlüssel zu einem Mietwagen.«

»Ausgezeichnet«, fand Kazakov. »Geh zum Haus und suche das Auto. Ich nehme unsere Sachen mit und komme gleich nach.«

Ryan hielt sich von der Schotterstraße fern und lief geduckt zu einem unbefestigten Platz neben dem Farmhaus, wo die meisten der Kerle ihre Autos geparkt hatten. Die Garagentore waren geschlossen worden, aber die gläserne Schiebetür stand offen und die Gesellschaft drinnen war mittlerweile ernst geworden. Eine einzelne Stimme redete in arabischer Sprache.

Auf dem Kies vor dem Haus parkte etwa ein Dutzend Autos, schäbige Chrysler-Limousinen und Hyundai-Minivans. Alle trugen die Aufkleber von Mietwagengesellschaften auf dem Heckfenster. Ryan wollte schon den Türöffner betätigen, um zu sehen, zu welchem Wagen der Schlüssel gehörte, als aus dem Funkgerät eine Stimme erklang.

»Daniel, mein Junge, wo steckst du?«

Daniel, erinnerte sich Ryan, war der Name, den er auf dem Ausweis des Wächters gelesen hatte. Er wollte Kazakov gerade über sein Kommunikationsgerät warnen, als eine zweite Nachricht über das Funkgerät kam.

»Daniel ist gefesselt worden!«, stieß die Stimme hervor. »Sagt Elbaz Bescheid und schickt jemanden hierher, aber ganz schnell!«

Schnell nahm Ryan das Funkgerät des Wächters und drückte ein paar Tasten in der Hoffnung, die Kommunikation der Terroristen verhindern zu können.

In seinem Ohr erklang Kazakovs aufgeregte Stimme.

»Ich habe gerade jemandem das Genick gebrochen,

aber er hat vorher noch eine Meldung machen können. Was ist mit dem Auto?«

Ryan drückte auf den Türöffner und sah an einem der Minivans die Blinklichter aufleuchten. Als er darauf zulief, war die einzelne Stimme in der Küche verstummt, und stattdessen erklangen wütende Rufe. Mumin kam mit zwei anderen mit M16 Sturmgewehren aus der Vordertür auf Kazakov zugelaufen, während sich Ryan auf den Fahrersitz des Minivans gleiten ließ und den Zündschlüssel herumdrehte.

Es war dunkel, und er kam mit der Schaltung nicht zurecht, sodass er wertvolle Sekunden verlor, während er sich mit dem Automatikgetriebe vertraut machte und versuchte, die richtige Schalterstellung für den Rückwärtsgang zu finden. Mittlerweile kamen noch mehr Männer mit Gewehren aus dem Haus, und einige von ihnen sahen in Ryans Richtung, als er rückwärts rollte.

Alle möglichen Rufe gellten auf. Ryan setzte zurück und hörte einen Feuerstoß aus einem Gewehr. Er glaubte schon, dass sie auf ihn schossen, doch das Mündungsfeuer kam aus der Richtung des Wohnwagens.

Sobald er vom Parkplatz weg war, legte Ryan den Vorwärtsgang ein und trat aufs Gaspedal. Seine Fahrpraxis beschränkte sich bislang auf ein paar kurze Übungsfahrten im Anfängerkurs auf dem CHERUB-Gelände. Auf dem Dach des Minivans klapperten ein paar tief hängende Zweige, als er auf die Schotterstraße einbog.

Er tastete nach dem Lichtschalter, während er an ein paar Bewaffneten vorbeischoss, die glücklicherweise davon ausgingen, dass er einer von ihnen war. Als endlich das Licht anging, musste Ryan sofort ein Ausweichmanöver einleiten, um zwei Leichen zu umkurven, die durch Schüsse aus einem Maschinengewehr getötet worden waren, sowie Mumin, der verkrümmt am Boden lag und sich den blutenden Bauch hielt. Offenbar war Kazakov durch ein geschicktes Manöver an eines der Gewehre gelangt und hatte drei ihrer Gegner ausgeschaltet.

»Wo bist du? Bist du getroffen?«, schrie Ryan.

»Komm zum Wohnwagen«, forderte ihn Kazakov auf. »Ich habe deine Sachen und kann in den Wagen springen.«

Ryan war nervös und fuhr viel zu schnell in die Kurve, sodass der Minivan fast umkippte. Er trat auf die Bremse und blieb in einer Staubwolke stehen, während weitere Schüsse knallten. Als Kazakov die Beifahrertür aufriss, zuckte er vor Schreck zusammen. Der große Trainer warf eine Maschinenpistole auf das Armaturenbrett und verfrachtete rasch Ryans Rucksack und sein eigenes Gepäck auf die Rücksitze.

Während sich der Staub legte, eröffneten ein paar der Kerle, die auf sie zukamen, das Feuer. Eine Kugel schlug hinten in den Wagen ein, und Ryan keuchte erschrocken auf, als er einen nassen Aufprall vernahm.

»Verdammt«, stöhnte Kazakov.

Sie hatten nur das Licht der Scheinwerfer und das, was durch die beiden kleinen Fenster im Wohnwagen fiel. Kazakov war zu Boden gegangen und kauerte vor dem Wagen. Aus einer großen Wunde in seiner Schulter schoss pulsierend Blut hervor.

Ryan versuchte, ihn ins Auto zu zerren, doch er war viel zu schwer und Kazakov schlug seinen Arm beiseite.

»Sieh zu, dass du die Meldung machst!«, schrie er, rollte sich über den Boden und trat die Beifahrertür mit dem Fuß zu. »Ich gebe dir Deckung!«

Ryan entsetzte der Gedanke, Kazakov zurückzulassen, doch in diesem Moment wurde der Wagen von einer weiteren Kugel getroffen, und aus der anderen Richtung kam ein Mann mit einer Pistole. Er trat das Gaspedal durch und riss das Steuer nach rechts herum. Kazakov lag flach auf dem Boden und schoss auf die Männer, die auf ihn zukamen, während Ryan beschleunigte. Einen der Terroristen traf er mit der Kühlerhaube, als er auf den Weg fuhr, der zum Haupttor der Farm führte.

*

Nach der Störung durch Amys Telefon hatte James Schwierigkeiten, wieder einzuschlafen. Bruce hingegen hatte Schwierigkeiten damit, dass James ständig aufstand, um aufs Klo zu gehen oder sich ein Glas Wasser zu holen. Kurz nach fünf Uhr morgens begann der Regen gegen die Fenster zu prasseln und James sah hinter dem Rollo hervor nach draußen.

»Sie müssen im Dunkeln fahren, im Regen und wenn sie müde sind«, überlegte er. »Da die Bedingungen im Moment ideal sind und wir sowieso nicht mehr schlafen können, könnten wir unsere kleinen Fahrschüler doch eigentlich ein wenig stören, oder?«

»Ich könnte schon schlafen, wenn du nur die Klappe halten würdest«, grunzte Bruce. »Hast du überhaupt ihre Zimmernummern?«

»Nein, aber die kann ich rauskriegen«, meinte James. »Außerdem ist heute Freitag. Und ich bin der Meinung, wenn wir früh anfangen, können wir auch früh aufhören und uns heute Abend ein wenig in der Stadt vergnügen.«

»Da habe ich schon schlechtere Ideen gehört«, stimmte Bruce zu. »Wir sollen sie ja im Regen fahren lassen, wenn es geht, und wenn du hier herumrumorst wie ein Furz in der Laterne, kann ich sowieso nicht mehr schlafen.«

Zehn Minuten später waren James und Bruce angezogen und steuerten auf den Lift zu. Bruce stieg im sechsten Stock aus, um sich Ning, Alfie und Grace zu schnappen, während James zu Leon in den siebten Stock fuhr.

Als er den befristeten Job als Trainer angenommen hatte, hatte James sich geschworen, dass er ein guter Trainer werden würde, wie Mr. Pike oder Kazakov, und nicht so gemein wie Speaks oder der frühere Cheftrainer Norman Large, dem es mehr Spaß machte, seine Schüler leiden zu sehen, als angemessen gewesen wäre, und der letztendlich deswegen gefeuert worden war. Andererseits konnte er der Versuchung nicht widerstehen, in das Zimmer eines armen Schülers zu platzen und ihn zu Tode zu erschrecken.

»Aufstehen! Die Sonne scheint!«, schrie er, trat mit dem Fuß die Tür zum Zimmer 707 auf, schaltete das Licht ein und riss die Bettdecke mit dem Bezug von Manchester City vom Bett.

Der Junge sah ihn ziemlich entsetzt an und hielt sich die Hand vor die Augen.

»Wer zum Teufel sind Sie?«, schrie er.

»Du hast zehn Minuten, Leon«, erklärte James. »Setz deinen Hintern in Bewegung und zieh dich an. Nimm dir etwas zu essen mit, du kannst während der Fahrt zur Rennstrecke essen.«

Der Junge sah ihn wütend an.

»Ich bin nicht Leon.«

»Verarsch mich nicht«, verlangte James.

»Wir sind eineiige Zwillinge«, schrie Daniel Sharma. Um es zu beweisen, nahm er ein gerahmtes Foto vom Nachttisch und wedelte damit in der Luft herum. Es zeigte Ryan in der Mitte, der seinen jüngsten Bruder Theo auf dem Arm hatte, während Leon und Daniel neben ihm standen und alberne Grimassen schnitten.

»Ah«, machte James verlegen. »Ich habe im System nach Sharma gesucht und bin auf dieses Zimmer gestoßen. Ich wusste gar nicht, dass es vier von euch gibt.«

Daniel deutete in den Gang.

»Mein Bruder wohnt zwei Türen weiter.«

James stürmte den Gang entlang und platzte in Zimmer 711.

»Also los, Sharma!«

Ein spitzer Schrei erklang und ein fünfzehnjähriges Mädchen zog sich entsetzt die Bettdecke unters Kinn.

»Verdammt noch mal!«, beschwerte sie sich. »Haben Sie noch nie was von Anklopfen gehört?«

»Scheiße! Tut mir leid«, entschuldigte sich James und zog sich auf den Gang zurück, wo ihn Daniel Sharma frech angrinste.

»Ups«, feixte er, »habe ich gesagt, in diese Richtung? Ich meinte natürlich die andere Richtung.«

Mittlerweile war eine streng dreinblickende Betreuerin namens May aufgetaucht und stürmte den Gang entlang. »Wer macht hier so ein Geschrei? Na, wenn das nicht James Adams ist, der auf meinem Gang Krawall macht! Das ist ja wie in alten Zeiten!«

Das Mädchen hatte sich mittlerweile einen Bademantel übergestreift und sah James von ihrer Tür aus böse an.

»Der Perversling ist in mein Zimmer geplatzt!«

Daniel platzte fast vor Lachen und James drohte ihm mit dem Finger. »Du solltest hoffen, dass du nie bei mir trainieren musst. Ich versohl dir deinen mickrigen Hintern!«

»Sie sollten bei den Dingen bleiben, von denen Sie etwas verstehen«, ärgerte er ihn. »Zum Beispiel bei Sex im Springbrunnen oder so etwas …«

»Wer hat denn dieses blöde Gerücht gestreut?«, fragte James kopfschüttelnd.

Ein paar andere verschlafene Kinder sahen aus ihren Türen, um zu sehen, was vor sich ging.

»Suchen Sie mich?«, fragte Leon.

Noch bevor James etwas sagen konnte, war er es, der sich einen Rüffel von May einfing.

»Wenn du mir noch mal die Hälfte der Kinder in meinem Gang aufweckst, dann bekommst du es mit mir zu tun, Mr. Adams, Trainer oder nicht!«

»Tut mir leid«, entschuldigte sich James, der sich wieder vorkam wie zwölf.

»Die Show ist vorbei, zurück in die Betten!«, befahl May müde. Doch Daniel sah sie besonders finster an. »Ich behalte dich im Auge. Wie immer steckst du dahinter!«

James fand sich schließlich in Leons Zimmer wieder.

»Was haben Sie denn getan?«, erkundigte sich Leon. »Meinen Bruder und mich verwechseln alle.«

»Ist doch egal«, murmelte James. »Es regnet draußen, also bringen wir euch auf die Straße, solange es noch dunkel ist und nass. Sei in einer Viertelstunde unten. Und wenn du noch vor heute Abend etwas essen willst, dann nimm dir etwas für unterwegs mit.«

13

Der Minivan war nicht für Rasereien auf Schotterstraßen gebaut. Ryan hatte sich nicht angeschnallt und musste den Kopf schief halten, um ihn sich nicht an der Decke anzustoßen, und das Steuer wurde ihm fast aus der Hand gerissen. Es verfolgte ihn niemand, doch aus dem Funkgerät erklangen panische Stimmen, bis er schließlich Elbaz hörte.

»Wir wissen nicht, ob sie Verbindung nach draußen hatten«, erklärte er ruhig. »Aber wir müssen davon ausgehen. Also bringen wir alles raus, was fertig ist, und jagen die Basis in die Luft.«

Da das Funkgerät nur eine kurze Reichweite hatte, begann es zu knistern, als Ryan nach links auf eine unbeleuchtete zweispurige Schnellstraße abbog. Auf dem Asphalt fuhr es sich zwar besser, doch in der Flotte am Haus hatten schnellere Autos gestanden als sein Minivan, und es erschien ihm seltsam, dass ihn niemand verfolgte.

Er nahm eine Hand vom Steuer, schnallte sich an, und während er sich den 150 Stundenkilometern näherte, nahm er sein iPhone hervor. Er hätte sein linkes Ei für ein paar Signalbalken gegeben, doch er bekam nur zwei Worte: »Kein Netz.«

Gerade noch rechtzeitig sah er einen riesigen Cadillac Escalade-Pickup durch das Unterholz an der Straße keine fünfzig Meter vor ihm krachen. Offensichtlich war die Route übers Gelände kürzer als die Schotterstraße.

Die großen Vorderreifen des Cadillacs drehten sich in der Luft, als er auf die Straße fuhr.

Ryan wich auf die Gegenfahrbahn aus, doch der Escalade erwischte sein Heck und ließ es ausbrechen. Das Steuer wurde Ryan aus der Hand gerissen und er knallte gegen die Tür.

Fünfzig verschiedene Geräusche erklangen, als der Minivan von der Straße abkam, und eines davon hätte gut ein Schuss sein können. Die vordere Stoßstange verabschiedete sich an einem Straßengraben, und Ryan glaubte schon, er würde sich überschlagen, doch dann bekamen die Räder auf seiner Seite wieder Bodenkontakt, während die Reifen auf der anderen Seite wie auf Schienen in dem Graben fuhren.

Als er wieder auf die Straße lenkte, beschleunigte der Escalade hinter ihm. Ryan wurde nach vorne geschleudert, als der Pickup sein Heck rammte, und er musste heftig gegenlenken, um auf der Fahrbahn zu bleiben. Die Straße machte an dieser Stelle eine weitgezogene Kurve. Da er nur rudimentäre Fahrkenntnisse und ein ungeeignetes Fahrzeug hatte, wollte er sich nicht auf eine längere Verfolgungsjagd einlassen, fuhr geradeaus weiter, holperte über den Straßengraben und krachte durch Büsche und Unterholz.

Die Scheinwerfer erfassten einen niedrigen Holzzaun. Er riss das Steuer herum, sodass er ihn nur streifte und nicht direkt traf. Doch er wollte seine Verfolger glauben machen, dass er die Kontrolle verloren hatte, daher ließ er den Wagen ausrollen, in der Hoffnung, dass sein Schwenk ins Grüne wie ein Unfall aussah.

Einen Moment bevor das Auto stehen blieb, öffnete Ryan seinen Sitzgurt und griff nach Kazakovs Maschinenpistole, die vom Armaturenbrett in den Fußraum des Beifahrersitzes gefallen war.

Als er wieder auftauchte, sah er erfreut, dass der Escalade über fünfzig Meter hinter ihm auf der Straße stehen geblieben war. Während der Grundausbildung hatte er schon mit einem M16 geschossen und überprüfte die Waffe fachkundig, wobei er feststellte, dass er sechzehn Schuss Munition hatte. Er schaltete von Automatikfeuer auf den wesentlich präziseren Einzelschussmodus.

Er hängte sich das Gewehr über die Schulter und versicherte sich, dass die Beretta noch in seiner Jeans steckte, nahm die Autoschlüssel und glitt in die Lücke zwischen Auto und Zaun.

Im Pickup hatte er zwei Männer ausgemacht, doch da es dunkel war, bezweifelte er, dass er es gesehen hätte, wenn noch jemand auf dem Rücksitz gesessen hätte. Ein Mann war auf der Beifahrerseite ausgestiegen und hielt eine Pistole wie jemand, der nicht recht wusste, was er damit anfangen sollte.

»Wenn du mit uns zur Farm zurückkommst, tun wir deinem Dad nichts«, rief er.

An der Stimme erkannte er einen der Männer, die mit ihnen aus Kirgistan gekommen waren. Auf der Straße war er sich unterlegen vorgekommen, doch jetzt, als er durch das hohe Gras zur Straße zurückschlich, fühlte er sich zuversichtlicher. Seine zwei Gegner schienen nur Handfeuerwaffen zu haben, während er über eine Maschinenpistole verfügte, und sie schienen zu glauben, dass er ein gewöhnlicher Junge war, dumm genug, um auf den Schwachsinn von »Wir helfen deinem Dad, wenn du ein braver Junge bist« hereinzufallen.

»Was willst du denn hier draußen so ganz alleine machen?«, rief der Mann.

Während der andere sich vorsichtig dem verbeulten Minivan näherte und halb erwartete, den Jungen bewusstlos hinter dem Steuer vorzufinden, war Ryan an der Straße angekommen und duckte sich keine fünf Meter vom Escalade entfernt in die Büsche.

Vom Minivan her erklang ein Ruf: »Der Junge ist weg, aber er kann noch nicht weit gekommen sein!«

Der zweite Mann stand neben dem Cadillac und sprach in ein Funkgerät, das jedoch offensichtlich keine Verbindung mehr hatte.

»Basis, habt ihr verstanden? Kann mich jemand hören?«

Der andere Mann überlegte sich eine neue List, um Ryan hervorzulocken.

»Du bist hier zig Kilometer von aller Zivilisation entfernt, Ryan. Und hier gibt es jede Menge Klapperschlangen.«

Sein Geschrei überlagerte die Geräusche, die Ryan machte, als er sich zum hinteren Ende des Cadillacs schlich, wo er Schusshaltung einnahm und dem Kerl am Auto ein Loch in die Brust schoss.

»Auf was schießt du, Mike?«, rief der andere, während Ryan über sein Opfer hinwegstieg und sich auf dem luxuriösen Ledersitz des Cadillacs niederließ.

Gegenüber dem Minivan schien der Wagen riesig und hatte jede Menge Spielereien an Bord, einschließlich eines leuchtenden Navigationsgerätes in der Mittelkonsole. Die Fahrertür schlug mit sattem Knall zu, und Ryan drückte auf den verchromten Startknopf, um den Sechs-Liter-V8-Motor zu starten.

Die Geschwindigkeit, mit der der Wagen voranschoss, überraschte Ryan, doch die hohe Sitzposition und die reine Masse seines neuen Gefährts verlieh ihm bald ein Gefühl der Unbesiegbarkeit. Die Worte, die der Kerl, den er erschossen hatte, in sein Funkgerät gefleht hatte, ließen ihn vermuten, dass ihm kein zweites Fahrzeug auf den Fersen war, und da er den Schlüssel des Minivans hatte, konnte ihn auch der andere Mann nicht verfolgen.

Doch immer noch hatte er kein Netz. Er war kein Experte für Navigationsgeräte, aber bei vernünftigen 80 Stundenkilometern tippte er versuchsweise auf den Bildschirm. Auf der Karte sah er nur eine gerade Straßenlinie, bis er den Ausschnitt erweiterte und in einer kleinen Stadt ein paar Kilometer weiter eine Ausfahrt sah. Auf dem Display gab es ein Symbol für eine Zapfsäule, und als er darauf tippte, zeigte es ihm die Position der Tankstelle in der Stadt an. Nach einem Klick auf den Routenplaner erklang die beruhigende Stimme einer Frau:

»Tankstelle in elf Komma zwei Kilometern. Links abbiegen in zwei Komma sieben Kilometern. Derzeitige Reichweite zweihundertfünfundachtzig Kilometer.«

Er brauchte nur knapp zehn Minuten. Die hell erleuchtete Texaco-Tankstelle gehörte zu einem kleinen Gewerbegebiet, in dem sich auch ein Diner, ein Burger King und ein Dunkin Donuts befanden. Ryan verrechnete sich bei der Geschwindigkeit, als er rechts abbog, und schrammte einen Metallpfosten.

Er folgte den Pfeilen zum Burger King und parkte den Escalade ganz hinten auf dem fast leeren Parkplatz, damit man ihn von der Straße aus nicht sehen konnte. Dann nahm er das Telefon vom Armaturenbrett, sah drei wundervolle Netzbalken auf dem Display und suchte Dr. D.s Nummer. Als das Telefon klingelte, schreckte ihn ein Klopfen am Seitenfenster auf.

»Hidey-Ho!«, kreischte Dr. D.s Stimme. »Leider haben Sie den Anrufbeantworter erwischt, aber wenn Sie mir eine Nachricht hinterlassen, werde ich mich Ihrem Fall so schnell wie möglich widmen.«

Ryan wandte den Kopf und sah, dass von draußen eine Waffe auf ihn gerichtet wurde. Sein erster Gedanke war, dass die Leute von der Farm ihn aufgespürt hatten, doch es war eine Polizistin, und vor der Motorhaube stand ein weiterer riesiger Beamter und richtete seine Waffe auf ihn.

»Raus aus dem Wagen und die Hände da hin, wo ich sie sehen kann!«, befahl die Frau.

Vielleicht hatte jemand die Schießerei auf der Schnellstraße gemeldet, aber Ryan hielt es für wahrscheinlicher, dass sein ungeschicktes Rammen des Metallpfostens an der Einfahrt die Beamten misstrauisch gemacht hatte.

Die Polizistin riss die Fahrertür auf.

»Raus da!«, brüllte der Große.

Ryan stieg aus, während der Mann herumkam und weiter mit der Waffe auf ihn zielte. Britische Polizisten durften nur schießen, wenn Lebensgefahr bestand, daher hätte Ryan dort einen Fluchtversuch gewagt, doch er bezweifelte, dass diese Regeln auch für das Sheriffbüro in Alabama galten.

»Umdrehen zum Auto und Hände aufs Dach!«

Ryan gehorchte. Der Polizist riss die Waffe aus seinem Hosenbund und bemerkte die Blutspuren auf seinen Turnschuhen.

»Hände vor«, befahl die Frau.

»Sie müssen mit Dr. Denise Huggan vom FBI sprechen«, bat Ryan eindringlich. »In einem Farmhaus zehn Meilen von hier befindet sich eine große Terrororganisation.«

»Ach wirklich?«, fragte die Frau ironisch.

»Bitte hören Sie mich an!«, flehte Ryan.

»Wir hören uns alles an, was du zu sagen hast. Auf der Polizeistation.«

»Sie brauchen nur zwei Minuten, um das hier aufzuklären«, drängte Ryan.

Die Polizistin schloss Plastikhandschellen um seine Handgelenke, doch ihr männlicher Kollege schien an Ryans Worten interessiert zu sein.

»Terroristen«, wiederholte Ryan. »Sie wollen einen Haufen Laster losschicken, um Einkaufszentren in die Luft zu jagen. Und der Mann, mit dem ich dort war, wurde in die Schulter geschossen.«

»Wo soll das sein?«, fragte der Polizist.

Doch seine Kollegin unterbrach ihn. »Sieh ihm in die Augen, bevor du zu viel von dem glaubst, was er sagt.«

Der Polizist ließ die Beretta in einen Beweisbeutel fallen und sah Ryan in die blutunterlaufenen Augen.

»Der Junge ist vollkommen stoned, stimmt's?«, fragte die Frau.

»Ich bin nur schon sehr lange wach«, widersprach Ryan. »Bitte hören Sie doch! Sie müssen mich anhören! Sie müssen doch von dem Flugzeug gehört haben, das beim Stadion in die Luft geflogen ist. Das hängt alles damit zusammen.«

»Oh, du warst das?«, lachte der Polizist. »Und das ist das Auto von deinem Vater?«

Ryan war so frustriert, dass er der Polizistin einen kleinen Stoß versetzte.

»Bitte rufen Sie an! Es dauert doch nur zwanzig Sekunden!«

Dem großen Kerl gefiel es nicht, dass seine Partnerin geschubst wurde. Er packte Ryan unter den Armen, zog ihn einen Schritt zurück und knallte ihn über die Kühlerhaube des Wagens, wo er ihm eine Ladung Pfefferspray ins Gesicht sprühte.

»Willst du dich mit uns anlegen?«, schrie er. »Jetzt können wir dem Autodiebstahl und dem unerlaubten Waffen- und Drogenbesitz auch noch Angriff auf einen Staatsbeamten hinzufügen. Da wartet eine lange Zeit in der Jugendstrafanstalt auf dich, mein Junge!«

»Hören Sie doch ...«, bat Ryan, dem das Pfefferspray in Augen und Kehle brannte.

»Ich habe genug von dir gehört!«, behauptete der Beamte, packte ihn an den Handschellen und zerrte ihn zu einem Polizeiauto auf dem Behindertenparkplatz vor dem Diner. »Du bleibst jetzt im Auto sitzen und benimmst dich, solange ich eine Ladung Kuchen für die Station hole.«

14

Sie hatten Kazakov ins Haus gebracht. Jemand hatte einen halbherzigen Versuch unternommen, die Blutung zu stoppen, indem er ihm einen Mantel um die Schulter band, aber das Einzige, was er damit erreichte, war, dass der Mantel ruiniert war.

»Mit wem hast du gesprochen?«, schrie jemand.

Selbst wenn Kazakov hätte antworten wollen, wäre es ihm unmöglich gewesen, denn er konnte nicht mehr sprechen. Die Leute, die in der Küche herumliefen, versuchten mit kleinen Sprüngen der Blutlache auszuweichen. Er konnte nur noch verschwommen sehen, doch der Sauerstoffmangel hatte ihn in einen leicht euphorischen Zustand versetzt, in dem die Schmerzen leichter zu ertragen waren.

Er musste an seinen vierunddreißigjährigen Sohn denken. Er hatte Oleg seit Jahrzehnten nicht gesehen, nicht mal auf einem Foto. Doch er hatte immer vorgehabt, nach seiner Pensionierung in die Ukraine zurückzureisen und ihn zu suchen.

Der Junge, der Kazakov befragte, konnte kaum älter als zwanzig sein und kniff ihn in die Wange.

»Hast du eine Meldung gemacht? Mit wem hast du gesprochen?«

Kazakov sah seinen Körper, doch er gehörte ihm nicht länger. Sein Herz und seine Lungen arbeiteten automatisch weiter, doch sein Bewusstsein hatte sich tief in ihn zurückgezogen, und er wusste, dass da bald gar nichts mehr sein würde.

»Ich habe dir doch gesagt, dass ich das hier alles in die Luft jage«, schrie Elbaz und versetzte dem Jungen einen Stoß. »Es spielt keine Rolle, ob er irgendjemanden benachrichtigt hat. Wir können nicht sicher sein, also verhalten wir uns so, als hätte er es getan. Uns fehlen fünf Männer, aber wir können immer noch acht Laster auf den Weg bringen. Also geh raus zu deinem Partner!«

Elbaz imponierte Kazakov. Der Kampf hatte ihn gelehrt, dass die besten Befehlshaber in der Schlacht nicht die klügsten oder die stärksten waren, sondern Männer wie Elbaz, die die Umgebungsgeräusche ausschalteten und weiterfunktionierten, auch wenn ein Plan den Bach runterging.

»Zwei Minuten!«, schrie Elbaz von der Tür aus. Dann packte er jemanden am Arm. »Geh nach oben und sieh nach, ob alles leer ist.«

Zwei der Laster würden nicht losfahren, weil ihre Besatzung tot oder verletzt war. Sechs waren bereits losgefahren und zwei standen noch draußen und bereiteten sich auf die Abfahrt vor.

»Bringt den Sprengstoff rein!«, rief Elbaz. »Nehmt alles, was ihr braucht, und dann fahrt rüber und verdrahtet das Zeug unterwegs fertig!«

Kazakov sah Elbaz am Küchentresen einen kleinen Fernzünder in eines der Sprengstoffstücke stecken.

»Hast du noch irgendwelche Geheimnisse loszuwerden?«, fragte Elbaz mit einem Anflug eines Lächelns. »Aber falls es dich irgendwie beruhigt, dein Junge, Ryan, scheint uns entwischt zu sein.«

Bei dem Gedanken, dass Ryan in Sicherheit war, hätte Kazakov am liebsten gelächelt, doch sein Sichtfeld veränderte sich. Es war, als würde er alles durch ein langes schwarzes Rohr sehen.

»Alles klar, Boss«, meldete der Junge, den Elbaz nach oben geschickt hatte, und sah dann zu Kazakov. »Ist er tot?«

»Wenn nicht jetzt, dann spätestens, wenn hier alles in die Luft fliegt«, versprach Elbaz und schrie dann los: »Zwei Minuten, Leute! Ich sprenge, sobald ich ein paar hundert Meter weit weg bin. Und wer dann nicht vor mir ist, der hat verdammt noch mal Pech gehabt!«

*

Die beiden Sprengstoffblöcke, die Elbaz in der Küche präpariert hatte, hätten ausgereicht, um das gesamte Farmhaus dem Erdboden gleichzumachen, doch einen wahren Vorgeschmack auf die Bedrohung durch IDoJ bekam man durch die zweite Explosion, die von einem der mit Sprengstoff beladenen Laster ausging.

Elbaz fuhr gerade durch die Tore der Farm und wurde von der Wucht der Detonation überrascht, während direkt hinter ihm dem Wagen des Spezialisten, der die Bomben gebaut und die Fernsteuerungen eingerichtet hatte, das Rückfenster eingedrückt wurde.

Zehn Kilometer weiter östlich bebte der Boden, und oranges Licht leuchtete durch eine Glastür, hinter der Ryan barfuß stand. Er befand sich in dem Hauptraum eines kleinen Sheriffbüros, das kaum mehr als ein Bürocontainer mit einem angrenzenden Ziegelsteinbau für eine Handvoll Häftlinge war.

Der Sergeant hinter dem Tresen sah aus wie die Zeichentrickfigur Elmer Fudd, schien jedoch intelligenter zu sein als das Pärchen, das Ryan verhaftet hatte. Er hatte sich schnell ausgerechnet, dass ein dunkelhäutiger Junge mit fremdem Akzent, der in einem 80 000-Dollar-Auto mit einer Maschinenpistole und blutbespritzten Schuhen auftauchte, eine andere Nummer war als ein gelangweilter Teenager, der ein paar Pillen geschluckt und mit dem Familienauto eine Spritztour gemacht hatte.

Der Sergeant sah zu McVitie, der Polizistin, die Ryan verhaftet hatte, hinüber.

»Die verlassene Farm, von der der Junge gerade gesprochen hat, hört sich sehr nach Oak Ranch an«, meinte er. »Würden Sie sagen, dass die Explosion ungefähr von dort kam?«

»Soll ich hinfahren und nachsehen?«, bot die Frau an.

Der Sergeant schüttelte verächtlich den Kopf.

»Mensch, McVitie! Hier geht es nicht um einen Notruf, dass ein Mann seine Frau verprügelt. Da kann man nicht einfach eine Streife hinschicken, um nachzusehen. Wir haben keine Ahnung, was da vor sich geht.«

In diesem Augenblick begannen die beiden Telefone auf dem Schreibtisch zu klingeln, gefolgt von dem Handy des großen Polizisten, der Ryan mit Pfefferspray bearbeitet hatte. Da Ryan spürte, dass die drei einheimischen Polizisten sich bei der Sache nicht wohlfühlten, kratzte er sein Selbstbewusstsein zusammen und versuchte es erneut.

»In meinem Telefon ist ein Kontakt namens *Dallas* eingetragen«, erklärte er bestimmt. »Er gehört zu einer Geheimdiensteinheit, die hinter den Terroristen her ist. Die wollen Einkaufszentren mit Lastwagen, die in den Farben von Lieferanten lackiert sind, in die Luft jagen. Sie brauchen *jeden Mann*, um die aufzuspüren!«

»Wo ist dieses Telefon?«, verlangte der Sergeant und wandte sich dann an Ryan. »Und woher hast du diese Telefonnummer?«

»Ich habe ihnen geholfen«, antwortete Ryan. »Und ich bitte Sie, sie anzurufen. Wenn ich lüge, können Sie mich in eine Zelle sperren und mit so viel Pfefferspray einnebeln, wie Sie wollen.«

Während McVitie Ryans Telefon aus einer Beweistüte

fischte, kam ein Mitarbeiter der Telefonzentrale ins Büro gerannt.

»Sergeant, Anruf auf dem roten Telefon: Heimatschutzbehörde. Eine Dr. Denise Huggan möchte mit dem Verantwortlichen hier sprechen.«

Ryan keuchte vor Erleichterung auf. Er hatte keine Gelegenheit gehabt, eine Nachricht zu hinterlassen, als er Dr. D.'s Anrufbeantworter erwischt hatte, aber offensichtlich hatte sie sein Telefonsignal lokalisieren lassen und ihn auf der Polizeistation ausfindig gemacht.

Der Sergeant sprach kurz mit Dr. D. und reichte den Hörer dann an Ryan weiter.

»Kazakov wurde angeschossen, ziemlich schlimm«, stieß Ryan hervor. »Ich bezweifle, dass er es geschafft hat. Es scheint, als hätte Elbaz gerade das IDoJ-Lager in die Luft gejagt, aber da sind noch zehn Laster voller Sprengstoff.«

»Wohin fahren sie?«

»Zu Einkaufszentren«, berichtete Ryan. »Kazakov hat etwas davon gesagt, dass morgen ein unglaublich wichtiger Geschäftstag sein soll.«

»Black Friday«, bestätigte Dr. D. »Wir werden alle verfügbaren Leute darauf ansetzen. Örtliche Polizei, Bundespolizei, FBI. Wie geht es dir?«

»Ich habe seit Kirgistan nicht mehr geschlafen«, antwortete Ryan. »Ich bin also hundemüde, aber ansonsten unverletzt.«

»Na, das ist immerhin etwas«, meinte Dr. D. »Hier stehen Hubschrauber in Bereitschaft. Ich bin in Montgomery, das ist mehrere hundert Kilometer entfernt. Ich schicke einen FBI-Agenten vor Ort zu dir für eine vollständige Aussage, und sag diesem Sergeanten, dass er anfangen soll, nach diesen Lastern zu suchen!«

*

Nach der Weckaktion am frühen Morgen brachten James und Bruce ihre vier Schüler für den Fortgeschrittenenfahrkurs zur Rennstrecke, um sie ein wenig in Regen und Dunkelheit üben zu lassen. Doch da eine solche Strecke einen Fahrer nicht auf Busse, Radfahrer, Fußgänger und alle möglichen anderen Gefahren des wirklichen Lebens vorbereiten kann, führten sie sie mit zwei BMW-Limousinen auf die richtigen Straßen. Beide Wagen hatten stark abgedunkelte Scheiben, damit niemand die minderjährigen Fahrer ausmachen konnte.

Die Aufgabe war, schnell, aber sicher zu fahren, sowohl auf Landstraßen als auch auf Autobahnen, und schließlich durch eine belebte Stadt hindurch ein mehrstöckiges Parkhaus zu erreichen. Alfie fuhr den ersten Teil des Weges in James' Auto, während Ning die Rückfahrt übernehmen sollte. Nachdem sie zehn Minuten auf Bruce, Leon und Grace im anderen Auto gewartet hatten, gingen alle zusammen in eine Fußgängerzone, um dort in einem Café zu Mittag zu essen.

James hatte ein paar Textmeldungen von seiner Freundin Kerry aus Kalifornien bekommen, aber noch keine Zeit gehabt, sie anzusehen, da er sich auf Alfies wilden Fahrstil hatte konzentrieren müssen. Sie fielen ihm wieder ein, als er ein Steaksandwich ohne Mayonnaise bestellt hatte.

Hast du die Nachrichten über diese irre Terrorsache gesehen? Echt voll gruselig!

James hatte keine Ahnung, um was es ging, doch da das Restaurant eine gute WiFi-Verbindung hatte, bekam er einen Nachrichtenstream aufs Telefon. Bruce und die vier Schüler beugten sich über den kleinen Bildschirm in der Mitte des Tisches.

Auf dem Textstreifen stand »Thanksgiving Terror« und man sah eine grobkörnige, aus großer Entfernung aufgenommene riesige Explosion und danach eine Liveschaltung vor den rauchenden Trümmern eines Farmhauses. Während sich der Nachrichtensprecher mit einem Terrorexperten unterhielt, liefen auf dem Banner die Fakten über das Display.

College-Footballspiel abgesagt nach Explosion eines Flugzeugs während der Einweihungsfeier des Alabama Stadions – Familie der Frachtflugzeugpilotin als Geisel gehalten, dann in einer dramatischen Aktion des FBI gerettet – Explosion auf einer Farm – FBI auf der Jagd nach zehn mit Sprengstoff geladenen Lastern – Bevölkerung aufgefordert, sich von Einkaufszentren in Texas, Florida und sechs weiteren Südstaaten fernzuhalten.

James war erschüttert, aber auch erleichtert, weil Kerry und seine amerikanischen Studienkollegen in Nordkalifornien wohnten, über zweitausend Kilometer von allen möglichen Gefahrenorten entfernt. Er schickte Kerry nur schnell die Nachricht »WOW!«, als der Moderator zu einem Nachrichtenclip schaltete.

»Neuesten Meldungen zufolge fand auf einem Highway in der Nähe von Jackson, Louisiana, eine große Explosion statt. Die Polizei hat einen der Lastwagen identifiziert, auf den die Beschreibung eines der gesuchten Fahrzeuge passte. Nach einer kurzen Verfolgungsjagd verließen die Verdächtigen das Fahrzeug, um zu Fuß zu flüchten, und konnten es offensichtlich ferngesteuert sprengen. Es wird von Schäden an einer Fußgängerbrücke und Verletzungen durch herumfliegende Glassplitter berichtet, doch bislang gibt es keine Informationen über Tote … Wenn diese Information stimmt, bedeutet das, dass man mittlerweile zwei Laster gefunden hat, während acht weitere noch vermisst werden.«

»Heilige Scheiße«, entfuhr es Leon.

Grace interessierte sich weniger dafür.

»Da gegenüber ist ein Hollister-Laden«, sagte sie eifrig. »Können wir da vielleicht mal kurz reinsehen, bevor wir wieder ins Auto steigen?«

»Nichts da«, knurrte James, »ich bin oft genug mit Kerry und meiner Schwester Lauren einkaufen gewesen. Ich weiß, dass ›kurz reinsehen‹ oft in stundenlange Aktionen ausartet, wo man sechsundzwanzig verschiedene Sachen anprobiert und am Ende doch nichts kauft.«

»Das ist zwar eine höchst sexistische Verallgemeinerung«, grinste Ning, »aber in Graces Fall stimmt sie hundertprozentig.«

»Auf welcher Seite stehst du eigentlich?«, grollte Grace.

»Auf meiner eigenen«, knurrte Ning zurück.

Alfie schnurrte leise.

»Miau, Mädels!«

Der Kellner kam mit ihren Getränken, sodass sie ein wenig von den Nachrichten abgelenkt waren, bis Leons Telefon klingelte. *Campus* blinkte auf dem Display auf und die Stimme am anderen Ende gehörte der leitenden Betreuerin Meryl Spencer.

»Ich wollte nur wissen, ob ihr das von Alabama gehört habt«, erkundigte sich Meryl.

»Wir haben es vorhin auf James' Handy gesehen«, antwortete Leon. »Aber warum rufen Sie mich deswegen an?«

»Agenten dürfen ja nicht über ihre Missionen sprechen, aber ich weiß, dass sie es oftmals dennoch tun, und ich wollte nicht, dass du dir Sorgen um Ryan machst.«

»Ryan ist in Alabama?«, stieß Leon hervor. »Ich dachte, er sei in Kar... Kirgasistan oder wie auch immer sich das nennt.«

Alle am Tisch hatten sich ihm zugewandt, als Leon von Alabama sprach.

»Ist Ryan sein älterer Bruder?«, fragte James Ning im Flüsterton.

Ning nickte.

»Nun, es gibt nichts, worüber du dir Sorgen machen musst«, sagte Meryl zu Leon. »Dein Bruder hat zwar einiges mitgemacht, aber es geht ihm gut. Und jetzt gib mir bitte James oder Bruce.«

Leon reichte James das Telefon, der fröhlich sagte: »Hi, Meryl!«

»Ihr müsst mit den Kindern um vier wieder auf dem Campus sein«, befahl ihm Meryl. »Zara versammelt alle in der Haupthalle. Der Unterricht fällt aus und es wird eine Mitteilung gemacht.«

Während James' Agentenzeit waren ein paar Mal alle in der Haupthalle versammelt worden. Meist bot so etwas dem Vorsitzenden die Gelegenheit zu einer Standpauke wegen irgendwelcher Regelübertretungen. Doch das war immer entweder gleich morgens oder nach dem Abendessen gewesen. Er hatte noch nie gehört, dass mitten am Tag alle zum Campus zurückbeordert wurden.

»Geht es um den alten Vorsitzenden Mac?«, fragte er. »Ich habe gehört, dass er krank ist.«

»James, selbst wenn ich es wüsste, dürfte ich es dir nicht sagen«, erwiderte Meryl. »Aber es ist definitiv nicht Mac. Das Letzte, was ich von ihm gehört habe, war, dass er in den Weihnachtsferien mit Fahim und einer jungen Theaterlehrerin, die er auf einem Elternabend kennengelernt hat, Skifahren gehen will.«

15

Zwei Mann blieben vor den Überwachungskameras im Sicherheitsgebäude, und ein Einsatzleiter blieb in der Leitstelle, aber ansonsten hatten sich alle Bewohner des CHERUB-Campus in der großen Halle versammelt, von kleinen Rothemden, die im Schneidersitz vor der Bühne saßen, bis zum Küchenpersonal, den Lehrern und den Gärtnern, die hinten standen.

So viele Menschen hatte James Adams nur am Weihnachtsmorgen in der Halle gesehen, wenn die Geschenke aufgemacht wurden. Als die Vorsitzende Zara Asker die drei Stufen zur Bühne hinaufstieg, ging ein gespanntes Raunen durch die Menge. Sie trug ein geblümtes Kleid und hatte eine schwarze Strickjacke über dem Arm.

Stille trat ein, als Zara auf das Mikrofon tippte, um zu prüfen, ob es eingeschaltet war.

»CHERUB ist eine Familie«, begann sie ernst. »Manchmal vergessen wir die Risiken, die die jungen Agenten und das Personal auf sich nehmen, und jetzt muss ich die Art von Mitteilung machen, die sich ein Vorsitzender von CHERUB wünscht, nie machen zu müssen.

Viele von euch haben während der letzten Stunden die Nachrichten über die Terroranschläge in Alabama gesehen. Ich kann bestätigen, dass ein CHERUB-Agent und ein Mitglied des Personals dabei mitgearbeitet haben, die Terrororganisation IDoJ zu unterwandern. Der

Agent entkam unverletzt und ruht sich jetzt in Dallas aus. Doch leider wurde der Trainer Yosyp Kazakov während der Flucht angeschossen und starb, entweder an seiner Schusswunde oder während der Explosion, die kurz darauf erfolgte.«

Die Versammlung hielt entsetzt den Atem an und Zara machte eine Pause.

»Yosyp Kazakov war dreiundfünfzig Jahre alt. Er stammt aus einer ukrainischen Familie mit soldatischer Tradition. Sein Bruder starb an seiner Seite im Kampf während der russischen Invasion in Afghanistan, und wir wissen, dass Mr. Kazakov einen erwachsenen Sohn hat, zu dem er den Kontakt verloren hatte.

Während der Achtzigerjahre wurde Kazakov von den sowjetischen Spezialeinheiten angeworben. Nach dem Zusammenbruch der Sowjetunion trat er der NATO als Verteidigungsanalyst bei und arbeitete an der Ausbildung von Spezialeinheiten in Großbritannien, den USA und in vielen anderen Ländern mit.

2007 kam er als Trainer zu CHERUB, und als solchen haben ihn die meisten von euch in Erinnerung. Doch seine Ausbildung und seine Erfahrung machten ihn auch zu einem wertvollen Undercoveragenten und während der letzten sieben Monate war er mit einer Mission betraut.

Unterricht und Training fallen für den Rest des Tages aus. Die Einzelheiten für eine Trauerfeier werden noch in Kürze bekannt gegeben. In der Zwischenzeit stehen euch die Betreuer und das Personal zur Verfügung, falls ihr über das Geschehene sprechen wollt oder einfach nur …«

Sie hielt inne und schluchzte auf.

»… eine Schulter zum Ausweinen braucht«, fuhr sie fort, wischte sich die Augen und trat vom Mikrofon zurück.

Zaras Tränen hatten einige Angestellte und CHERUBs angesteckt, und als klar war, dass sie nicht weitersprechen würde, trat der Cheftrainer Mr. Pike ans Mikrofon.

»Kazakov war ein richtiger Mann«, erklärte er. »Einige eurer Erinnerungen an ihn als Trainer sind vielleicht nicht die schönsten.«

Man hörte ein paar gedämpfte Lacher im Publikum.

»Aber Kazakov war nicht grausam. Er sorgte sich um die Leute, die er trainierte. Ich erinnere mich daran, wie er sich in der Trainerhütte darüber Gedanken machte, wie er einem Kind seine Höhenangst austreiben konnte. Ich erinnere mich daran, dass Yosyp einen ganzen Abend mit einer Schülerin verbrachte, die Schwierigkeiten mit ihren Sprachprüfungen hatte, obwohl er am nächsten Tag um drei Uhr morgens aufstehen und das Trainingsprogramm für den nächsten Tag aufstellen musste. Kazakov ließ einen hart arbeiten, aber er selbst arbeitete noch härter, und er hat euch alle zu besseren CHERUB-Agenten gemacht.«

Ein muskulöses Mädchen im schwarzen T-Shirt neben James rief den alten CHERUB-Trainings-Ruf: »Das hier ist hart, aber CHERUBs sind härter!«

Einige Leute sahen sie schief an, doch dann wiederholten ein paar ihrer Freunde den Schlachtruf.

»Das hier ist hart, aber CHERUBs sind härter!«

Beim dritten Mal machte der halbe Saal mit, und als Mr. Pike ihn übers Mikrofon rief, wurde es offiziell, und der Saal dröhnte.

»Das hier ist hart, aber CHERUBs sind härter!«

Kräftige Schwarzhemden, kleine Rothemden, Betreuer, Einsatzleiter, Köche, Techniker, bis hin zu Zara Asker, die jetzt hinten auf der Bühne stand, neben ihrem Mann Ewart, der ihr den Arm um die Schultern gelegt hatte.

»Das hier ist hart, aber CHERUBs sind härter!«

Die Tränen liefen ihnen übers Gesicht, doch sie

stampften mit den Füßen und riefen ihren Trainingsruf inbrünstiger als je zuvor.

Fu Ning erinnerte sich daran, wie stolz Kazakov ausgesehen hatte, als sie am Ende der Grundausbildung ihr graues T-Shirt anzog, Bruce Norris erinnerte sich wehmütig daran, wie ihn Kazakov mitten in der Nacht aus dem Bett gezerrt hatte, um das Durchhaltevermögen eines neuen Rekruten im Dojo zu testen, während James Adams an die schöne Zusammenarbeit mit Kazakov während seines ersten Casinobetruges dachte.

»Das hier ist hart, aber CHERUBs sind härter!«, riefen sie alle.

Sie waren alle traurig, doch die Kraft der CHERUB-Familie ließ sie alle den Kopf oben behalten.

*

Ryan hatte sich bemüht, wach zu bleiben, während ihn ein junger Special Agent des FBI zu den winzigsten Details befragte, wen und was er auf der Oak Ranch gesehen hatte. Schließlich war er an Bord eines kleinen Privatjets eingeschlafen, der ihn nach Dallas brachte, und erinnerte sich an nichts, was nach dem Start passiert war, bis er schließlich in einem Dachzimmer erwachte, in dem ein Nirvana Nevermind Poster an der Dachschräge über dem Bett hing und zwanzig Paar Mädchenschuhe am Fenster aufgereiht standen.

Er roch übel, und als er die Augen aufschlug, sah er den tarnfarbenen Rucksack, den er aus Kirgistan mitgebracht hatte, neben dem Bett stehen, sowie sein dreckiges T-Shirt und die schmutzstarrenden Jeans. Das Einzige, was fehlte, waren seine blutbespritzten Schuhe, die er zuletzt gesehen hatte, als sie im Sheriffbüro in eine Beweistüte gewandert waren.

Ryan vermutete, dass man ihn nach oben ins Bett getragen hatte. Unter seinen Fingernägeln saß Dreck und an seinem linken Handgelenk klebte getrocknetes Blut. Zwei fingerförmige Streifen, wo …

Entsetzt richtete er sich auf: *Kazakovs Blut. Das Blut eines toten Mannes.*

Die Trauer fühlte sich an, als säße seine Brust plötzlich in einer Schraubzwinge. Kazakov war nur zur Tarnung sein Vater gewesen, doch sie hatten die letzten sieben Monate undercover in Kirgistan zusammengearbeitet. Sie hatten sich gestritten, wie man es von einem Erwachsenen und einem Teenager erwarten konnte, die auf engem Raum zusammenleben mussten, aber sie waren auch gute Freunde geworden.

Darüber hinaus verspürte Ryan die Schuldgefühle des Überlebenden. Vielleicht würde Kazakov noch leben, wenn er es schneller zum Fluchtauto geschafft hätte. Oder wenn er den Wächter getötet hätte, anstatt ihn langwierig zu fesseln. Oder wenn er ihn tiefer in den Wald gezogen hätte, damit er nicht so leicht gefunden würde …

Er setzte sich auf den Bettrand, den Kopf auf den Knien, und bekam dabei den Geruch seiner Füße und Achseln mit. Beim Tod seiner Mutter hatte er ebensolche tiefe Trauer empfunden. Sie würde irgendwann nachlassen, doch das machte den Augenblick auch nicht leichter.

Den Tränen nahe und ohne zu wissen, wen er unten vorfinden würde, zog Ryan sich die schmutzigen Jeans an und sah über das Treppengeländer.

»Hallo?«

Von unten kam keine Antwort, daher stieg er die vier mit weichem beigefarbenem Teppich belegten Treppen hinunter. Es war beruhigend, sich in einem Privathaus zu befinden, auch wenn dieses offensichtlich von einem Mann geführt wurde, wie die Fotos von College-Footballmannschaften an den Treppenwänden, ein Dartboard an der Tür und die Teile einer Motorradmaschine auf dem Esstisch bewiesen.

»Hallo, Ryan!«, begrüßte ihn Ted Brasker herzlich.

Ted war ein großer grauhaariger Texaner und Dr. D.'s Stellvertreter bei der TFU. Ryan kannte ihn gut, da er während der ersten Phase ihrer Mission den Aramov-Clan zu vernichten, ebenfalls einmal seinen Vater gespielt hatte.

Außerdem befand sich noch Ethan Aramov im Zimmer. Er war so alt wie Ryan und der Enkel des Aramov-Clanoberhauptes Irena. Er wohnte zurzeit sozusagen in Schutzhaft bei Ted, da sein Onkel Leonid seinen Tod wollte.

Ethan war ein magerer Junge und betrachtete neidisch Ryans Brust.

»Du hast trainiert.«

»Hast du Hunger?«, erkundigte sich Ted. »Wie fühlst du dich?«

»Beschissen«, erwiderte Ryan, erleichtert, bei Freunden zu sein. Dann wurde seine Aufmerksamkeit von dem großen Plasmabildschirm angezogen, auf dem die Nachrichten liefen. »Wie ist der letzte Stand?«

»Zehn Laster«, resümierte Ethan. »Zwei sind auf der Oak Ranch geblieben. Vier wurden ohne Zwischenfall gefunden, einer ist an einer Kreuzung explodiert und hat sechs Menschen getötet. Einer hat es bis zu seinem Ziel geschafft und hat die Hälfte eines Einkaufszentrums in Atlanta dem Erdboden gleichgemacht.«

»Mist«, entfuhr es Ryan. »Viele Tote?«

Ethan schüttelte den Kopf.

»Man hat die Schließung aller Einkaufszentren in Reichweite befohlen. Die einzigen Toten waren ein Sicherheitsbeamter und zwei Teenager, die auf dem leeren Parkplatz herumgeknutscht haben.«

»Und die letzten beiden Laster?«, fragte Ryan.

»Das ist es, was uns Sorgen macht«, meinte Ted. »Das ganze Land hält nach Lastwagen der Marke GMC Savannah von 2012 Ausschau, die die Logos von großen Handelsketten tragen. Wenn sie so lange außer Sichtweite bleiben, heißt das, dass sie mittlerweile irgendwo in einer Garage stehen oder dass der Sprengstoff in andere Fahrzeuge umgeladen wurde.«

»Mit anderen Worten, IDoJ ist immer noch mit über zwei Tonnen hochexplosivem Sprengstoff unterwegs«, fügte Ethan hinzu.

Ryan hatte angenommen, dass es Morgen war, doch die Uhr auf dem Fernseher sagte ihm, dass es fast drei Uhr nachmittags war.

»Da habe ich aber lange geschlafen«, stellte er fest. »Ich brauche eine Dusche und alle meine Sachen sind in grässlichem Zustand.«

»Du kannst dir etwas von mir leihen«, bot ihm Ethan an. »Wir sind ja gleich groß. Allerdings habe ich kleinere Füße als du.«

»Na, dann werden wir dir wohl ein paar Schuhe kaufen müssen«, meinte Ted und gab Ryan ein Glas eiskalten Orangensaft. »Aber heute ganz sicher nicht. Nicht ein Laden im Umkreis von zweitausend Kilometern hat geöffnet.«

»Danke«, sagte Ryan, nippte am Orangensaft und sah Ethan an. »Und wie gefällt es dir hier in Texas?«

»Ich bin hier an einer guten Privatschule«, erzählte Ethan. »Die Regeln und die Uniform stinken mir zwar, aber ich habe ein paar nette Freunde gefunden. Außerdem habe ich angefangen, Schlagzeug zu spielen, und ich bin der beste Schachspieler in der Liga.«

Ted schnaubte. »Ich habe ihn immer noch nicht überreden können, es mit Football zu versuchen.«

Ryan musste lächeln, als er sich vorstellte, wie der magere Ethan auf einem Footballfeld herumlief.

»Und wie geht es deiner Großmutter Irena? Hast du sie besucht?«

Irena Aramov hatte den Aramov-Clan über dreißig Jahre lang geführt, doch jetzt hatte sie Dr. D.'s TFU erlaubt, die Kontrolle zu übernehmen, unter der Bedingung, dass sie Immunität vor Strafverfolgung genoss und in die USA reisen durfte, um sich einer experimentellen Krebsbehandlung zu unterziehen.

»Ich war ein paarmal in New York, um sie zu sehen«, erwiderte Ethan. »Eine Weile schlug die Behandlung ganz gut an, doch jetzt geht es ihr wieder schlechter. Ich glaube nicht, dass ihr noch viel Zeit bleibt. Als ich das letzte Mal bei ihr war, hat sie mich kaum noch erkannt.«

Ted legte Ryan die Hand auf die nackten Schultern und sagte ernst: »Das mit Kazakov tut mir leid. Er war ein guter Mann.«

»Das war er«, antwortete Ryan traurig.

»Und …«, versuchte Ted die sich ausbreitende Stille aufzulockern, »stehst du immer noch auf Pfannkuchen?«

Ryan erinnerte sich gut an Teds Pfannkuchen und brachte ein Lächeln zustande.

»Mit Blaubeeren?«

»Ich denke, ich kann welche auftreiben«, meinte er. »Geh du dich so lange duschen. Ethan gibt dir etwas zum Anziehen, und dann bekommst du erst mal was zu essen, und wir überlegen uns, wie wir weiter vorgehen.«

16

Nach der Unterbrechung für die Mitteilung am Freitagnachmittag war der Fahrkurs am Wochenende fortgesetzt worden und Montag war der letzte Tag.

Nervös saß Ning vor dem Hauptgebäude des Campus am Steuer eines großen, aber ziemlich verbeulten Opel. Es war ein ehemaliges Polizeiauto mit Reflektorstreifen an den Seiten und einer Leiste auf dem Dach, wo früher die Blaulichter angeschraubt gewesen waren.

James saß mit einem Klemmbrett auf dem Schoß auf dem Beifahrersitz und sah sich ungeduldig um.

»Hast du Alfie heute Morgen schon gesehen?«

»Beim Frühstück«, bestätigte Ning. »Er ist noch einmal nach oben gegangen, weil er etwas vergessen hat, aber das ist schon ewig her.«

»Ich schicke ihm eine Nachricht«, sagte James mit einem Blick auf die Uhr im Armaturenbrett. »Wenn er in vier Minuten nicht hier ist …«

Doch noch bevor er den Satz zu Ende gesprochen hatte, kam Alfie aus dem Hauptgebäude gerannt.

»Tut mir leid«, stieß er hervor, als er hinten einstieg. »Meine Chemielehrerin hat mich geschnappt. Ich soll einen Riesenhaufen Hausaufgaben noch mal machen, weil sie *schlampig* sind!«

Eigentlich hätte James böse sein sollen, aber er hatte als CHERUB selbst eine Menge Zeit damit verbracht, sich vor Lehrern zu verstecken.

»Und wer muss überhaupt etwas über Moleküle wissen?«, meinte Alfie. »Ich habe meine Karriere schon ganz genau geplant.«

»Und wie sieht die aus?«, lachte James.

»Ich werde professioneller Rugby-Spieler«, antwortete Alfie. »Und wenn das nicht klappt, werde ich Pornostar.«

»Sehr vernünftig«, fand James und Ning grinste.

»Oh, und …«, fügte Alfie hinzu. »In den Nachrichten haben sie gesagt, dass das FBI ein Warenlager gestürmt hat. Da haben sie den letzten Sprengstoff gefunden und glauben, dass sie den Anführer von IDoJ in den USA geschnappt haben.«

»Gut«, sagte Ning, »das heißt, dass Kazakov wenigstens nicht umsonst gestorben ist.«

»Okay, das reicht jetzt an Ablenkung«, fand James. »Bruce, Leon und Grace sind schon vor zehn Minuten los. Habt ihr beide eure Unterlagen gelesen?«

Ning und Alfie nickten.

»Ihr werdet zu allem geprüft, was ihr in den letzten vier Tagen gelernt habt«, verkündete James. »Fahrt schnell, aber die Sicherheit geht immer vor. Es wird heute nicht leicht werden, aber ihr seid beide gut genug, um diesen Kurs zu bestehen.«

»Mach sie platt, Ning«, verlangte Alfie und schnallte sich an. »Und versuch bitte, mich nicht umzubringen.«

»Das würde ich mir auch wünschen«, gab Ning resigniert zurück, ließ den Motor an, löste die Handbremse und legte den ersten Gang ein.

Da auf dem Campus oft kleine Kinder herumliefen, war das Tempo strikt auf 20 Stundenkilometer begrenzt. Ning rollte die Kiesauffahrt zum Sicherheitstor hinunter, doch noch bevor sie es erreichten, ließ James sie an die Seite fahren und halten.

»Was ist?«, fragte Ning.

James schüttelte den Kopf.

»Etwas ganz Grundsätzliches: Was machst du, wenn du in ein fremdes Auto steigst?«

»Überprüfen, dass das Auto äußerlich in sicherem Zustand ist. Spiegel einstellen und mich mit den Armaturen vertraut machen.«

»Genau«, bestätigte James. »Wie weit fahren wir?«

»Fünfzig Kilometer, haben Sie gesagt.«

James deutete auf die Tankanzeige.

»Ist das genug für fünfzig Kilometer?«

»Oh«, machte Ning, als sie sah, dass der Zeiger auf null stand. »Hätte nicht die Warnlampe aufleuchten sollen, wenn der Tank so leer ist?«

»Hätte sie«, bestätigte James. »Aber das hier ist ein altes Auto. Was habe ich euch über alte Autos erzählt?«

»Alte Autos sind scheiße«, repetierte Alfie. »Man muss davon ausgehen, dass alles Mögliche kaputt ist.«

»Genau«, sagte James. »Vielleicht ist die Leuchte kaputt. Oder der Tank ist randvoll und nur die Messanzeige stimmt nicht. Aber du fährst los, ohne zu ahnen, ob du möglicherweise Probleme mit dem Treibstoff bekommst.«

»Kriege ich dafür jetzt Punkteabzug?«, erkundigte sich Ning säuerlich.

»Einen Punkt«, erwiderte James. »Noch acht und du bist durchgefallen.«

»Also, soll ich jetzt den Tank überprüfen oder was?«, fragte Ning.

James sah sie streng an. »Das hier ist die Abschlussprüfung. Du hast die Unterlagen gelesen. Ich werde dir keine Entscheidungen abnehmen.«

Alfie entschloss sich, Ning zu helfen. »Ich sehe mal hinten nach, ob wir einen Reservekanister haben, und du siehst nach, ob du im Tank etwas erkennen kannst.«

»Das hört sich schon besser an«, fand James, als die beiden aus dem Wagen sprangen. »Aber beeilt euch!«

Ning war gleich darauf zurück und suchte nach den Hebeln zum Öffnen des Tanks und der Kofferraumhaube.

»Ich bin nur nervös«, sagte sie. »Bei solchen Tests versage ich immer.«

»Trichter und Benzin!«, verkündete Alfie triumphierend und zog einen Metallkanister aus dem Kofferraum. »Kriege ich einen Bonuspunkt, weil ich Ning den Arsch gerettet habe?«

»Du kriegst einen Bonuspunkt in den Hintern, wenn du nicht aufpasst«, warnte ihn Ning, während sie den Tankdeckel aufschraubte und den Trichter einsetzte.

*

Amy brauste an dem alten Polizeiauto vorbei, als sie mit Ryan auf dem Rücksitz das letzte Stück zum Campus fuhr. Sie parkten bei den Hubschrauberlandeplätzen neben dem Hauptgebäude und gingen sofort in einen Konferenzraum im ersten Stock.

Am Kopfende eines großen ovalen Tisches saß Zara Asker neben ihrem Mann und Chefeinsatzleiter Ewart Asker, der leitenden Betreuerin Meryl Spencer und der halb pensionierten Campuspsychiaterin Jennifer Mitchum.

»Die ganze Topmannschaft«, stellte Ryan fest, setzte sich ein wenig eingeschüchtert auf einen Drehstuhl und schenkte sich ein Glas Wasser ein.

»Wie geht es dir?«, erkundigte sich Meryl, während Amy sich ihm gegenübersetzte.

»Könnte schlimmer sein«, fand Ryan. »Ich habe Amy gestern Abend in Heathrow am Flughafen getroffen. Aber es war schon sehr spät, deshalb haben wir uns ein Hotelzimmer genommen und sind heute Morgen hergefahren.«

»Jetlag?«, wollte Ewart wissen.

Ryan nickte.

»Kirgistan, China und dann Amerika, das ist eine Zeitverschiebung von dreizehn Stunden. Und dann hierher zurück, das sind noch mal sieben Stunden. Mein Körper hat keine Ahnung, welche Tageszeit wir haben.«

»Und abgesehen von deiner Desorientierung, wie geht es dir sonst?«, fragte Jennifer Mitchum. »Es muss schrecklich gewesen sein, zu erleben, wie dein Einsatzleiter gestorben ist. Besonders, weil du sieben Monate lang mit ihm zusammengearbeitet hast.«

Ryan nickte.

»Als meine Mutter gestorben ist, fühlte ich mich schrecklich und dachte, dass ich ewig trauern würde. Aber irgendwann wurde es besser.«

»Ja«, bestätigte Jennifer, »es hilft, wenn man den Trauerprozess versteht.«

»Ich frage mich auch, ob ich ihn hätte retten können«, fuhr Ryan fort. »Ich habe zum Beispiel unseren Wächter gefesselt. Aber das hat ewig gedauert, und wenn ich ihn einfach getötet hätte, wäre ich wahrscheinlich am Auto gewesen, bevor er gefunden wurde.«

Ewart Asker lächelte.

»Das Spielchen *Was wäre wenn* kannst du dein ganzes Leben lang spielen. Vielleicht wärst du, wenn du ihn nicht gefesselt hättest, schneller zum Auto gekommen, aber dann wäre vielleicht ein bewaffneter Wächter dort draußen gewesen, um zu rauchen, und hätte dich umgebracht.«

»Es ist vollkommen normal, Schuldgefühle zu haben«, erklärte Jennifer Mitchum. »Aber du hast nicht *absichtlich* etwas getan, was dazu führte, dass Kazakov getötet wurde, und das ist es, auf was du dich konzentrieren musst.«

Ryan nickte.

»Ted Brasker hat gesagt, du seist ganz wild darauf, die

Mission in Kirgistan weiterzuführen«, sagte Zara. »Ich muss gestehen, dass ich da meine Bedenken habe.«

Ryan richtete sich kerzengerade auf.

»Mit mir ist alles in Ordnung«, behauptete er.

»Das habe ich auch nicht gemeint«, erwiderte Zara. »Aber du bist jetzt seit sieben Monaten vom Campus fort. Du hast viel Unterricht verpasst und du musst deine Freunde vermissen. Ich weiß, dass du das Gefühl hast, deine Arbeit im Kreml sei noch nicht zu Ende, doch meine Aufgabe als Vorsitzende ist es, das Wohlergehen meiner Agenten an erste Stelle zu setzen.«

»Ich glaube allerdings, dass Ryan im Kreml durchaus noch von Nutzen sein könnte«, warf Amy ein. »Ich wohne im obersten Stockwerk, überwache Josef Aramov und ziehe im Grunde genommen die Fäden bei den Operationen des Clans. Ryan und Kazakov haben uns wirklich wichtige Informationen über die Stimmung unter den Leuten in den unteren Rängen der Organisation geliefert.«

»Es muss eine andere Möglichkeit geben, solche Informationen zu bekommen«, meinte Ewart. »CHERUBs sollen nur in Situationen eingesetzt werden, wo es für Erwachsene unmöglich ist. Es muss im Kreml doch x Leute geben, die gerne Informationen verraten.«

»Ich habe noch andere Quellen«, bestätigte Amy. »Aber Ryan und Kazakov waren die Einzigen, denen ich wirklich vertrauen konnte. Die Mission könnte sicherlich ohne Ryan weitergeführt werden. Doch wie wir alle wissen, sind Kinder unvorsichtiger als Erwachsene, und Ryan hat von seinen Mitschülern schon wichtige Informationen bekommen.«

»Ich kann wirklich helfen«, drängte Ryan. »Und im Kreml bin ich ja nicht wirklich großer Gefahr ausgesetzt.«

Die Betreuerin Meryl Spencer blätterte in Ryans Einsatzberichten.

»Ich will Ryan ja nicht in Verlegenheit bringen, aber ich werde das Gefühl nicht los, dass sein Grund, zum Kreml zurückkehren zu wollen, etwas mit diesem Mädchen Natascha zu tun hat.«

Da ihn alle ansahen, wand Ryan sich vor Verlegenheit.

»Zum einen heißt sie Natalka und nicht Natascha. Und außerdem weiß ich nicht, was Sie mein Liebesleben angeht.«

»Hier geht es nicht um dein Liebesleben, Ryan«, erklärte Zara bestimmt, »sondern um dein Wohlergehen. Und wenn du zu jemandem im Kreml eine starke emotionale Bindung hast, dann beeinflusst das natürlich deine Bereitschaft, deine Mission in Kirgistan wiederaufzunehmen.«

»Im Kreml gibt es nicht viele Leute in meinem Alter«, verteidigte sich Ryan. »Natalka ist nett. Wir gehen zusammen aus und so.«

»Würdest du sagen, dass du in sie verliebt bist?«, fragte Meryl.

»Ich habe sie gern«, antwortete Ryan. »Wir hängen meistens abends zusammen ab.«

»Wart ihr intim?«, wollte Meryl wissen.

»Ich habe sie nicht gepoppt, wenn ihr das wissen wollt«, erwiderte Ryan gereizt, weil es ihm unangenehm war, so etwas vor einer Runde von fünf Erwachsenen auszubreiten. »Wir haben uns nur geküsst und so.«

»Glaubst du, du würdest auch nach Kirgistan zurückwollen, wenn Natalka nicht da wäre?«, fragte Zara.

Bislang hatte Ryan nur die Wahrheit oder zumindest fast die Wahrheit gesagt, aber jetzt brachte er eine direkte Lüge hervor.

»Natalka bedeutet mir nichts. Ich will nur nach Kirgistan, weil ich den Job zu Ende bringen will, den Kazakov und ich angefangen haben.«

»Okay, ich glaube, wir haben Ryan lange genug ausgefragt«, meinte Zara. »Ich bin folgender Meinung: Ryan war sieben Monate vom Campus weg und hat in der letzten Woche eine Menge schlimmer Dinge erlebt. Er muss mit seinem Unterricht weitermachen und eine Weile auf dem Campus bleiben.«

»Auf keinen Fall!«, rief Ryan.

»Lass mich ausreden!«, befahl Zara streng. »Allerdings hat Ryan in Kirgistan noch etwas zu tun und außerdem emotionale Bindungen dorthin. Deshalb kann er dorthin zurückkehren, jedoch maximal für sechs Wochen. Das sollte ihm die Gelegenheit geben, die Dinge zu Ende zu bringen, und Amy kann in der Zwischenzeit jemanden suchen, der seine Rolle übernimmt.«

»Oh, gut«, sagte Ryan verlegen. »Tut mir leid.«

»Wenn du wieder zum Campus kommst«, fuhr Zara fort, »dann wirst du mindestens sechs Monate lang keine Missionen durchführen. Du musst Training und Unterricht nachholen und wieder wie ein normaler Teenager leben. Hat irgendjemand hier am Tisch größere Einwände?«

»Sechs Wochen sind mehr als genug, um Ryan im Kreml zu ersetzen«, fand Amy.

»Ein traumatisches Ereignis wie den Tod eines Einsatzleiters sollte man nicht auf die leichte Schulter nehmen«, meldete sich die Psychiaterin Dr. Mitchum zu Wort. »Bevor Ryan wieder abreist, würde ich ihn gerne in ein paar Sitzungen sehen und in weiteren, wenn er wieder zum Campus zurückkehrt.«

Es herrschten ein paar Sekunden Stille, dann schob Zara ihren Stuhl zurück.

»Nun, dann sind wir uns ja alle einig. Die Sitzung ist vorbei.«

Ewart, Meryl und Dr. Mitchum verließen den Raum, doch Zara fing Amy und Ryan ab, bevor sie gingen.

»Es tut mir wirklich leid, wenn dir das Gespräch über Natalka peinlich war«, begann sie.

Ryan zuckte nur mit den Achseln.

»Ich schätze, Sie müssen an alles denken.«

»Am frühen Nachmittag wird es eine Videokonferenz geben«, fuhr Zara fort. »Es ist eine Abschlussbesprechung zur IDoJ-Mission mit Dr. D. und ein paar weiteren Mitgliedern des US-Geheimdienstes. Ich weiß, dass Amy gerne dabei sein würde, aber Ryan, da du so viel mit der Sache zu tun hast, bist du herzlich gerne auch dazu eingeladen.«

17

James Adams und Bruce Norris standen auf der Tribüne der Rennstrecke, während sich ihre vier Schüler nebeneinander in gleichen VW Golfs an der Startlinie aufstellten.

Bruce hatte ein Funkgerät, mit dem er alle vier Fahrer erreichte.

»Denkt daran: zwei Runden auf der Bahn. Am Ende der zweiten Runde kommt ihr zum Parkplatz, durch die Boxengasse und fahrt durch die Hindernisstrecke.

Passt auf Gefahrenstellen auf. Für jedes Hindernis, das ihr trefft, bekommt ihr einen Punkt Abzug. Und ihr bekommt für je zehn Sekunden, die ihr hinter dem Führenden ins Ziel kommt, ebenfalls einen Punkt Abzug. Und jetzt: Lasst die Motoren an!«

James war inzwischen von der Tribüne heruntergestiegen und hielt eine schwarz-weiß karierte Flagge hoch. Ning saß mit trockenem Mund auf ihrem Fahrersitz, den Sturzhelm auf dem Kopf und den Sechspunktgurt geschlossen. Sie stand auf der Außenbahn und hoffte, dass sie so einen Vorteil bei der Einfahrt in die erste Kurve haben würde.

James stand vollkommen still und hielt die Flagge hoch, während die vier Motoren aufheulten. Als er sie senkte, setzte sich Grace an die Spitze. Ning hatte einen recht guten Start und reihte sich hinter ihr ein. In dem aggressiven Versuch, die beste Einfahrt in die Kurve zu bekommen, hatte Leon scharf nach links gelenkt, doch Alfie hatte nicht die Absicht, ihn durchzulassen, und versuchte, ihn gegen die Boxenmauer zu drängen.

Die Golfs waren ganz normale Dieselfahrzeuge und hatten kaum 30 Stundenkilometer erreicht, dennoch knallte es laut, als die beiden Jungen aufeinanderprallten. Leon fuhr zwar weiter, aber Alfie würgte seinen Motor ab und rollte langsam aus, während Grace knapp vor Ning in die erste Kurve ging.

Ning kam nach der Kurve aus Graces Windschatten und trat in der Geraden aufs Gas, doch als sie überholen wollte, musste Grace einem Styroporhund ausweichen, und ihr blieb nichts anders übrig, als ebenfalls gegenzulenken.

Die Vorderräder des Golfs verloren die Bodenhaftung, als sie auf das feuchte Gras neben der Fahrbahn geriet, doch obwohl sie durch ein heftiges Lenkmanöver wieder auf die richtige Spur kam, so hatte sie doch so viel Geschwindigkeit verloren, dass Leon sie in der nächsten Kurve außen überholen konnte.

Zu seinem Pech war Leon jedoch so sehr mit dem Überholmanöver beschäftigt, dass er vor der nächsten Kurve nicht rechtzeitig abbremste, und Ning konnte innen wieder an ihm vorbeiziehen. Jetzt befand sie sich auf der Geraden und Leon war dicht hinter ihr. Grace hatte vier Wagenlängen Vorsprung, während Alfie hinter ihnen gar nicht zu sehen war.

Drei schnelle Kurven rasten verschwommen an ihr vorbei, doch als sie auf die nächste kurze Gerade kam, sah Grace mit Entsetzen, dass zwei ausgeschlachtete Autos als Straßensperre quer auf der Spur geparkt waren. Sie hatte zwei Möglichkeiten: das hintere Ende eines der Wagen zu treffen und es so aus dem Weg zu stoßen oder von der Fahrbahn abzuweichen und einen Umweg über eine kurvige Strecke für Gokartfahrer zu machen.

Sie hatten gelernt, wie man eine Straßensperre rammt, aber man musste auf höchstens 50 Stundenkilometer abbremsen, um ein Schleudertrauma zu vermeiden, und auch dann war es keine exakte Wissenschaft, wie man das andere Auto rammen musste. Grace entschied, dass sie genug Vorsprung hatte, um die sichere Option zu wählen.

Ning überlegte, ob sie die Führung übernehmen sollte, doch sie hatte in früheren Prüfungsteilen bereits fünf von ihren neun Punkten verloren, und auch wenn der Sieg ihrem Ego gutgetan hätte, bestand ihr Ziel eher darin, höchstens zwanzig Sekunden nach dem Sieger ins Ziel zu kommen und nicht zu viele Hindernisse zu treffen. Also folgte sie Grace durch den Gokartkurs, während Leon die Straßensperre rammte. Er traf den hinteren der beiden Wagen genau richtig und schuf eine schöne Lücke zwischen den Wagen. Da er dazu hatte langsamer werden müssen, nutzte Alfie die harte Arbeit, die Leon geleistet hatte, zu seinem Vorteil und schoss mit voller Geschwindigkeit durch die Lücke.

Ning hatte am Ende der gewundenen Gokartstrecke fast zu Grace aufgeholt und kam hinter ihr wieder auf die Rennstrecke, dicht gefolgt von Leon. Alfie fuhr auf der Außenbahn und war immer noch Letzter, aber er hatte genügend Fahrt, um die anderen zu überholen, wenn er eine Lücke finden konnte.

Als sie am Ende der ersten Runde wieder auf die Hauptgerade einbogen, setzte Alfie sich vor Grace, während sich Ning und Leon kaum eine Wagenlänge dahinter ein Kopf-an-Kopf-Rennen lieferten. Doch vor ihnen hatten James, Bruce und ihr Assistent Kevin Sumner die Sache interessanter gemacht, indem sie auf der langen Geraden einen Slalom aus Styropor-Omas, Pappkarton-Müttern mit Kinderwagen und einem grimmigen Pappsoldaten mit einer Bazooka aufgestellt hatten.

Grace und Alfie weigerten sich, ihren Vorsprung aufzugeben, doch Ning wollte lieber den Kurs bestehen als das Rennen gewinnen. Da sie wusste, dass sie dazu nur unter zwanzig Sekunden hinter dem Sieger bleiben musste, fuhr sie langsamer und kurvte sorgfältig um die paar Figuren herum, die die beiden Wagen vor ihr noch nicht getroffen hatten.

Die nächste halbe Runde hielt Ning diese Strategie durch und war an dritter Stelle, als Alfie Grace von der Straße in eine Barriere drängte. Grace versuchte zwar, weiterzufahren, doch ihr rechter Vorderreifen war von der Felge gesprungen. Technisch bedeutete das eigentlich, dass Grace den Kurs nicht bestanden hatte, doch Ning vermutete, dass James und Bruce ihr eine zweite Chance geben würden, anstatt eine gute Schülerin durchfallen zu lassen.

Als sie die Gerade zum letzten Mal erreichten, lag Leon in Führung und bog in die Boxengasse ein. Alfie saß ihm fast auf der Stoßstange, und während sich die Jungen duellierten, hielt Ning klugerweise genügend Abstand, um ausweichen zu können, falls einer von ihnen einen Unfall hatte.

Hinter der Tribüne waren mithilfe von Strohballen unterschiedliche Bahnen für die vier Wagen eingerichtet worden. Nach ein paar Kurven landete Ning vor einem Schild, das ihr befahl, mit einer Schleuderwende umzudrehen. Das hatte sie seit dem Donnerstag in dem Golf nicht mehr gemacht und versagte vollkommen dabei, doch sie war sich sicher, dass das der letzte Punkt war, der ihr abgezogen würde, denn sie hatte nur noch ein paar hundert Meter vor sich.

Das letzte Stück war ein Slalom zwischen den Strohballen hindurch, nach welchem sie eine gewundene Strecke im Rückwärtsgang absolvieren musste und schließlich über eine Ladeklappe rückwärts in einen

Lastwagen einparken. Dabei schrammte sie sich den Rückspiegel an, doch die Farbe war sowieso schon abgeblättert, und die Macke war so geringfügig, dass sie bezweifelte, dass es jemand merken würde.

Erleichtert seufzte sie auf, als sie den Motor abstellte und den Sicherheitsgurt löste, doch als sie die Tür aufmachte, musste sie feststellen, dass sie keinen Platz hatte, um auszusteigen. Nach kurzem Überlegen nahm sie den Helm ab und stieg wenig graziös durch das Schiebedach des Golfs aus, rutschte über die Motorhaube und sprang aus dem Lastwagen.

Leon und Alfie waren ein paar Sekunden vor ihr auf ähnliche Weise aus ihren Autos gestiegen, doch sie stritten wütend über ihren Kampf auf der Rennstrecke und behaupteten beide, sie hätten gewonnen. Alfie hatte einen Größenvorteil, aber er war nicht darauf vorbereitet, dass Leon auf ihn zusprang und ihm seinen Helm seitlich an den Kopf knallte.

»Du bist ein Irrer!«, schrie Leon.

»Ich bin ein Irrer?«, verwahrte sich Alfie und wich einem zweiten Schlag mit Leons Helm aus. »Du hast mich doch am Anfang in die Barrikaden gejagt!«

»Du hattest einen beschissenen Start«, rief Leon. »Du hättest nachgeben sollen!«

Sein anfänglicher Mut hatte sich mittlerweile aufgebraucht, und er erkannte einmal mehr, dass es keine gute Idee war, sich mit Alfie anzulegen. Doch als er zurückwich, zog Alfie ihm mit dem Fuß die Beine unter dem Körper weg und sprang ihm auf den Rücken.

»Du bist Hackfleisch!«, brüllte er.

Alfie versetzte dem kleineren Jungen drei kräftige Schläge, bevor Ning ihn unter den Achseln packte und fortzog.

»Hör auf damit!«, befahl sie und stieß Alfie beiseite. »Ihr seid beide Idioten!«

Auch Bruce und James kamen angelaufen.

»Gut gemacht, Ning, du hast bestanden«, sagte James, während sich Leon vom Boden aufrappelte. Er bekam kaum Luft, wollte Alfie aber keinesfalls sehen lassen, dass er verletzt war. »Ihr beiden allerdings habt wohl völlig den Verstand verloren!«

»Wie lautet Regel Nummer eins?«, brüllte Bruce Alfie an.

»Safety first«, antwortete Alfie kleinlaut.

»Euer Fahrstil war völlig inakzeptabel!«, rief James. »Ihr wart so damit beschäftigt, euch gegenseitig zu bekämpfen, dass ihr mehr Hindernisse getroffen habt, als ich zählen kann. Außerdem habt ihr einige Sicherheitsregeln gebrochen! Ihr seid beide gute Fahrer. Ihr hättet ganz leicht bestehen können, aber stattdessen habt ihr euch zu völligen Idioten gemacht.«

»Wir waren die ganze Woche lang sehr nachsichtig mit euch«, fügte Bruce hinzu. »Aber dieser Wahnsinn hätte leicht einen ernsthaften Unfall verursachen können. Wir können euch keine Strafrunden aufbrummen, weil wir keine offiziellen Trainer sind ...«

James wurde wütend, als Alfie frech zu grinsen anfing.

»Was ich allerdings tun kann«, sagte er und pikte ihm mit dem Finger in die Brust, »ist, einen Bericht zu schreiben. Ihr könnt also beide damit rechnen, im Laufe der nächsten Tage ins Büro der Vorsitzenden zitiert zu werden.«

Kevin Sumner mit dem schwarzen T-Shirt hatte Grace und ihren Golf mit einem Abschlepplaster von der Strecke geholt. Sie war ziemlich aufgelöst, als sie mit ihrem Helm unter dem Arm aus dem Truck sprang, doch Bruce beeilte sich, sie zu beruhigen.

»Du hast bestanden«, sagte er. »Wir werden dich nicht wegen eines geplatzten Reifens durchfallen lassen. Gratuliere!«

»Wir sind fertig«, erklärte James, sah auf die Uhr und erklärte mit einem bösen Blick auf Leon und Alfie: »Ning und Grace können mit uns zum Campus zurückfahren. Alfie und Leon bleiben hier und sammeln die Hindernisse und Strohballen ein. Wenn ihr schnell genug seid, dann nimmt euch *vielleicht* Kevin mit, wenn er die Autos zurückgefahren und die Garage abgeschlossen hat. Wenn ihr zu langsam seid, dann viel Spaß auf dem 12-Kilometer-Fußmarsch zum Campus!«

18

Beim Essen unterhielt sich Ryan mit Max Black und ein paar anderen Freunden vom Campus und lief dann nach oben, um sich auf sein zweites Meeting an diesem Tag vorzubereiten. Doch war die erste Sitzung an diesem Tag mehr wie ein freundliches Gespräch gewesen, so war das hier eher eine Inquisition.

Der Konferenzraum auf dem Campus verfügte über die Möglichkeit zu einer Videokonferenzschaltung. Zara konnte die Oberkörper der anderen Teilnehmer in Lebensgröße auf den Bildschirmen an drei Wänden des Raumes sehen. Es war eine hochrangige Gruppe, darunter Dr. D. von der TFU in Dallas, der britische Staatssekretär im Innenministerium sowie die US-Geheimdienstministerin, die gerade Pakistan besuchte. Die Sitzung wurde von Washington D.C. aus von Senatorin Madeline White geleitet. Sie war Vorsitzende des Geheimdienstkomitees des Senats, und es ging das Gerücht, dass sie plante, sich 2016 für das Amt des Präsidenten zu bewerben.

Amy und Ryan beobachteten die Sitzung aus einem Nebenraum durch eine nur von einer Seite durchsichtige Fensterscheibe. Dr. D. las einen kurzen Bericht, in dem sie zusammenfasste, wie ihre Einheit die Kontrolle über den Aramov-Clan übernommen hatte, dessen Geschäfte langsam abwickelte und versuchte, dabei so viele andere kriminelle Organisationen mit zu vernichten wie möglich.

»Vor ungefähr fünf Monaten kontaktierte ein Mr. Elbaz einen Vertreter des Aramov-Clans in Südamerika«, erzählte Dr. D. »Er wollte ein Frachtflugzeug mit Besatzung mieten. Zu dieser Zeit war nicht bekannt, dass Elbaz für IDoJ arbeitete, doch das zeigte sich im Laufe der weiteren Verhandlungen.

Elbaz verfügte außerdem über Verbindungen zu korrupten Militärbeamten in China, die bereit waren, ihm Sprengstoff zu verkaufen, und deutete an, dass IDoJ eine Terrorzelle in den USA aufbauen wollte. Wir setzten den Aramov-Clan ein, um Elbaz bei der Planung zu helfen. Unter anderem brauchten sie ein Frachtflugzeug aus Kirgistan. Damit wollten sie elf Tonnen Sprengstoff aus China holen und dann nach Manta in Ecuador fliegen. Elbaz behauptete, von dort aus den Sprengstoff mit einer entführten Frachtmaschine in die USA bringen zu können.

Der Plan der TFU sah vor, dieses Frachtflugzeug zusammen mit Elbaz und möglichst vielen Mitgliedern der IDoJ-Zelle in den USA abzufangen. Unglücklicherweise – und aus Gründen, die uns immer noch nicht klar sind – hat uns Elbaz ausgetrickst, indem er in letzter Sekunde den Landeplatz in den USA änderte. Dadurch bekam er die Möglichkeit, die nächste Phase seines Plans einzuleiten.«

Senatorin White raschelte mit einem Stapel Papieren und meldete sich laut: »Dr. D., ich glaube, wir alle hier wissen sehr genau, was in den letzten Tagen geschehen ist. Was ich wissen will, ist, wie Sie eine Operation rechtfertigen, bei deren Fehlschlag eine riesige Menge von Sprengstoff in die USA eingeführt werden konnte?«

Dr. D. hatte bereits Hunderte solcher Sitzungen hinter sich und ließ sich vom aggressiven Ton der Senatorin nicht aus der Ruhe bringen.

»Wir hielten es für bedeutsam, die IDoJ-Zelle in den

USA ausfindig zu machen. Die einzige Möglichkeit dazu bot sich in der Gelegenheit, den Sprengstoff zu seinem Bestimmungsort in Alabama zu verfolgen.«

»Auf Kosten der Pilotin Tracy Collings?«, fragte die Senatorin. »Ihre Familie wurde als Geisel genommen, sie wurde erpresst und kaltblütig ermordet. Des Weiteren gab es einen toten FBI-Beamten, der versuchte, an Bord des Flugzeugs zu gehen, einen toten britischen Agenten auf der Farm sowie sechs Tote und drei Schwerverletzte in Jackson, Louisiana. Und das alles ohne die halbe Milliarde an Sachschaden und den nicht zu kalkulierenden wirtschaftlichen Verlust für die Hälfte der Läden in den Vereinigten Staaten, die am wichtigsten Einkaufswochenende des Jahres schließen mussten.«

»Senatorin«, unterbrach sie die Geheimdienstministerin, »ich glaube, Sie werden zu emotionell. Es besteht kein Grund für eine politische Selbstdarstellung. Der Zweck dieser Sitzung ist es, die Operation zu verstehen.«

»Tatsächlich?«, gab die Senatorin zurück. »Vielleicht würde mich die Ministerin nur fürs Protokoll mal darüber aufklären, ob der Präsident diese Operation *persönlich* genehmigt hat?«

Die Ministerin sah verlegen drein.

»Der Präsident wurde über diese Operation im Zuge seiner täglichen Geheimdienstberichte unterrichtet. Es ist jedoch nicht seine Aufgabe, einzelne Maßnahmen des Geheimdienstes zu genehmigen oder dafür die Verantwortung zu übernehmen.«

Die Senatorin grunzte verächtlich und fuhr dann in ihrer Attacke fort: »Und wie, glauben Sie, werden die Meinungswerte für den Präsidenten aussehen, wenn dic amerikanische Öffentlichkeit herausfindet, dass die ganze IDoJ-Aktion nur durch den Aramov-Clan ermöglicht wurde, der zurzeit vom Geheimdienst der Vereinigten Staaten kontrolliert wird?«

An dieser Stelle meldete sich Zara Asker zu Wort: »Ich glaube, wir sollten uns beruhigen und uns die Fakten ansehen. Es wurden Fehler gemacht und bedauerlicherweise gab es Tote. Aber IDoJ plante, mit den Angriffen am Black Friday mindestens zehntausend Menschen zu töten. So gab es weniger als ein Prozent Tote, wir haben dabei Elbaz geschnappt, seinen Stellvertreter Mumin getötet und viele Mitglieder der IDoJ-Zelle in den USA festgenommen. Jeder, der glaubt, er könne eine Operation von diesem Ausmaß durchführen, ohne dass Fehler passieren, ist ein Träumer, und wenn man emotionale politische Argumente einmal beiseitelässt, war das Ergebnis ein voller Erfolg.«

Senatorin White richtete ihren Zorn jetzt gegen Zara.

»Sie arbeiten beim Geheimdienst, Mrs. Asker. Ich arbeite in der Politik. Für euch Geheimdienstleute mögen die Risiken bei derartigen Operationen ja in Ordnung sein, aber was mich angeht, so ist, wenn Sie von amerikanischen Staatsbürgern reden, die in ihrer Heimat getötet werden, die einzig akzeptable Anzahl von Verlusten null!«

»Der Aramov-Clan hat noch über siebzig Flugzeuge in seiner Flotte«, erklärte Dr. D. »Aber es gibt noch Hunderte von diesen alten russischen Flugzeugen in der Luft. Hätten wir Elbaz abgewiesen, hätte er seinen Sprengstoff mit einem von zig kleineren Schmuggelflugzeugen von China nach Ecuador gebracht. Und wenn ich Sie daran erinnern darf, so haben wir jedes einzelne Sprengstoffpaket ausfindig gemacht.«

»Aber mehr durch Glück als durch Geschick«, fuhr Senatorin White auf. »Ich bin mit einem einzigen Vorschlag in dieses Meeting gekommen. Nach den Vorfällen von diesem Wochenende ist es für ein Department der US-Regierung nicht mehr tragbar – selbst für ein so geheimes wie die TFU –, illegale Schmuggeloperationen durchzuführen. Ich schlage vor, dass wir uns, anstatt den Aramov-Clan wie geplant in zwei bis drei Jahren abzuwickeln, dafür eine Frist von neunzig Tagen setzen. Wenn wir es geschickt anstellen, können wir dabei Beweise finden, die den Aramov-Clan mit IDoJ in Verbindung bringen, und es so aussehen lassen, als sei die Vernichtung des Clans eine Vergeltungsmaßnahme für ihre Beteiligung an den Anschlägen.«

Dr. D. sah sie wütend an.

»Die Kontrolle des Clans ist eine einzigartige Gelegenheit. Das Transportnetz des Clans wird von etlichen großen Verbrechersyndikaten benutzt. Der einzige Grund, warum wir nicht bereits gegen mehrere davon vorgegangen sind, ist, dass wir uns zurückhalten müssen, weil sonst offensichtlich wird, woher wir unsere Informationen haben.«

»Als Vertreterin des Präsidenten muss ich leider Senatorin White zustimmen«, seufzte die Geheimdienstministerin. »Obwohl ich den Wert des Aramov-Clans für den Geheimdienst zu schätzen weiß, muss ich doch berücksichtigen, dass wir bei der Genehmigung dieser Operation davon ausgingen, dass es sich um einen Schmugglerring in Zentralasien handelt. Niemand hat damit gerechnet, dass dadurch Terroristen an Thanksgiving in Alabama auftauchen könnten.«

»Wenn es hilft«, räusperte sich Dr. D., »so bin ich bereit, meinen Posten aufzugeben und die Leitung der TFU jemand anderem zu übertragen. Wir könnten neue Grundregeln einführen, sodass keine Operation des Aramov-Clans mehr auf US-Gebiet stattfinden kann.«

Senatorin White sah alles andere als begeistert aus.

»Zum einen, Dr. D., bin ich nach dem Debakel der letzten Woche davon ausgegangen, dass Ihr Rücktrittsgesuch bereits vorliegt. Außerdem können Sie so viele Grundregeln einführen, wie sie wollen, die Katze ist aus dem Sack. Die TFU ist für einen teilweise erfolgreichen Terroranschlag auf US-Gebiet verantwortlich. Je schneller wir diese Angelegenheit bereinigen, desto geringer ist die Gefahr, dass die Rolle des Geheimdienstes publik wird. Die Operation Aramov-Clan muss schleunigst zum Abschluss gebracht werden und die TFU wird aufgelöst.«

»Wäre es möglich, dass der britische Geheimdienst die Aramov-Operation übernimmt?«, erkundigte sich Zara.

Dieser Vorschlag trug ihr einen giftigen Blick des britischen Staatssekretärs ein.

»Die britische Regierung pflegt enge freundschaftliche Beziehungen zum US-Geheimdienst. Doch es stehen Wahlen an und kein Politiker will diese heiße Kartoffel anfassen.«

*

Die Sitzung dauerte noch eine weitere Stunde, doch die Politiker ließen sich nicht überzeugen, und als die Videobildschirme erloschen, hatte sich nichts geändert.

Nach den von den Medien als Black-Friday-Überfall titulierten Anschlägen fürchteten die Politiker sich davor, was geschehen würde, wenn die Öffentlichkeit erfuhr, dass eine Organisation, die von ihrem eigenen Geheimdienst geleitet wurde, das Flugzeug zur Verfügung gestellt hatte, mit dem IDoJ elf Tonnen Sprengstoff in die USA transportieren konnte, und von der Entführung von Tracy Collings' Familie bereits wusste, bevor sie geschah.

Die TFU sollte aufgelöst werden, Dr. D. schickte man in den vorzeitigen Ruhestand, und Zara Asker erwartete eine unangenehme telefonische Auseinandersetzung mit dem Staatssekretär im Innenministerium, ihrem Vorgesetzten, sobald sie wieder in ihrem Büro war.

Die Flugzeugflotte des Aramov-Clans würde außer

Betrieb gesetzt werden und die Basis im Kreml aufgelöst, auch wenn die Politiker akzeptiert hatten, dass dies innerhalb der von Senatorin White geforderten 90-Tage-Frist kaum möglich war.

»Ich komme mir vor wie ein unartiges Kind, das aus dem Büro des Rektors kommt«, seufzte Zara schaudernd, als Amy und Ryan hinter der Spiegelglaswand hervorkamen. »Jeder spricht davon, wie großartig die Demokratie ist, aber mir würde es wesentlich besser gehen, wenn die Politiker weiter sehen könnten als bis zur nächsten Wahl.«

»Aber die Aramovs haben Verbindungen zu allen größeren Verbrechersyndikaten auf der Welt. Wenn wir sie vernichten, war unsere ganze Arbeit umsonst«, sagte Ryan frustriert.

»Genau das habe ich die ganzen letzten beiden Stunden immer wieder gesagt«, bestätigte Zara. »Aber wenn du nicht vorhast, das Parlament zu stürmen und einen Putsch anzuzetteln, wird CHERUB letztendlich das tun müssen, was die Politiker sagen.«

Amy hatte wesentlich persönlichere Gründe, sich aufzuregen.

»Da Dr. D. und Ted Brasker beide kurz vor der Pensionierung standen, hatte ich wirklich gute Chancen auf einen leitenden Posten bei der TFU in ein paar Jahren. Jetzt bin ich nur eine kleine Angestellte, und mein Ruf ist durch die Arbeit für eine Einheit, die Mist gebaut hat und aufgelöst wurde, angeschlagen.«

»CHERUB wird expandieren«, erklärte Zara. »Der erste freie Einsatzleiterposten gehört dir.«

»Das weiß ich zu schätzen, Zara«, meinte Amy achselzuckend. »Aber ich wollte eigentlich nie zurück zu CHERUB. Ich möchte meinen eigenen Platz in der Welt finden und mich nicht auf meine Vergangenheit verlassen.«

»Wenn ich so heiß aussehen würde wie du, Amy«, grinste Ryan, »dann würde ich einen alten Milliardär heiraten und darauf warten, dass er ins Gras beißt.«

Amy freute sich zwar, dass Ryan sie aufzuheitern versuchte, schnippte ihm aber für seine Frechheit ans Ohr. Zara ging mit ihnen den Gang zur Treppe entlang, als Amys Telefon klingelte und Ted Brasker sich meldete.

»Dr. D. hat mich gerade völlig in Tränen aufgelöst angerufen«, erzählte er. »Aber ich sage, scheiß auf die Politiker. Ich werde alt. Wahrscheinlich werde ich sowieso einen Tritt kriegen, sobald wir mit der Aramov-Sache fertig sind. Die TFU hat zumindest noch neunzig Tage, und der alte Ted hat vor, mit einem Knall abzutreten und nicht mit einem Jammern. Bist du dabei, Amy Collins?«

»Warum nicht?«, lachte Amy. »Meine Karriere ist im Moment sowieso nichts wert.«

»Dann pack deine Sachen und buch die Flüge«, forderte Ted sie auf. »Du und Ryan, ihr müsst zurück zum Kreml, damit wir zu Ende bringen, was wir dort angefangen haben.«

19

Ryan war schon so lange unterwegs, dass sich der Jetlag langsam wie der Normalzustand anfühlte. Er war mit Amy von London nach Dubai geflogen, doch da sie nicht zusammen ankommen durften, hatte er die Nacht in einem Hotel verbracht und war dann von Sharjah aus in einem der halblegalen Passagierflugzeuge des Aramov-Clans zum Kreml geflogen.

Als Ryan die Lobby des Kremls betrat, war es Mittwochmittag, und Schnee tropfte von seinen neuen Turnschuhen. Die Bar hatte geöffnet, und die Spielautomaten blinkten, doch keiner der schmutzigen Mechaniker oder Flugbesatzungsmitglieder nahm auch nur die geringste Notiz von ihm, als er zum Aufzug ging. Sie hatten keine Ahnung, wo Ryan gewesen war, und es würde eine Weile dauern, bis sich die Nachricht, dass sein »Vater« Kazakov tot war, bis zum Kreml verbreitete.

Die Aramov-Crews bildeten eine eng verbundene Gruppe, aber auch wenn sie die ganze Nacht miteinander tranken und sich über Landebedingungen, Quellen für Ersatzteile und wer mit wem schlief unterhielten, so erzählten sie einander doch kaum je, wohin sie flogen. Schmuggel ist ein riskantes Geschäft. Wenn jemand verhaftet wurde, konnte er reden, und die Information, wohin ein Flugzeug mit Kokain im Wert von fünfzig Millionen Dollar unterwegs ist, ist jemandem, der es entführen will, eine ganze Menge Geld wert.

Die beiden Aufzüge waren außer Betrieb, aber Ryan hatte nur seinen Rucksack bei sich, und es machte ihm nichts aus, zu Fuß zu seinem Zimmer zu laufen. Der Kreml war für die alte Sowjetluftwaffe gebaut worden und man hatte die Schlafsäle des Militärs mit wackeligen Rigipswänden grob in Zimmer aufgeteilt. Die schmutzigen Toiletten und Duschen teilte man sich zu je sechs Zimmern, und den beharrlichen Gestank von Abflussrohren und Zigarettenrauch konnte man nur ertragen, wenn man das Fenster aufriss. Das war im Sommer ganz in Ordnung, aber jetzt war es November, und die Außentemperatur betrug minus vier Grad.

Doch trotz der vielen Nachteile war der Raum mit der niedrigen Decke gemütlich und Ryan schaltete lächelnd die nackte Glühbirne an der Decke ein. Die Möbel und die Kochnische waren in geschmacklosem Sowjetstil gehalten, und er hatte es sich zur Gewohnheit gemacht, auf dem großen Dordoi-Basar im nahen Bischkek die Elektronikstände zu durchforsten und die billigsten Fälschungen zu kaufen, die er bekommen konnte.

Besonders stolz war er auf die Nanasonic iPod-Dockingstation neben seinem Bett, einen grell orangefarbenen Sony Fernseher und Karaoke-Apparat und einen Laptop, der entweder von Dell oder von Toshiba war, je nachdem, ob man das Logo auf dem Deckel oder den Aufkleber auf der Tastatur betrachtete.

Außerdem kaufte Ryan auf dem Basar immer große Säcke voller Duftkerzen. Er nahm ein Streichholz und zündete eine orange Kerze an, sowohl um die feuchten Gerüche zu vertreiben als auch als Vorsichtsmaßnahme, weil im Kreml ungefähr zweimal die Woche der Strom ausfiel.

Überall lagen Kazakovs Sachen herum, eine Tatsache, die Ryan ganz und gar nicht behagte. Traurig teilte er die Besitztümer des Toten in zwei Haufen. Kleidung, Arbeitsstiefel und Toilettenartikel wanderten in einen schwarzen Müllsack, während andere Dinge wie ein Rasiermesser mit Elfenbeingriff, eine schicke Oakley-Sonnenbrille und eine kleine Plastikhülle mit Fotografien in einer Reisetasche mit Rollen landeten. Obwohl Ryan bezweifelte, dass sich wirklich jemand für diese Sachen interessieren würde, schien es ihm doch falsch, jede Spur des Mannes zu beseitigen, der noch keine Woche tot war.

Theoretisch war Unterrichtszeit, doch Ryans Freundin Natalka schwänzte häufig, daher ging er zum Ende des Ganges in der Hoffnung, sie zu überraschen. Doch auf den Zufall konnte man sich nicht verlassen, und es war Natalkas Mutter Dimitra, die ihm die Tür aufmachte.

Es gab kein weibliches Frachtpersonal auf dem Dienstplan des Aramov-Clans und Dimitra war eine von nur drei Pilotinnen. Sie war kräftig gebaut und gab sich rau, um sich unter den Männern behaupten zu können, doch sie war Natalka eine gute Mutter, und Ryan glaubte, dass sie in ihrer Jugend schön gewesen sein musste.

Die meisten Familienangehörigen der Flugbesatzungen wohnten in Russland oder der Ukraine, doch Dimitra und Natalka waren fest im Kreml eingezogen. Ihr Zimmer war größer als das, das sich Ryan mit Kazakov geteilt hatte, und ihr höherer Rang zeigte sich darin, dass sie ein Eckzimmer möglichst weit entfernt von den stinkenden Gemeinschaftstoiletten hatten. Außerdem hatte es große Eckfenster und einen Balkon, auf den man am besten nicht hinausging, da der Beton stark gesprungen war und ihn nur noch das Stahlgerüst an der Wand festhielt.

»Ich wollte Sie nicht wecken«, entschuldigte sich Ryan, da sich Dimitra einen Morgenmantel umband.

»Oh, ich fliege bald los«, antwortete Dimitra und wies auf eine schäbige Pilotenuniform über einem Stuhl. Auf einer Elektroplatte summte ein Kaffeekocher.

Ryan versuchte, ein Lächeln zu verbergen, denn die kleine Wohnung war ein hübscher Ort, um sich mit Natalka zu treffen, wenn Dimitra unterwegs war.

»Kaffee?«, fragte Dimitra und patschte zum Herd. »Ich habe das mit deinem Vater gehört. Es tut mir wirklich leid.«

Ryan war überrascht, dass sie das schon wusste.

»Mir hat man gesagt, ich solle nichts sagen«, erzählte er. »Woher wissen Sie es?«

»Ich bin schon lange hier im Kreml«, erklärte Dimitra. »Ich glaube aber nicht, dass es viele andere Leute wissen. Hast du irgendwelche Pläne?«

Ryan zuckte mit den Achseln. Er wusste, dass Dimitra eine wertvolle Informationsquelle war, und wenn sie Mitleid mit ihm hatte, war das nur gut für die Mission.

»Ich habe es zu unseren Verbindungsleuten in New York geschafft und sie haben mich hierhergeflogen. Bis jetzt habe ich noch nicht mit irgendjemandem richtig gesprochen, aber ich denke, die Aramovs werden versuchen, irgendeine Arbeit für mich zu finden. Irgendwelche Aushilfsjobs wahrscheinlich.«

Dimitra schien das nicht zufriedenzustellen.

»Was ist eigentlich mit deiner Familie? Mutter, Tanten, Großeltern?«

Ryan schüttelte den Kopf.

»Ich glaube, ich habe irgendwelche Cousins in der Ukraine, aber die habe ich nie kennengelernt. Ich war mit meinem Dad immer allein.«

»Josef Aramov ist nicht gerade ein Genie«, stellte Dimitra fest. »Ein Flugzeug an Terroristen zu verleihen, die Amerika angreifen, wird uns in große Schwierigkeiten bringen. Das alles wäre nie passiert, wenn Irena oder Leonid Aramov den Clan noch leiten würden!«

»Machen sich denn alle Sorgen wegen Josef?«, wollte Ryan wissen.

»Man hat kein großes Vertrauen in ihn«, erklärte Dimitra und reichte Ryan eine kleine Tasse skandinavisch aufgebrühten Kaffee. »Dieses Jahr haben wir schon acht Flugzeuge verloren. Das sind zehn Prozent der Flotte, und es heißt, dass sich eine Gruppe abspalten und für Leonid arbeiten will.«

Ryan bevorzugte einen milden Café Latte von Starbucks, und der dicke schwarze Kaffee, den Dimitra ihm gegeben hatte, schmeckte wie Säure. Er wusste, dass die acht verlorenen Flugzeuge zum Plan der TFU gehörten, den Clan langsam auseinanderzunehmen, aber Dimitras Besorgnis zeigte, dass tatsächlich die Gefahr bestand, dass die verängstigten Flugzeugcrews nach Hause gingen oder, was noch schlimmer wäre, mit einem Haufen Flugzeuge verschwanden und eine Splittergruppe bildeten.

»Hat eigentlich jemand etwas von Leonid gehört, nachdem seine Mutter ihm das Ohr abgeschnitten und ihn aus dem Land geworfen hat?«, wollte Ryan wissen.

»Ein ekliger Mensch«, fuhr Dimitra auf. »Ich habe ihn nie gemocht, aber er ist ein schlauer Fuchs. Und er hat immer noch viele Freunde im Kreml.«

»Ich habe gehört, dass er vielleicht in Russland ist«, sagte Ryan.

»Dann weißt du mehr als ich«, gab Dimitra zurück und trank ihren Kaffee aus. »Ich bin am Freitag zurück und werde sehen, ob ich dir in deiner Lage helfen kann. Natalka kommt bald aus der Schule, aber ich muss mich jetzt umziehen, klar?«

Ryan verstand und ging in die Lobby, um dort auf Natalka zu warten. Sie hatte zwar ein Handy, aber der Clan sorgte dafür, dass man in der näheren Umgebung des Kremls keinen Empfang hatte. Ryan bestellte sich eine Cola und etwas zu essen an der Bar. Nach bester Sowjetmanier gab es immer nur ein einziges Gericht im Angebot, und das war heute Tomatensuppe gefolgt von einer Pizza, die vor Stunden schon gebacken und dann in der Mikrowelle aufgewärmt worden war, bis der Käse die Konsistenz eines Hundekauknochens angenommen hatte.

»Hi«, begrüßte ihn Natalka, als sie aus dem Bus sprang. Obwohl sie unter ihrer voluminösen Parka vier Lagen Kleidung trug, konnte man erkennen, dass die Vierzehnjährige eine hübsche Figur hatte, und über ihrem Schal sah eine niedliche sommersprossige Nase hervor.

Auch Leonid Aramovs elfjähriger Sohn Andre begrüßte ihn, als er in den Schnee sprang. Doch Ryan hatte nur Augen für Natalka und erzählte ihr rasch, was vorgefallen war.

»Das mit deinem Vater tut mir leid«, sagte Natalka, strich Ryan übers Haar und gab ihm einen Kuss. »Du musst dich schrecklich fühlen.«

»Geht schon besser, jetzt, wo du da bist«, gestand Ryan den Tränen nahe und zog Natalka an sich, um sie richtig zu küssen.

Da Dimitra wahrscheinlich noch nicht fort war, rannten die beiden in Ryans Zimmer. Sobald Natalka ihre Jacke ausgezogen hatte, rollten sie sich knutschend auf dem Bett herum und lagen schließlich eine Ewigkeit im fast Dunklen eng beieinander. Sie lauschten einem Sturm, der den Kreml ächzen ließ, während im Fernsehen Transformers lief, nur weil keiner von beiden sich dazu aufraffen konnte, aufzustehen und die Fernbedienung zu suchen.

»Wir könnten weglaufen«, schlug Natalka sehnsüchtig, aber im Scherz vor und kitzelte Ryan mit einem pflaumenfarben lackierten Zehennagel am Knöchel. »Dein Dad ist weg, meiner Mutter ist es egal …«

Ryan lachte.

»Deine Mutter ist klasse. Sie liebt dich noch zu Tode.«

»Ja«, gab Natalka verträumt zurück. »Aber stell dir mal vor, wir könnten irgendwohin, wo es warm ist. In der Sonne herumlaufen, in schönen Restaurants essen gehen, am Strand liegen.«

»Poppen«, vollendete Ryan und steckte Natalka die Hand zwischen die Schenkel.

Sie wehrte seine Hand sanft, aber bestimmt ab und entschädigte ihn mit einem Kuss.

»Wenn wir irgendwo sind, wo es warm ist«, meinte sie, »dann reden wir vielleicht darüber.«

Ryan war zwar enttäuscht, aber er war der Meinung, dass er sich für einen Vierzehnjährigen ganz gut machte.

»Auf dem Basar verkaufen sie Höhensonnen.«

»Nein, wie witzig«, meinte Natalka und stand auf. »Ich habe noch nichts gegessen. Hast du Eier im Kühlschrank?«

Natalka hatte ihre Hose aufgeknöpft, und die Jeans rutschte ihr in die Kniekehlen, als sie sich zum Kühlschrank beugte, sodass Ryan einen Blick auf ein winziges lila Höschen und ihren Po bekam.

»Eier«, strahlte Natalka und tauchte mit einem Eierkarton in einer Hand wieder hoch, während sie mit der anderen die Jeans hochzog. »Ich mache uns Omeletts!«

Natalka war sexy und lustig, und Ryan war gerne mit ihr zusammen, doch er konnte den Augenblick nicht so genießen, wie er gehofft hatte, denn er wusste, dass er in sechs Wochen wieder auf dem Campus sein musste …

20

Der elfjährige Andre Aramov war der Enkel der sterbenden Clanchefin Irena und der Sohn des Schurken Leonid Aramov, der in Ungnade und ohne sein Ohr aus dem Kreml verjagt worden war, weil er seine Schwester umgebracht und seine Mutter zu töten versucht hatte.

Doch trotz seines gefürchteten Clannamens verfügte Andre über das sanfte Gemüt seiner Mutter Tamara. Während Leonid und Andres ältere Brüder Boris und Alex verbannt worden waren, durften er und seine Mutter im Kreml wohnen bleiben.

Andre war nicht unbedingt die Sorte Junge, mit der Ryan sich freiwillig abgegeben hätte, aber da nur wenig Jugend im Kreml wohnte, hatte er keine große Auswahl.

Andre konnte sich zwar ziemlich kindisch aufführen, doch es hatte seine Vorteile, mit ihm abzuhängen. Als Aramov hatte Andre Zugang zum obersten Stockwerk, das zwar nicht gerade einem Palast glich, aber auf jeden Fall besser war als die schäbigen Quartiere darunter. Außerdem gab es im fünften Stock einen schnellen Internetzugang, dreihundert Fernsehsender über Satellit und Andres schier unerschöpflichen Vorrat an Playstation-Spielen.

Die Kinder vom Kreml hatten dem Schulbesuch gegenüber eine eher entspannte Haltung, wenn sie erst einmal das Teenageralter erreicht hatten, aber am dritten Tag nach seiner Rückkehr hatte Ryan mit Natalka zusammen den Schulbus bestiegen, und sie hatte Andres Einladung angenommen, nach der Schule mit ihm nach oben zu gehen und sich einen Film anzusehen.

»Warum hast du dich darauf eingelassen?«, beschwerte sich Ryan im Flüsterton bei Natalka, während sie durch den Schnee hinter Andre zum Kreml stapften. »Nach der Schule ist Knutschen angesagt.«

»Ich bin ein Privileg, das du dir verdienst, aber ein Recht darauf hast du nicht«, erklärte Natalka nur halb ernst. »Außerdem sind noch immer zehn Stangen von Leonid Aramovs Zigaretten in dieser Wohnung und ich habe kein Geld mehr für den Zigarettenautomaten.«

Ryan schnalzte missbilligend mit der Zunge. Er war verrückt nach Natalka, aber ihre beiden schlimmsten Angewohnheiten waren das Rauchen und dass sie alles tat, was nötig war, um zu bekommen, was sie wollte, sei es nun, dass sie mit einem älteren Jungen flirtete, damit er ihr Drinks kaufte, oder Andres Einladung annahm, nur damit sie Zigaretten klauen konnte.

»Was tust du denn so?«, regte sich Natalka auf. »Wenn du so weitermachst, dann gebe ich dir einen Grund, *ts ts ts* zu machen!«

Ryan war so in Natalka verschossen, dass es ihm jedes Mal wie ein Stich ins Herz fuhr, wenn sie etwas Gemeines zu ihm sagte. Doch es wurde gleich besser, als sie ihm im Aufzug die Hand unter den Mantel schob und nach seinem Hintern griff.

»He, Mum, ich habe Besuch mitgebracht!«, rief Andre, als er sie in eine Wohnung im obersten Stockwerk führte, die zwar behaglich war, aber keineswegs der Palast, den man bei Mitgliedern einer Familie erwartet hätte, die nach Schätzung der CIA in dreißig Jahren heftigsten Schmuggels ein paar Milliarden gemacht hatte.

»Bleibt ihr zum Essen?«, erkundigte sich Tamara.

Andres Mum sah leicht orientalisch aus. Sie war barfuß und trug ein kurzes schwarzes Kleid. Sich um Andre zu kümmern war ihr einziger Lebensinhalt, und sie verwöhnte ihren einzigen Jungen mit ausgezeichnetem Essen und jedem Spielzeug, das er sich nur wünschen konnte.

»Ich könnte durchaus etwas vertragen«, meinte Natalka und knöpfte sich den Mantel auf.

Andre war bereits in seinem Zimmer verschwunden und richtete ein FIFA-12-Turnier für drei Mitspieler ein. Die nächsten Stunden vergingen recht angenehm mit Spielen, heimlichem Knutschen und dem Duft einer gebratenen Ente aus der Küche.

»Das riecht aber gut«, stellte Amy fest, als sie in der Tür erschien.

Während Ryan und Kazakov den Clan an den Wurzeln infiltriert hatten, war Amy ganz oben eingestiegen und gab sich als die neue Freundin des jetzigen Clanchefs Josef Aramov aus. Josef hatte den größten Teil seines Lebens als besserer Hausmeister im Kreml verbracht. Doch da seine Mutter im Sterben lag, seine Schwester ermordet worden war und sein Bruder Leonid im Exil saß, war Josef der letzte noch lebende erwachsene Aramov. Die TFU hatte ihn gebeten, ihr Strohmann zu werden, als sie die Kontrolle über den Clan bekam, und Josef hatte zugestimmt und im Ausgleich dafür das Versprechen erhalten, straffrei zu bleiben und eine neue Identität zu bekommen, wenn die Mission vorüber war.

»Ich muss Ryan einen kurzen Moment sprechen«, erklärte Amy. »Es geht um das, was seinem Vater passiert ist.«

Sie ging mit Ryan zwanzig Meter weiter den Gang entlang, um außer Hörweite der Wachen zu sein.

»Fügst du dich gut wieder ein?«, fragte sie.

Ryan zuckte mit den Achseln.

»Geht so. Aber die Leute sind nervös. Jeder weiß, dass

es ein Flugzeug der Aramovs war, mit dem der Sprengstoff für den Black-Friday-Anschlag transportiert worden ist. Sie haben Angst, dass die Amerikaner es jetzt auf ihre Flugzeuge abgesehen haben.«

»Ich glaube, das können wir zu unserem Vorteil nutzen«, meinte Amy. »Ich habe einen Hieb vorbereitet. Vier Flugzeuge, die mit Waffen nach Afrika aufbrechen, werden von einer UN-Streitkraft unter dem Kommando der US Air Force abgefangen werden.«

Ryan sah skeptisch drein.

»Weißt du eigentlich, wie viel Angst die Leute unten haben? Sie reden schon von Meuterei. Es gibt Gerüchte, dass Leonid Aramov eine rivalisierende Schmugglerorganisation aufbauen und ein paar der besten Flugzeuge und Crews mitnehmen will, bevor Josef den Clan zugrunde richtet.«

»Irgendetwas Greifbares?«

»Nicht dass ich wüsste«, entgegnete Ryan. »Kazakov hat immer mit einigen von den Crews was getrunken, aber ich stehe denen nicht so nahe. Hast du schon Dan gefragt?«

Dan war ein achtzehnjähriger Handlanger des Clans, den Amy als Spion rekrutiert hatte.

»Dan sagt das Gleiche wie du«, erklärte Amy. »Es gibt Gerüchte, aber nichts Konkretes.«

»Es wäre gut, wenn wir Leonid finden und ihn ausschalten könnten«, fand Ryan.

»Er ist ein fieser Mistkerl«, stimmte ihm Amy zu. »Leonid wird überall für Ärger sorgen, und ich würde ihn auf jeden Fall gerne finden, doch unsere Hauptaufgabe ist es, die Geschäfte der Aramovs hier schnell abzuwickeln, ohne dass es andere kriminelle Kreise mitbekommen und somit die Informationen, die wir bisher gesammelt haben, wertlos werden.

Wenn es läuft wie geplant, dann werden die Flugmannschaften hier nervös werden, wenn vier unserer Flugzeuge in Afrika von den Amis beschlagnahmt werden. Josef wird verkünden, dass nur noch die allerwichtigsten Operationen durchgeführt werden und dass jeder von der Crew, der nach Hause gehen will, bis sich der Sturm gelegt hat, das gerne bei voller Bezahlung tun kann.«

»Mit ihren Flugzeugen?«, fragte Ryan.

»Sei nicht albern«, verwies ihn Amy. »Die Flugzeuge bleiben hier. Die Crews bekommen ein paar Monate lang ihren Lohn, aber sie werden nie zurückkommen.«

»Klingt gut«, fand Ryan.

»Ehrlich gesagt, Ryan, sobald dieser Plan erst mal in die Tat umgesetzt ist, brauche ich dich hier eigentlich nicht mehr.«

Ryan schluckte.

»Mindestens noch bis Weihnachten«, bettelte er.

Amy lächelte.

»Keine Angst, du bekommst deine sechs Wochen. Aber diese Sache mit Natalka sollte nicht zu tief gehen. Irgendwann wirst du gehen müssen und dann sitzt du mit einem gebrochenen Herzen auf dem Campus.«

Ryan sah aus, als hätte man ihn geohrfeigt.

»Ich weiß, wir werden darauf trainiert, unsere Gefühle unter Kontrolle zu halten«, sagte er. »Aber ich glaube, ich liebe Natalka. Das wollte ich eigentlich nicht, aber es ist passiert.«

Amy legte ihm beruhigend die Hand auf die Schulter.

»Du bist weiß Gott nicht der erste CHERUB-Agent, dem das passiert. Teenager verlieben sich leicht und dagegen hilft kein wie auch immer geartetes Training.«

Ryan schauderte und gestand: »Ich versuche, es auszublenden, weil ich das, was ich mit Natalka habe, nicht dadurch ruinieren will, dass ich die ganze Zeit daran denke.«

Amy konnte nichts darauf antworten, weil hinter ihnen eine Tür knarrte und Tamara auf den Gang trat.

»Ich habe jede Menge Entenbraten«, verkündete sie. »Amy, willst du zum Essen bleiben?«

Amy hatte nur gute Erfahrungen mit Tamaras Küche gemacht und lächelte.

»Auf jeden Fall.«

*

Nachdem sie sich satt gegessen hatten, verschwanden Ryan und Natalka nach unten, und Andre ging in sein Zimmer, um fernzusehen. Ohne ihren Ehemann führte Tamara ein recht isoliertes Leben und schien für Amys Gesellschaft dankbar zu sein. Die beiden Frauen teilten sich beim Essen eine Flasche Wein und waren ein wenig beschwipst, als sie später in der Küche das Geschirr in die Spülmaschine räumten.

»Ich weiß, dass du mehr bist als Josefs Freundin«, sagte Tamara ruhig.

Amy sah sie überrascht an und fragte: »Wie meinst du das?«

»Ich habe vielleicht einen dummen Fehler gemacht, als ich Leonid Aramov geheiratet habe«, erklärte Tamara, »aber ich bin nicht dumm. Ich habe dein Gespräch mit Ryan gehört. Ich weiß, dass Irena zu einer Krebsbehandlung nach Amerika gegangen ist. Josef kriegt kaum drei zusammenhängende Sätze zustande, und du bist hier, um ihn zu kontrollieren, im Namen irgendeiner Regierung, für die du arbeitest.«

»Ich verstehe«, sagte Amy. Es kam für sie nicht völlig überraschend, dass Tamara ahnte, was vor sich ging, doch sie war neugierig zu erfahren, warum sie das ausgerechnet jetzt erwähnte.

»Du hast Ryan gesagt, dass du Leonid gerne erwischen würdest«, sagte Tamara.

Amy kapierte nicht, wie das möglich war. Entweder man war auf dem Gang oder nicht, es sei denn …

»Gibt es da ein Abhörgerät?«, fragte sie.

»Leonid hat die meisten Zimmer in diesem Stockwerk verwanzt«, berichtete Tamara. »Aber du musst dir keine Sorgen machen. Ich bin die Einzige, die davon weiß.«

»Okay«, meinte Amy ein wenig durcheinander. »Und was willst du?«

»Wenn der Aramov-Clan nicht mehr existiert, dann bleibe ich mit meinem kleinen Sohn allein. Ich habe nur wenig Geld und kein eigenes Zuhause. Leonid ist hinter mir her, seit ich fünfzehn bin. Wenn er noch lebt, wird er mich suchen. Selbst nachdem wir geschieden waren, zwang er mich, hierzubleiben, weil er nicht wollte, dass mich ein anderer bekam.«

»Es wäre durchaus möglich, euch umzusiedeln«, meinte Amy. »Ich rede hier nicht von einem Vermögen, aber ihr bekämt eine neue Identität und genug Geld, um einen neuen Anfang zu machen.«

»Ich habe Familie in Russland«, erklärte Tamara. »Mutter, Brüder, Neffen und Nichten. Selbst wenn ich verschwinde, könnte Leonid mich aufspüren, indem er sie bedroht.«

»Ich weiß nicht, wie wir eine ganze Familie beschützen könnten«, gab Amy zu.

»Ich weiß, dass das nicht geht«, sagte Tamara. »Aber du willst Leonid, und ich will, dass er aus meinem Leben verschwindet. Ich bin sicher, dass ich dir da helfen kann.«

Amy sah sie neugierig an, während Tamara einen Behälter mit Geschirrspültabs aus einem Schrank nahm.

»Weißt du denn, wo sich Leonid aufhält?«, wollte sie wissen.

Tamara schüttelte den Kopf.

»Ganz so einfach wird es nicht. Aber bevor Irena Leonid rausgeworfen hat, hat er mich unter Druck gesetzt, ihn wieder zu heiraten. Wenn Leonid glauben müsste, dass ich Hilfe bräuchte, würde er sich sicher hervorwagen.«

»Was schwebt dir denn da vor?«, fragte Amy.

»Vielleicht könnte ich irgendwie in Gefahr geraten oder er könnte davon erfahren, dass ich aus dem Kreml geworfen wurde und ohne Geld dasäße, irgendetwas in dieser Richtung.«

»Aber du hättest keine Möglichkeit, ihn das wissen zu lassen«, wandte Amy ein.

»Nicht direkt«, erwiderte Tamara. »Irena hat dafür gesorgt, dass alle seine Leute aus dem Kreml geworfen wurden. Aber sie weiß auch nicht alles. Leonid war paranoid, und er hat einen Kerl eingesetzt, um seinen eigenen Leuten nachzuspionieren, damit er sicher sein konnte, dass sie ihn nicht hintergingen. Er ist immer noch da, und wenn Leonid einen Spion im Kreml hat, dann wette ich, dass er es ist.«

Jetzt klang Amy wirklich interessiert.

»Und wie heißt dieser Kerl?«

21

Im vierten Stock des Kremls befanden sich ein paar Büros, doch am Wochenende arbeitete dort niemand, daher rief Amy Ryan am Samstagmorgen ganz früh zu sich herauf. Sie trafen sich in der verstaubten Operationszentrale, die von einem riesigen Kartentisch beherrscht wurde, an dem früher die Generäle die Bewegungen der sowjetischen Spionageflugzeuge geplant hatten, für die dieser Flugplatz gebaut worden war.

»Du riechst wie nasser Hund«, stellte Amy fest, als Ryan in patschnassen Nikes und einem Sweatshirt über einem Trainingsanzug hereinkam.

»Ich habe draußen Gewichte gestemmt und bin fünf Kilometer gelaufen«, erklärte Ryan. »Das ist brutal bei dieser Kälte, aber ich habe keine Lust, beim Fitnesstest durchzufallen, wenn ich zum Campus zurückkomme.«

»Das tust du bestimmt nicht«, lächelte Amy. »Bei einem meiner ersten Jobs bin ich faul geworden. Danach durfte ich zwei Monate lang um sechs Uhr morgens Fitnesstraining absolvieren, bis mein Status wieder auf *einsatzbereit* stand.«

»Da wir gerade von faul sprechen«, meinte Ryan grinsend, »hast du diesen Raum auf Wanzen abgesucht?«

Amy lächelte schuldbewusst.

»Mein Fehler«, gab sie zu.

»Wir machen alle mal Fehler«, gestand Ryan ihr großmütig zu. »Und dieser könnte uns sogar geholfen haben.

Zumindest glaube ich, dass du mich deswegen hier heraufbefohlen hast.«

»Igor Mutko«, begann Amy und schob Ryan eine Plastikmappe zu. »Das ist der Kerl, von dem Tamara glaubt, dass er Verbindung zu Leonid Aramov hat.«

Auf der ersten Seite in der Mappe prangte das Bild eines typischen Russen. Er war Anfang dreißig, gut gebaut, relativ gut aussehend und hätte mit seinem poppigen blonden Pony gut in eine Boygroup gepasst.

»Den habe ich hier im Kreml schon gesehen«, bestätigte Ryan. »Er ist immer nett und gibt jede Menge Drinks aus. Kazakov hat ein paarmal mit ihm gepokert.«

Amy nickte, während Ryan sich die Ausdrucke ansah. Amy hatte ein paar Aufzeichnungen von Igors russischer Militärkarriere besorgt, aber die war nicht weiter aufschlussreich und zeigte nur seinen Wehrdienst auf und ein abgewiesenes Empfehlungsschreiben für die Verleihung einer Tapferkeitsmedaille.

»Kein offensichtlicher Grund, warum Leonid sich ihn als Spion aussuchen sollte«, bemerkte Ryan.

»Möglicherweise war Igor im FSB – Federalnaja sluschba besopasnosti –, dem russischen Geheimdienst«, meinte Amy. »An deren Akten kommen wir nicht ran. Aber wenn Leonid Igor einsetzt, dann kann man davon ausgehen, dass er gut in dem ist, was er tut.«

»Was ist Igors offizieller Job im Kreml?«, erkundigte sich Ryan.

»Das ist ein weiterer Grund, warum ich glaube, dass Tamara recht hat damit, dass Igor Leonids Spion ist«, erklärte Amy. »Er bezieht sein Gehalt als Mitglied des Enteisungsteams.«

Ryan musste lachen. Es war im Winter ein ständiger Kampf, die Landebahnen des Kremls offen zu halten und zu verhindern, dass sich auf den Tragflächen der Flugzeuge Eis bildete. Doch während die Piloten und

Mechaniker hauptsächlich aus Russen und Ukrainern bestanden, war dieser untergeordnete Job, bei dem man bei schlechtem Wetter hart arbeiten musste, nur mit kirgisischen Bauern besetzt.

»Immer wenn ich ihn sehe, ist er gut angezogen«, bemerkte Ryan. »Der arbeitet auf keinen Fall beim Enteisungsteam. Die kommen nur in den Kreml, um sich ihr Geld abzuholen, und sie sind ein ziemlich rauer Haufen.«

»Ich denke, das hätte uns schon früher misstrauisch machen sollen«, meinte Amy. »Aber ich habe mir die Gehaltslisten des Kremls noch nicht genauer angesehen.«

Ryan schüttelte mitfühlend den Kopf.

»Hier arbeiten über dreihundert Leute, mal mehr, mal weniger. Dazu kommen Mechaniker, Köche, Verwaltungspersonal, Wartungsleute und Familienangehörige. Das sind siebenhundert Leute, die im Kreml ein- und ausgehen. Die kann man nicht alle überwachen. Jedenfalls nicht, ohne dass klar wird, dass man ihnen nachspioniert.«

»Wir müssen herausfinden, wie Igor mit Leonid in Kontakt tritt«, stellte Amy fest. »Die Kommunikation innerhalb des Kremls ist stark eingeschränkt: begrenztes Internet, angezapfte Telefone und kein Handyempfang.«

»Auf dem Basar von Dordoi gibt es mindestens hundert Internetcafés«, sagte Ryan. »Und im Zentrum von Bischkek noch mehr. Und man muss nur ein paar Kilometer aus dem Tal fahren, dann hat man auch wieder ein Handynetz.«

»Ich habe mich mal diskret umgehört«, erzählte Amy. »Igor ist jemand, der sich gerne mit allen gut stellt, wie es sich für einen guten Spion gehört. Er gibt den Leuten nicht nur jede Menge Drinks aus und lässt sie beim

Pokern sein Geld gewinnen, Dan meint, dass er ihnen auch anbietet, sie im Auto mitzunehmen oder ihnen Dinge vom Basar mitzubringen.«

»Dinge?«, fragte Ryan.

Amy zuckte mit den Achseln.

»Wenn zum Beispiel jemand von den Flugbesatzungen ein paar Tage weg ist, dann besorgt er ihnen Lebensmittel, wenn sie zurückkommen. Er bringt Sachen in die Reinigung. Er nimmt dafür nur ein paar Som für Benzin oder lässt sie ihm einen Drink spendieren. Aber es sieht immer aus wie ein persönlicher Gefallen, nie wie ein Geschäft.«

Ryan nickte bewundernd.

»Dadurch wirkt Igor wie ein netter Kerl, und er hat eine Ausrede, um die Piloten fragen zu können, was sie in nächster Zeit vorhaben.«

»Ich habe Dan darauf angesetzt, Igor auszuhorchen, indem er ihm sagt, er bräuchte ein Ersatzteil für sein Auto, und ihn fragt, ob er demnächst zum Basar fährt. Igor sagte, er führe heute Nachmittag. Ich möchte, dass du ihm folgst und herausfindest, was er dort tut.«

»Aber er wird doch misstrauisch werden, wenn wir ihm dorthin folgen«, wandte Ryan ein. »Und wenn ich nach ihm auf dem Basar ankomme, werde ich ihn nie finden, weil der Markt so riesig ist.«

»Daran haben wir auch schon gedacht. Dan hat Igor einen kaputten Scheibenwischermotor mitgegeben, damit er auch das richtige Ersatzteil bekommt …«

»… und ihr habt ein Ortungsgerät in den Motor eingebaut?«, vollendete Ryan.

»Das Gerät ist nur so groß wie ein Hemdknopf«, lächelte Amy. »Es hat eine Reichweite von nur einem Kilometer, aber mit seiner Hilfe solltest du Igor auf dem Basar folgen können, ohne ihm auf die Füße zu treten. Hoffentlich macht Igor das schon lange genug, dass er sich sicher fühlt. Dann dürfte er Gewohnheiten angenommen haben. Vielleicht geht er immer in ein bestimmtes Internetcafé oder eine Bar, in der er ins Internet geht, oder einen Ort, von dem aus er seine Telefonanrufe tätigt. Wenn wir diesen Ort finden, dann können wir seine Signale abfangen, sein Telefon und seine E-Mail-Accounts identifizieren, und mit etwas Glück führt uns das zu Leonid.«

»Und was ist mit der Durchsuchung seiner Wohnung?«, wollte Ryan wissen.

»Auch darum kümmere ich mich«, gab Amy zurück. »Obwohl ich bezweifle, dass er dumm genug ist, irgendetwas Belastendes offen herumliegen zu lassen.«

*

Drei Stunden später wanderte Ryan über den Basar von Dordoi und verzehrte ein frisch gebackenes Nan-Brot. Der Markt von Dordoi war mit seinen zwei Kilometern Länge und einem Kilometer Breite der größte in Zentralasien. Dort versorgten sich nicht nur die Einheimischen, er war auch ein Handelszentrum für die ganze Region.

Es gab über achttausend Stände. Die meisten bestanden aus übereinandergestapelten Frachtcontainern, wobei der untere Container als Laden und der obere als Lager diente. Am Samstag war es am vollsten und die Leute schoben sich im Schneckentempo über den Markt.

Ryan spürte sein Telefon vibrieren. Mit dem Handschuh steckte er sich den Kopfhörer ins Ohr, bevor er antwortete. Natalka klang verärgert.

»Wo bist du denn?«, beschwerte sie sich. »Es ist Samstag, und ich dachte, wir unternehmen etwas *zusammen.*«

Ryan hatte sich aus dem Kreml geschlichen und war in eines der verbeulten Taxis gestiegen, die üblicherweise davorstanden. Er war davon ausgegangen, dass Natalka anrufen würde, und hatte eine Ausrede parat.

»Tut mir leid«, sagte er traurig, »ich habe in meinem Zimmer gesessen und an Dad gedacht. Und da musste ich einfach raus.«

»Armer Kerl«, meinte Natalka. »Wo bist du?«

»Auf dem Basar. Ich bringe dir auch ein Geschenk mit.«

»Zigaretten?«, freute sich Natalka.

»Ich werde deine Sucht nicht auch noch unterstützen«, empörte sich Ryan scherzhaft.

»Ich könnte in ein Taxi springen und dich treffen.«

»Sei mir nicht böse, Natalka, aber ich wäre lieber ein wenig allein. Wir könnten aber später zusammen essen.«

»Na gut«, seufzte Natalka. »Meine Mutter kommt erst morgen wieder. Wir könnten noch etwas von ihrer Suppe aufwärmen.«

Ryan musste lachen.

»Es war ja echt nett von ihr, an mich zu denken, aber ehrlich gesagt würde ich lieber meine Fußnägel fressen.«

»Wir haben noch vier Liter davon«, erklärte Natalka fröhlich. »Vielleicht können wir sie jemandem verkaufen, der sein Boot mal wieder anstreichen muss.«

Das Piepen des Ortungsgerätes in seinem Mantel lenkte Ryan ab.

»Die Verbindung bricht ab«, log er. »Ich sehe mal, ob ich eine DVD finde, die wir uns heute Abend zusammen ansehen können. Hab dich lieb!«

»Ich dich auch«, antwortete Natalka, doch da hatte er bereits aufgelegt.

Er zog sich in eine Lücke zwischen zwei Containern zurück und zog den einen dicken Handschuh aus, um sein iPhone aus der Jacke zu holen. Der Tracker in seiner Manteltasche hatte eine Bluetooth-Verbindung. Er öffnete eine App für das Ortungsgerät.

Igor war zwar Ryans einziges Ziel, doch auf seinem Bildschirm tauchten zwei Punkte auf. Die vielen Metallcontainer auf dem Markt von Dordoi reflektierten die schwachen Funksignale. Seine Zielperson befand sich entweder zweihundert Meter östlich von ihm oder vierhundert Meter nordöstlich. Die Entfernung konnte man normalerweise in einer Minute zurücklegen, doch auf dem Markt von Dordoi kam man an einem Samstagnachmittag, an dem es nicht regnete oder hagelte, nirgendwo schnell hin. Die Läden auf dem Basar standen in Gruppen zusammen, was bedeutete, dass sich alle Computerstände in einer Gegend des Marktes befanden und alle, die Haustiere verkauften, in einer anderen. Ryan fand eine Lücke in einer Gasse, die sich auf Uhren und Schmuck spezialisiert hatte und etwas weniger belebt war, wodurch er schneller vorankam.

Er war in den sieben Monaten, die er im Kreml gewohnt hatte, mindestens einmal wöchentlich auf dem Basar gewesen, aber die Containerreihen sahen alle gleich aus, sodass er jedes Mal die Orientierung verlor. Hinter der Schmuckstraße standen Lebensmittelwagen zu beiden Seiten der Hauptstraßen des Basars.

Glücklicherweise näherten sich die beiden Punkte des Trackers einander, je näher Ryan kam. Sein Bildschirm sagte ihm, dass er nur zehn Meter von ihm entfernt stand. Er sah sich um, da er nicht mit Mutko zusammenstoßen wollte, konnte ihn jedoch nirgends sehen.

Schließlich fiel sein Blick auf ein Schild, auf dem für Haarschnitte geworben wurde. Für gewöhnlich boten Familienmitglieder der Händler besondere Dienste an, Rasuren, Schuhreparaturen oder Maniküre, die oftmals nichts mit dem eigentlichen Geschäft zu tun hatten. Ryan sah seine Zielperson tief im Inneren eines Containers, der sich auf Teddybären und Partykleidung spezialisiert hatte.

Igor hatte ein rot-weiß kariertes Tuch um die Schultern und ein älterer kirgisischer Mann bearbeitete sein blondes Haar mit flinker Schere. Ryan zog sich in die Menge zurück, lehnte sich an einen Wellblechcontainer und biss in sein Brot, wobei er gelegentlich auf die Uhr sah, als erwarte er jemanden.

Zehn Minuten später kam Igor wieder zum Vorschein und rieb sich den juckenden Nacken mit einer Serviette, bevor er sich seinen Mantel anzog und in der Menge verschwand. Durch das Ortungsgerät konnte Ryan ihm außer Sichtweite folgen. Doch er musste nicht nur wissen, wohin Igor ging, sondern auch, was er tat.

Igor kaufte eine große Tüte voll Obst und Gemüse und holte dann an einem Stand Tee und eine Pastete, die er im Weitergehen aß, während er sich einem Teil des Basars näherte, in dem Ryan noch nie gewesen war. Die Läden hier wurden alle von Chinesen betrieben. Sie waren keine Einzelhändler, sondern Großhändler, die in ihren Vitrinen Warenproben von Kalendern für 2013 bis zu Hello-Kitty-Weckern ausstellten.

Es herrschte weniger Betrieb. Die meisten Leute hier waren Geschäftsmänner in dunklen Anzügen, die rauchend um Preise feilschten. Ryan gefiel es nicht, dass kaum Kinder in seinem Alter zu sehen waren. Jeder starrte ihn an, sodass er sich weiter hinter Igor zurückfallen lassen und sich auf das Ortungsgerät verlassen musste.

Ein paar hundert Meter weiter ging der Großhändlerbereich in eine Zone über, in der über fünfzig Händler Autoteile verkauften. Auf den Containertüren prangten die Logos von Automarken. Radkappen waren an gefährlich schwingenden Drähten über die Gassen gespannt.

Ryan kam Igor ziemlich nahe, als der aus einem Container trat, der überarbeitete Lada-Ersatzteile verkaufte.

Er sah ein wenig verdutzt drein, weil er sah, wie Igor weiterging, das Signal jedoch stehen blieb, doch da Igor eine Menge Tüten mit sich herumtrug, ging Ryan davon aus, dass er den kaputten Scheibenwischermotor mit dem Ortungsgerät im Container gelassen oder beim Kauf des Ersatzteils eingetauscht hatte.

Auf jeden Fall musste Ryan sich jetzt auf seine eigenen Augen verlassen. Es war zu riskant, Igor über längere Zeit hinweg in Sichtweite zu folgen, andererseits wollte er nicht mit völlig leeren Händen in den Kreml zurückkehren, daher entschied er sich, das Risiko einzugehen und Igor noch ein paar Minuten zu verfolgen.

Igor hatte einen Rucksack und zwei große Einkaufstüten dabei, und Ryan bemerkte, dass er zu seinem Toyota ging. Doch der Russe fuhr nicht fort, sondern stellte nur seine Einkäufe in den Kofferraum und ging dann über den Parkplatz in ein schäbiges Café neben der metallüberdachten Bushaltestelle des Basars.

Sobald Ryan sicher war, dass Igor dort bleiben würde, ging er selbst hinein. Die Neonbeleuchtung blendete ihn nach dem Dämmerlicht des wolkenverhangenen Tages draußen. Der Laden hatte ungefähr fünfzig Tische, aber nur sechs Gäste.

Es waren alles Männer, und Ryan erschrak, als er im Hintergrund eine Bühne sah, auf der ein paar wenig attraktive Damen tanzten und vage Andeutungen machten, ihre Oberteile auszuziehen. An einer Bar standen noch weitere Frauen in kurzen Röcken und mit zu viel Make-up. Die meisten waren so mager, dass Ryan davon ausging, dass sie drogensüchtig waren.

Igor saß an einem Tisch neben der Bühne und sprach mit einem anderen blonden Russen, der gut sein Bruder hätte sein können, auch wenn er etwas größer war und eine eingedrückte Nase hatte. Doch bevor Ryan mehr in Erfahrung bringen konnte, sprach ihn eine vollbusige

Bedienung mit Worten an, die sie bestimmt schon eine Million Mal zuvor gesagt hatte: »Ich bin Lulu, deine Gastgeberin. Kann ich dir etwas zu trinken bringen?«

»Cola«, antwortete Ryan vorsichtig.

»Mit Vergnügen, Süßer«, sagte Lulu und notierte sich etwas auf ihrem Block. Dann wies sie auf die Bar. »Interessiert dich eines unserer Mädchen?«

»Ich dachte, das hier sei ein normales Café«, erklärte Ryan. »Ich muss doch nicht … ich meine, kann ich nicht einfach nur etwas trinken, während ich auf den Bus warte?«

»Ist ein freies Land«, meinte Lulu, beugte sich dann zu ihm und zwinkerte: »Nur nicht schüchtern sein. Sag mir Bescheid, wenn eines der Mädchen zu dir kommen soll.«

»Nein, danke, wirklich«, wehrte Ryan ab. »Ich habe eine Freundin.«

Am liebsten hätte er hinzugefügt: *eine Freundin, die keine Nutte ist.*

Als die Bedienung weg war, versuchte Ryan herauszufinden, was Igor und der Plattnasige taten. Sie schienen sich nicht viel zu sagen zu haben, doch Igor schob ein paar Papiere über den Tisch, für die ein mit einem Gummiband zusammengehaltenes Bündel Geldscheine den Besitzer wechselte.

Ryan hatte mit einer Art elektronischer Kommunikation gerechnet. Aber Leonid Aramov hatte den größten Teil seines Vermögens verloren, als sich die TFU in seine Bankkonten gehackt hatte. Nachdem er sich so die Finger verbrannt hatte, verließ er sich wahrscheinlich lieber wieder auf das althergebrachte persönliche Treffen mit seinem Spion im Kreml.

»Cola«, verkündete die Bedienung und knallte Ryan eine Flasche und ein Glas auf den Tisch, zusammen mit einer Rechnung, die dreimal so hoch war wie in einem

Etablissement, in dem keine hässlichen Frauen herumtanzten.

Ryan brauchte ein Bild von Igors Gesprächspartner. Es wäre zu offensichtlich gewesen, das iPhone zu benutzen, doch für solche Fälle hatte er eine zuckerstückgroße Spionagekamera. Er hob die Colaflasche an die Lippen, richtete gleichzeitig die Kamera auf den Russen und machte drei Bilder.

Er schaffte es gerade noch rechtzeitig. Die Kohlensäure ließ einen Rülpser in seiner Kehle aufsteigen, während sich Igor und Plattnase mit Wangenküssen voneinander verabschiedeten. Der große Kerl verschwand hinter der Bar und Igor ging zum Ausgang. Doch kurz davor machte er kehrt und kam auf Ryan zu.

Er klang nicht wütend, aber auch nicht gerade freundlich.

»Ich habe dich im Spiegel gesehen, als ich mir die Haare schneiden ließ. Und dann noch einmal auf dem Parkplatz.«

Ryans Magen machte einen Salto, doch er beherrschte sich und wechselte das Thema, um ein Gespräch, ob er ihn verfolgt hatte oder nicht, zu umgehen.

»Sie sind aus dem Kreml«, sagte er und lächelte erfreut. »Sie haben mit meinem Vater ein paarmal Poker gespielt.«

»Kazakovs Junge«, erkannte ihn Igor und wurde freundlicher. »Ich habe gehört, was passiert ist. Mein Beileid.«

Ryan zuckte mit den Achseln und betrachtete seine Cola.

»Shit happens.«

»Für jemanden, der sich drei Stunden auf dem Basar herumtreibt, hast du nicht viel gekauft«, bemerkte Igor.

»Ich muss mein Geld zusammenhalten«, erklärte Ryan. »Dad hat mir ein paar Tausend hinterlassen, aber ich weiß nicht, wann ich wieder zu Geld komme. Ich war nur hier, um ein wenig herumzulaufen. Zu Hause ist mir die Decke auf den Kopf gefallen.«

»Und hierher bist du gekommen, weil …?«

»Ich habe gehört, dass man hier Mädchen bekommen kann«, antwortete Ryan. »Ich habe gedacht, dass ich mich dann vielleicht besser fühle.«

Igor lachte.

»Also, wenn du ein Mädchen willst, dann gibt es bestimmt hundert bessere Orte dafür.«

»Ich würde den Frauen hier gerne Geld dafür geben, dass sie sich etwas mehr anziehen«, meinte Ryan leise.

Igor lachte dröhnend und legte dann einen Zehn-Som-Schein auf den Tisch für Ryans Cola.

»Willst du zurück?«, fragte er ihn. »Willst du mitfahren?«

»Klar«, antwortete Ryan.

22

»Igor hat mich nach Amerika ausgefragt, aber ich habe nicht viel gesagt«, erzählte Ryan Amy. »Nur, dass wir Irenas Geld verloren haben und dass ich es in einem Greyhound-Bus nach New York zu unseren Verbindungsleuten geschafft habe.«

Sie saßen wieder in dem Raum mit dem Kartentisch im vierten Stock und Amy stöpselte Ryans Minikamera an ihren Laptop an.

»Hallo, Fremder«, sagte sie aufgeregt, als das erste von Ryans drei Fotos auftauchte.

Ryan kam näher und Amy vergrößerte den Kerl mit der platten Nase.

»Kennst du den?«, fragte Ryan. »Sie sehen sich sehr ähnlich. Vielleicht sind es Brüder?«

»Keine Ahnung, ob sie miteinander verwandt sind«, meinte Amy. »Aber kannst du dich noch an die Explosion am Strand erinnern?«

»Das werde ich wohl so schnell nicht vergessen«, gab Ryan zurück und dachte an den ersten Teil der Aramov-Mission.

Damals hatte er in Kalifornien in einem Haus am Strand gewohnt, ein paar Häuser von Ethan und Galenka Aramov entfernt. Seine Aufgabe war es gewesen, sich mit Ethan anzufreunden und mögliche Informationen über den Clan zu sammeln. Doch sie endete abrupt, als zwei Kerle in einem Schlauchboot kamen, Galenka ermordeten und ihr Haus in die Luft jagten. Ethan hatte nur überlebt, weil Ryan ihm geholfen hatte, durch ein Fenster zu flüchten, nur wenige Minuten, bevor die Bombe hochging.

»Als du mit Ethan zu unserem Haus zurückgelaufen bist, habe ich mich zwischen die Häuser geschlichen und einen Blick auf die beiden Attentäter erhascht, als sie abgezogen sind«, sagte Amy. »Und ich bin mir ziemlich sicher, dass das hier einer von ihnen ist.«

Ryan kribbelte es vor Aufregung. Dies bestätigte sozusagen Igors Verbindung zu Leonid.

»Wie sicher bist du dir?«, wollte er wissen.

»Sechsundneunzig Komma drei vier Prozent«, scherzte Amy. »Er hat ein ziemlich charakteristisches Gesicht, aber Ethan konnte ihn viel besser sehen. Ich schicke das Foto an Ted Brasker, damit Ethan die Identität bestätigen kann.«

»Und dann?«

»Dann werde ich erst einmal mehr über Mr. Plattnase herausfinden müssen, aber ohne weiteres Personal wird das schwierig werden.«

»Können wir jemanden kommen lassen?«

Amy schüttelte den Kopf.

»Wir sollen den Aramov-Clan abwickeln. Es wird schwer für mich, für eine Nebenaktion noch weitere Agenten anzufordern.«

»Ich dachte, Dr. D. wäre sehr daran gelegen, Leonid zu schnappen«, meinte Ryan.

»Ganz bestimmt. Aber sie steht ein paar Wochen vor ihrer Zwangspensionierung und der Leiter der CIA sowie die Geheimdienstministerin sitzen ihr im Nacken.«

»Und was ist mit CHERUB?«, fragte Ryan. »Zara war bei dem Meeting voll auf unserer Seite.«

»Könnte einen Versuch wert sein«, meinte Amy und begann zu lächeln, als sie erkannte, dass das eine gute

Idee war. »Ryan, du bist nicht nur hübsch, sondern auch klug.«

Ryan grinste, wie man es von einem Jugendlichen erwarten kann, dem ein sexy Mädchen gerade ein Kompliment gemacht hat.

»Igor will gerne mein neuer bester Freund werden«, verkündete er. »Auf dem Weg zum Kreml zurück wollte er wissen, ob ich irgendwelche Gerüchte gehört hätte. Ich habe ihm erzählt, dass ich mit Andre Aramov befreundet bin, woraufhin er ganz aufgeregt geworden ist und gemeint hat, es würde sich für mich lohnen, wenn ich irgendetwas Interessantes höre.«

»Das klingt gut«, fand Amy. »Tamara ist der Meinung, dass Leonid ihr helfen würde, falls er glauben muss, dass sie in Schwierigkeiten steckt.«

»Soll ich Igor also sagen, dass sie Probleme hat?«, fragte Ryan.

Amy schüttelte den Kopf.

»Noch nicht. Sei weiterhin freundlich zu Igor, aber treibe es nicht zu weit, sonst wird er noch misstrauisch. Ich spreche mit Zara. Sie hat jahrelange Erfahrung, und wir müssen erst einmal ausarbeiten, wie wir weiter vorgehen wollen. Wir wollen Leonid Aramov aus seinem Versteck locken, aber er ist völlig skrupellos, also müssen wir es so machen, dass nicht am Ende Andre und Tamara getötet werden.«

*

Am nächsten Morgen klopfte Zara Asker an eine Tür im Personaltrakt im zweiten Stockwerk auf dem CHERUB-Campus.

»Ich bin nicht angezogen!«, schrie James nervös. »Gib mir zwei Sekunden!«

Im Bademantel und mit klatschnassen Haaren und finsterem Gesicht kam er an die Tür.

»Wie läuft es?«, erkundigte sich Zara und sah sich um. »Du siehst fertig aus.«

Das Zimmer war unordentlich und an der Wand prangte ein brauner Fleck von einer zerborstenen Kaffeetasse.

»Ich mache das wieder sauber«, meinte James verlegen.

»Ich frage mich eher, wie es da hingekommen ist«, erwiderte Zara. »Alles in Ordnung?«

James zuckte mit den Schultern.

»Meine Freundin«, erklärte er, »Kerry. Wir hatten ausgemacht, dass sie über die Weihnachtsferien hierherfliegt, wenn sie ihre letzte Prüfung geschafft hat. Aber jetzt behauptet sie, der Flug sei zu teuer.«

Zara sah ihn überrascht an.

»Wenn Kerry finanzielle Probleme hat, können wir ihr doch helfen. CHERUB kümmert sich um all seine ehemaligen Agenten.«

James schüttelte den Kopf.

»Mir kommt es nicht auf ein paar Dollar an. Ich würde ihr das Flugticket bezahlen, das ist nicht das Problem. Ich habe nur das Gefühl, dass sie eigentlich gar nicht mehr bei mir sein will.«

»Wenn du darüber reden möchtest, dann gibt es dafür Berater auf dem Campus«, schlug Zara vor. »Ich will nicht gefühllos sein, aber ich habe einen hektischen Morgen und bin gekommen, um mit dir über etwas ganz anderes zu sprechen.«

»Tut mir leid«, sagte James und hob ein paar Porzellanscherben vom Teppich auf, um sie in einen Tretmülleimer zu werfen. »Du hast vier Kinder und einen Wahnsinnsjob. Das Letzte, was dich interessiert, ist mein Liebesleben.«

»Ich habe nur Gutes über deine Arbeit gehört«, erklärte Zara. »Ning und Alfie waren begeistert, wie du den Fahrkurs geleitet hast. *Hart, aber lustig*, war ihr Fazit. Und Mr. Pike sagt, es sei wirklich hilfreich gewesen, dass du ihn letzte Woche beim Training unterstützt hast. Jetzt, wo Kazakov nicht mehr da ist, haben wir eine Stelle frei. Wenn du dich bewirbst, würde ich das unterstützen.«

James nickte.

»Ich vermisse das Leben bei CHERUB. Ich wäre gerne wieder auf dem Campus, aber ich glaube, ich eigne mich nicht zum Trainer. Man braucht ein gewisses Maß an Gemeinheit, um Kinder durch die Grundausbildung zu bringen, und ich glaube, die habe ich nicht. Ich fürchte, dieser Job würde mich fertigmachen.«

»Ja, ich könnte das auch nicht«, stimmte Zara zu. »Aber wir wollen Kazakov ersetzen. Seine Aufgaben umspannten sowohl Training als auch Einsatzleitung. Würdest du eine Stelle annehmen, die die beiden Gebiete verbindet?«

James lächelte und nickte dann unsicher.

»Ich glaube, Kerry würde gerne noch mindestens ein paar Jahre in den USA bleiben.«

»Im Moment sind wir knapp an Personal«, gab Zara zu. »Du kannst gerne noch ein oder zwei Monate auf freiwilliger Basis auf dem Campus arbeiten, aber Anfang nächsten Jahres brauche ich eine definitive Antwort.«

»Ich werde darüber nachdenken«, versprach James.

»Ich weiß, dass du Mr. Pike beim Training auf dem Campus hilfst, aber ich könnte noch bei einer anderen Sache deine Hilfe gebrauchen. Ein kleines Nebenprojekt.«

»Um was geht es?«, fragte James.

»Du weißt doch, dass Amy für die TFU arbeitet?«

»Ja«, erwiderte James. »Es schien ihr dort wirklich zu gefallen.«

»Die TFU wird aufgelöst wegen ihrer Rolle bei den Black-Friday-Attentaten. Aber Amy würde gerne noch einen Kerl namens Leonid Aramov schnappen, bevor der Laden dichtmacht, und könnte deine Hilfe brauchen. Ich schicke dir noch die Einsatzunterlagen mit der gesamten Geschichte über Leonid Aramov und die Aramov-Clan-Operation der TFU, aber im Grunde genommen läuft es auf Folgendes hinaus:

Amy und ich haben einen Plan geschmiedet, wie wir Leonid Aramov mithilfe seiner Exfrau und ihrem elfjährigen Sohn als Köder finden können. Das Problem ist nur, dass sie in kritische Situationen geraten könnten, und sie haben beide keine Kampf- oder Spionageausbildung.«

»Dann soll das also eine Art Expresstraining werden?«, wollte James wissen.

»Um Tamara kümmert sich der MI6«, erklärte Zara. »Sie haben ein Schnellausbildungsprogramm entwickelt, das sie für Diplomaten brauchen, die in Krisengebieten eingesetzt werden. Aber die einzigen Experten, die einen Jungen wie Andre Aramov trainieren können, sitzen hier auf dem Campus.«

»Dann soll ich dem Kind also Einzelunterricht geben«, nickte James. »Wie lange hätte ich dafür Zeit?«

»Zehn Tage«, erwiderte Zara. »Das reicht nicht aus, um seine Stärke oder seine Fitness wesentlich zu verbessern. Du musst ein Programm zusammenstellen, das sich auf das Wesentliche konzentriert. Einfache Selbstverteidigungsmaßnahmen, Waffengebrauch, die Grundregeln für sichere Kommunikation. Ich sage Mr. Pike, dass er dir bei der Aufstellung des Programms helfen soll, und da dies höchste Priorität hat, kannst du dir alle erdenklichen Hilfsmittel aussuchen. Wenn du noch weitere Agenten oder Personal brauchst, dann sag Bescheid.«

»Warum hast du mich ausgesucht?«, fragte James vorsichtig. »Gibt es nicht erfahrenere Trainer, die das besser könnten als ich?«

Zara lächelte ihn an.

»Zum einen hat Amy gesagt, dass Andre schüchtern ist, und du kannst bekanntermaßen gut mit kleinen Kindern umgehen. Ich habe dich schließlich zum Paten meines Ältesten gemacht. Außerdem spricht Andre russisch. Sein Englisch ist rudimentär und Kazakov war mein einziger russisch sprechender Trainer. Es tut mir leid, dass ich dich gleich ins kalte Wasser stoßen muss, aber die Kapazitäten der Trainerabteilung sind im Moment so mager wie ein Supermodel.«

23

Acht Tage später

Amy hatte ihren Wecker auf 4:30 Uhr gestellt, zog sich schnell an und lief von ihrem Bett in Josef Aramovs Gästezimmer zu den alten Räumen seines Bruders Leonid auf dem gleichen Gang.

Andre machte im Schlafanzug auf. Amy drängte sich an Rollkoffern und Rucksäcken im Flur vorbei und lief in die Küche, wo Tamara am Herd stand und einen Topf Milch heiß machte.

»Alles gepackt?«, fragte sie. »Mach dir keine Sorgen um das, was zurückbleibt, ich sorge dafür, dass hier niemand hereinkommt, solange ihr weg seid.«

Tamara bemühte sich eifrig, Andre dazu zu bringen, etwas Warmes zu frühstücken.

»Im Flugzeug gibt es nur komisches englisches Essen, Andre, und ich weiß doch, wie du dich dann anstellst.«

Doch Andre war vier Stunden früher geweckt worden als üblich und sein Magen konnte nur ein paar Löffel voll Essen vertragen.

Zwanzig Minuten später klopfte Ryan an, und als Andre aus der Dusche kam, ging Amy ihren Plan noch ein letztes Mal mit ihnen durch.

»Es muss so aussehen, als hättet ihr beide euch einfach in Luft aufgelöst, damit es möglichst wirkungsvoll ist«, begann sie. »Also behaltet die ganze Zeit die Kapuzen auf und bleibt vermummt, damit euch möglichst niemand erkennt. Ihr geht die Treppe hinunter, nehmt den hinteren Notausgang, lauft zu den Ställen und geht das Tal hinauf. Der Boden ist vereist, also passt auf.«

»Kommst du nicht mit uns?«, fragte Andre.

»Ryan kennt den Weg«, erklärte Amy. »Ich soll Onkel Josefs Freundin darstellen. Wenn man mich dabei erwischt, wie ich euch helfe zu fliehen, wird man zu viele Fragen stellen. Oben am Ende des Tals wartet ein Fahrer mit einem Wagen auf euch. Er hat eure Boardingpässe und Ausweise mit falschem Namen. Bis zum Manas International Airport sind es vierzig Minuten. Der Flug der British Airways geht um acht Uhr. Wir erwarten keine Schwierigkeiten, aber wenn ihr die Sicherheitsschleuse passiert habt, wird euch eine MI6-Agentin in Empfang nehmen, die sich als Mitglied des Bordpersonals ausgibt. Sie bringt euch in einen VIP-Raum, damit euch keine anderen Passagiere sehen, bevor ihr an Bord des Flugzeugs steigt.«

»Um wie viel Uhr sind wir in London?«, erkundigte sich Andre.

»Der Flug dauert etwa zehn Stunden«, sagte Amy. »Aber da London zeitlich fünf Stunden hinterher ist, kommt ihr am Vormittag an. Am Flughafen trefft ihr eure Instruktoren, die euch direkt zu euren Trainingszentren bringen.«

Andre sah seine Mutter nervös an. Ryan fragte sich, wie er wohl auf dem CHERUB-Campus klarkommen würde, selbst mit einem extra auf ihn zugeschnittenen Trainingsprogramm.

Tamara schickte Andre in sein Zimmer, um nachzusehen, ob er etwas vergessen hatte, und Amy schob Ryan in den Gang hinaus.

»Bleib am Flughafen, bis das Flugzeug in der Luft ist, und sag mir Bescheid, falls irgendetwas schiefläuft«, verlangte sie. »Ich muss Josef wecken und ihn den Afrika-Plan absegnen lassen.«

Amy befolgte den Befehl, den Aramov-Clan abzuwickeln. Sie musste schnell sein, aber nicht so schnell, dass die wichtigsten Kunden des Clans Angst bekamen und sieben Monate Geheimdienstarbeit zunichtemachten. Während der letzten zehn Tage hatte sie drei Flugzeuge und ihre Crews langfristig für legale humanitäre Flugeinsätze ausgeliehen. Sechs weitere Flieger waren auf dem Flughafen Sharjah in den Vereinigten Arabischen Emiraten festgehalten worden. Offiziell hatte eine technische Untersuchung ergeben, dass die Flugzeuge fluguntauglich waren. Der Clan hatte Sharjah zwar seit Jahren mit alten Schrottmaschinen angeflogen, doch nun hatte man einfach damit aufgehört, die Beamten zu bestechen, damit sie ein Auge zudrückten.

Die TFU hatte die früher sechsundachtzig Maschinen starke Flotte der Aramovs auf fünfzig heruntergeschraubt. Der Afrika-Plan sah zwar vor, dass nur vier weitere Flugzeuge verloren gehen würden, doch diese würden von der US Air Force beschlagnahmt werden und voller illegaler Waffen sein. Die Besatzungen würden in amerikanischen Gefängnissen landen, wo sie lange Haftstrafen für den Verstoß gegen das Verbot, US-Militärtechnologie zu exportieren, erwarten würden.

Amy hoffte, dass die restlichen Crews im Kreml durchdrehten, sodass Josef Aramov einen triftigen Grund hatte, die Geschäfte des Clans vorläufig ruhen zu lassen, ohne dass seine Kundschaft argwöhnte, dass die ganze Organisation inzwischen fremdgesteuert war.

*

»Lange Nacht?«, erkundigte sich Natalka, als sie Ryan in der Lobby des Kremls seinen Guten-Morgen-Kuss gab. »Du siehst beschissen aus.«

»Schlecht geschlafen«, entgegnete Ryan und hängte sich den Schulrucksack über die linke Schulter.

Er war um vier Uhr morgens aufgestanden, hatte Andre und Tamara mit weit mehr Gepäck als notwendig durch den Schnee gebracht, war mit ihnen zum Flughafen gefahren, wo er im schäbigen Terminal schlechten Kaffee getrunken hatte, bis die Acht-Uhr-Maschine nach London gestartet war, und war dann wieder ins Tal gefahren.

Nach einem eisigen Marsch durch das Tal und einer kurzen Visite in seinem Zimmer, wo er sich trockene Sachen anzog und seinen Rucksack schnappte, war er von seinem Abenteuer gerade noch rechtzeitig zurückgekehrt, um mit Natalka in den Schulbus zu steigen.

»Ich habe letzte Nacht von dir geträumt«, gestand Natalka beiläufig, als sie an den beiden Wachposten an der Tür des Kremls vorbeigingen und die beißende Kälte zu spüren bekamen. »Du bist ohne Hemd auf einem Pferd geritten.«

»Ich wette, das hat total sexy ausgesehen«, lachte Ryan.

»Bilde dir bloß nichts ein«, warnte Natalka. »Aber es war schon nicht schlecht.«

Im Bus stellten sie fest, dass ihr üblicher Sitzplatz ganz hinten im Bus von einem achtjährigen Mädchen besetzt war.

»Willst du eins in die Fresse?«, knurrte Natalka sie an und ballte die Faust, woraufhin das Mädchen sich schleunigst verzog.

Natalka konnte ziemlich fies sein, doch Ryan sagte nichts, denn ihm gefielen die morgendlichen Busfahrten. Natalkas Schal fiel zu Boden, und sie hob ihn auf, wickelte ihn um ihrer beider Hälse, und sie kuschelten sich aneinander, als der fast leere Bus vom Kreml losfuhr.

»Dein Gesicht ist ganz rot«, stellt Natalka fest. »Hast du einen deiner morgendlichen Trainingsläufe absolviert?«

Ryan schüttelte den Kopf.

»Ich glaube, ich bekomme eine Erkältung«, log er. »Wenn du meine Bazillen nicht auch haben willst, solltest du dich lieber von mir fernhalten.«

»Wenn das hier umgeht, dann bekomme ich sie so oder so«, meinte Natalka und überraschte Ryan mit einem wilden Knutschangriff.

Sie schmeckte nach den beiden Zigaretten, die sie immer vor der Schule rauchte. Es war eklig, aber Ryan hatte festgestellt, dass man sich mit einer ganzen Menge abfinden kann, wenn man verliebt ist.

»Mum ist heute Morgen ausgerastet«, erzählte Natalka und löste sich von Ryan, während das Ende des Busses in einer engen Serpentinenkurve über das Tal ragte.

»Das ist ja nichts Neues«, fand Ryan. »Ihr beide streitet euch doch jeden Morgen.«

»Aber dieses Mal ging es nicht um mich«, sagte Natalka. »Einer der anderen Piloten hat gestern Abend seine Landung versaut.«

Ryan nickte bestätigend.

»Kurz nach Mitternacht? Ich habe den Knall gehört. Sogar der alte Feuerwehrwagen ist zur Sicherheit ausgerückt.«

»Hat sich das Fahrgestell ruiniert. Sie brauchen mindestens drei Tage, um das zu reparieren. Mum ist zwar erst spät gestern Abend nach Hause gekommen, aber heute Morgen hat sie einen Anruf bekommen, dass sie nach Afrika fliegen soll.«

Ryan zuckte erschrocken zusammen.

»Was ist?«, fragte Natalka.

»Nichts«, erwiderte Ryan wenig überzeugend. Um Natalka abzulenken, meinte er: »Sie wird noch schlechtere Laune haben, wenn sie wieder da ist.«

Natalka hatte keine Ahnung, dass das Flugzeug ihrer Mutter in Pakistan eine Ladung in den USA hergestellter Waffen an Bord nehmen würde. Auf halbem Weg zum Kongo würde Dimitra zwei F18-Kampfflugzeuge neben ihrem Flugzeug sehen und den Befehl bekommen, auf der nächsten US-Militärbasis zu landen. Nach der erzwungenen Landung würden die Besatzungen der vier Flugzeuge der Militärpolizei übergeben werden, des illegalen Handels mit geheimer US-Technologie beschuldigt und mit der Aussicht auf fünfunddreißigjährige Haftstrafen in ein Militärgefängnis gebracht werden.

Ryan zuliebe hatte Amy dafür gesorgt, dass Natalkas Mutter einen früheren Flug übernahm, der es zeitlich unmöglich machen sollte, dass sie für die Afrika-Sache ausgesucht würde, doch sie konnte den Lauf der Dinge nur beeinflussen, indem sie Josef Aramov sagte, welche Befehle er geben sollte. Auf die Feinheiten, wie zum Beispiel wer im Fall eines beschädigten Flugzeugs als Ersatz herangezogen wurde, hatte sie keinen Einfluss.

Ryan fragte sich, was er tun sollte. Handys funktionierten im Kreml nicht, aber wenn er schwänzte, konnte er Amy möglicherweise übers Festnetz erreichen. Doch selbst wenn ihm das gelingen sollte, wie konnten sie Dimitra so kurz vor dem Start von der Mission abziehen, ohne dass es furchtbar verdächtig aussehen würde?

Natalka beobachtete Ryan, der starr aus dem Fenster sah, und stieß ihn an.

»Erde an Ryan! Ist jemand zu Hause?«

»Wie?«

»Du bist heute so komisch«, fand Natalka.

Ryan sah sie an und stellte sich ihr tränenüberströmtes Gesicht vor, wenn sie erfuhr, dass ihre Mutter am anderen Ende der Welt in einem Gefängnis saß.

»Ich… Sorry, aber irgendwie fühle ich mich heute nicht ganz wohl.«

24

Ryan hatte sich ins Schulbüro geschlichen und Amy angerufen, doch die vier Crews bereiteten sich bereits auf den Start vor, und es gab keinen glaubhaften Vorwand, Dimitra von der Sache abzuziehen.

Die Kinder des Kremls besuchten eine russische Schule am Rande von Bischkek. Die Einrichtung war primitiv und das Gebäude war von Feuchtigkeit und Schimmel durchzogen. Ryan brachte eine Doppelstunde Mathematik, Geschichte, Mittagspause, Chemie und Kunst mit dem Gefühl hinter sich, dass eine Zeitbombe tickte, und er fragte sich, wie hoch wohl die Chancen standen, dass bei der Afrika-Mission irgendetwas schiefging.

Eigentlich hätte es ein schöner Abend sein können. Sie bereiteten ein einfaches Abendessen zu und rollten sich dann auf Dimitras Doppelbett zusammen, um Musik zu hören, während der knurrige Mechaniker von nebenan gelegentlich mit der Faust gegen die Wand schlug und ihnen befahl, leiser zu sein.

»Hör auf zu meckern, du alter Knacker!«, schrie Natalka und schlug zurück. »Ich musste mir die letzten fünf Jahre jede Nacht dein Schnarchen anhören!«

Ryan lachte. Natalka kniete auf dem Bett mit einem gestreiften Socken, schwarzem Slip und ohne BH unter dem Hemd. Ryan liebte sie wahnsinnig, doch er war im Geiste weit weg und stellte sich F18 und Ilyushins vor und Natalkas Mutter, die auf der Landebahn lag und auf die ein in Tarnfarben gekleideter Ami sein Gewehr richtete. Die Uhr neben dem Bett sagte ihm, dass die Szene, die er sich da vorstellte, wahrscheinlich vor einer Stunde stattgefunden hatte.

»Keine Eltern«, sagte Natalka und legte den Kopf in seinen Schoß. »Willst du heute Nacht hier schlafen?«

In der ganzen Zeit, die Ryan und Natalka jetzt zusammen waren, hatten sie doch noch nie eine Nacht miteinander verbracht. Ryan war sich nicht sicher, ob Natalka andeutete, dass sie Sex haben wollte. Die Aussicht erregte ihn, doch während er noch Jungfrau war, hatte Natalka sich bereits mit ein paar älteren Jungen abgegeben. Er vermutete, dass sie bereits Sex gehabt hatte, und befürchtete, dass er alles falsch machen würde. Und dann war Natalka genau die Art Mädchen, die sich eher kaputtlachen würde als auch nur eine Spur von Mitgefühl zu zeigen …

»Ich denke, das ginge schon«, meinte er. »Reden wir von …«

»Nein, tun wir nicht«, erklärte Natalka bestimmt, was Ryan irgendwie erleichterte. »Aber Mum hat Wodka. Was hältst du davon, wenn wir uns besaufen und die Schule morgen sausen lassen?«

Ryan lachte und Natalka zog eine Flasche billigen Wodka unter dem Bett hervor.

»Hol die Pepsi und ein paar Gläser!«

Es hätte toll sein können, doch Ryan hatte das Gefühl, kotzen zu müssen.

Kurz nach neun Uhr abends begann das Lautsprechersystem des Kremls zu gurgeln. Es war ein Relikt aus Sowjettagen und die meisten der trichterförmigen Lautsprecher funktionierten entweder nicht oder waren ganz abgerissen. Der, der Natalkas Zimmer am nächsten war, befand sich am Ende des Ganges in der Nähe der Toiletten, und man konnte kaum etwas verstehen.

»Was sagen sie da?«, wollte Ryan wissen und hielt sich die Hand ans Ohr. »Irgendetwas von Versammlungspunkten.«

»Wahrscheinlich ein paar Betrunkene, die uns verscheißern«, vermutete Natalka. »Wenn es etwas Wichtiges wäre, würde der Feueralarm ausgelöst werden.«

Kaum hatte sie ausgesprochen, als auch schon der Feueralarm losging, und sie mussten beide lachen.

»Na bitte schön«, meinte Natalka ein wenig angetrunken, »die Bestätigung für mein Genie.«

»Dann sollten wir gehen, nur für den Fall, dass es wirklich brennt«, meinte Ryan, obwohl er wusste, dass das nicht der Fall war. Er hob Natalkas Jeans vom Boden auf und warf sie ihr zu.

Wenn irgendwo ein Feuer war, dann mussten sie nach draußen, daher zogen sie Schuhe an und stießen sich vor der Wohnungstür die Arme an den Wänden an, während sie ihre Mäntel anzogen und die Handschuhe suchten. Bei Feueralarm wurden automatisch die Aufzüge abgeschaltet, daher gesellten sie sich zu den vielen anderen, die die Treppe hinuntergingen.

Es herrschte keine Panik, und Ryan und Natalka bekamen schnell die Gerüchte mit, denen zufolge sie in die Lobby gerufen wurden, weil irgendetwas Wichtiges verkündet werden sollte.

»Na-tal-kaaaa!«, grölte ein Junge namens Vlad und schob grob ein paar Leute aus dem Weg.

Vlad war ein achtzehnjähriger blonder Russe. Er war der Sohn eines Lademeisters und hatte den Ruf, nicht besonders helle zu sein.

Im Kreml konnte man nicht viel unternehmen, aber im Hinterhof war ein großer Haufen Gewichte, und viele der jungen Männer betrieben Bodybuilding. Ryan hatte dort selbst trainiert, doch er hatte die Gewichte hauptsächlich zur Fitness gestemmt und weil es ihm die Gelegenheit gab, den Tratsch der älteren Jungen zu belauschen. Vlad war das andere Extrem und hatte seine derzeitige Größe nur unter massivem Einsatz von Steroiden erreicht.

»Sieh an«, meinte Natalka giftig. »Da krabbelt ja alles Ungeziefer aus seinen Löchern.«

Vlad und Natalka waren früher einmal zusammen gewesen. Ryan kannte keine Einzelheiten, fand jedoch den Altersunterschied von vier Jahren höchst unanständig.

»Wundert mich, dass du und Ryan noch zusammen seid«, stellte Vlad fest.

Er ließ seine Bemerkung in der Luft hängen, doch da Natalka nicht darauf einging, fügte er hinzu: »Wie ich gehört habe, hat Ryan am Samstag einen kleinen Ausflug gemacht. Der schlimme kleine Junge ist in dem Café am Busbahnhof gelandet.«

Ryan schluckte.

»Du redest Schwachsinn.«

Doch Natalka war interessiert, denn Ryan war am Samstagnachmittag tatsächlich verschwunden, und sie hatte ihn seltsam angesehen, als er in Igors Auto zurückgekommen war, ohne irgendetwas gekauft zu haben.

»Für welche Nutte hast du dich entschieden?«, neckte ihn Vlad. »Die räudige Su-Ling? Läuse-Lucy? Tripper-Valenka?«

Igor verbrachte viel Zeit in der Bar des Kremls. Wahrscheinlich hatte er geplaudert, als er betrunken war.

»Ich habe eine Cola getrunken und bin dann gegangen«, erklärte Ryan und wurde langsamer, als Leute aus dem ersten Stock ins Treppenhaus kamen.

Doch Natalka sah ihn böse an.

»Der Laden ist gleich bei der Bushaltestelle. Es gibt keinen Bus zum Kreml. Also warum bist du dort hingegangen?«

»Ich bin überall herumgelaufen«, antwortete Ryan. »Stundenlang.«

Vlad merkte, dass Natalka nicht überzeugt war, und setzte zum Todesstoß an.

»Da kann man gar nicht reingehen, ohne zu wissen, was das für ein Laden ist«, behauptete er. »Draußen hängen Bilder von den Mädchen. Da muss man schon blind sein.«

Das stimmte, doch Ryan war das gar nicht aufgefallen, denn vom Parkplatz aus gesehen hingen die Schilder in einem schrägen Winkel, und außerdem hatte er außer Sichtweite bleiben müssen, damit ihn Igor nicht bemerkte. Aber er konnte Natalka ja schlecht die Wahrheit sagen.

»Diese Mädchen sind echt so eklig«, erzählte Vlad, während Ryan überlegte, wie er sich rausreden sollte. »Die Hälfte davon ist süchtig. Ich weiß wirklich nicht, wie du dich ausgerechnet da vergnügen kannst, Ryan.«

»Ich habe gar nichts gemacht!«, fuhr Ryan auf. »Und du bist der Richtige, um von Drogen zu reden, du Steroid-Junkie!«

Lachend deutete Vlad auf Ryans Schoß.

»Wenn ich du wäre, Natalka, dann würde ich den Kerl erst mal auf Läuse untersuchen, bevor ich ihn wieder in meine Nähe lasse!«

Mittlerweile waren sie unten angekommen. Die Bar war wegen der großartigen Ankündigung vorsorglich geschlossen worden und die Halle war knallvoll mit Menschen. Ryan trat ein paar Schritte von Vlad fort und sah Natalka flehend an.

»Man kann da nicht wirklich hingehen, ohne zu wissen, was das für ein Laden ist«, behauptete Natalka.

»Mein Dad ist gerade gestorben«, verteidigte sich Ryan. »Ich war in Tränen aufgelöst und wusste wirklich nicht, was ich tue.«

Natalka sah ihn finster an. Sie versuchte zurückzuweichen, doch es waren zu viele Menschen um sie herum.

»Ich weiß, dass du traurig warst, aber ich kann nicht fassen, dass du glaubst, mit dem Besuch von so einem Ort würdest du dich besser fühlen.«

Vlad war mit breitem Grinsen wieder zu ihnen getreten.

»He, Ryan, hast du den Zuschlag gezahlt, damit du kein Kondom benutzen musst?«

Ryan war wütend genug, um zuzuschlagen, doch die Menschenmenge sowie die Tatsache, dass Vlads Bizeps dicker war als seine Oberschenkel, hielten ihn davon ab.

»Vlad macht eine große Sache draus«, sagte er stattdessen zu Natalka. »Er steht auf dich. Wer auch nicht, du siehst toll aus.«

Natalka brachte ein halbes Lächeln zustande, sah jedoch immer noch wütend aus und verzog das Gesicht, als Ryan versuchte, sie zu küssen.

»Männer machen mich krank!«, verkündete sie und streckte abwehrend die Hände vor. »Fass mich nicht an!«

»Pech gehabt, Drecksack«, feixte Vlad.

»Warum versuchst du es nicht mal mit Mädchen in deinem Alter?«, riet ihm Ryan. »Du Perverser!«

Währenddessen war die Menge leiser geworden und teilte sich, um Josef Aramov Platz zu machen, der, gefolgt von seiner angeblichen Freundin Amy, von der Treppe her kam. Wie der Kopf einer milliardenschweren Verbrecherorganisation sah Josef eigentlich nicht aus. Er war groß und schlank, hatte einen langen Bart und trug Jeans, die in der Wäsche eingelaufen waren, und eine passende Jeansjacke.

An der Bar stieg Josef auf eine wackelige gepolsterte Bank und wandte sich an die Menge, die näher kam, um ihn zu hören. Normalerweise sorgte Amy dafür, dass Josef aus dem Rampenlicht blieb, da er keine sehr glaubwürdige Führungspersönlichkeit abgab. Die TFU hatte ihn zum Oberhaupt der Organisation gemacht, weil sie einen Frontmann brauchten und er der einzige erwachsene Aramov war, der nicht entweder im Sterben lag oder auf der Flucht war. Unglücklicherweise war diese Ankündigung so wichtig, dass sie nicht von jemand anders gemacht werden konnte.

»Heute Morgen sind vier Flugzeuge in den Kongo aufgebrochen«, brachte Josef hervor.

Die Hälfte der rund dreihundert Leute hatten ihn nicht gehört, machten »pssst!« und drängten sich näher heran.

»Ich bin darüber informiert worden, dass diese Flugzeuge von Kampfflugzeugen der US Air Force zur Landung gezwungen worden sind.«

Einige Leute schraken auf. Ryan sah zu Natalka hinüber, doch sie hatte noch nicht begriffen, was das für sie bedeutete.

»Sie haben uns im Visier«, begann Josef theatralisch und wischte sich mit einem Taschentuch mit gesticktem Monogramm über die Stirn. »Wir müssen eine Pause machen, um aus der Schusslinie zu kommen.«

Josef ließ die Worte in der Luft hängen und sah Amy an, als habe er seinen Text vergessen. Amy wusste, dass jedem klar sein würde, dass Josef nur ein Strohmann war, wenn sie ihm seinen Text vorsagte, und selbst das Wort zu ergreifen, war auch nicht viel besser. Doch es blieb ihr nichts anderes übrig.

»Die Besatzungen sind verhaftet worden. Man wird sie in die Vereinigten Staaten bringen«, verkündete sie.

Endlich verstand Natalka und schrie auf: »Nein!«

Die Menge begann unruhig zu murmeln, und offensichtlich war man sich darüber einig, was der Grund für ihre Probleme war: Es war dumm gewesen, IDoJ ein Flugzeug zu überlassen. Irena hatte einen Fehler gemacht, als sie Leonid aus dem Kreml geworfen hatte, und Josef hätte lieber weiter Glühbirnen auswechseln und leckende Rohre reparieren sollen.

Amy stieß Josef an und zwang ihn, weiterzusprechen.

»Alle Flugzeugbesatzungen gehen nach Hause«, erklärte Josef leise. »Wir werden keine weiteren Geschäfte tätigen, bis über diese Sache Gras gewachsen ist. Alle Besatzungen können sich den Lohn für drei Monate abholen. Geht zu euren Familien. Gebt uns eure Kontaktdaten, dann melden wir uns bei euch, wenn das hier vorbei ist.«

Die ungeheure Bedeutung seiner Worte brachte die Leute zum Schweigen. Ryan hatte geglaubt, dass Natalka einen roten Kopf bekommen und zu weinen beginnen würde, doch stattdessen war sie kreideweiß, und ihre Schultern bebten.

»Es tut mir so leid«, sagte er und wollte ihr den Arm um die Schultern legen.

Doch Natalka stieß ihn weg und lief zur Treppe. Während die anderen langsam wieder zu sich kamen und begannen, Fragen zu stellen, wann sie ihren Lohn bekommen würden und wie sie nach Hause kommen sollten, lief Ryan Natalka hinterher.

»Natalka!«, rief er. »Lauf nicht weg! Ich bin für dich da! Ich liebe dich!«

»Du bist ein verdammter geiler Bock wie alle anderen Männer auf der Welt!«, schrie Natalka und knallte ihm die Tür vor der Nase zu. »Lass mich bloß in Ruhe! Ich hasse dich!«

Ryan blieb vor der Tür stehen und hörte, wie sie zu weinen begann.

»Bitte«, flehte er sanft, »du solltest jetzt nicht allein sein. Vielleicht geht es für deine Mutter ja doch gut aus.«

Ein lauter Knall sagte ihm, dass Natalka etwas Schweres an die Tür geworfen hatte.

25

In Großbritannien war es vier Uhr morgens. Andre Aramov war neunzig Minuten zuvor auf dem CHERUB-Campus angekommen und kam in Unterhosen aus einem Untersuchungsraum im Sanitätsgebäude.

»Wie lief es?«, wollte James wissen, dessen Russisch ein wenig eingerostet war.

»Ganz okay«, erwiderte Andre schwächlich, ging zu einem Bürostuhl, auf dem seine Sachen lagen, und zog sich sein Unterhemd an.

CHERUB war eine sehr selektive Organisation. Die Kinder, die für das Programm ausgesucht wurden, waren aufgeschlossen, körperlich kräftig und mutig. Andre war völlig anders geartet und blickte zu Boden, als fürchte er sich vor seinem eigenen Schatten.

»Darf ich meine Mutter anrufen?«, fragte er.

James lächelte ihn an.

»Du hast sie erst vor vier Stunden am Flughafen gesehen und im Auto hast du noch mit ihr gesprochen.«

»Ich frage mich, ob sie auch schon an ihrem Trainingsort angekommen ist.«

James musste eine Entscheidung treffen. Er konnte sanft sein und versuchen, Andre aus seinem Schneckenhaus zu locken, oder hart bleiben und hoffen, dass Andre seinen Mann stand. Das Problem war nur, dass er nur zehn Tage Zeit hatte, und wenn Andre zusammenklappte, würde er keine zweite Chance bekommen.

»Hast du irgendein besonderes Talent?«, fragte er ihn. »Und damit meine ich nicht so etwas, wie dass du deine Nasenspitze mit der Zunge berühren kannst, sondern etwas, was dir eventuell etwas nützen kann, wenn du undercover bist.«

Um seinen Worten Gewicht zu verleihen, streckte James selbst die Zunge heraus und tippte damit an seine Nase. Andre lächelte leicht, während er sich auf dem Stuhl sitzend seine Socken anzog.

»Ich bin ein guter Taschendieb«, sagte er nach einem kurzen Moment des Überlegens. »Das hat mir mein Dad beigebracht, weil er wollte, dass ich meinem Onkel Josef etwas klaue.«

»Das könnte hilfreich sein«, meinte James und warf Andre ein schlichtes oranges T-Shirt zu, das ihm viel zu groß war. »Dieses orange T-Shirt musst du immer tragen. Du darfst nicht mit den Kindern sprechen, die du hier siehst, und sie dürfen auch nicht mit dir sprechen.«

»Werden an diesem Ort Kinder ausgebildet?«, fragte Andre.

»Genau.«

»Für was?«

»Für das Gleiche wie bei dir.«

»Und die verschiedenfarbigen T-Shirts?«, überlegte Andre, während er sich sein eigenes anzog. »Die kleinen Kinder tragen rote und viele von den ältesten schwarze. Aber es kann nicht nur eine Alterssache sein, weil ich auch ein paar jüngere Kinder in schwarzen T-Shirts gesehen habe, und einige der älteren tragen Grau.«

James lächelte. An Andres Schüchternheit konnte man arbeiten, aber die Intelligenz eines Menschen konnte man nicht verändern, und dieser Junge hatte ganz offensichtlich ein brauchbares Hirn.

Während James noch überlegte, schob eine Schwester einen Wagen herein. Auf der oberen Ablage lagen zwei sterile Pinzetten auf einem Stahltablett, gläserne Mischgefäße, destilliertes Wasser, Rührstäbe und ein paar Päckchen mit Pulver.

»Bist du bereit zur Abnahme deiner Com-Formen?«, fragte die Schwester.

Andre sah sie verblüfft an, daher erklärte James: »Wir verwenden ein Miniatur-Kommunikationssystem, das tief in deinem Gehörgang verborgen wird. Es hat eine Reichweite von ein paar Kilometern. Wir werden es während deines Trainings einsetzen und möglicherweise auch bei der Jagd nach deinem Vater.«

Die Schwester begann, Mixturen anzurühren, indem sie zwei Beutel Pulver in einen der Becher schüttete. Dann fügte sie ein paar Tropfen Wasser hinzu, woraufhin das Gebräu zu zischen begann und Blasen warf.

»Und das soll in mein Ohr rein?«, fragte Andre James. »Tut das weh?«

»Bei mir wurde das noch nie gemacht«, musste James zugeben und sah die Schwester fragend an.

»Warum nicht?«, wollte Andre wissen.

»Ich bin schon seit ein paar Jahren nicht mehr hier«, erklärte James. »Dieses System ist ganz neu. Zu meiner Zeit mussten wir uns noch mit Ansteck-Mikros und einem Knopf im Ohr begnügen.«

Die Schwester rührte weiter in der Masse, bis sie aufhörte zu zischen und eine zähe graue Paste bildete.

»Bis jetzt habe ich noch niemanden damit umgebracht«, verkündete sie. »Ihr stützt jetzt beide einen Ellbogen auf den Tisch und legt den Kopf so schief, dass er schön ruhig auf der Schulter liegt. Wenn ich die Masse eintropfe, müsst ihr den Kopf nur ganz langsam hin und her wiegen, damit alles bis ganz nach unten läuft, klar?«

James sah Andre an. »Hast du das verstanden?«

»Mein Englisch ist genauso gut wie dein Russisch«, behauptete Andre.

»James zuerst«, verlangte die Schwester. Gehorsam legte James den Kopf schief.

Mit geradezu ohrenbetäubendem Zischen erreichte die Flüssigkeit James' Trommelfell. Ihm war nicht klar gewesen, dass sich die Masse bei der chemischen Reaktion auch erwärmt hatte.

Andre und James saßen sich mit schief geneigten Köpfen gegenüber. Andre schob die Zunge vor und versuchte, damit seine Nasenspitze zu erreichen. James lächelte, doch das gefiel der Schwester nicht.

»Die Masse härtet in dreißig Sekunden aus«, verkündete sie. »Aber wenn ihr nicht stillhaltet, muss ich alles noch einmal machen.«

»Ich finde, sie hat einen hübschen Hintern«, sagte James auf Russisch.

Die Schwester verstand ihn zwar nicht, doch Andres Grinsen sagte ihr, dass es eine Frechheit gewesen war. Missmutig entfernte sie die Formen mit der Pinzette und ließ sie in einzelne Krüge fallen.

»Ab mit euch«, sagte sie. »Die Kommunikationsgeräte sollten innerhalb von 24 Stunden aus dem Labor kommen. Ihr könnt einen Termin für Mittwoch machen, dann passe ich sie an und zeige euch, wie ihr sie benutzt und steril haltet.«

*

Amy traf Ryan auf dem Weg nach unten.

»Natalka ist völlig aufgelöst«, erzählte Ryan ernst. »Sie will mich nicht an sich heranlassen.«

»Sie steht unter Schock, sie wird sich schon wieder beruhigen.«

»Es ist komplizierter«, meinte Ryan. »Dieser Volltrottel Vlad hat ihr erzählt, dass ich in dem Bordell am Busbahnhof gewesen bin.«

Amy sah ihn verwundert an.

»Du warst in einem Bordell?«

»Da, wo ich Igor und Plattnase getroffen habe.«

»Oh, verdammt«, machte Amy und sah sich um, weil sie eigentlich nicht mit Ryan zusammen gesehen werden sollte. »Ich werde sehen, ob ich etwas für Dimitra tun kann. Aber jetzt musst du runter an die Bar gehen und mit Igor sprechen. Nach dem, was heute hier passiert ist, fährt er morgen früh bestimmt sofort zum Basar und übermittelt Leonid eine Nachricht. Ich will sicher sein, dass er auch von Andre und Tamara erfährt.«

»Ich bin gerade auf dem Weg dorthin«, erklärte Ryan. »Wie ist denn die Stimmung da unten?«

»Einige sind mit denen, die heute verhaftet wurden, befreundet und ertränken ihre Sorgen in Alkohol. Die anderen glauben, sie hätten drei Monate bezahlten Urlaub und feiern es, indem sie sich besaufen.«

Ryan sah, was Amy gemeint hatte, sobald er in die Lobby kam. Die Leute waren zur Versammlung nach unten gekommen, hatten angefangen, sich zu unterhalten, und begannen dann zu trinken. An guten Abenden waren normalerweise vielleicht dreißig Leute in der Bar, aber jetzt war jeder einzelne der hundert Plätze besetzt, und weitere saßen auf den Tischen und Armlehnen und einige sogar in der angrenzenden Lobby.

Igor saß mittendrin und hielt an einem großen, ovalen Tisch voller leerer Gläser und Wodkaflaschen Hof. Ryan musste sich zu ihm durchkämpfen, dann beugte er sich vor und flüsterte ihm ins Ohr: »Sie wollten doch, dass ich es Ihnen erzähle, wenn ich etwas höre. Können wir uns irgendwo ungestört unterhalten?«

Igor sah ihn gereizt an.

»Jetzt?«, fragte er.

»Es geht um Andre und Tamara.«

Igor zog neugierig eine Augenbraue hoch, drückte

seine Zigarette aus, leerte sein Glas in zwei großen Schlucken und schob dann den Stuhl zurück.

»Entschuldigt, wir beide müssen ein kleines Geschäft besprechen.«

»Soll Igor dich wieder zum Busbahnhof mitnehmen, Ryan?«, schrie Vlad.

Ryan zeigte ihm den Stinkefinger und ging Igor nach, der die Bar verließ und ihn zu einem schmutzigen Ort unter der Treppe führte.

»Fünftausend Som für gute Informationen«, sagte Ryan. »Das war doch der Deal, oder?«

»Für *gute* Informationen, ja.«

»Tamara und Andre haben den Kreml verlassen.«

Igor sah ihn geschockt an. »Wie bitte?«

»Andre hat mich angerufen«, erklärte Ryan. »Er hatte echt Angst. Seine Mutter war in Tränen aufgelöst. Offensichtlich ist Josef hinter ihr her.«

»Hinter ihr her?«, fragte Igor ungläubig. »Mit einem Messer?«

»Sie hat sich die Augen ausgeheult«, berichtete Ryan. »Ich glaube, er hat versucht, sie zu vergewaltigen. Tamara hat nichts gesagt, aber sie hat geheult und so. Also hat sie sich ein Auto ins Tal kommen lassen, und weil sie ihr ganzes Gepäck nicht allein tragen konnten, habe ich ihnen geholfen.«

»Haben sie gesagt, wo sie hinwollten?«

»Schien mir ein großes Geheimnis zu sein«, erwiderte Ryan. »Aber Andre hat angedeutet, dass sie Flugtickets hätten.«

Igor sah auf die Uhr.

»Wann war das? Wann geht ihr Flug?«

»Ich denke, sie sind schon weg«, meinte Ryan.

»Aber man muss doch erst einchecken und durch die Sicherheitskontrolle und dann warten«, wandte Igor besorgt ein. »Wann sind sie denn ins Auto gestiegen?«

»Ungefähr Viertel nach fünf heute Morgen«, antwortete Ryan.

Igor zupfte nervös an seinem Pony. Ryan kannte den Grund für seine Nervosität: Leonid Aramov würde ausrasten, wenn er herausfand, dass seine geliebte Frau den Kreml verlassen hatte, ohne dass sein Insider etwas davon wusste.

»Warum erzählst du mir das erst jetzt?«, rief Igor.

»Als ich zurückkam bin, war es Zeit für die Schule.«

»Schule!«, stieß Igor verächtlich hervor.

Ryan hatte fürchterlich schlechte Laune, doch die pulsierenden Adern an Igors Nacken besserten sie ein wenig.

»Kriege ich jetzt meine fünftausend Som?«, fragte er.

»Fünftausend, wenn du es mir gleich gesagt hättest«, antwortete Igor, dem fast der Schaum vor dem Mund stand. »Du hast sechzehn Stunden damit gewartet, und ich habe keine Ahnung, wo sie sind!«

»Ich wusste ja nicht, dass Ihnen das so wichtig ist«, gab Ryan zurück.

»Hier sind tausend«, sagte Igor, zog ein Bündel Geldscheine aus der Tasche und nahm zwei Fünfhunderter heraus.

Verächtlich starrte Ryan das Geld an.

»Von Zeit haben Sie nichts gesagt. Ich habe das Vertrauen meines Freundes Andre für weniger verraten, als Sie in der Woche für Lebensmittel ausgeben!«

»Ich habe gesagt, die Information muss nützlich sein«, verwies ihn Igor. »Und Informationen sind weniger nützlich, wenn sie zu spät kommen, du Trottel. Sei froh, dass du überhaupt etwas kriegst!«

»Andre ist auf Facebook«, erzählte Ryan. »Er ist nicht der cleverste Junge der Welt, vielleicht finde ich ja heraus, wohin sie geflogen sind.«

»Dafür würdest du fünftausend bekommen.«

»Ich mache lieber keine Geschäfte mit Leuten, die ihre Versprechen nicht halten«, höhnte Ryan.

Kopfschüttelnd zog Igor die fehlenden viertausend aus dem Bündel und drückte sie Ryan in die Hand.

»Treib es nicht zu weit«, warnte er und drohte ihm mit dem Finger. »Du bist nur ein Junge. Daddy ist tot. Du bist völlig mittellos und du hast hier auch keine Freunde.«

26

Andre würde die nächsten zehn Tage zwar auf dem Campus trainieren, doch James hatte Anweisung, ihn von den anderen Kindern fernzuhalten. Daher schlief der Junge auf dem Schlafsofa in James' Apartment.

Als James am Dienstagmorgen aufwachte und ein Auge öffnete, sah er Andre bei seinem Festnetztelefon stehen, wo er versuchte, die Hinweise für Telefonate nach draußen zu verstehen. Sein überdimensionales oranges T-Shirt hing ihm bis auf die Knie.

»Warst du noch nie von deiner Mutter getrennt?«, erkundigte sich James, woraufhin Andre zusammenzuckte. »Gibt es denn in Kirgistan nicht auch so etwas wie Klassenfahrten?«

Andre zuckte mit den Achseln.

»Die meisten Kinder in meiner Schule in Bischkek hatten nicht mal Geld fürs Mittagessen. Einmal hat mein Dad mich ins Disneyland in Tokio mitgenommen, aber da ist er ständig ausgerastet und hat alles ruiniert.«

James sah auf die Uhr und stellte fest, dass es fast sieben Uhr war.

»Wir sollten uns fertig machen. Ich habe den Schießplatz für 7:45 Uhr gebucht. Wenn du die Küche erreichen willst, wählst du die Acht. Sag ihnen, wir haben Isolationsstatus, dann schicken sie uns herauf, was wir wollen.«

»Und was ist mit meiner Mum?«

»Du kannst sie heute Abend anrufen«, sagte James. »Einmal am Tag reicht und dann kannst du ihr von deinem Tag erzählen.«

»Okay«, willigte Andre ein, nahm den Hörer ab, hielt jedoch inne, bevor er wählte. »Ich weiß aber nicht, was es hier gibt.«

»Warmes Frühstück, Müsli, Saft, Tee, Kaffee. Ich habe Lust, mich zu verwöhnen, also bestell mir ein paar Pfannkuchen mit Schokoladenstückchen und einen Teller Mangoschnitze. Schwarzen Kaffee und frisch gepressten Orangensaft.«

»Schokoladenpfannkuchen«, lächelte Andre. »So etwas hatte ich noch nie zum Frühstück.«

»Dann versuch es doch mal«, ermunterte ihn James, stieg aus dem Bett und kratzte sich unter der Achsel. »Und ich muss dir ein paar kleinere T-Shirts besorgen. Das Ding sieht aus wie ein Kleid.«

James duschte schnell und rasierte sich und fand bei seiner Rückkehr aus dem Bad zu seiner Überraschung einen Sechzehnjährigen in einem dunkelblauen T-Shirt vor, der zwei Stapel Schokoladenpfannkuchen hereinbrachte.

»Jake Parker beim Strafdienst in der Küche«, grinste er. »Sieht dir gar nicht ähnlich, Ärger zu haben.«

Jake grinste zurück.

»Und du warst damals ein kleiner Engel, nicht wahr, James?«

»Bekommt er etwas für den Zimmerservice?«, erkundigte sich Andre.

»Oh ja, ich habe etwas für ihn: einen Tipp. Leg dir eine andere Frisur zu, Jake, das sieht ja bescheiden aus«, lachte James.

Jake zog sich lächelnd zurück.

»Wenn ich euch das nächste Mal Frühstück bringe, spucke ich drauf.«

Andre lachte ebenfalls und holte sich einen Stuhl, um sich James gegenüber an den ausziehbaren Tisch zu setzen.

»Ich werde es ruhig angehen lassen«, verkündete James und nahm ein dreieckiges Stück Pfannkuchen von der Gabel, während Andre eine Flasche Erdbeermilch aufmachte. »Wir fangen auf dem Schießplatz an. Dann gehen wir ins Dojo, wo du ein paar grundlegende Karateübungen lernst, und dann setzen wir dich in ein Auto zu einer kleinen Fahrstunde. Danach solltest du gut aufgewärmt sein. Nach dem Mittagessen gehen wir aufs Übungsgelände für ein etwas raueres Training.«

Andre sah ihn misstrauisch an.

»Wie, rauer?«

»Sagen wir mal, du solltest gut aufpassen heute Morgen«, lächelte James, »denn alles, was du jetzt lernst, wirst du am Nachmittag brauchen.«

*

Gegen Mittag hatte Andre eine Pistole, ein Gewehr und eine Maschinenpistole abgefeuert, hatte ein paar langsame Runden im Auto auf den Straßen des Campus gedreht und war im Dojo ins Schwitzen gekommen. Es war keine Zeit, um komplizierte Techniken zu lernen, daher hatte die Kampfsporttrainerin Takada zehn neunzigminütige Lektionen ausgearbeitet, in denen Andre grundlegende Fähigkeiten mit dem Messer und einfache Nahkampftechniken lernen sollte, mit denen er seinen Gegner an den verletzlichsten Stellen des Körpers treffen konnte.

James sorgte dafür, dass nichts davon zu schwierig war, und sparte nicht an Komplimenten. Beim Mittagessen war Andre zwar verschwitzt, aber fröhlich und plapperte aufgeregt, während er im Speisesaal des Personals eine Portion Gemüsepasta verdrückte.

»Diese Maschinenpistole«, stieß er hervor. »Oh mein Gott! Als ich den Abzug gedrückt habe... das war die totale Kraft! Und die Zielfiguren, die überall explodiert sind! Wie hieß diese kleine Waffe noch mal?«

»Das war eine Uzi.«

»Können wir noch mal auf den Schießstand gehen?«

»In ein paar Tagen«, antwortete James. »Aber das ist nicht der Hauptbestandteil deiner Ausbildung. Du sollst undercover arbeiten, um deinen Dad zu finden. Dabei gibt es hoffentlich nicht allzu viele knallende Maschinenpistolen, es sei denn, irgendetwas läuft gründlich schief.«

Andre lachte.

»Und Autofahren?«

»Ja, fahren üben wir morgen wieder«, bestätigte James. »In Notsituationen ist es gut, wenn man ein Auto steuern kann. Aber es gibt auch eine Menge theoretischen Lehrstoff: verschlüsselte Nachrichtenübermittlung und so weiter.«

Andre plapperte weiter, während sie über den Campus gingen, doch beim Anblick des Grundausbildungsgeländes und des angrenzenden Höhenhindernisparcours stockte ihm der Atem.

»Soll ich auch da rauf?«, fragte er angesichts der hölzernen, mit Balken und Planken verbundenen Türme, über die die CHERUB-Agenten in vollem Tempo rennen mussten.

»Das erlauben sie mir nicht«, erklärte James. »Du hast nur zehn Tage, und die Chance, dass du dich beim ersten Versuch da oben verletzt, steht eins zu sechs.«

»Ist dabei schon mal jemand gestorben?«

»Dieses Jahr noch nicht«, erwiderte James und verschwieg die Tatsache, dass auch in keinem früheren Jahr dabei jemand umgekommen war.

Mittlerweile waren sie an den mit Stacheldraht bekrönten Toren des Geländes angekommen, auf dem die Kinder während der Grundausbildung wohnten. Die derzeitige Grundausbildungsgruppe war gerade in Übersee, und so befand sich Andre plötzlich in dem Schlafsaal mit den nackten Betonwänden, in dem sie normalerweise untergebracht war. Die Betten waren ordentlich gemacht und die Gegenstände in den zwölf Fächern peinlich genau ausgerichtet. Am Ende des Raumes befand sich eine offene Dusche und eine Reihe blitzender Toiletten ohne Trennwände.

»Würde ich hier trainieren, wenn ich mehr Zeit hätte?«, fragte Andre. »Da muss man vor allen anderen kacken?«

James ließ Andres Frage in der Luft hängen, denn er erinnerte sich an seine eigene Grundausbildung, wo er so erschöpft gewesen war, dass Privatsphäre ein Fremdwort geworden war. Aufs Klo zu gehen bedeutete einfach nur die seltene Gelegenheit, ein paar Minuten lang still sitzen zu können.

Andre wandte sich um, als hinter ihnen Schritte erklangen, und sah eine taffe Asiatin auf sich zukommen, die einen ganzen Kopf größer war als er selbst. James hatte sie gebeten, sich möglichst Furcht einflößend zu kleiden, und das war ihr gut gelungen. Sie trug Schwarz, von den Militärstiefeln bis zum Baseballcap auf ihrem Kopf. Diesen Look vervollständigte sie mit ledernen Nietenarmbändern und einem hölzernen Schlagstock von einem halben Meter Länge am Gürtel.

»Das ist Fu Ning«, stellte James sie vor. »Die Sache ist die, Andre, ich kann dir eine Million Dinge beibringen, aber das, was wirklich zählt, ist, ob du deine fünf Sinne beisammenhalten kannst, wenn es wirklich darauf ankommt. Also wenn es nicht damit getan ist, wieder aufzustehen und es noch einmal zu versuchen, wenn du versagst. Ich muss wissen, ob du cool bleiben kannst.«

Der zuversichtliche, geschwätzige Andre aus der Kantine war mit einem Mal verschwunden. Der Junge nickte und sah zu Boden.

»Fu Ning war eine Boxmeisterin. Sie hat außerdem einen schwarzen Gürtel in Judo und Karate. Sie ist sehr schnell, sehr stark und sie hat ein Mordsding von einem Hühnchen mit dir zu rupfen.«

»Aber ich habe sie noch nie gesehen«, verwahrte sich Andre. »Was soll das!«

James sah Ning an.

»Erzähl Andre doch mal von deiner Stiefmutter.«

»Entführt«, fuhr Ning ihn an. »Zwei Tage lang gefoltert. Sie haben mich auch geschlagen, mir eine Zehe gebrochen und mir Zitronensaft in die Augen gespritzt. Und als meine Stiefmutter ihnen die Informationen gegeben hatte, die sie wollten, haben sie sie erwürgt.«

»Und wie hieß der Kerl, der dafür verantwortlich war?«, fragte James.

»Leonid Aramov«, antwortete Ning.

James tippte sich an den Unterkiefer.

»Ist das nicht ein lustiger Zufall?«, fragte er und sah Andre an. »Warum sagst du Ning nicht, wie du heißt?«

Andre zog sich zu einem der Betten zurück.

»Nein«, erklärte er bestimmt.

»Du bist ein Spielverderber«, neckte ihn James. »Fu Ning, darf ich dir Andre Aramov vorstellen? Er ist Leonid Aramovs Lieblingssohn.«

»Lügner!«, schrie Andre und trat noch einen Schritt zurück. »Ich hasse meinen Dad! Ich habe meiner Großmutter geholfen, ihn loszuwerden!«

Ning wusste das, doch James hatte sie gebeten, so zu tun, als sei das alles ganz neu für sie.

»Oh, du bist ein toter kleiner Scheißer!«, rief sie und riss den Schlagstock von ihrem Gürtel. »Ich warte schon lange darauf, einem aus der Aramov-Familie mal in den Hintern zu treten!«

Doch Andre war nicht überzeugt und versteckte sich hinter James.

»Sie haben gesagt, Sie wollen nicht, dass ich mich beim Höhenhindernis verletze. Dann kann sie mich ja wohl auch nicht verprügeln, oder?«

James lächelte.

»Beim Höhenhindernis kann man nicht kalkulieren, wie du dich verletzt, wenn du hinunterfällst. Aber Ning ist sehr gut ausgebildet, nicht wahr, meine Liebe?«

Lächelnd nickte Ning.

»Keine Angst, Boss. Ich kann jemandem jede Menge Schmerzen zufügen, ohne bleibende Schäden anzurichten.«

»Genau«, stimmte James zu und sah auf die Uhr. »Die Tore zum Trainingsgelände sind verschlossen. Es ist sechs Minuten nach zwei. Ich gebe dir einen Vorsprung von zwei Minuten, danach schicke ich Ning hinter dir her. Du musst eine Stunde lang überstehen. Wenn Ning dich fängt, darf sie drei Minuten lang mit dir machen, was sie will, danach muss sie dich wieder freilassen und dir einen weiteren zweiminütigen Vorsprung geben.«

»Damit bin ich nicht einverstanden!«, erklärte Andre. »Ich will das nicht. Ich dachte, wir wären Freunde, James!«

»Ich bin auch dein Freund, Andre«, nickte James. »Ich bin sogar so sehr dein Freund, dass ich dich nicht undercover schicken will, bevor du nicht ein wenig Mumm bekommen hast.«

»Bitte!«, flehte Andre.

»Zwei Minuten Vorsprung … ab jetzt!«

Andre zögerte ein paar Sekunden lang, doch sobald Ning einen halben Schritt auf ihn zutrat, schoss er aus dem Gebäude, als würde sein Hintern brennen.

»Noch neunzig Sekunden, bis ich Ning laufen lasse!«, rief ihm James nach. Dann wandte er sich an Ning und sagte: »Schickes Outfit. Fast wäre ich selbst erschrocken.«

»Und was passiert jetzt?«, wollte Ning wissen.

»Ich denke mal, dass Andre die nächsten dreißig Minuten lang panisch herumrennt«, vermutete James. »Wir sehen uns auf den Überwachungskameras an, wohin er läuft, und ich schicke dich dann raus, damit du ein wenig Lärm machst und ihn damit erschreckst, dass du ihn *fast* schnappst. Dann kommst du hierher zurück. Zehn Minuten vor Ablauf der Zeit gehst du wieder raus und greifst ihn dir.«

»Und was soll ich tun?«

James zuckte mit den Achseln.

»Such dir eine schöne schlammige Pfütze und schmeiß ihn rein. Du kannst laut herumbrüllen, sollst ihm aber nicht wirklich etwas tun.«

»Einfach«, nickte Ning.

»Während wir warten, kann ich uns auch einen Kaffee machen«, schlug James vor und nahm einen Schlüssel aus der Tasche, mit dem er in das Büro der Trainer ging. »Möchtest du auch einen?«

In dem kleinen Büro hingen mehrere Bildschirme, auf denen die Bilder der vielen Überwachungskameras auf dem Übungsgelände gezeigt wurden.

»Sieh mal, wie der läuft!«, schmunzelte Ning beim Anblick der Schwarz-Weiß-Aufnahmen von Andre, der hektisch eine Böschung hinunterrutschte und sich ängstlich umsah, bevor er weiterraste. »Der rennt wie bekloppt!«

Lächelnd setzte James Wasser auf und machte eine Keksdose in Form eines Schneemanns auf, die »Jingle Bells« spielte, als er den Deckel abnahm.

»Oooh! Jaffa-Kekse!«

27

Zehn Tage später.

Im Kreml war es gespenstisch ruhig geworden. Die Zahl der Starts und Landungen hatte sich von vier in der Stunde auf ein oder zwei am Tag reduziert. Es war fünf Tage vor Weihnachten. Das verbliebene Barpersonal hatte in den Aufenthaltsbereichen im Erdgeschoss rot-grüne Flitterbäumchen verteilt, doch irgendwie ließ das das schäbige Siebziger-Jahre-Flair noch trostloser erscheinen.

Die Flugzeugbesatzungen, die irgendwo anders hinkonnten, hatten den Kreml verlassen, doch Amy wollte den Anschein aufrechterhalten, dass die Geschäfte nur vorübergehend eingestellt waren. In den Hangars waren die Mechaniker eifrig damit beschäftigt, alte Flugzeuge zu lackieren und zu warten. Doch einen neuen Einsatz würden diese Flieger nie erhalten.

Auch der Schulbus war eingemottet worden, da nur noch vier Kinder dageblieben waren und es einfacher war, sie in einem Taxi zur Schule zu bringen. Außerdem waren es immer nur drei Kinder, denn seit Natalka von der Verhaftung ihrer Mutter erfahren hatte, war sie nicht mehr in der Schule gewesen. Soweit Ryan wusste, hatte sie kaum einmal ihr Zimmer verlassen.

Ryan klopfte zaghaft an.

»Kann ich reinkommen?«

Natalka antwortete nicht, doch die Tür war nicht abgeschlossen. Die Stille beunruhigte Ryan, der beim Eintreten halb erwartete, Natalka an einer Schlinge baumeln zu sehen oder sie mit aufgeschnittenen Pulsadern in der Badewanne vorzufinden. Doch die Realität sah weniger dramatisch aus: Natalka lag mit leuchtend orangen Kopfhörern auf dem Bett. Auf dem Küchentisch lagen Fotoalben. Ein paar leere Konservendosen sahen aus, als hätte sie ihren Inhalt kalt gegessen, und in der Luft hing der beißende Geruch von Zigarettenrauch.

»Was zum Teufel ...!«, fuhr Natalka hoch und warf die Kopfhörer weg. »Verpiss dich! Du kannst hier nicht einfach so reinplatzen.«

»Ich habe doch angeklopft«, verteidigte sich Ryan und zeigte auf ein Paar schmutzige Turnschuhe, die er absichtlich eingedreckt hatte, bevor er heraufgekommen war. »Meine Ersatzschuhe sind in diesem Zimmer und die hier sind klatschnass.«

Natalka warf ihm einen Schuh an den Kopf und rief: »Und jetzt raus hier!«

»Ist der andere da drüben?«

»Such ihn doch selbst!«, seufzte Natalka und wies auf den Haufen verknitterter Bettdecken, die sie vom Bettende gekickt hatte.

Dann wandte sie den Kopf zur Wand und vergrub das Gesicht in einem Kissen. Sie trug nur ihr Nachthemd, und Ryan musste unwillkürlich auf ihre Beine starren, während er nach seinem Schuh suchte.

Sie war unglaublich sexy, auch wenn sie ihre Haare seit einer Woche nicht mehr gekämmt hatte. Ryan hatte sich die ganze Zeit schrecklich gefühlt, seit sie ihn hinausgeworfen hatte. Er konnte es nicht ertragen, abends nach der Schule nach Hause zu kommen und allein in seinem Zimmer zu sitzen, an Kazakov zu denken und sich nach Natalka zu sehnen. Er hatte angefangen, lange im Dunkeln ums Flugfeld zu joggen und so lange Gewichte zu stemmen, bis er nur noch Muskelschmerzen verspürte und nach Luft keuchte.

»Hab ihn«, verkündete er, als er den Schuh gefunden hatte. »Soll ich hier mal aufräumen? Ich kann die Dosen raus zum Müllschlucker bringen.«

»Wer bist du?«, fragte Natalka, immer noch zur Wand gedreht.

Ryans Herz schlug schneller, da er das Gefühl hatte, dass sie sich versöhnen würden.

»Ich bin jemand, dem etwas an dir liegt«, sagte er.

Doch Natalka schnaubte nur verächtlich.

»Lass den Unsinn. Ich habe mich daran erinnert, wie ich dich das erste Mal gesehen habe.«

»Unten in der Lobby an meinem ersten Schultag.«

»Nein«, erwiderte Natalka und setzte sich auf. »Ich habe in den letzten Tagen viel nachgedacht. Als du hier mit deinem Vater aufgetaucht bist, hatte ich das dumpfe Gefühl, dich schon einmal gesehen zu haben. Und gerade ist es mir wieder eingefallen: Ryan Brasker.«

Ryan blieb fast der Mund offen stehen. Brasker war sein Deckname im ersten Teil der Mission gewesen, als er sich mit Ethan Aramov angefreundet hatte. Er versuchte, sein Entsetzen zu verbergen, und fragte sich, woher Natalka diesen Namen kennen konnte.

»Du brauchst frische Luft, Natalka«, sagte er. »Nimm eine lange Dusche, geh spazieren. Ich will ja nicht sagen, dass du verrückt wirst, aber …«

»Ich habe Ethan Aramov dabei geholfen, herauszufinden, ob Leonid seine Mutter ermordet hat. Er hat von einem Freund in Kalifornien Tipps bekommen, wie man einen Computer hacken kann. Ich habe nur einen kurzen Blick auf das Bild bei Facebook geworfen und erst gestern ist mir der Zusammenhang klar geworden. Du bist mir bekannt vorgekommen, weil ich dein Foto auf

Ethan Aramovs Facebook-Seite gesehen habe, lange bevor du zum Kreml gekommen bist.«

Ryan schüttelte den Kopf. Obwohl er Panik bekam, blieb er äußerlich ruhig. Zumindest war seine Ryan-Brasker-Identität völlig gelöscht worden, sodass Natalka keine Beweise dafür würde finden können.

»Du bildest dir da etwas ein«, meinte er. »Seit Tagen hängst du jetzt hier in diesem Zimmer herum und brütest vor dich hin.«

»Und was für Lügen hast du mir sonst noch aufgetischt?«, fragte Natalka mit unheimlicher Ruhe.

»Du trauerst«, entgegnete Ryan bestimmt. »Deine Erinnerung trügt dich. Du kannst dich doch meist morgens nicht einmal daran erinnern, wo du am Abend vorher deine Schlüssel hingelegt hast. Aber jetzt wirfst du mir auf einmal vor, ich wäre jemand, den du vor sechs Monaten auf einem Facebook-Foto gesehen hast. Du bist seit zehn Tagen kaum aus diesem Zimmer gekommen und isst nur Dosenfraß. Das ist nicht gut für dich.«

»Du bist beschissen«, stellte Natalka fest. »Ich habe dich wirklich gemocht – ich habe dich sogar geliebt, aber du hast mich nur angelogen.«

Unsicher sah sie ihn einen Moment lang an, dann wurde sie wieder böse.

»Du hast deine Turnschuhe. Jetzt verschwinde!«

Ryan nahm die Schuhe an den Schnürsenkeln, zog sich in den Gang zurück und lehnte sich mit einem lauten Stöhnen an die Wand.

In ihrer Trauer war Natalka der Erkenntnis, dass er ein Spion war, gefährlich nahegekommen. Ryan und Kazakov waren in den Kreml geschickt worden, weil die TFU dringend Informationen brauchte. Niemand hatte damit gerechnet, dass Ryan seine Rolle länger als ein paar Wochen spielen müsste oder dass Ethan jemandem von seinem heimlichen Freund Ryan Brasker erzählen würde.

Es war nur gut, dass Natalkas wirre Geschichte über das Bild ihres Exfreundes auf einer Facebook-Seite, das sie vor Monaten gesehen haben wollte, bei ihrem derzeitigen Gemütszustand nicht sehr glaubwürdig klingen würde. Ryan wusste, dass er Amy von diesem Sicherheitsrisiko erzählen sollte, doch es war sehr wahrscheinlich, dass Natalka dann sofort zu ihrer Tante nach Kiew geschickt werden würde. Und den Gedanken, sie nie wieder zu sehen, konnte Ryan nicht ertragen.

*

Als Ryan in sein Zimmer zurückkehrte, aß er schnell ein paar Stücke Obst und zog dann seinen Baumwoll-Trainingsanzug und die Laufschuhe an, mit denen er immer joggen ging. Auf einem winzigen Kurzwellenradio stellte er einen amerikanischen Sender ein und sprang die Treppe hinunter, je drei Stufen auf einmal nehmend. Er platzte aus einem Seitenausgang des Kremls und lief den Pfad zum Flugplatz entlang.

Dabei hörte er die Fünf-Uhr-Nachrichten, die verkündeten, dass die Flugzeugbesatzungen, zweiunddreißig Männer und eine Frau, vor einem US-Militärgericht auf einem Luftwaffenstützpunkt in Polen angeklagt worden waren, während in Louisiana der Präsident der Vereinigten Staaten an einem Gedenkgottesdienst für die Opfer der Terroranschläge vom Black Friday teilgenommen hatte.

»Ein Sprecher des Weißen Hauses weigerte sich, in einer Pressemitteilung darauf einzugehen, ob in Verbindung mit den Black-Friday-Anschlägen noch mit weiteren militärischen Maßnahmen oder Verhaftungen zu rechnen sei …«

Achtzig Minuten später kam Ryan wieder in sein Zimmer und erschrak fast zu Tode, als er eine Stimme im Dunkeln hörte.

»Verdammt«, stieß er hervor. Er hoffte, dass es Natalka sei, doch stattdessen war es Amy, die seine Nachttischlampe anschaltete.

»Ich freu mich auch, dich zu sehen«, sagte Amy, doch dann bemerkte sie plötzlich Ryans zerrissene Trainingshose und Blut auf seiner Socke und rief erschrocken: »Was ist denn passiert?«

»Das ist gar nichts«, erwiderte Ryan, noch außer Atem von seinem Lauf. »Ich bin einen steilen Pfad entlanggelaufen und ausgerutscht.«

»Das ist nicht gar nichts«, widersprach Amy und wies auf einen zerschlissenen Sessel. »Setz dich und zieh die Socke aus.«

»Mach doch keine große Sache daraus«, wandte Ryan gereizt ein. »Und überhaupt, was sitzt du hier eigentlich im Dunkeln herum?«

»Weil es umso besser ist, je weniger wir zusammen gesehen werden, und wenn ich das Licht anlasse, merkt man vielleicht, dass ich auf dich gewartet habe.«

»Du weißt doch, wie das mit Blut ist«, sagte Ryan und setzte sich. »Sieht dramatisch aus, aber wenn man es wegwischt, kommt eine winzig kleine Wunde zum Vorschein.«

Er zuckte zusammen, als Amy seinen Fuß auf den Bettrand legte und ihm die Socke auszog.

»Ich mache mir langsam Sorgen um dich«, meinte sie.

Als sie das Hosenbein über dem nackten Fuß aufrollte, zeigten sich eine Menge blutiger Kratzer bis hinauf zum Knie.

»Du wirst nicht mehr im Dunkeln im Tal herumlaufen«, befahl Amy. »Lauf im Hellen und bleib in der Nähe des Flugplatzes.«

»Okay, Mum«, erwiderte Ryan ironisch.

»Ich glaube, du bist niedergeschlagen«, bemerkte Amy. »Ich muss mich nicht nur um die Mission, sondern auch um dein Wohlergehen kümmern.«

»Ich war schon glücklicher«, gab Ryan zu. »Natalka hat mit mir Schluss gemacht, und ich habe Kazakov gemocht, auch wenn er ein knurriger alter Kerl war. Aber mach dir keine Sorgen. Ich werde nicht von einem Balkon springen oder sonst etwas tun, was dich in einem schlechten Licht dastehen lässt.«

Amy suchte in der Kochnische nach einem sauberen Tuch, um sein Bein abzuwischen.

»Oh Mann, Ryan, du solltest das Waschbecken wirklich mal sauber machen. Riecht es da etwa nach Pisse?«

»Es ist nachts ein langer Weg bis zum Klo auf dem Gang«, erklärte Ryan. »Unter der Spüle ist Chlorbleiche.«

»Ich bin nicht deine Putzfrau!«, empörte sich Amy, ließ Wasser über ein Handtuch laufen und kniete sich dann vor Ryans ausgestreckten Fuß.

»Auuu!«, jaulte Ryan, als sie begann, das Blut wegzutupfen.

»Wahrscheinlich könnte ich einen Grund finden, warum du ein paar Tage hier wegkannst«, überlegte Amy. »Du könntest Weihnachten mit deinen Freunden auf dem Campus verbringen, um diesen tristen Ort hier aus deinen Gedanken zu vertreiben.«

»Es geht mir gut«, erwiderte Ryan, dem Amys Idee mit Ausnahme der Tatsache gefiel, dass er dann von Natalka getrennt sein würde.

»Ryan, du schwitzt wie verrückt und du hast Blasen an den Füßen. Dich so abzurackern hat nichts mehr damit zu tun, dass du den Fitnesstest bei deiner Rückkehr zum Campus bestehen willst.«

»Ich bin jetzt seit acht Monaten hier«, erklärte Ryan bestimmt. »Du willst das alles hier in ein paar Wochen dichtmachen. Nach allem, was ich durchgemacht habe, habe ich ja wohl das Recht, auch bis zum Ende zu bleiben, wenn ich will!«

Amy betrachtete kopfschüttelnd die Kratzer.

»Das muss nicht genäht werden. Aber draußen ist es eiskalt. Was wäre, wenn du dir beim Sturz den Kopf angeschlagen hättest und bewusstlos geworden wärst? Dann wärst du völlig unterkühlt, bis dich jemand gefunden hätte.«

»Jetzt hör schon auf«, verlangte Ryan. »Okay, ich werde meine Runden auf dem Flugplatz drehen. Ich beende die Mission hier und dann bin ich mindestens sechs Monate auf dem Campus. Ich bleibe bei meinen Freunden, spreche mit einem Betreuer, trainiere ein wenig und versuche, möglichst wenig an Natalka zu denken.«

»Du bist ein guter Junge, Ryan«, fand Amy. »Du weißt doch, dass du mit mir über alles sprechen kannst, oder?«

»Klar«, erwiderte Ryan achselzuckend. »Also, warum hast du hier auf mich gewartet?«

»Tamara und Andre sind mit ihrem Training fast fertig«, erklärte Amy.

»Wie macht sich Andre denn?«

»Gar nicht schlecht, offensichtlich. Wenn du also geduscht und die dreckigen Sachen in einem Eimer eingeweicht hast, musst du losziehen und Igor suchen.«

Damit hatte Ryan gerechnet und nickte.

»Sag ihm, dass du endlich eine Antwort auf deine Facebook-Nachricht an Andre bekommen hast. Du kannst ihm erzählen, dass sie in Dubai sind, dass ihnen dort aber das Geld ausgeht und sie nicht wissen, was sie tun sollen.«

»Igor wird mich auffordern, Andre nach weiteren Details auszufragen«, warnte Ryan.

»Natürlich wird er das«, erwiderte Amy. »Dann muss deine Motivation deutlich sein, also wirst du ihn nach mehr Geld fragen. Verlang zwanzigtausend dafür, dass du ihm eine Adresse von Andre und Tamara besorgst.«

»Das wird ihn aber ganz schön nerven.«

»Wahrscheinlich«, bestätigte Amy. »Aber wenn du es ihm zu leicht machst, schöpft Igor vielleicht Verdacht.«

»Okay«, sagte Ryan, stand auf und hopste zu einem zusammengeknüllten Handtuch auf dem Boden. »Es ist schon fast sieben. Normalerweise ist er um die Zeit in der Bar, also ziehe ich mich lieber um, bevor er zu viel getrunken hat.«

28

»Ich sitze jetzt mit James im Auto«, erzählte Andre seiner Mutter Tamara am Handy. »Da ist nur noch eine Sache, die ich machen soll. Und wie ist es mit deinem Training gelaufen?«

Er saß auf dem Beifahrersitz eines Mercedes-Coupés aus dem CHERUB-Fuhrpark, das James um eine enge Kurve steuerte und an Restaurants und Pubs vorbeifuhr, die gerammelt voll waren, da viele Büros ihre Weihnachtsfeiern abhielten. Nachdem sie die letzten zehn Tage buchstäblich Tag und Nacht miteinander verbracht hatten, waren sie einander sehr nahegekommen. Allerdings waren sie einander auch ein wenig leid.

»Ich fasse es nicht, dass deine Trainer dir den Sonntag freigegeben haben«, sagte Andre zu seiner Mutter, nahm dann das Telefon vom Mund und wandte sich schmollend an James. »Mum sagt, sie hätte einen Tag freibekommen.«

»Hätte ich auch gerne«, gab James zurück, während Andre weiter ins Telefon lauschte.

Dann sah er wieder James an.

»Mum sagt, ich soll mich bei Ihnen bedanken, dass Sie auf mich aufgepasst haben.«

»Sag ihr, ich freue mich, sie morgen am Flughafen zu treffen.«

»Das hat sie gehört«, meinte Andre, während James an einer Fußgängerampel hielt.

»Wir sind gleich da«, verkündete James. »Leg lieber auf.«

Sie waren mittlerweile am billigen Ende der Straße mit Bars und Restaurants angekommen, wo sie jetzt an Taxizentralen, Take-Away-Restaurants und einem Wettbüro vorbeifuhren. James bog nach rechts in eine Gasse mit Garagen ein, hinter denen sich die mit Graffiti überzogenen Wände eines Wohnblocks erhoben.

»Bis morgen, Mum«, sagte Andre fröhlich und legte auf. Dann sah er aus dem Fenster und bemerkte: »Was für eine Müllkippe. Das ist ja fast wie daheim in Kirgistan.«

»Das ist die letzte Chance, zu zeigen, was du gelernt hast«, erklärte James. »Und zum ersten Mal befindest du dich jetzt auf einer richtigen Mission. Also behalte einen klaren Kopf, dann wird alles gut gehen.«

Damit machte er das Handschuhfach auf und nahm ein Polizeifunkgerät heraus.

»Und jetzt sag mir noch mal genau, was du tun wirst«, verlangte er.

»Das hast *du* mir doch schon gesagt«, erwiderte Andre.

»Ich weiß, aber ich will wissen, ob du es wirklich auswendig weißt.«

Zuversichtlich lächelte Andre.

»Ich gehe die Treppe hinter den Garagen hinauf. Da ist eine Ladenstraße, aber die Läden sind alle geschlossen. Die Dealer hängen in einer Gasse neben dem verbretterten Reisebüro herum. Ich gehe zu dem Kerl und ...«

»Zu welchem?«, unterbrach ihn James.

»Joachim.«

»Und wenn Joachim nicht da ist?«

»Seine Helfer sind Gabriel mit dem Fusselbart und der Kerl mit dem Doppelkinn, Pugs. Wenn einer von den dreien da ist, dann gebe ich ihnen die Nachricht. Wenn keiner da ist, gehe ich weiter.«

»Gut«, fand James und tippte sich zweimal hinters Ohr, um sein Kommunikationsgerät einzuschalten. »Test: eins, zwei, drei.«

»Laut und deutlich«, antwortete Andre. »Eins, zwei, drei.«

»Hier ist Einheit sechs«, sprach James in das Funkgerät. »Ich habe den Jugendlichen bei mir. Sind Sie auf Position? Over.«

Im Lautsprecher knisterte es.

»Schön, Sie an Bord zu haben, Kumpel. Einer unserer Leute hat sich mal kurz umgesehen. Joachim und Pugs sind beide da. Die Polizeieinheiten sind in Position.«

»Gut«, antwortete James. »Dann schicke ich meinen Jungen jetzt rein.«

James ließ das Funkgerät in seinen Schoß fallen und lächelte Andre an.

»Pass gut auf dich auf, denn wenn du an unserem letzten gemeinsamen Tag umgebracht wirst, sehe ich echt alt aus.«

Andre nickte und machte die Tür auf.

»Hier ist Halteverbot«, erklärte James. »Wir treffen uns in zehn Minuten am Spielplatz auf der anderen Seite des Wohnblocks.«

Andre lief zu der Betontreppe und James legte den Rückwärtsgang ein und fuhr den Mercedes aus der Gasse.

Um das Risiko, erwischt zu werden, möglichst gering zu halten, nutzen gut organisierte Drogenhändler ein System, bei dem eine Person das Geld in Empfang nimmt und der Käufer danach zu einem weiteren Dealer geht, der ihm die Drogen überreicht. Dieser zweite Dealer hat immer nur ein oder zwei Päckchen mit Drogen dabei und wird von einem Dritten versorgt, der den größeren Drogenvorrat in der Nähe versteckt hat.

Damit die Polizei eine Bande von Drogendealern verhaften kann, muss sie alle Dealer sowie den Drogenvorrat auf einmal erwischen. Andre sollte ihnen dabei helfen, die Verbindungen herzustellen. Nachdem er die Treppe hinaufgesprungen war, joggte er eine Gasse voller kaputter Bänke entlang und sah die Dealer dann ein paar hundert Meter weiter auf dem gesprungenen Pflaster stehen.

»Drei Leute«, murmelte Andre. »Joachim ist bei ihnen.«

»Gut«, erwiderte James und mahnte: »Bleib selbstsicher.«

Joachim war ein kräftiger neunzehnjähriger Typ mit Vorfahren aus mindestens zwei Kontinenten. Er war bereits wegen Drogendelikten festgenommen worden, bislang war aber noch nichts davon so ernst gewesen, dass es zu einer Haftstrafe gereicht hätte. Pugs war fett und hatte seinen Spitznamen wegen seiner Vorliebe für Hundekämpfe erhalten. Einer seiner Pitbullterrier war am Geländer vor dem ehemaligen Reisebüro angebunden. Zehn Meter weiter stand Vince, ein nervöser Junge in einem Adidas-Trainingsanzug. Er war derjenige, der die Drogen überreichen würde. Er hatte ein einzelnes Päckchen Heroin dabei und noch ein paar weitere in einem Abzugsrohr in der Wand einer früheren Wäscherei direkt hinter ihm versteckt.

»Bist du Joachim?«, rief Andre. Er versuchte, zuversichtlich zu klingen, obwohl ihm ziemlich mulmig zumute war.

Andres starker russischer Akzent ließ ihn in dieser Gegend recht exotisch klingen.

Joachim trat einen Schritt vor.

»Wer bist du?«, fragte er aggressiv. »Du sprichst meinen Namen aus. Wer gibt dir das Recht dazu?«

Andre keuchte, als ob er schon länger gerannt sei.

»Ich bin der Neffe von Sergej«, log er.

Sergej war einer der größeren Dealer in dieser Gegend.

»Ein Haufen Slasher-Boys ihn im Snooker-Club überfallen hat. Die ganze Mannschaft ist unterwegs. Onkel Sergej mir gesagt hat, ich soll hierher und euch warnen.«

Joachim schien nicht überzeugt.

»Sergej hat noch nie einen Neffen erwähnt.«

»Ich bin nur über Weihnachten hier«, erklärte Andre. »Ich bin von Moskau.«

Pugs band seinen Pitbull los, um schnell flüchten zu können, und Joachim griff nach seinem Telefon.

»Sein Handy war in seiner Jacke, als sie den Club gestürmt haben«, sagte Andre, der wusste, dass Joachim Sergej nicht erreichen würde, weil die Polizei sein Handy blockierte. »Ich muss hier weg. Onkel hat gesagt, ich mich hier nicht lange aufhalten.«

»Keine Antwort«, meinte Joachim und sah Pugs an. Dann deutete er auf Andre. »Hast du den Jungen hier schon mal gesehen?«

»Nee«, erwiderte Pugs, »aber er quatscht genau wie Sergej. Und ich geh kein Risiko ein, wenn die Slasher-Boys unterwegs sind. Die Leute in St. Albans haben sie gefoltert. Sie haben sie ihre ausgerissenen Zehennägel fressen lassen.«

Joachim steckte das Telefon weg und sah zu Vince hinüber.

»Die Slashers sind in der Gegend. Wir packen ein.«

»Soll ich es Reggie sagen?«

»Ja«, erwiderte Joachim. »So ein Pech aber auch. Zumachen, wenn das Weihnachtsgeld unters Volk gebracht werden will!«

Pugs zerrte an der Leine seines knurrenden Pitbulls und folgte Vince. Andre ging ein paar Schritte voran und schlug dann eine andere Richtung ein, um sich mit James hinter dem Wohnblock zu treffen.

»Wir lassen den Vorrat hier«, befahl Joachim.

Pugs wandte sich kopfschüttelnd um.

»Das ist das ganze Zeug für Weihnachten. Willst du das etwa aus den Augen lassen, wenn sich die Slasher-Boys hier rumtreiben?«

»Na gut«, meinte Joachim zögernd. »Hol es. Und dann verschwinden wir hier.«

Die Polizisten konnten nicht riskieren, dass man sie kommen sah, und hatten sich deshalb schon vor Sonnenuntergang in den verbarrikadierten Läden und den verlassenen Wohnungen über ihnen versteckt.

Durch eine Tür fünfzig Meter weiter schrie Vince etwas in einen Laden hinein. Dreißig Sekunden später kam er mit einem Rucksack über der Schulter wieder heraus. Hinter ihm kam noch ein Kerl mit einer noch größeren Last. Sobald die beiden sich Joachim und Pugs angeschlossen hatten, schlugen die Polizisten zu.

Andre war schon zwanzig Meter weiter, konnte aber nicht widerstehen, einen Blick über die Schulter zurückzuwerfen, als die Polizisten von den Dächern sprangen und graffitibeschmierte Rollläden hochgingen.

»Auf den Boden!«, schrie jemand. »Runter! Runter!«

Die Polizisten hatten alles abgeriegelt, und nur Pugs wagte einen Fluchtversuch, der jedoch schon nach zehn Metern gestoppt wurde, weil ihm ein Schlagstock zwischen die Beine geriet. Doch als Pugs flach am Boden lag, ließ er den Pitbull los.

Das Tier nahm einen kräftigen Happen vom Hintern der Polizistin, bevor ihn ein Kollege mit dem Schlagstock vertrieb. Der Typ versuchte, die Leine zu fassen, aber der Hund war zu kräftig. Er schnappte zu, bis ihn ein neuer Hieb mit einem Schlagstock aufjaulend durch die Gasse flüchten ließ.

»Ripper, sitz, Junge!«, schrie Pugs, dem die Polizisten gerade Handschellen anlegten.

Andre war weitergegangen, als er den Hund hinter sich hörte, dessen Metallkette auf dem Pflaster klirrte. Es bestand zwar die Möglichkeit, dass der Hund einfach an ihm vorbeilaufen wollte, doch das Risiko mochte Andre nicht eingehen und begann zu rennen.

In blinder Panik verfiel er in seine russische Muttersprache und schrie in sein Kommunikationsgerät: »Ein Pitbull ist hinter mir her!«

»Bleib stehen, aber sieh ihn nicht an«, befahl ihm James erschrocken. »Egal was du tust, lauf nicht weg, sonst hält er dich für eine Beute.«

»Zu spät«, keuchte Andre und bog in eine Gasse ein, die zwischen zwei Holzzäunen verlief. Ripper kam ihm immer näher.

»Ich rufe die Cops über Funk«, erklärte James. »Die sind näher bei dir als ich.«

Doch Ripper war zu schnell. Da die Zäune hoch waren, ergriff Andre seine Chance und sprang auf zwei übereinandergestapelte Mülltonnen, fasste den Zaunrand und versuchte, sich hinaufzuziehen.

Es war schwierig, und er hörte, wie Ripper mit dem Kopf voran in die Tonnen prallte, wie sie umstürzten und ihren Inhalt über die Gasse ergosssen. Die schiere Angst verlieh Andre den notwendigen Adrenalinschub, sodass er die Beine hinaufziehen und sich auf die andere Seite des Zauns schwingen konnte. Ripper sprang ein paar Mal gegen den Zaun und nahm dann den Kampf mit einer Plastikketchupflasche auf, während Andre sich auf einem Hinterhof voller kaputter Spielzeuge umsah, auf dem eine alte Waschmaschine herumstand.

Die Verandatüren des Hauses waren zu, aber nicht abgeschlossen, daher trat er in einen Saal, in dem Geschenke um einen Weihnachtsbaum lagen und eine Frau in Schwesterntracht mit einem Kaffee in der Hand und einer Packung Kekse Wache hielt.

»Du kleiner Dieb!«, schrie sie auf.

Andre wollte an ihr vorbeispringen, wobei der Kaffee zu Boden ging, doch in der Tür fing sie ihn ab.

»Ich rufe die Cops!«

Sie versuchte, Andre zum Sofa zu schleppen.

»Wo bist du, Kumpel?«, hörte er James' Stimme in seinem Ohr. »Alles in Ordnung?«

Andre bekam ein Porzellanhäuschen aus dem Regal über dem Sofa zu fassen und hieb der Krankenschwester damit auf den Kopf. Dann stolperte er den kurzen Gang entlang und riss die Haustür auf. Draußen stand er vor einem Wohnblock. Eine Treppe führte zur Hauptstraße hinunter.

»Wo sind Sie, James?«, keuchte Andre, sah sich um und bemerkte die Krankenschwester an der Haustür, die sich den zerzausten Kopf hielt.

James hupte. Andre folgte dem Geräusch und lief dem silbernen Mercedes entgegen, der fünfzig Meter weiter an einer Bushaltestelle hielt.

»Alles klar?«, erkundigte sich James und schaltete sein Kommunikationsgerät aus, als Andre sich auf den Beifahrersitz fallen ließ. Der Junge knallte die Tür zu und griff sich mit der Hand an die Brust, während James mit quietschenden Reifen losfuhr.

»Mann«, stöhnte Andre. »Dieser Köter war das reine Monster! Hätte der mich geschnappt …«

»Am besten konzentriert man sich nicht zu sehr auf Dinge, die *hätten* passieren *können*«, grinste James. »Die Cops sind zufrieden und dir hängt kein Köter am Hintern. Das ist kein schlechtes Ergebnis für einen Anfänger.«

29

Sobald Andre den Schock, von Ripper gejagt zu werden, überwunden hatte, erzählte er den Rest des Rückwegs zum Campus aufgeregt alles, was er erlebt hatte.

»Dieser Typ, Vince ... der Cop, der ihn geschnappt hat, war einfach riesig! Er ist voll in ihn reingeknallt. Und es war ein großer Rucksack. Was glauben Sie, wie viel waren die Drogen wohl wert?«

»Schwer zu sagen«, erwiderte James. »Aber es sind nur Straßendealer, es werden also wohl nur ein paar tausend Pfund sein.«

»Kriegen sie lange Gefängnisstrafen?«

»Das weiß ich nicht«, antwortete James. »Joachim wahrscheinlich schon, weil er schon vorbestraft ist.«

Sie mussten nur noch fünf Kilometer auf der zweispurigen Straße fahren.

»Jetzt ist das Training also wirklich endgültig vorbei?«, erkundigte sich Andre.

»Endgültig«, versicherte ihm James. »Wenn wir zurückkommen, kannst du deine Tasche packen. Dann essen wir, und du solltest nicht allzu lange aufbleiben, denn wir müssen morgen früh um sechs zum Flughafen.«

»Ich werde Sie vermissen, James«, bekannte Andre leise. »Sie haben mir so viel beigebracht und wahrscheinlich werde ich Sie nach morgen nie wieder sehen.«

»Ich hatte befürchtet, dass du nicht taff genug sein

würdest«, lächelte James, »aber du hast dich richtig gut gehalten.«

Sie näherten sich gerade einem McDonald's, als James einen äußerst auffälligen Dodge Challenger erblickte, der leuchtend orange gestrichen war und auf dessen Fahrertür eine große 94 prangte.

»Kleiner Umweg«, verkündete James, bremste so abrupt, dass der Fahrer hinter ihm wütend hupte, und bog in die Ausfahrt zu dem Restaurant ein.

»Haben Sie Hunger?«, erkundigte sich Andre. »Ich dachte, wir essen auf dem Campus.«

»Ich bin nicht wegen des Essens hier«, erklärte James und deutete auf den Challenger. »Ich kenne nur die Besitzerin dieser orangen Monstrosität.«

»Monstrosität?«, wunderte sich Andre. »Das Teil ist doch toll! Das coolste Auto, das ich je gesehen habe!«

James parkte, stieg aus und schob Andre durch die Automatiktüren in den McDonald's.

»Du musst rufen: Oh Gott, da verbeult jemand das orange Auto!«, befahl er ihm.

Andre sah ihn misstrauisch an.

»Ist das wieder einer von Ihren Streichen?«

»Ja, schon, aber er richtet sich nicht gegen dich«, beruhigte ihn James. »Mach es einfach, bevor wir bemerkt werden.«

»Jemand verbeult das orange Auto!«, schrie Andre los.

Einige Leute sahen sich nach ihnen um, und James tauchte schnell hinter dem Tisch mit den Strohhalmen und Servietten unter, als eine achtzehnjährige Blondine auf die Tür zustürmte.

»*Was* haben sie gemacht?«, knurrte sie Andre an. »Denen reiß ich den Arsch auf!«

Andre war sprachlos. Während das Mädchen auf den Parkplatz rannte, um nachzusehen, ging James an ihren Tisch und begann, sich an ihren Fritten zu bedienen.

»Pommes, Andre?«, fragte er.

Das Mädchen kam zurück, wütend und ein wenig verlegen, weil sie von einigen Leuten angestarrt wurde. Sie trug Jeans und Turnschuhe und statt eines Mantels ein überdimensioniertes Karohemd.

»Ist das deine Freundin?«, fragte Andre.

»Meine Schwester«, erklärte James und winkte, als sie auf ihn zustürmte. »Hi, Lauren, wie geht's?«

»Du alter Mistkerl!«, rief Lauren und schlug seine Hand von ihren Pommes frites. »Das zahle ich dir heim!«

»Ihr Auto ist irre«, behauptete Andre.

Lauren lächelte.

»Hat mir mein Freund zum achtzehnten Geburtstag geschenkt«, erklärte sie. »6,4-Liter-V8-Motor, 500 PS, macht gut 280 Sachen. Schluckt ein bisschen viel Benzin, macht aber richtig Spaß.«

»Ehrlich gesagt würde ich auch mit Rat ins Bett gehen, wenn er mir dafür so was schenkt«, behauptete James. »Wo ist denn dein Millionärs-Freund?«

»Er ist zu irgendeiner Weihnachtsangelegenheit zu seinen Footballfreunden gefahren. Ich hole ihn morgen Nachmittag am Bahnhof beim Campus ab und werde ihn wegen seines grauenvollen Katers aufziehen.«

»Dann wird es ja wie in alten Zeiten«, meinte James. »Weihnachten auf dem Campus. Aber jetzt muss ich mich erst mal um den kleinen Kerl hier kümmern. Wir sehen uns dann später!«

»Nett, Sie kennenzulernen, Lauren«, sagte Andre höflich. Erst als sie fast am Mercedes waren, meinte er: »Ihre Schwester ist echt heiß, James.«

»Ich glaube, die ist eine Nummer zu groß für dich«, lachte James.

*

Es war schon nach elf, als Ryan Igor endlich fand. Der Russe war zum Essen in der Stadt gewesen und kam mit drei Frauen aus der Verwaltung und zwei der letzten Piloten in die Bar.

»Auf Wiedersehen!«, rief einer der Piloten, der sich kaum noch aufrecht halten konnte und gegen einen der Tische taumelte. »Wir sind alle am Arsch. Am Arsch!«

»Ein Hoch auf den Schrotthaufen!«, rief der andere.

Amy versuchte zwar, den Anschein aufrechtzuerhalten, dass sie die Geschäfte nur vorübergehend eingestellt hatten, doch davon waren viele nicht überzeugt, und die Fluggesellschaften rissen sich nicht gerade um Piloten mittleren Alters, deren Flugerfahrung der letzten Zeit sich auf vierzig Jahre alte Frachtmaschinen beschränkte.

Wie immer bezahlte Igor die Drinks. Ryan fing ihn an der Bar ab.

»Ich habe eine Nachricht von Andre«, sagte er. »Wir müssen uns unterhalten.«

Igor lächelte.

»Gib mir eine Sekunde. Ich muss nur diese Jammergestalten loswerden und bin gleich bei dir.«

Er kaufte Ryan eine Cola, brachte seinen Freunden ein Tablett mit Getränken an den Tisch und kam dann wieder an die Bar.

»Dubai«, sagte Ryan. »Das ist alles, was Andre gesagt hat, aber ich werde weiterbohren. Tamara hat fast kein Geld mehr, und ich hatte den Eindruck, dass sie verzweifelt sind. Was mich daran erinnert…«

Lächelnd zog Igor fünftausend Som aus seiner Hosentasche.

»Wenn ich herausfinde, wo sie sind, will ich zwanzigtausend dafür«, erklärte Ryan, als er das Geld einsteckte.

Igor verzog das Gesicht, doch dann lächelte er.

»Wenn du das herausfindest, dann ist das zwanzigtausend wert.«

Igor ging wieder zu seinen Freunden und Ryan trank seine Cola. Das Bein tat ihm noch weh, und eigentlich wollte er nach oben ins Bett gehen, änderte seine Meinung jedoch, als er in seinem Glas Natalkas Spiegelbild sah.

Sie war seinem Vorschlag gefolgt, aufzustehen, hatte sich gekämmt und geduscht und sich weiße Pumps und einen Rock angezogen, der so kurz war, dass er auch als Gürtel hätte durchgehen können. Sie sah unglaublich aus, bewegte sich aber, als habe sie zu viel getrunken und könne sich nur aufrecht halten, weil Vlads mit Steroiden aufgeblasener Arm sie stützte.

Vlad führte sie absichtlich zu den Barhockern neben Ryan.

»Wodka«, befahl er. »Einen doppelten Rum-Cola für die Dame und eine Limonade für den kleinen Jungen.«

Ryan schüttelte verächtlich den Kopf. Der Barkeeper verstand ihn und ließ das mit der Limonade.

»Hallo, Ryan«, begrüßte ihn Natalka über der Bar hängend mit einem schwachen Winken. »Ich amüsiere mich mit Vlad. Er hat echt große Muskeln und er ist kein Lügner.«

Sie kicherte, als Vlad ihren Drink vor sie hinstellte.

»Einen Toast auf das schönste Mädchen der Welt!«

Ryan hatte das Gefühl, ein Messer ins Herz zu bekommen, als Natalka ihren doppelten Rum kippte und dann Vlad küsste. Als sie aufhörte, sah sie Ryan an und lächelte böse.

»Ich war schon ewig nicht mehr mit einem richtigen Mann zusammen«, verkündete sie.

»Ich schätze, für dich ist es Zeit, schlafen zu gehen, Ryan«, meinte Vlad und wandte sich an den Barkeeper. »Noch einen Doppelten für meine Kleine.«

Der Barkeeper war sich nicht so sicher, ob das in Natalkas Interesse war, doch Vlads steroidbasierte Ernährung machte ihn nicht nur stark, sondern auch aggressiv, also war er niemand, zu dem man gerne Nein sagte.

Ryan wollte sich nicht gerne geschlagen geben und gehen. Als Vlad Natalkas Rock hochzog, wallten Wut und Eifersucht in ihm auf. Jeder, der wollte, konnte ihr auf den Hintern sehen, als Vlad sie mit Leichtigkeit von ihrem Stuhl auf seinen Schoß zog.

»Trink aus«, verlangte er. »In meinem Zimmer habe ich zweihundert Dunhills für dich.«

Ryan fuhr zurück, denn er war sicher, dass Natalka mehr als nur zweihundert Zigaretten bekommen würde, wenn sie in seinem Zimmer landete.

»Wo willst du hin?«, fragte Vlad, als Natalka von seinem Schoß glitt. »Du bist mein Mädchen!«

»Pinkeln«, antwortete Natalka und steuerte langsam über den mit Brandlöchern übersäten Teppich.

Sobald sie außer Hörweite war, wandte Vlad sich an Ryan.

»Der werde ich es heute Nacht besorgen. Wie fühlst du dich dabei?«

»Sie ist vierzehn«, gab Ryan verächtlich zurück. »Du musst ja echt stolz auf dich sein.«

»Titten und einen Arsch wie diesen hat Gott nur aus einem Grund auf die Welt gebracht«, verkündete Vlad augenzwinkernd. »Sie kann viele kleine Vlad-Babys bekommen!«

»Bei den vielen Steroiden, die du schluckst, sollte es mich wundern, wenn deine Eier nicht komplett eingeschrumpelt wären«, meinte Ryan.

Die Eiswürfel in Ryans Glas klimperten, als er seine Cola austrank und angewidert vom Stuhl glitt.

»Schlaf gut, Kleiner«, wünschte Vlad.

Ryan ging kopfschüttelnd durch die Bar zur Treppe.

Einerseits wollte er gerne ins Bett und versuchen, alles zu vergessen, aber er liebte Natalka und fühlte sich verantwortlich, weil er schließlich derjenige gewesen war, der sie aufgefordert hatte, ihr Zimmer zu verlassen.

Er hatte auf dem Campus zwar jede Menge Combat-Training absolviert, doch er hatte auch gesehen, wie Vlad Gewichte von 240 Kilogramm stemmte und Bizepsübungen mit Hanteln machte, die er selbst nicht einmal aus dem Regal heben konnte. Wenn er sich mit Vlad anlegen wollte, musste er ihn schnell überwältigen. Steroide machen äußerst aggressiv und ein Kerl mit so viel Kraft kann einem mit ein paar Hieben den Schädel einschlagen.

Ryan brauchte eine Waffe, doch die Gelegenheit, sich eine zu besorgen, zog rasch vorbei. Natalka kam aus der Toilette direkt in Vlads Arme gestolpert.

»Ich werde mich um dich kümmern, Baby«, versprach er und legte ihr den Arm um die Taille, um sie zu stützen.

Natalka war schon betrunken gewesen, als sie in die Bar gekommen war, und dass ihr Vlad zwei doppelte Rum-Cola eingetrichtert hatte, hatte sie fast komatös gemacht.

Während Vlad mit Natalka auf den Aufzug wartete, der sie zu seinem Zimmer im dritten Stock bringen sollte, rannte Ryan die Treppe hinauf und versuchte, einen Plan zu fassen. Er war schon am letzten Treppenabsatz, als sein Blick auf einen Sandeimer und einen Feuerlöscher fiel.

Der Feuerlöscher war ein großes verchromtes Teil, dessen Ablaufdatum mit 2006 angegeben war. Doch auch wenn die Eignung zur Löschung eines Feuers zweifelhaft war, fand Ryan sein Gewicht doch recht vielversprechend. In dem Moment, als er den Feuerlöscher nahm und durch die Doppeltür den Gang im dritten Stock betrat, kam der Aufzug nach oben.

Als sich die Tür öffnete, sah Ryan Natalka husten, und Vlad stieß sie wütend aus dem Lift.

»Du hast mir auf mein bestes Hemd gekotzt, du dämliche Schlampe«, grollte er.

»War doch keine Absicht«, entschuldigte sich Natalka.

»Dafür werde ich dich wohl bestrafen müssen.«

Er packte die hustende und stöhnende Natalka an den Haaren und zerrte sie zu seinem Zimmer. Der Geruch von Natalkas alkoholgeschwängertem Erbrochenem aus dem Lift ließ Ryans Magen einen Satz machen, doch er konnte das Gefühl unterdrücken.

»Hey, Großer!«, rief er.

In dem Moment, in dem sich Vlad umdrehte, schlug Ryan zu und hieb ihm den Feuerlöscher ins Gesicht. Natalka kreischte auf und rutschte an der Wand hinunter, während Ryan Vlad in den Magen trat, sodass dieser zusammenklappte.

Trotz des Schlages auf den Kopf blieb Vlad bei Bewusstsein, packte Ryans Knöchel und zog ihn zu Boden. Er schlug wild nach ihm, streifte seinen Kopf aber nur und hieb mit der Faust durch die dünne Rigipswand. Während er noch versuchte, sie wieder herauszuziehen, rappelte Ryan sich auf und setzte seinen Gegner mit einem Hieb seines Ellbogens an den Kopf außer Gefecht.

Als Ryan sich wieder erhob, stellte er fest, dass er mit Blut und Kotze von Vlads Hemd verschmiert war. Natalka neigte sich vor und begann zu würgen. Als sie damit fertig war, sah sie Ryan sehr merkwürdig an, und er hatte keine Ahnung, was dieser Blick bedeuten sollte. Dankbarkeit? Hass? Bevor sie etwas sagen konnte, fiel ihr der Kopf schlaff nach vorne.

»Natalka?«, fragte Ryan und zwickte sie leicht in die Wange, um zu sehen, ob sie bei Bewusstsein war.

Er schob seine Hände unter ihre Achseln, zog ihren

schlaffen Körper ächzend vom Boden hoch und warf ihn sich über die Schulter.

»Oh Mann, bist du schwer«, sagte er und versuchte, die Übelkeit zu unterdrücken, die ihr Gestank ihm verursachte. »Bringen wir dich lieber mal ins Bett.«

30

Nach zehn Tagen Arbeit mit Andre war James erschöpft, daher bot ihm seine Schwester Lauren an, ihm zu helfen und sie am frühen Morgen in ihrem Challenger zum Flughafen zu fahren.

Dort trafen sie sich im Terminal 5 mit Tamara und der MI6-Beamtin, die ihr Training geleitet hatte. Andre freute sich zwar, seine Mutter wiederzusehen, doch als es Zeit wurde, sich zu verabschieden, wurde er traurig. Er schlich sich in einen Geschenkeladen, um James eine schöne Schachtel Pralinen zu kaufen, und brach fast in Tränen aus, als er ihn umarmte, bevor er durch die Sicherheitskontrolle zu seinem Flug nach Dubai ging.

»Ein netter Junge«, fand Lauren, als Andre, Tamara und ihre Begleitung vom MI6 verschwunden waren. »Aber ich hatte nie Lust, einem meiner Ausbilder Geschenke zu kaufen. Wahrscheinlich bist du zu nachgiebig.«

»Andre ist ein kluger Junge, aber bei einem richtigen CHERUB-Training würde er nach zwei Stunden schlappmachen«, erwiderte James. »Schoko?«

Er bot ihr ein paar Pralinen an.

»Und? Wann kommt die Liebe deines Lebens angeflogen?«, erkundigte sich Lauren, als sie zu ihrem Auto zurückgingen.

»Kerry bleibt in den Staaten«, erklärte James. »Wir kommen gerade nicht so gut miteinander aus.«

»Mit wem hat sie dich denn dieses Mal im Bett erwischt?«, grinste Lauren.

»Mit niemandem«, verwahrte sich James beleidigt. »Und warum hält mich eigentlich jeder für sexbesessen? Ich bin ein ganz normaler Kerl mit ganz normalen Gelüsten.«

»Du siehst gut aus«, meinte Lauren kopfschüttelnd. »Die Frauen flirten mit dir, und du neigst dazu, Ja zu sagen, wenn du der Meinung bist, damit durchzukommen.«

»Auf dem Campus scheinen fast alle zu glauben, ich hätte Sex im Springbrunnen gehabt.«

»Gut.« Lauren grinste noch breiter. »Das war mein Gerücht.«

»Was?«, keuchte James. »Warum hast du das gemacht?«

»Mir war langweilig«, gab Lauren leichthin zu. »Du kennst das doch, man ist ein wenig beschwipst und denkt sich irgendein Gerücht aus, nur um das Gespräch am Laufen zu halten.«

James musste so lachen, dass ihm fast die Tränen kamen.

»Ich vermisse dich, ehrlich.«

»Meine Uni ist nur eine Stunde vom Campus entfernt«, sagte Lauren. »Wenn du hierbleibst, könnten wir uns viel öfter sehen.«

»Das wäre cool.«

»Hast du mit Kerry nur einen Streit oder ist es schlimmer?«

James zuckte mit den Achseln.

»Ich weiß nicht recht. Wir sind schon so lange zusammen, dass einfach irgendwie die Luft raus ist. Ich weiß nicht, ob das ein Problem ist oder ob das nach ein paar Jahren in jeder Beziehung so ist.«

»Aber sie wird doch Weihnachten bestimmt nicht allein sein, oder?«

»Sie hat nichts gesagt, aber da ist dieser Mark, mit dem sie öfters Kaffee trinken geht und so«, erwiderte James. »Ich denke mal, dass sie Weihnachten mit ihm verbringen wird.«

»Heftig«, fand Lauren.

»Als ich erfahren habe, dass sie Weihnachten nicht herkommt, habe ich erst mal mein Frühstück an die Wand geknallt«, gestand James. »Aber je länger ich darüber nachdenke, desto nüchterner sehe ich das Ganze. Kerry und ich sind uns fremd geworden. Zara hat mir einen Job auf dem Campus angeboten, und ich glaube, ich werde ihn annehmen.«

Mittlerweile waren sie eine Rolltreppe hinuntergefahren und gingen an der Bahnhaltestelle vorbei zum Kurzzeitparkplatz.

»Und wie ist es bei dir?«, erkundigte sich James. »Wie läuft es mit Rat, der Uni und so weiter?«

»Das erste Semester an der Uni war gut«, berichtete Lauren. »Rat geht's super, obwohl einige der Kerle, mit denen er sich herumtreibt, ätzend sind. Ich vermisse es, ein CHERUB zu sein, aber wer tut das nicht?«

*

Amy hatte Ryan das Login für die schnelle Internetverbindung im fünften Stock des Kremls gegeben. Niedergeschlagen betrachtete er ein Bild auf der Facebook-Seite von Ryan Sharma. Seine besten Freunde Max und Alfie hatten ein Bild von sich selbst mit Scream-Masken und Weihnachtsmannmützen gepostet. Zwischen ihnen stand Alfies mit Lametta geschmückte Yuccapalme.

Max, Alfie und Doris wünschen allen frohe Weihnachten und ein tolles Jahr 2013!

Es war lustig, aber Ryan fühlte sich bei dem Anblick eher einsam. Er hatte befürchtet, dass sich Natalka im Schlaf übergeben müsste und erstickte, daher hatte er ihr das Gesicht sauber gewischt und sie ins Bett gebracht und sich dann in eine Decke gewickelt und in den Stuhl gesetzt, um ihren Schlaf zu bewachen.

Es klopfte nur sanft an die Tür. Ryan war in seinem Zimmer gewesen, um sich Kazakovs Pistole zu holen, für den Fall, dass sich ein wütender Vlad auf dem Kriegspfad befand. Er hielt sie in Reichweite, als er die Tür öffnete.

»Wie geht es Natalka?«, flüsterte Amy.

»Völlig hinüber«, erklärte Ryan und trat erleichtert einen Schritt zurück, um Amy hereinzulassen.

Diese schloss leise die Tür hinter sich.

»Vlad ist aus dem Weg«, sagte sie.

»Was soll das heißen?«

»Vlads Vater hat ihn nach Bischkek ins Krankenhaus gebracht, damit seine Kopfwunde genäht wird. Sie waren sowieso schon dabei, zu packen. Vlad kommt also noch einmal her, um seine Sachen zu holen, aber dann sind sie weg.«

»Danke«, seufzte Ryan.

»Weißt du, ob Vlad irgendwelche engen Freunde hatte, die Ärger machen könnten?«

Ryan schüttelte den Kopf.

»Er ist nicht sonderlich beliebt. Früher war er mit Andres großen Brüdern Boris und Alex befreundet. Aber seit sie zusammen mit ihrem Dad rausgeworfen wurden, ist er meist allein.«

»Wenn es niemandem etwas ausmacht, dass Vlad fort ist, umso einfacher für uns«, meinte Amy und sah zu Natalka, um sich zu vergewissern, dass diese noch schlief. »Was noch wichtiger ist: Wir haben Informationen über Leonid. Du hattest recht mit Plattnase. Er ist Igors Bruder. Er hat Freunde bei der russischen Botschaft in Bischkek und hat ihre sicheren Kanäle benutzt, um Leonid Nachrichten zu schicken.«

»Wie kommen wir denn da ran?«

Amy lächelte.

»Diese Art von Information übersteigt eigentlich meine Gehaltsstufe, aber der Aramov-Clan hat seit Langem gute Freunde bei der russischen Regierung. Ich schätze, dass die CIA den diplomatischen Nachrichtenverkehr der Russen entschlüsseln kann. Und diese Nachrichten wurden nach Mexiko zurückverfolgt.«

Ryan sah sie verwundert an.

»Ich dachte, er sei in Russland oder vielleicht in den Vereinigten Arabischen Emiraten.«

»Wer dachte das nicht?«, gab Amy zurück. »Aber Mexiko ist angesichts der dort herrschenden Verhältnisse eine logische Wahl.«

»Warum?«

»Bei unserer ersten Operation haben wir Leonid zwar fast all sein Geld weggenommen, aber wir konnten ihm nicht sein Wissen nehmen. Er kennt Piloten, korrupte Beamte, Waffenhersteller. In Mexiko tobt ein heftiger Krieg zwischen Drogenbanden um die Schmuggelwege in die USA. Das ist wahrscheinlich der schrecklichste und längste Drogenkrieg, den es je gegeben hat. Jetzt stell dir mal vor, du tauchst dort auf und verfügst über ausgezeichnete Schmuggelkenntnisse und hast Kontakte, die große Mengen an Waffen liefern können.«

Ryan nickte. »Da sind Leonids Kontakte von unschätzbarem Wert. Und es hat kaum eine Bedeutung, dass er kein Geld hat, weil die Drogenkartelle jedem, der ihnen liefert, was sie wollen, Millionen zahlen.«

»Leonid Aramov ist zwar ein Irrer, aber er ist nicht dumm«, bemerkte Amy.

»Wissen wir, wo in Mexiko er sich aufhält?«

»Das TFU-Hauptquartier in Dallas prüft für mich ein paar Hinweise«, sagte Amy. »Aber im Augenblick ist unsere größte Hoffnung, dass Andre und Tamara uns zu ihm führen.«

»Igor schien zufrieden, als ich gestern Abend mit ihm sprach«, erzählte Ryan.

»Darauf würde ich wetten. In einer der abgefangenen Nachrichten hat Leonid damit gedroht, Igor die Kehle aufzuschlitzen, wenn er nicht herausfindet, was mit Tamara passiert ist.«

»Andre und seine Mutter müssten mittlerweile in der Luft sein«, meinte Ryan.

Amy nickte.

»James Adams hat mich vor Kurzem angerufen und gesagt, dass ihr Flug pünktlich gestartet ist. Sie werden heute Abend in Dubai ankommen, wo sie Ted Brasker erwartet. Er hat ihnen eine Unterkunft in einer Pension für Wanderarbeiter besorgt. Sobald wir die Bestätigung haben, dass sie vor Ort sind, kannst du Igor erzählen, dass du auf dem Basar warst und in einem Internetcafé online mit Andre gechattet hast. Und dann gibst du ihm die Adresse der Pension.«

»Was glaubst du, was passieren wird?«, fragte Ryan.

»Die Nachrichten zwischen Igor und Leonid, die wir abgefangen haben, bestätigen, was Tamara gesagt hat: dass Leonid immer noch starke Gefühle für seine Exfrau hegt. Tamara wird behaupten, dass sie weggelaufen ist, weil Josef Aramov sie zu einer Beziehung zu ihm zwingen wollte. Sie wird sagen, dass sie Geld und eine neue Heimat braucht. Wenn wir Glück haben, erscheint Leonid als Ritter in strahlender Rüstung. Sobald Tamara und Andre bei ihm in Mexiko sind, werden sie es uns wissen lassen.«

»Und was passiert danach mit mir?«

»Deine Aufgabe hier ist dann erledigt«, sagte Amy. »Sollte jemand merken, dass du weg bist, sagen wir, dass du wieder in die Ukraine zurückgekehrt bist, zu Verwandten. Um diese Jahreszeit sind zwar fast alle Flüge ausgebucht, aber vielleicht schaffe ich es doch, dass du Weihnachten mit all deinen Freunden auf dem Campus feiern kannst.«

Sehnsüchtig blickte Ryan auf Natalka.

»Du hast gesagt, ich könnte bis zum Ende hierbleiben, wenn ich wollte.«

»Du hängst sehr an ihr, nicht wahr?«

»Ich weiß ja, dass ich zurückmuss«, sagte Ryan traurig. »Natalka mag mich nicht mal mehr, aber wenn ich daran denke, dass ich sie nie wieder sehen soll, habe ich Lust, mir das Hirn wegzupusten.«

Halb lächelnd griff Amy nach Kazakovs Waffe.

»Jetzt, wo du weißt, dass Vlad fort ist, brauchst du die hier doch nicht mehr, oder?«

»Liebe ist Scheiße«, fand Ryan und wischte sich eine Träne aus dem Augenwinkel. Dann starrte er an die Decke, die von einem Wasserschaden im Zimmer darüber verfleckt war.

Amy lächelte.

»Ich wünschte, ich könnte etwas sagen, wodurch du dich besser fühlst, aber ich will es nicht beschönigen. Wenn du zum Campus zurückkommst, wirst du dich beschissen fühlen, und kein Mensch auf der Welt kann etwas daran ändern.«

31

Natalka erwachte mit einem grauenvollen Kater. Sie duschte, zog ein gefälschtes Armani-Polohemd und abgeschnittene Jeans an und kam am frühen Nachmittag barfuß und an einer langen Zigarette paffend in Ryans Zimmer.

»Also …«, begann sie und stieß eine Rauchwolke aus.

Ryan versuchte, sich seine Freude nicht anmerken zu lassen, doch ein unwillkürliches Grinsen verriet ihn.

»Schon mal was von Anklopfen gehört?«, fragte er.

Natalka zuckte nur mit den Achseln und sagte leise: »Ich habe heute Nacht ein Auge aufgemacht und dich im Sessel meiner Mutter sitzen und meinen Schlaf bewachen gesehen.«

Ryan legte das Buch weg, das er gelesen hatte, und richtete sich auf.

»An seiner eigenen Kotze zu ersticken ist kein schöner Tod.«

»Kann ich mich setzen?«

»Ist ein freies Land«, antwortete Ryan.

Sie hätte sich an den Tisch setzen können, doch stattdessen ließ sie sich auf seinem Bett nieder, sodass ihr Knie fast seinen Fuß berührte.

»Kriege ich nichts in der Richtung *Hab-ich-dir-doch-gesagt* zu hören?«

»Ich habe schon genug Blödsinn angerichtet«, fand Ryan.

»Das war mutig von dir, es mit Vlad aufzunehmen«, stellte Natalka fest und blies den Rauch in seine Richtung, bevor sie ihre Kippe in ein Glas Wasser auf dem Nachttisch warf.

Es war typisch Natalka: Sie wusste, dass Ryan Rauchen hasste, aber sie war sich hundertprozentig sicher, dass er nichts sagen würde. Zu seiner Überraschung griff sie dann nach seinem Fuß und legte ihn auf ihr Knie.

»Die meisten Jungen haben hässliche Füße. Gesprungene Nägel, haarige Zehen. Deine Füße sind richtig schön. Wie bei einem kleinen Jungen.«

Um ihren Worten Nachdruck zu verleihen, hob sie seinen Fuß an ihre Lippen und küsste seine große Zehe.

»Tja, Glück gehabt«, lachte Ryan geschmeichelt und betrachtete seine Füße. »Deine Füße sind auch nicht schlecht, aber sie sind nicht das Beste an dir.«

Natalka schwang ihr Bein übers Bett und setzte sich rittlings über ihn, sodass er ihren Geruch nach Zigarettenrauch und Duschgel einatmete. Er war selig und betrachtete die Wölbungen unter dem aufgeknöpften Polohemd, zwischen denen ein kleiner Diamantanhänger direkt vor seiner Nasenspitze baumelte.

»Was ist denn das Beste an mir?«, wollte Natalka wissen.

Bevor Ryan sich entscheiden konnte, ob er *deine Persönlichkeit* sagen sollte, oder, was ehrlicher gewesen wäre, *deine Titten*, erlöste ihn Natalka von dem Dilemma, indem sie sich herunterbeugte und ihn leidenschaftlich küsste. Es war immer schön, wenn sie sich küssten, aber dieses Mal war es am allerbesten, da er bis zwei Minuten zuvor noch nicht geglaubt hatte, dass es je wieder passieren würde.

*

Die Regierung in Dubai bezeichnet den Stadtstaat gerne als ein luxuriöses Wüstenparadies mit schicken Boutiquen, Strandhotels und Hochhäusern. Doch kaum zehn Prozent der Einwohner des Emirats sind Einheimische. Die einfachen Jobs vom Bauarbeiter bis zum Zimmermädchen im Hotel werden von schlecht bezahlten Arbeitern aus ärmeren Ländern wie Pakistan oder dem Iran erledigt.

Die Story von Andre und Tamara besagte, dass sie mit wenig Geld aus dem Kreml geflüchtet waren, daher fanden sie sich nach dem komfortablen Business-Class-Flug aus London in einer Bleibe inmitten von gedrängt stehenden vierstöckigen Wohnhäusern wieder. Die Wohnungen darin waren für je zwei Personen konzipiert worden, doch da die Mieten teuer waren, wurden die meisten von acht bis zehn Arbeitern bewohnt.

Die beiden Neuankömmlinge hatten zwar ein Zimmer mit nacktem Betonfußboden für sich, doch die vorherigen Mieter hatten ihren Geruch in der stinkenden Hocktoilette und den fleckigen Matratzen hinterlassen, die in einer Ecke des Wohnraums aufgestapelt waren. Fernseher, Telefon und Klimaanlage wurden mit Münzen betrieben und es herrschte ein recht hoher Geräuschpegel. Schreie und Mofamotoren wetteiferten mit klingelnden Handys, Bhangra-Musik und den Highlights der Fußballliga.

Andre stand im zweiten Stockwerk an einem gesprungenen Fenster und sah hinunter auf eine Reihe von dunkelhäutigen Frauen im pinkfarbenen Dress der Hausmädchen, die an einem offenen Feuer im Hof Essen kochten.

»Geh vom Fenster weg«, mahnte Tamara. »Du lenkst nur Aufmerksamkeit auf uns.«

Andre trat zurück und bemerkte, dass seine Mutter den Matratzenstapel durchsah.

»Einige davon sind nicht ganz so schlimm und sie haben uns neue Bettbezüge dagelassen.«

»War dein Lehrer nett?«, fragte Andre.

Tamara zuckte mit den Achseln.

»Ich habe eine Menge gelernt, aber er war kalt wie eine Hundeschnauze. Jeden Tag ist er um halb sechs zu seiner Familie nach Hause gegangen. Ich glaube, ihm war egal, wer ich war oder ob ich in zwei Wochen vielleicht tot bin.«

»James war richtig cool«, berichtete Andre und machte ein paar Karateschritte, die mit einem wackeligen Roundhouse-Kick endeten. »Du hättest das Auto seiner Schwester sehen sollen. Sie hat einen irren Dodge Challenger. Als wir heute Morgen losgefahren sind, war überhaupt kein Verkehr auf den Straßen, und sie hat richtig Gas gegeben.«

Tamara lächelte.

»Du scheinst ja richtig vernarrt zu sein in diesen James. Ich glaube, seit wir London verlassen haben, war jedes dritte Wort aus deinem Mund *James*.«

Andre lachte.

»Ich habe noch nie jemanden getroffen, der so cool war. Wenn ich älter bin, würde ich auch gerne so sein.«

»James, James, James, James, James, James, James«, neckte ihn Tamara, setzte ebenfalls zu einem Karatetritt an und warf ihm eine Kusshand zu. »Man könnte fast meinen, du hättest dich in James verliebt.«

Andre war von der Technik seiner Mutter begeistert. »Du bist gar nicht mal so schlecht.«

»Mein Lehrer hat gesagt, ich sei ein Naturtalent«, erwiderte Tamara. »Als kleines Mädchen habe ich Ballett getanzt. Karate ist dem gar nicht so unähnlich.«

»Ich mochte die Waffen am meisten«, erzählte Andre. »Und das Autofahren. James hat mich in einem Mercedes hundertsechzig fahren lassen!«

»Peng!«, rief Tamara und trat Andre gerade so heftig in den Hintern, dass er auf eine der Matratzen stürzte.

Dann stieg sie von Karate auf Wrestling um und tat so, als wollte sie sich auf ihn stürzen, ließ ihm aber genügend Zeit, um zur Seite zu rollen.

»Ha! Knapp dem Tod durch einen Fettkloß entronnen!«, kicherte Andre, als seine Mutter auf der federnden Matratze landete, sodass er nach oben hüpfte.

»Dir gebe ich gleich Fettkloß!«, warnte ihn Tamara, zog ihn am Ohr und leckte sich über die Lippen, um ihm einen besonders nassen Kuss auf die Wange zu geben.

»James war cool«, stellte Andre fest und wischte sich die Spucke seiner Mutter mit dem T-Shirt-Ärmel von der Wange, bevor er sie ebenfalls küsste. »Aber ich liebe nur dich.«

Schließlich lagen sie nebeneinander auf der schmuddeligen Matratze. Andre beobachtete die Ameisen, die um einen schmutzigen Lichtschalter herumkrabbelten. Irgendjemand hatte sich einen Spaß daraus gemacht, die Plastikabdeckung mit einem Zigarettenstummel anzusengen.

»Ich werde erst frei sein, wenn dein Vater entweder tot oder im Gefängnis ist«, sagte Tamara. »Wenn das hier vorbei ist, werden wir irgendwo in der Nähe meiner Familie leben. Du wirst auf eine bessere Schule gehen. Du bist klug genug, um Arzt zu werden.«

»Mir wird schlecht, wenn ich Blut sehe«, warnte Andre.

Tamara lachte.

»Mir ist egal, was du machst, Hauptsache, du arbeitest fleißig und bist glücklich. Amy hat mir versprochen, dass man sich um uns kümmert. Ein Haus, mein eigenes kleines Auto. Vielleicht ein Job als Friseuse oder als Bedienung. Für mich muss es nicht schick oder reich sein. Nur du und ich und ein normales Leben.«

*

Ryan steckte den Kopf unter der Decke hervor, weil auf seinem Telefon vibrierend eine E-Mail von Amy einging.

Der Nachmittag war unglaublich gewesen: Sie hatten unter Ryans Decke gelegen, geknutscht und herumgemacht, bis Natalka wegen ihres Katers wieder eingeschlafen war.

Andre & Tamara angekommen. Igor vom Markt zurück, las Ryan.

Noch nie hatte Ryan sich so gewünscht, im Bett bleiben zu können. Die Sonne schien noch hell genug, um die Vorhänge zu durchdringen, und er warf einen sehnsüchtigen Blick auf Natalkas Brüste, bevor er sich vorsichtig aus dem Bett rollte, um sie nicht zu wecken, und seine Jeans anzog. Das Leben schien wunderbar. Er verstand sogar, was sie über seine Füße gesagt hatte, und schob sie mit breitem Grinsen in seine Turnschuhe.

Natalka hakte stöhnend einen Finger in die Gürtelschlaufe seiner Jeans.

»Wohin gehst du?«, murmelte sie.

»Bin gleich wieder da«, erklärte Ryan. »Ich schulde Igor Geld für etwas, was er mir auf dem Markt besorgt hat.«

»Der kommt aber doch erst später in die Bar.«

»Er erwartet mich«, gab Ryan zurück und warf Natalka ihre Zigaretten und ein Feuerzeug zu. Dann streifte er ein Karohemd über und nahm seinen Schlüssel und seine Brieftasche vom Küchentisch.

»Schlaf weiter!«

Er küsste sie leicht zum Abschied und knöpfte sich auf dem Weg nach unten in die Bar das Hemd zu. Igor war in Begleitung zweier Frauen, doch bei Ryans Anblick leuchtete er auf wie eine Glühbirne und entschuldigte sich.

»Da ist eine Sache, die Sie sehen wollen«, verkündete Ryan gut gelaunt und wedelte mit einem zusammengefalteten Stück Papier, »und zwanzigtausend, die ich sehen will.«

»Nicht hier«, befahl Igor. »Wenn die Leute sehen, wie ich dir Geld gebe, werden sie sich fragen, wofür.«

Igor ging voran in eine Herrentoilette, die eigentlich nur aus einem stinkenden Pinkeltrog aus Stahl bestand. Die Wasserhähne waren nicht angeschlossen und die normalen Toiletten waren schon vor Ryans Ankunft im Kreml gesperrt worden.

»Wie bist du daran gekommen?«, erkundigte sich Igor und betrachtete die Adresse, die Ryan auf das linierte Papier geschrieben hatte.

Igors Tonfall sowie die Tatsache, dass sie sich in der Toilette versteckten, ließen Ryan vermuten, dass er um seine zwanzigtausend Som gebracht werden sollte.

»Wie bist du an die Adresse gekommen?«, wiederholte Igor.

»Andre ist ganz wild auf Videospiele«, erklärte Ryan. »Er hat ein paar neue Spiele von einer Website in China bestellt, und ich habe ihm angeboten, sie ihm nachzuschicken.«

»Du hast also immer noch Zugang zum fünften Stock?«, fragte Igor und begann ein paar Fünfhunderter-Scheine abzuzählen. »Wie kommst du denn an den Wachen vorbei?«

Ryan zuckte mit den Achseln.

»Sie wissen, dass ich Andres Freund bin. Ich denke, dass ihnen niemand verboten hat, mich durchzulassen.«

»Interessant«, fand Igor. »Wer ist so da oben?«

»Zwei Wachen am Aufzug und zwei an der Treppe.«

»Ich meine, wer wohnt da?«

»Ach so«, entschuldigte sich Ryan. »Soweit ich weiß, niemand mehr, außer in dem Zimmer am Ende, wo Josef mit dieser Blondine haust.«

»Amy«, bestätigte Igor. »Kennst du sie?«

Er reichte Ryan die zwanzigtausend Som, während dieser gleichgültig antwortete: »Wir sind uns ein paarmal begegnet. Sie saß bei Tamara rum, als ich Andre besucht habe.«

»Das ist merkwürdig«, stellte Igor fest. »Diese Amy ist aus dem Nichts aufgetaucht. Vorher hat Josef noch nie Interesse an Frauen gezeigt. Nicht mal, wenn am Ende des Flugplatzes ein ganzes Lager voller koreanischer Mädchen wartete.«

»Hat er sie nicht in Dubai getroffen oder so?«, fragte Ryan. »Ich habe gehört, sie sei eine Stripperin gewesen oder eine Nutte oder so was.«

Igor lachte und schwang ein wenig die Hüften.

»Sie ist schon ein Knaller, ja. Wenn Josef sie bezahlt, dann ist sie sicher jeden Penny wert.«

»Ich würde sie gerne mal poppen«, gestand Ryan.

Mit einem Mal wurde Igor wieder ernst.

»Jetzt, wo dein Vater tot ist und das hier alles den Bach runtergeht, hast du nicht viele Chancen, nicht wahr? Aber ich habe gehört, wie du mit Vlad umgegangen bist.«

»Mein Dad hat mir beigebracht, auf mich selbst aufzupassen«, meinte Ryan. »Es ist keine große Sache, einen Mann auszuschalten, indem man ihm einen Feuerlöscher in die Fresse haut, bevor er auch nur ahnt, dass man da ist.«

»Wie wäre es, wenn du für mich in den fünften Stock gehst?«, schlug Igor vor.

»Wozu?«, fragte Ryan.

»Schallgedämpfte Pistole«, erklärte Igor und deutete mit den Fingern eine Pistole an. »Man hat mir erzählt, dass es einen Geheimgang gibt, der die Wohnungen der Aramovs miteinander verbindet. Du gehst also in Tamaras Wohnung und bleibst dort ein paar Stunden. Du wartest, bis Josef und Amy eng umschlungen einschlafen, und *peng, peng, peng*!«

Ryan wusste, dass Amy und Josef nicht in einem Bett schliefen. Es überraschte ihn allerdings auch nicht, dass Igor sie töten wollte. Leonid Aramov war ein eifersüchtiger Mann, dem die Vorstellung, dass sein Bruder versucht haben sollte, Tamara zu belästigen, nicht gefallen würde. Außerdem wusste Leonid nicht, dass der Clan von der TFU gesteuert wurde. Soweit es ihn betraf, würde Josefs Tod ein Machtvakuum hinterlassen, das es ihm ermöglichen würde, zum Kreml zurückzukehren und die Kontrolle über das Familienunternehmen wieder an sich zu reißen.

»Man würde gut für dich sorgen, Ryan«, gab Igor zu bedenken.

»Ich werde nicht gerade mit Jobangeboten überschüttet«, gab Ryan zu. »Es hieß, dass Josef irgendwelche Aufgaben für mich finden würde, aber bislang habe ich noch nichts gehört.«

»Halte mich weiterhin über alles auf dem Laufenden, was du hörst. Wir bleiben in Verbindung.«

Einerseits war Ryan begeistert von dem, was er erfahren hatte, andererseits ärgerte er sich aber auch. Jetzt würde er Amy von Igors Vorschlag erzählen müssen, wo er sich doch viel lieber wieder ausziehen und zu Natalka unter die Decke schlüpfen würde.

32

Andre wusste, dass es so weit war. Niemand sonst hatte diese Nummer, doch er zitterte, als er nach dem Hörer des Münztelefons griff und die Stimme seines Vaters vernahm.

»Andre?«

Die Verbindung war schwach. Eine leichte Verzögerung deutete an, dass die Stimme aus großer Entfernung zu ihm sprach.

»Dad? Bist du das?«

»Nein, der Weihnachtsmann«, antwortete Leonid. Er klang verärgert, denn als Andre seinen Vater zum letzten Mal gesehen hatte, hatte er gegen ihn Partei ergriffen und zu seiner Großmutter gehalten. »Wie geht es dir?«

»Ganz gut«, meinte Andre. »Wo bist du denn?«

»Das wirst du schon noch sehen. Ich nehme mal an, du bist gewachsen?«

»Es ist ja schon eine Weile her«, erklärte Andre. »Aber ich habe nicht nachgemessen.«

Es entstand eine peinliche Pause, weil Vater und Sohn, die nicht viel voneinander hielten, nach Worten suchten.

»Gib mir deine Mutter«, verlangte Leonid schließlich.

»Augenblick.«

Tamara legte Andre beruhigend die Hand auf die Schulter und nahm ihm den Hörer ab.

»Leonid?«, fragte sie und täuschte Überraschung vor. »Wie hast du uns hier gefunden?«

»Ich habe euch gefunden«, erklärte Leonid. »Das ist alles, was zählt. Ich habe es mit euren Handys probiert, als ich gehört habe, dass ihr aus dem Kreml ausgezogen seid.«

»Ich habe eine neue Nummer«, erklärte Tamara. »Den Vertrag für die alten Telefone hast du bezahlt. Als die Zahlungen eingestellt wurden, wurden die Sim-Karten gesperrt.«

Leonid gab ein Knurren von sich.

»Stimmt es, was ich über Josef gehört habe?«

»Darüber möchte ich lieber nicht sprechen«, antwortete Tamara. Ihre Stimme wurde ein wenig höher, als würde sie sich aufregen. »Das würde dich nur wütend machen.«

»Ich bin mit Recht wütend«, tönte Leonid. »Mein Bruder belästigt meine Frau, während er irgendeine blonde Nutte im Bett hat!«

»Exfrau«, korrigierte ihn Tamara unwillkürlich wütend. »Du hast mich schließlich gegen eine Neunzehnjährige eingetauscht.«

»Damals war ich nicht ganz richtig im Kopf«, antwortete Leonid. »Du warst immer die Einzige für mich, Tamara. Wie oft habe ich dich gebeten, mich wieder zu heiraten?«

Tamara schäumte vor Wut bei dem Gedanken, dass Leonid und seine Handlanger es als einen Bonus bei ihrer Arbeit ansahen, die nordkoreanischen Mädchen zu missbrauchen, die der Clan illegal nach Europa schmuggelte. Doch sie musste ihren Zorn beherrschen, wenn sie den Plan, Leonid ein für alle Mal aus ihrem Leben zu streichen, durchziehen wollte.

»Ich habe dich vermisst«, log sie daher.

»Ich habe gehört, dass ihr nur wenig Geld habt.«

»Josef hat mir eine Kreditkarte zugestanden, aber da habe ich das Limit überschritten. Die ersten Tage sind wir in einem Hotel gewesen, aber jetzt wohnen wir hier in dieser schrecklichen Pension. Andre kann wegen des Lärms nicht schlafen. Er geht nicht zur Schule und auf der Treppe liegen Spritzen herum.«

»Ich hätte euch geholfen, wenn ich es früher gewusst hätte. Aber jetzt weiß ich es ja, also macht euch keine Sorgen.«

»Hast du Geld?«, fragte Tamara.

»Meine Mutter hat mir zwar das meiste Geld weggenommen, aber es blieb mir genug, dass ich klarkomme. Und ich habe seitdem einiges geschafft.«

»Schon ein paar hundert Dollar würden helfen.«

Leonid lachte.

»Prinzessin, ihr bleibt nicht in diesem grauenvollen Loch. Du gehörst zu mir.«

»Und wo ist das?«

»Das kann ich nicht sagen, aber es wird dir gefallen.«

»Ich …«, zögerte Tamara. »Was ist mit Andre?«

»Was soll mit ihm sein?«

»Ich rede davon, was bei Irena passiert ist«, erinnerte ihn Tamara. »Du hast Andre gedroht, dass du ihn umbringen lassen willst.«

»Er ist doch nur ein Junge«, meinte Leonid nach einer Pause.

»Ich habe dich immer geliebt, Leonid«, sprach Tamara lauter, »aber wenn du meinem Jungen auch nur ein Haar krümmst …«

»Er ist mein eigen Fleisch und Blut«, beschwichtigte sie Leonid. »Natürlich war ich damals wütend, aber ich liebe Andre genauso wie dich oder Alex oder Boris.«

»Nun, wie soll das gehen? Wie soll ich zu dir kommen?«

»Das wird eine Weile brauchen«, meinte Leonid, »vor allem, da in drei Tagen Weihnachten ist. Entfernt euch nicht zu weit von eurer Wohnung und macht euch bereit, kurzfristig abzureisen.«

»In Ordnung.«

»Ich sollte besser nicht länger in der Leitung bleiben als notwendig«, meinte Leonid. »Ich liebe dich, Tamara. Sag Andre, dass er keine Angst haben muss und dass ich ihn ebenfalls liebe.«

»Gut«, antwortete Tamara, und fügte nach einer Pause und einem falschen Schluchzen hinzu: »Ich liebe dich auch.«

Damit legte sie den Hörer auf und sah ihren Sohn an.

»Was hat er über mich gesagt?«, wollte Andre wissen.

»Dass er dir verzeiht und dass er dich lieb hat.«

Andre schnaubte.

»Das würde ich eher glauben, wenn es nicht von einem Mann käme, der seine Schwester ermordet hat und versucht hat, seine Mutter zu vergiften.«

»Ich weiß«, sagte Tamara leise. »Aber dein Vater weiß, dass er mich verlieren würde, wenn er dir je etwas antun sollte.«

»Er wird nicht sofort auf mich losgehen, weil er dich nicht aufregen will, aber wenn er sich erst mal sicher fühlt…«

»Ja, aber wir bleiben nur so lange, bis wir wissen, was er vorhat«, erwiderte Tamara. »Dann werden sich Amys Leute um ihn kümmern und wir können unser neues Leben beginnen.«

»Vielleicht ändere ich meinen Namen in Kobe, wenn ich meine neue Identität bekomme«, versuchte Andre die Stimmung zu heben.

Tamara sah ihn verständnislos an. »Diesen Namen habe ich noch nie zuvor gehört.«

»Kobe Bryant«, erklärte Andre. »Er ist sozusagen der berühmteste Basketballspieler der Welt.«

Bevor Tamara etwas sagen konnte, begann das billige Nokia-Handy in Andres Rucksack zu vibrieren. Es war Ted Brasker.

»Das habt ihr gut gemacht«, beglückwünschte er sie.

»Haben Sie den Anruf meines Vaters zurückverfolgen können?«, erkundigte sich Andre.

»Er kam über ein Datenzentrum in Russland«, sagte Ted. »Das bedeutet, dass er übers Internet gelaufen ist. Im Hauptquartier in Dallas wird man es noch weiter versuchen, aber höchstwahrscheinlich wird man ihn nicht zurückverfolgen können.«

»Aber Sie glauben immer noch, dass er in Mexiko ist?«

»Ganz bestimmt. Aber es ist frustrierend, dass wir es nicht auf eine Stadt oder eine Provinz eingrenzen können«, erzählte Ted. »Dein Dad hat Verbündete in Sharjah und Dubai. Er wird ein oder zwei Tage brauchen, um euch falsche Dokumente zu besorgen und eure Reise nach Mexiko zu organisieren, aber jetzt, wo er weiß, wo ihr seid, kann es sein, dass er einen Handlanger schickt, der euch abholt oder euch unter Beobachtung stellt, falls er irgendwie misstrauisch wird.«

»Ja«, bestätigte Andre.

»Du und deine Mutter, ihr müsst euch also an euer Training erinnern. Leonid ist viel zu misstrauisch, als dass ihr mit einem versteckten Ortungsgerät oder irgendetwas anderem reisen könntet. Mit ziemlicher Sicherheit wird er euch befehlen, eure Handys und Wi-Fi-Geräte wegzuwerfen, weil man sie verfolgen kann. Wenn ihr eine Möglichkeit findet, uns auf dem Weg nach Mexiko zu benachrichtigen, dann ist das gut, aber geht kein Risiko ein. Es ist wichtiger, dass ihr heil nach Mexiko kommt und uns nach eurer Ankunft wissen lasst, wo ihr seid.«

»Verstanden«, sagte Andre.

»Ich werde versuchen, vor euch in Mexiko zu sein, aber es ist ein großes Land, und wir haben keine Ahnung, wohin ihr fahrt. Es kann also ein oder zwei Tage dauern, bis wir euch finden.«

33

Tamara hätte Andre an Weihnachten gerne verwöhnt, doch sie durften es nicht übertreiben, da sie Leonid gesagt hatten, sie hätten kein Geld, und er sie möglicherweise beobachten ließ. In ihrem winzigen Zimmer konnten sie Geschenke unmöglich verstecken, aber da Dubai ein islamischer Staat war, waren alle Geschäfte geöffnet, und so nahmen sie ein Taxi in ein nahe gelegenes Einkaufszentrum.

Sie aßen ein bescheidenes Truthahngericht auf einer überdachten Terrasse zum Meer hin, setzten sich auf ein paar Spielzeug-Jetskis in einer Vergnügungszone und nahmen schließlich noch etwas leckere Schokolade und ein paar Kleidungsstücke mit. Andre fand die Vorstellung, einen vierten Abend in dem trüben Zimmer zu verbringen, ohne Videospiele oder englische oder russische Fernsehkanäle, deprimierend.

Er saß auf einer Matratze und fädelte Schuhbänder in ein Paar neuer Turnschuhe, als er Rauch bemerkte. Der Geruch kam aus einem Fenster ein Stockwerk unter ihnen. Andre öffnete die Wohnungstür zu dem Balkon, der über das ganze Stockwerk ging, und trat hinaus.

Während im Stockwerk unter ihnen Männer versuchten, den Brand mit Wassereimern zu löschen, drängten weitere Leute auf den Balkon hinaus.

»Mum, ich glaube, es ist ernst!«, schrie Andre durch die offene Tür.

Ein paar Leute hatten beschlossen, über die Treppe zu flüchten, doch andere standen noch unschlüssig herum und hofften, dass die Lage sich beruhigen würde, bevor sie gezwungen waren, ihre Zimmer zu verlassen. Doch der immer dichter werdende Rauch und das Gellen eines Feueralarms änderten die Stimmung und Tamara tippte Andre ängstlich auf die Schulter und reichte ihm einen Rucksack. Wie Leonid ihnen geraten hatte, hatten sie alles gepackt.

»Das nehmen wir lieber mit, es ist alles, was wir haben«, sagte sie und griff nach ihrem Rucksack, der etwas größer war, während Andre ins Zimmer lief und sich seine Uhr, das Nokia und eine Tüte aus dem Einkaufszentrum schnappte. Der Rauch war so dicht, dass man ihn schmecken konnte, als sie sich zu den Menschen auf der Treppe gesellten.

Draußen liefen Hausmeister auf den Wohnblock zu und streiften sich dabei neongelbe Feuerwehrwesten über. Die Fluchtwege waren für eine Belegung von zwei bis drei Personen pro Wohnung berechnet; da sie jedoch von bis zu zehn Menschen bewohnt wurden, war die Treppe schnell verstopft.

Alle waren zufrieden, langsam dahinzuschlurfen, bis auf einmal ein lauter Knall ertönte, als sei eine Gasflasche explodiert, die unerlaubt angebracht worden war. Plötzlich wurde Andre gestoßen und geriet in Panik, als sich die Menschen die Treppe hinunterdrängten. Ein paar Männer in Bauarbeitermonturen stellten fest, dass sie schneller nach unten gelangten, indem sie an einem Rohr hinunterrutschten.

Endlich erreichte Andre die unterste Stufe. Seine Mutter war nur wenige Schritte hinter ihm. Ein Feuerwehrmann wies alle zu einem Sammelpunkt auf dem Hof eines benachbarten Hauses. Als sie dort ankamen, sahen sie zurück und beobachteten die sich ausbreitenden Flammen. Um sie herum stand eine Gruppe Pakistani mit dem Logo einer Fahrstuhl-Installationsfirma auf ihren Polohemden.

»Andre, Tamara«, sagte eine Männerstimme hinter ihnen leise. »Nicht umdrehen, vielleicht beobachtet uns jemand.«

Unwillkürlich blickte Andre hinter sich und sah einen Afrikaner in einem grauen Blazer und mit Sonnenbrille. Er hatte die schlanke Gestalt und die hohen Wangenknochen eines Äthiopiers oder Kenianers.

»Mein Name ist Kenneth«, erklärte er in einem Englisch, das von einem starken afrikanischen Akzent geprägt war. »Am Ende von Block sechs parkt mein blauer Saab. Lasst mir dreißig Sekunden Vorsprung. Wenn ihr kommt, werde ich euch dort mit laufendem Motor erwarten.«

Der Rauch drang jetzt aus den Türen des Stockwerks darüber, und die Menge schrak zusammen, als eine weitere Gasflasche explodierte. Entsetzt erkannte Andre, dass dieses Feuer nur deshalb gelegt worden war, um für Ablenkung zu sorgen, damit sie unbemerkt fortkamen.

In dem Moment, als Andre und Tamara losliefen, kamen zwei Löschzüge um die Ecke. Der Saab war unverschlossen. Sie stiegen beide hinten durch dieselbe Tür ein und Andre kletterte auf die andere Seite. Sobald sie die Tür geschlossen hatten, trat Kenneth aufs Gaspedal.

Ihre Rucksäcke und Taschen hielten sie auf dem Schoß. Kenneth bog ein paarmal scharf ab, nahm dann eine Hauptstraße und fuhr zurück zu dem rauchenden Gebäude, um sicherzugehen, dass sie nicht verfolgt wurden.

»Mein Detektor sagt mir, dass ihr ein Handy habt«, bemerkte er. »Ich fürchte, ich muss es ebenso wegwerfen wie Laptops oder Wi-Fi-Geräte, die ihr vielleicht bei euch habt. Ich werde gleich anhalten, um mich um euer

Gepäck zu kümmern. Dann werden wir viele Stunden fahren.«

»Wie lange denn genau?«, wollte Andre wissen. Er übernahm das Reden, weil Tamaras Englisch sehr schlecht war.

»Euer erster Flug geht in sechzehn Stunden von Doha in Katar aus. Ich habe Zimmer in einem Hotel am Flughafen reserviert, und wenn der Verkehr es zulässt, könnt ihr dort ein oder zwei Stunden lang den Zimmerservice genießen, duschen und euch ausruhen.«

Damit fuhr er wieder auf die Hauptstraße, wendete jedoch augenblicklich in den Gegenverkehr und fuhr auf einen Parkplatz. Sie hielten vor einem Wohnhauskomplex, der ein wenig besser war als der, in dem sie gewohnt hatten. Kenneth sprang aus dem Wagen und warf Andres Telefon sowie Tamaras iPod in einen Gully, machte dann den Kofferraum auf und verstaute ihr Gepäck darin.

Wieder im Auto reichte er ihnen zwischen den Vordersitzen hindurch einen braunen Umschlag und eine Papiertüte von einem Deli.

»Russisches Essen konnte ich nicht auftreiben, aber ich hoffe, das hier schmeckt euch auch. Ich muss euch auch bitten, euch eure Pässe anzusehen. Es ist wichtig, dass ihr euch die Schreibweise eurer Namen, Geburtsdatum und -ort und eure Adressen merkt.«

Andre stellte die Tüte mit den Kuchen und Sandwiches auf die lederne Armlehne und Tamara riss den Umschlag auf. Schnell überflog sie einen Reiseplan, demzufolge sie von Doha nach Amsterdam und von dort aus nach Ciudad Juárez in Mexiko fliegen sollten. Andre griff nach einem tschechischen Pass mit einem drei Jahre alten Foto von ihm, der Visa für Katar und Mexiko hatte.

Andre war kein Experte, doch entweder waren die

Dokumente echt oder extrem gut gefälscht. Während er seinen Pass betrachtete, machte Tamara eine durchsichtige Plastiktüte auf, in der sich weitere Dokumente wie ein tschechischer Führerschein und diverse Kreditkarten befanden. Einige dieser Gegenstände waren zerkratzt und zerschlissen, denn Zollbeamte neigten dazu, misstrauisch zu werden, wenn alle Ausweise nagelneu aussahen.

»Wie lange ist es bis nach Mexiko?«, wollte Andre wissen und nahm den Reiseplan von Tamaras Schoß.

Die Zeitverschiebungen bei den Flügen machten es schwierig, auszurechnen, wann sie in Mexiko ankommen würden, doch wenigstens sagte ihm das Navigationsgerät des Saabs, dass es noch ungefähr vierzehn Stunden bis zum Hotel Meridian in Doha waren. Von dort aus flogen sie sechs Stunden nach Amsterdam und dann dreizehn Stunden bis nach Ciudad Juárez.

»Dreiunddreißig Stunden«, stöhnte Andre. »Und das noch ohne Check-in-Zeiten, Zwischenlandungen und Verspätungen.«

»Und dein Vater, der Geizkragen, hat für alle Flüge Economyclass gebucht«, lächelte Tamara.

*

James war pappsatt nach dem klassischen Weihnachtsessen und er hatte drei Gläser Wein getrunken. Ein wenig angetrunken lief er in Gummistiefeln durch das nasse Gras des Campus. Seine Schwester Lauren, ihr Freund Rat und seine langjährigen Freunde Bruce Norris und Kyle Blueman waren bei ihm, sowie dreißig weitere ehemalige und derzeitige CHERUB-Agenten, ein paar Angestellte und eine Handvoll kleiner Rothemden.

Während der vorangegangenen achtzehn Monate war ein großer Bereich des Campus östlich des Hauptgebäudes durch einen zwölf Meter hohen Zaun abgesperrt gewesen. Zusätzlich war eine zweihundert Meter breite Sicherheitszone vor diesem Zaun eingerichtet worden, damit die Bauarbeiter die Kinder nicht zufällig sahen, wenn sie an den höheren Etagen arbeiteten.

Doch heute war Weihnachten, daher waren die Bauarbeiter zu Hause, und Zara Asker hatte verkündet, dass Gruppen unter Aufsicht das Gelände durch eine Lücke im Zaun betreten und einen ersten Blick auf die Zukunft des CHERUB-Campus werfen durften.

»Mann, ist das groß!«, entfuhr es James, als er sich durch die Lücke duckte und seiner Schwester folgte, die sich in die Schlange einreihte, in der man sich gelbe Schutzhelme abholen konnte.

Der CHERUB-Campus hatte 1945, als die Organisation ins Leben gerufen worden war, mit einer ausgedienten Dorfschule und ein paar Übergangsbauten begonnen. Seitdem war viel passiert, aber das Campusdorf war trotzdem das größte Bauprojekt in der Geschichte der Institution.

»Es sind noch etwas mehr als zwei Jahre bis zur geplanten Fertigstellung«, erklärte die Vorsitzende Zara Asker, deren gelbe Gummistiefel im Matsch quatschten, als sie die Gruppe einen gewundenen Pfad entlangführte. »Am Ende werden hier fünfzig Häuser stehen, in denen dreihundert Agenten wohnen werden. Je sechs Kinder wohnen in einem Haus, haben einen gemeinsamen Wohnraum und eine Küche unten sowie je drei Schlafzimmer im ersten und zweiten Stock. Zu jedem Zimmer gehören ein eigenes Bad und ein ruhiger Bereich zum Lernen.«

James lief am Schluss der Gruppe, die gerade einen runden schlammigen Platz erreichte, von dem aus sich das halb errichtete Dorf in drei Straßenzügen erstreckte. Von den Gebäuden in seiner Nähe war noch nicht viel zu erkennen, aber ein Stück weiter weg gab es einige, die bereits verputzt waren, und auf einem Platz dazwischen stapelten sich Bauholz und Porotonziegel.

»Das ist hier kein Spielplatz!«, schrie Zara plötzlich los und fuhr unter eine Gruppe kleiner Rothemden, die in einer Pfütze herumpatschten. »Wenn ihr das restliche Weihnachtsfest schweigend in meinem Büro verbringen wollt, dann stellt ihr es genau richtig an!«

Dann kehrte sie zu ihrer friedlichen Vorstellung zurück und erklärte: »Wir vergrößern somit nicht nur die mögliche Anzahl von Agenten bei CHERUB, sondern schaffen mit dem Campusdorf eine familiäre Atmosphäre, bei der die Agenten in richtigen Häusern wohnen und nicht auf langen, unpersönlichen Korridoren. Jedes Haus hat einen eigenen kleinen Garten, wo man entspannen oder grillen kann. Auf den größeren Freiflächen zwischen den Häusern gibt es Basketballplätze, einen Spielplatz, und das ganze Gelände wird fahrradfreundlich angelegt.«

»Können wir dann auch Haustiere haben?«, erkundigte sich eines der Rothemden.

»Im Augenblick können wir qualifizierten Agenten die Haltung von Haustieren nicht erlauben, da sie sich nicht um sie kümmern können, wenn sie auf Mission sind. Aber wenn je sechs Agenten in einem Haus zusammenwohnen, ist es unwahrscheinlich, dass alle gleichzeitig unterwegs sind, daher überlegen wir, ob wir jedem Haus erlauben, einen Hund oder eine Katze zu halten.«

Bei der Führung waren acht kleine Kinder dabei, denen diese Vorstellung ausnehmend gut gefiel.

»Erdgeschoss und erster Stock der Häuser werden so eingerichtet, dass sie für Leute mit Verletzungen oder Behinderungen zugänglich sind.«

»Und wie ist das mit Betreuern?«, erkundigte sich ein Agent im dunkelblauen T-Shirt.

»Die Betreuer haben eigene Büros, in denen man vorbeischauen kann. Sie haben auch Zugang zu allen Häusern, glaubt also nicht, dass ihr sie ausschließen und wilde Partys feiern könnt.«

»Buuhh!«, rief ein Witzbold.

»Und wann soll es fertig sein?«

»Hoffentlich 2014«, sagte Zara. »Wenn das Projekt planmäßig verläuft, werden wir das Campusdorf zum fünfundsiebzigjährigen Jubiläum von CHERUB eröffnen. Wir versuchen, die Queen dafür zu gewinnen, das Band zu zerschneiden. In Phase zwei wird das alte Lehrgebäude abgerissen, die Angestelltenquartiere werden erneuert und das Hauptgebäude wird zur Schule und Verwaltung umgebaut. Das wird bis 2016 dauern.«

»Glauben Sie, dass man bis dahin auch das undichte Dach des Einsatzleitungsgebäudes im Griff hat?«, erkundigte sich James.

Die anderen lachten, aber Zara lächelte nur schwach.

»Dieses Dach ist noch mal mein Tod«, prophezeite sie. »Aber ich freue mich, sagen zu können, dass wir hier schöne altmodische Giebeldächer bauen und keine gewölbten Aluminiumplatten einsetzen, die dreitausend pro Stück kosten und bei jedem stärkeren Windhauch vom Dach fallen.

Jetzt dürft ihr euch alle gerne umsehen, aber bitte denkt daran, dass es eine Baustelle ist, also fasst nichts an. Bleibt auf den markierten Wegen, und ich warne euch: Wer mit Matsch wirft, muss damit rechnen, dass seine Weihnachtsgeschenke auf dem nächsten Wohltätigkeitsbasar landen!«

Langsam schlenderte James Lauren und Rat hinterher, während aufgeregte Rothemden davonliefen, auf Häuser deuteten und sagten, in welchen sie wohnen wollten, wenn das Dorf eröffnet wurde.

»Das ist beeindruckend«, sagte Kyle und drehte sich einmal um sich selbst, wobei er versuchte, den Matsch möglichst nur auf seine Stiefel zu bekommen. »Gemütlich, ohne kitschig zu sein, modern, aber nicht steril.«

Lauren nickte zustimmend.

»Ich habe mein Zimmer auf dem Campus wirklich gemocht, aber das hier lässt das alte Hauptgebäude ziemlich alt aussehen.«

»He, diese Hose kann man nur in die Reinigung geben!«, rief Kyle, als ein Junge und ein Mädchen in grauen T-Shirts an ihnen vorbeirannten, dass der Matsch von ihren Stiefeln hochspritzte.

James steckte die Hände in die Jackentaschen und ging eine Anhöhe im Dorf hinauf, als er spürte, wie sein Telefon vibrierte. Auf dem Display stand *International.*

»Frohe Weihnachten, James«, wünschte ihm Kerry.

Lächelnd setzte sich James auf eine halb hochgezogene Mauer.

»Hey! Wie läuft es. Bist du gerade aufgestanden?«

»Hier ist es zehn Uhr«, antwortete Kerry. »Ich habe gerade geduscht und so.«

»Bist du allein?«

Kerry seufzte.

»Ich habe gestern mit Mark zu Abend gegessen, aber heute ist er zu seiner Großmutter gefahren.«

»Das ist Scheiße«, sagte James, konnte jedoch nicht widerstehen, noch Salz in ihre Wunde zu reiben, denn schließlich hatte er sie geradezu angefleht, Weihnachten zum Campus zu kommen. »Hier sind *alle* außer dir. Lauren, Kyle, Bruce, Rat, die Zwillinge. Gabrielle ist auch hier, aber mit ihr habe ich noch nicht gesprochen. Ich bin ein wenig angeheitert und wir patschen gerade im neuen Campusdorf herum.«

»Klingt lustig«, fand Kerry. »Ich habe ein Ticket für das Weihnachtsessen an der Uni gekauft, aber vielleicht bleibe ich auch einfach hier in der Wohnung.«

Kerry tat James ein wenig leid, aber er wusste nicht,

was er sagen sollte, und nach einer kleinen Weile sprach sie weiter: »Ich habe über Zaras Angebot nachgedacht. Es ist das Richtige für dich. Du solltest den Job annehmen.«

»Und was ist das Richtige für *uns*?«, fragte James.

»Manchmal…«, begann Kerry. »Manchmal glaube ich, ich liebe dich so wie immer. Aber…«

Kerry verstummte, aber James wusste irgendwie genau, was ihr *aber* zu bedeuten hatte.

»Ich weiß nicht, wie es mit uns so weit kommen konnte«, meinte er.

»Ich glaube, wir sollten beide unser Leben leben und sehen, was daraus wird«, fand Kerry ein wenig weinerlich.

»Ja«, stimmte James zu. »Aber versuch wenigstens, dich morgen zu amüsieren, ja? Ich gehe lieber wieder zu Lauren und den anderen. Wir haben nur zehn Minuten Zeit, uns umzusehen, bevor Zara die nächste Gruppe hierherbringt.«

34

»Das ist ein wunderschöner Sonnenuntergang«, fand Ryan, der sich langsam umdrehte und die Arme ausbreitete.

Die Sonne ging unter am Weihnachtsabend und die dicken Schneeschichten im Tal um den Kreml leuchteten in einem orangen Licht.

»Und die Luft ist jetzt so viel besser. Als hier noch so viele Flugzeuge gelandet und gestartet sind, hatte man ständig so einen Geschmack nach Kerosin auf der Zunge.«

Während Ryan schwärmte, stand Natalka stirnrunzelnd in einer dicken roten Skijacke ein paar Schritte von ihm entfernt. Das Ende ihrer Zigarette glühte rot und beim Sprechen stieg ihr der Rauch aus der Nase.

»Ich friere. Lass uns zurückgehen.«

»Aber wir sind doch gerade erst mal einen Kilometer gegangen?«

»Und was passiert auf dem nächsten Kilometer?«, erkundigte sich Natalka. »Springen magische Kaninchen aus dem Schnee hervor und gewähren mir drei Wünsche? Ich glaube kaum. Ich werde mich nur noch mehr langweilen und noch mehr frieren.«

»Na gut.« Ryan klang gereizt, denn auch wenn er nach Natalka verrückt war, war es immer so, dass man, wenn man etwas mit ihr unternehmen wollte, das tat, was sie wollte, oder gar nichts. »Dann gehen wir also einfach zurück in dein Zimmer?«

»Hier draußen ist es scheiße«, erklärte Natalka und schnippte ihren Zigarettenstummel weg. »Ich brauche Aufregung. Lass uns etwas zu trinken besorgen, uns besaufen und so laut Musik spielen, dass der Nachbar wieder an die Wand hämmert.«

Ryan lachte.

»Erstens ist der Kerl nebenan vor zwei Tagen nach Usbekistan abgezogen. Und außerdem, machst du dir eigentlich keine Sorgen wegen deines Alk-Konsums? Das letzte Mal, als du dich zugedröhnt hast, hätte dich Vlad fast vergewaltigt.«

»Aber davor wirst du mich doch jetzt beschützen«, erklärte Natalka zuckersüß.

»Und wenn ich die Situation ausnutze?«

»Das hättest du vor drei Tagen schon tun können«, erklärte Natalka. »Du bist ein netter Junge.«

»Irgendwie klingt das bei dir gar nicht schön«, fand Ryan, als Natalka auf ihn zukam.

»Ich mag Jungs, die ein bisschen furchterregend sind«, behauptete Natalka. »Gefahr törnt mich an.«

»Ich habe Vlad die Fresse mit einem Feuerlöscher poliert«, erinnerte er sie. »Das war nicht nett.«

»Stimmt«, gab Natalka zu und belohnte ihn mit einem Kuss, bevor sie sich umwandte und wieder auf den Kreml zusteuerte. »Und irgendwie glaube ich, dass das alles Schicksal ist.«

»Was ist Schicksal?«

»Na, dein Dad ist gestorben, und dann ist meine Mutter verhaftet worden, und hier sind wir nun, zwei kleine Waisen, die nichts haben als einander.«

Natalka lief ein paar Schritte vor ihm und ihr Hintern sah toll aus. Ryan wünschte, es gäbe tatsächlich nur sie beide. Keine Intrigen und Pläne. Sie könnten füreinander da sein und nicht eine Beziehung führen, die auf Lügen basierte.

»Vielleicht kannst du ja mitkommen, wenn ich nach Russland zu meiner Tante ziehe«, schlug Natalka vor.

Ryan lachte.

»Ich bin sicher, deine Tante wäre begeistert, wenn du mit einem Freund ankommst. Außerdem bin ich Ukrainer und kann gar nicht in Russland wohnen.«

»Ich hasse meine Tante«, stieß Natalka hervor. »Ich bin stinksauer, dass meine Mutter ihr geschrieben hat. Sie hätte mich doch einfach hierlassen können.«

»Ich will nicht übers Weggehen reden«, meinte Ryan und versetzte Natalka dann mit beiden Händen einen kräftigen Schubs, sodass sie in einem Gebüsch neben dem Pfad landete.

»Aaaah!!«, schrie sie auf, als sie sich aus den Zweigen befreite. Schmelzender Schnee lief ihr den Rücken hinunter und an den Knien ihrer Hose breiteten sich nasse Flecken aus. »Du Mistkerl! Was soll denn das?«

»Ich bin nur nett«, erklärte Ryan.

Scherzhaft verzog Natalka das Gesicht und drohte ihm mit dem Finger, woraufhin er lachen musste.

»Das zahle ich dir heim, Ryan. Und zwar dann, wenn du am wenigsten damit rechnest!«

»Oh, jetzt habe ich aber Angst!«, erwiderte Ryan.

»Weißt du, was cool wäre?«, fragte Natalka. »Wir sollten in den fünften Stock gehen, Josef Aramov bis aufs Hemd ausrauben und uns dann zusammen aus dem Staub machen. Ich wette, der hat jede Menge Rolex-Uhren, Gold und so Zeug.«

»Du bist bekloppt«, fand Ryan. »Die Aramovs haben alle Cops im Umkreis von fünfzig Kilometern in der Tasche. Mit Glück halten wir eine Stunde durch, bevor uns die Aramov-Häscher erwischen, uns halb totprügeln und uns im Schnee liegen lassen.«

»Netter Junge«, neckte Natalka.

Ryan versuchte erneut, sie zu schubsen, aber dieses

Mal wich sie ihm aus. Ryan rutschte aus und landete im Spagat.

»Auuu!«, jaulte er und hielt sich unter Natalkas schallendem Gelächter einen gezerrten Oberschenkelmuskel. Sie streckte ihm die Hand hin, als wolle sie ihm helfen, zeigte ihm in letzter Sekunde dann aber doch nur den Finger.

Als er schließlich wieder aufrecht stand, zog er sie zu einem langen Kuss an sich. Mittlerweile waren sie wieder in Sichtweite des Kremls, und als sie sich voneinander lösten, rannten sie um die Wette hinein und standen kichernd in der Lobby, wo sie sich Handschuhe und Schals auszogen.

»Das mit den Spaziergängen lassen wir in Zukunft«, entschied Natalka.

Ryan befand sich wieder in Reichweite der Wi-Fi-Anlage im fünften Stock, und da es hier keine anderen Signale gab, wusste er, dass das Vibrieren seines Telefons eine Nachricht von Amy zu bedeuten hatte.

»Wenn ich aus der Kälte komme, muss ich immer aufs Klo«, behauptete er und stapfte, eine nasse Stiefelspur hinterlassend, zur Herrentoilette hinter der Bar.

In dem übel riechenden Raum war niemand, daher zog er das Telefon heraus und las eine kurze E-Mail.

Bin im 5. Komm sofort her!

»Ich habe einen Job, ein paar Kisten schleppen«, sagte Ryan zu Natalka, als er wieder bei ihr war. »Da diese Gelegenheitsjobs für die Aramovs im Moment meine einzige Einnahmequelle sind, springe ich lieber.«

Natalka tat so, als mache ihr das gar nichts aus, und suchte in ihrem Mantel nach einer weiteren Zigarette, während Ryan in den fünften Stock lief. Eigentlich sollte er Amy so wenig wie möglich sehen, selbst jetzt, wo der Kreml fast leer war. Er fand sie in einem kleinen Zimmer in der Wohnung von Josef Aramov.

»Läuft es gut mit Natalka?«, erkundigte sich Amy bissig.

»Dir auch frohe Weihnachten«, wünschte Ryan frech. »Was ist dir denn über die Leber gelaufen?«

Amy schlug ihm mit der flachen Hand sanft vor die Nüsse.

»He!«, jaulte er auf. »Was zum Teufel soll das?«

»Drei Dinge, für die du automatisch sofort bei CHERUB rausfliegst«, sagte Amy, trat dicht an ihn heran und sah ihn zornig an. »Was ist das?«

»Freiwillig Drogen der Klasse A nehmen, die Existenz von CHERUB verraten und Sex mit Minderjährigen.«

»Und was glaubst du, welcher Punkt davon mir im Moment Sorgen macht?«, fragte Amy.

»Ich habe gar nichts mit Natalka gemacht«, verteidigte sich Ryan. »Na ja, wir machen eine ganze Menge, aber keinen Sex!«

»Das ist gut«, erklärte Amy. »Denn Natalka ist im Moment sehr verletzlich. Du bist die letzten Tage rund um die Uhr mit ihr zusammen gewesen, und ich gebe dir den freundlich gemeinten Rat, deinen Schwanz in der Hose zu lassen.«

»Dabei ist sie nicht mal Jungfrau«, meinte Ryan.

Amy drohte erneut mit der Handfläche und Ryan sprang zurück und hielt sich die Hände schützend vor den Schoß.

»Hör auf damit!«, stieß er hervor.

»Du bist ein netter Junge, Ryan«, stellte Amy fest. »Aber es ist mir durchaus ernst damit. Du bist erst vierzehn und ich bin für dein Wohlergehen verantwortlich. Und Natalka ist ebenfalls erst vierzehn und hat schon genug Probleme, auch ohne dass du sie schwängerst.«

Amy ließ ihn los und Ryan trat beleidigt einen Schritt zurück.

»Warum sagt jeder, ich sei ein netter Junge?«, empörte er sich. »So nett bin ich gar nicht.«

Amy sah ihn verwirrt an, wechselte dann aber das Thema.

»Ich habe auch noch zwei Neuigkeiten, die nichts mit deinen aufgewühlten Hormonen zu tun haben. Erstens haben wir ein Enddatum: den 9. Januar. Am sechsten wird hier ein Team von Abbruchspezialisten landen. Sie jagen hier alles in die Luft, einschließlich der Flugzeuge, der Landebahn und allem anderen innerhalb eines Umkreises von einem Kilometer. Außerdem gibt es Neues von Leonid.«

»Was denn?«

»Erinnerst du dich noch an einen Rechtsanwalt namens Lombardi?«

Nach kurzem Überlegen nickte Ryan.

»Das war doch der Kerl, mit dem Ethan Kontakt aufnehmen sollte, als seine Mutter ermordet wurde.«

»Genau der«, sagte Amy. »Das TFU-Hauptquartier hat weitere Nachrichten abgefangen, die Leonid Aramov über russische Militärverbindungen verschickt hat. Offenbar überweist Lombardi jeden Monat zwanzigtausend Dollar von einem Bankkonto in Nevada an eine mexikanische Bank. Das Konto in Mexiko läuft auf irgendeinen Namen, von dem wir annehmen, dass Leonid ihn als Decknamen benutzt, aber was noch wichtiger ist, das Konto in Nevada lässt sich zu einer Firma zurückverfolgen, die auf den Namen von Leonid und Galenka Aramov läuft.«

Ryan sah sie verwirrt an.

»Aber ich dachte, Lombardi sei der Anwalt von Galenka Aramov.«

»Das war er auch«, bestätigte Amy. »Doch offensichtlich arbeitet er auch für Leonid. Wir dachten zwar, Galenka und Leonid hätten nichts miteinander zu tun, aber anscheinend gehörte ihnen eine Holdinggesellschaft mit einem Firmenwert von mindestens zwanzig Millionen Dollar.«

Ryan dachte laut und versuchte, sich an den Unterricht auf dem Campus zu erinnern, wo er etwas über Geschäftsformen und Betrug gelernt hatte.

»Holdings sind Firmen, die ausschließlich Aktien anderer Gesellschaften besitzen. Normalerweise will man so Steuern umgehen und die wahren Besitzer verschleiern. Was besitzt diese mysteriöse Holdinggesellschaft denn?«

»Das wissen wir noch nicht«, sagte Amy. »Und es ist Weihnachten, daher ist im Hauptquartier in Dallas nur eine Rumpfmannschaft vor Ort. Die Konten und die legalen Papiere der Firma sind in Delaware und das Registeramt ist bis morgen früh geschlossen.«

»Könnt ihr nicht einfach Lombardi verhaften und vernehmen?«

Amy schüttelte den Kopf.

»Er ist Anwalt und ein respektabler US-Bürger. Das bedeutet, dass Lombardi nicht gezwungen werden kann, Angaben über die Geschäfte seiner Klienten zu machen. Wir können ihn jedenfalls nicht aufgrund der vagen Vermutung verhaften, dass er Leonid Aramov Geld überweist. Dr. D. würde Lombardi unter Beobachtung stellen und vielleicht sein Büro unerlaubterweise durchsuchen lassen, aber ihr sitzen ihre Bosse im Nacken, und wenn sie zu viele Regeln bricht, könnte sie ihre Pension verlieren.«

»Können wir Leonid nicht einfach umbringen, wenn wir wissen, wo er sich aufhält?«, fragte Ryan.

»Könnten wir«, bestätigte Amy. »Aber wir sind ein Nachrichtendienst und keine Todesschwadron. Außerdem bringt es gar nichts, eine einzelne Person zu töten, wenn das bedeutet, dass einer seiner Verbündeten oder einer seiner Söhne seine schmutzigen Geschäfte übernimmt. Aber ich verwette mein Leben darauf, dass Leonid in Mexiko irgendwelche schmutzigen Dinge vorhat, und sobald Andre und Tamara wissen, wo er ist, können wir mit Sicherheit schnell herausfinden, was da läuft.«

35

Andre und Tamara erreichten Doha ein paar Stunden zu früh und verließen den Nahen Osten am ersten Weihnachtstag mit einem frühen Flug nach Amsterdam. Nach dem sechsstündigen Flug mussten sie fünf Stunden auf den Anschlussflug warten und konnten in der Zeit nur die Nachrichten auf den Bildschirmen sehen und sich Wasser aus einem Trinkbrunnen holen.

Als Andre einen Mann sah, der auf seinem Stuhl eingeschlafen war und seine Brille und sein Handy neben sich auf einer Zeitung liegen hatte, setzte er sich neben ihn. Er wartete lange genug, dass man meinen konnte, sie gehörten zusammen, und nahm dann das Telefon. Tamara sah sich nervös um, während ihr Sohn Ted Brasker eine Nachricht an die Nummer schickte, die dieser ihm gegeben hatte.

Flug KL310 AMS nach CJS

Fünfzehn Stunden später verlor ihre 777 über einer riesigen Stadt an Höhe. Die nördliche Hälfte davon war El Paso in Texas, eine Stadt mit einer Million Einwohner, die meist in Gebieten mit großen, ziegelgedeckten Häusern wohnten, durchschnitten von pfeilgeraden Straßen. Die südliche Hälfte war Ciudad Juárez in Mexiko. Das Gebiet an der Grenze wurde durch Industriegebäude mit Flachdächern beherrscht und die zwei Millionen Einwohner hausten wesentlich beengter als ihre Brüder in Amerika.

Von seinem Fensterplatz aus konnte Andre Straßen erkennen, die die Grenze querten und auf der sich die Autos auf zehn Fahrbahnen stauten, um auf die andere Seite zu kommen. Er wandte sich zu seiner Mutter um und lächelte, einerseits froh, dass die grauenvolle vierzigstündige Reise endlich vorüber war, aber auch nervös, was sie erwarten würde, wenn sie das Flugzeug verließen.

Tamaras Rucksack tauchte nicht auf dem Gepäckband auf, aber da sie kein Spanisch sprachen und auch keine Adresse hatten, an die sie das Gepäck hätten nachschicken lassen können, entschlossen sie sich, nicht nachzufragen.

Sie hatten keine Anweisungen erhalten, was sie nach der Landung tun sollten, und wussten nicht, was sie erwartete, als sie ihre Einreisestempel in die Pässe erhielten und die chaotische Ankunftshalle betraten. Nach dem Feuer in ihrem Wohnblock und dem etwas finsteren Kenneth mit seinem Handydetektor erwartete Andre irgendeine neue trickreiche Hürde, doch dann rief eine bekannte Stimme den Namen seiner Mutter.

»Tamara!«

Leonid Aramov hatte sich sehr verändert. Sein russischer Ganovenlook aus enger Jeans und Lederjacke war durch einen frisch gebügelten maßgeschneiderten Anzug ersetzt worden. Er hatte abgenommen, die südliche Sonne hatte seine Haut gebräunt, und seinen Stoppelhaarschnitt hatte er auf Schulterlänge wachsen lassen, damit man nicht sah, dass seine Mutter ihm das Ohr abgeschnitten hatte.

»Gut siehst du aus«, fand Tamara und brachte ein Lächeln zustande, als sie ihren Exmann umarmte.

Nach der Umarmung und einem verlegenen Kuss trat Tamara zurück. Andre durchzuckte die Angst, als er dem Blick seines Vaters begegnete. Alle waren davon ausgegangen, dass Leonid ihm seinen Verrat vergeben würde, wenn Tamara wieder zu ihm zurückkehrte, doch konnte man sich dessen sicher sein bei einem Mann, der seine Schwester ermordet und seine Mutter vergiftet hatte?

»Du siehst langsam aus wie ein Mann«, fand Leonid, änderte aber seinen Ton, als er Andres Furcht bemerkte. »Ich weiß, dass du deine Großmutter geliebt hast. Aber ich liebe dich auch. Schwamm drüber?«

Er streckte Andre die Hand hin, die dieser ergriff.

»Schwamm drüber«, stimmte er zu.

»Mein Auto steht in der Nähe«, erklärte Leonid und nahm Andres Rucksack. »Ist das alles, was ihr habt?«

»Mein Gepäck ist verloren gegangen, aber wir haben gedacht, es ist besser, wir legen keine Beschwerde ein«, antwortete Tamara.

»Ganz bestimmt«, sagte Leonid. »Ihr könnt euch erst einmal waschen und ausschlafen und morgen gehen wir euch neue Sachen kaufen.«

»Ich weiß, dass es riskant für dich war, uns zu helfen«, sagte Tamara, als sie losgingen.

»Du warst immer etwas Besonderes für mich«, entgegnete Leonid. Andre musste fast würgen.

Doch auch wenn er Tamara anlächelte und ihnen gegenüber freundlich tat, so zeigte er, sobald sie aus dem schäbigen Terminal traten und ihnen der Weg von ein paar abgerissenen Teenagern verstellt wurde, die ihnen anboten, ihre Taschen zu tragen, wieder sein wahres Gesicht. Er machte eine Handbewegung, als wolle er sie schlagen, und schrie etwas auf Spanisch, das die Jungen davonlaufen ließ.

»Man muss hart bleiben«, erklärte er. »Hier ist überall Abschaum auf der Straße.«

Das vielstöckige Parkhaus zeichnete sich durch Metallgitter und eine bewaffneten Wachmann aus, der ihren Parkschein kontrollierte, bevor er sie eintreten ließ.

»Ich dachte, uns würde vielleicht ein Leibwächter abholen oder so«, sagte Andre.

»Ich trete hier etwas kürzer«, erwiderte Leonid. »Keine große Organisation. Keine Bodyguards oder Handlanger oder so ein Stress, wie ich ihn im Kreml hatte. In ein paar Monaten sind meine Geschäfte hier erledigt. Dann bin ich hoffentlich für immer raus.«

»Und was willst du dann machen?«, fragte Tamara.

»Ich schreibe meine Memoiren«, scherzte Leonid, »oder arbeite ehrenamtlich für die Wohlfahrt …«

Andre hatte sich früher immer danach gesehnt, dass seine Eltern ganz normal zusammenlebten. Er fand die Vorstellung von Familienidylle immer noch reizvoll, obwohl er mittlerweile nicht mehr daran glaubte, dass es passieren könnte.

»Ich glaube nicht, dass dir das gefallen könnte«, meinte Tamara, und Leonid legte ihr den Arm um die Schultern.

Andre hatte ein merkwürdiges Gefühl, denn trotz aller Planung hatten sie nie besprochen, wie es wirklich sein würde, wenn seine Eltern wieder zusammenkamen. Leonid hatte Tamara schikaniert und eingeschüchtert und ihr verboten, aus dem Kreml auszuziehen, nachdem er sich von ihr hatte scheiden lassen, aber sie hatten sich früher einmal geliebt, und Andre hatte oft das Gefühl, als hasse seine Mutter Leonid nicht so sehr, wie sie behauptete.

Leonid fuhr einen Lexus mit kugelsicheren Scheiben. Nach zwanzig Minuten Fahrt gelangten sie an das Tor zu einer Wohnsiedlung mit üppigen Gärten hinter Überwachungskameras und einem hohen Elektrozaun.

Mit dem Aufzug fuhren sie aus einer Tiefgarage voller Mercedes und Bentleys hinauf in eine Doppelhaushälfte mit einem Wellnesspool. Von einem Balkon führte eine gewundene Treppe zu einem Gemeinschaftsgarten mit hohen Palmen um einen Swimmingpool in Olympia-Format.

»Besser als der Kreml, was?«, fragte Leonid und warf den Schlüssel auf eine Kücheninsel, die so lang wie ein Auto war. »Allerdings gehört Inneneinrichtung nicht zu meinen Stärken.«

Als er einen Blick durch die elegante Küche in das Wohnzimmer warf, das doppelte Deckenhöhe hatte, wurde Andre klar, was sein Vater damit meinte. Die Zimmerpalmen sahen aus, als hätte sie jemand mit einem Luftgewehr bearbeitet, und die Einrichtung bestand aus einem halben Dutzend Sitzsäcken und einem extrem aufwendigen multifunktionalen Fitnessgerät, das mitten im Raum stand.

»Du kannst gerne das Trainingsgerät benutzen«, sagte Leonid im Scherz zu Andre. »Dann wirst du so stark wie deine Brüder. Was mich daran erinnert ... Boris, Alex, seid nicht so unhöflich! Kommt raus und sagt guten Tag!«

Zuerst tauchte der siebzehnjährige Alex auf, dessen muskelbepackter Körper in Footballshorts und einem grauen Hemd steckte, auf dem Flecken rosafarbener Eiscreme prangten.

»Tamara! Cool!«, erklärte Alex und lächelte seine Stiefmutter an. Auf Andre war er offensichtlich weniger scharf.

Aus einem Zimmer im oberen Stockwerk kam der zwanzigjährige Boris und band im Gehen seinen Morgenrock zu. Ihm folgte ein wunderschönes dunkelhäutiges Mädchen. Andres Halbbrüder waren Anhänger des Teenager-Bodybuilder-Kults im Kreml und hatten Vlad als einen ihrer engsten Freunde bezeichnet.

»Na sieh mal, was da aus der Gosse gekrochen ist«, begrüßte ihn Boris, der die offene Glastreppe herunterkam und Andre böse ansah.

»He!«, rief Leonid. »Lass das, ja? Andre ist von unserem Fleisch und Blut. Das hier ist ein neuer Anfang für uns alle.«

»Er hat dich verraten«, grollte Boris und baute sich drohend vor Andre auf.

Andre wusste, dass er vor seinem Bruder nicht zurückweichen durfte, wenn er respektiert werden wollte.

»Du bist gar nicht mehr so groß wie früher, Boris«, bemerkte er. »Kriegst du hier nicht die richtigen Steroide?«

Leonid stellte sich zwischen seine beiden Söhne, als Boris auf Andre losgehen wollte.

»Fang nicht mit so etwas an«, warnte er ihn. »Ich habe eine Entscheidung getroffen. Du bist alt genug, um zu gehen, also, entweder wohnst du bei mir und akzeptierst es, oder du verpisst dich!«

Boris verzog das Gesicht.

»Er war illoyal! Das kannst du doch nicht einfach vergessen, nur weil du scharf auf seine Mutter bist!«

Boris war zwar größer als sein Vater, doch dieser hatte keine Hemmungen, seinem Ältesten eine Ohrfeige zu verpassen.

»Geh wieder nach oben und fick deine mexikanische Hure!«, schrie er ihn an. Dann warf er Alex einen Blick zu. »Bring Andre nach oben in eines der Gästezimmer und such Handtücher und Bettzeug für ihn.«

Alex war zwar kaum der ideale Bruder, aber immerhin hatte er schon manchmal menschliche Züge angenommen, wenn er gerade nicht unter dem direkten Einfluss von Boris stand.

»Geht es dir gut?«, erkundigte sich Alex, als ihm Andre die Treppe hinauffolgte.

Andre wollte zwar nicht so ein Schläger sein wie seine Brüder, doch es ärgerte ihn, dass sie so harte Jungs waren, während er bei der Genlotterie die Eigenschaften *pausbäckig* und *zu klein für sein Alter* gewonnen hatte.

Sein Neid wurde vom Anblick von Alex' gestähltem Körper auf der Treppe nur noch genährt.

»Das Zimmer hier ist in Ordnung«, meinte Alex und führte Andre in einen großen Raum mit angrenzendem Bad, Einbauschränken und einem Doppelbett mit einer nackten Matratze. »Dad hat Bettzeug für dich und deine Mutter besorgt. Es ist in der Kammer am Ende des Flurs.«

Andre sah aus dem Fenster und stellte fest, dass er die deprimierende Aussicht auf Klimaanlagen und Wartungsschuppen hatte.

»Pass auf bei Boris«, warnte ihn Alex. »Er war sehr verliebt in ein Mädchen in Kirgistan. Als sie uns rausgeworfen haben, hat er sie verloren.«

Andre hätte seinen Bruder gerne daran erinnert, warum sie aus dem Kreml rausgeschmissen worden waren. Doch Alex warf ihm ein paar seltene Krumen von Bruderliebe zu, daher wollte er es nicht übertreiben.

»Ich werde mich weiträumig von ihm fernhalten«, versprach er.

Alex wies auf den Fernseher.

»Stehst du immer noch so auf Videospiele?«

»Ja, allerdings«, antwortete Andre.

»Dachte ich mir«, nickte Alex. »Ich habe hier meine Xbox eingerichtet. Allerdings habe ich sie seit Ewigkeiten nicht mehr benutzt, du kannst sie also gerne haben.«

»Danke«, sagte Andre. »In Dubai hatte ich nur alte Simpsons-Folgen zur Unterhaltung.«

»Ich lasse dich allein, damit du duschen kannst und so«, verkündete Alex.

Seine Freundlichkeit war eine angenehme Überraschung. Andre fragte sich, ob er sich vielleicht mit Boris gestritten hatte. Vielleicht war er aber auch nur einsam in einem fremden Land, dessen Sprache er nicht verstand.

Andre trat die Zimmertür zu und begann, sich auszuziehen. Der Geruch erinnerte ihn daran, dass er seine Kleidung seit drei Tagen ohne Unterbrechung trug. Doch noch mehr als die Dusche lockten ihn die Möglichkeiten der Xbox, daher schaltete er sie ein, weil er wissen wollte, ob sie mit dem Internet verbunden war. Er wählte die Option Xbox Live, gab seinen Benutzernamen und sein Passwort ein und klickte auf *Login*.

Er musste lange warten, stieß aber erfreut die Faust in die Luft, als sich seine Seite öffnete. Er wählte die Nachrichtenbox und suchte nach einem Freund namens Slava, was ihn direkt mit dem Hauptquartier der TFU verbinden würde.

Wo bist du?, tauchte auf dem Schirm auf.

Da er keine Tastatur hatte, brauchte er eine Weile, bis er den Namen der Wohnanlage mithilfe des Controlpads eingegeben hatte. Kaum hatte er die Nachricht gesendet, klopfte Alex an die Tür.

»Ich ziehe mich aus!«, rief Andre, griff nach der Fernbedienung und schaltete irgendeinen Kanal ein.

»Ich habe deine mickrige Figur schon mal gesehen«, erinnerte ihn Alex, als er eintrat. »Ich habe vergessen, dir zu sagen, dass du dein Login an der Xbox und dein Facebook und so auf dem iPad unten nicht verwenden sollst. Dad hat Angst, dass uns jemand mithilfe eines Logins aufspüren könnte.«

»Okay«, meinte Andre. »Das ist wohl sinnvoll.«

Er lächelte vor sich hin, als er seine Login-Daten aus der Xbox löschte, einen Sender mit spanischen Cartoons auf dem Fernseher einstellte und in die Dusche lief. Er hatte der TFU gesagt, wo er war. Das war alles, was zählte.

36

»Ich nehme mal an, dass du mich nicht nur hier heraufgerufen hast, um mir noch mal in die Eier zu hauen?«, fragte Ryan.

»Ach, mach doch nicht so ein Theater«, verlangte Amy. »Ein taffer Junge wie du wird doch wohl mit so was fertig werden.«

»Ich sollte dich wegen Kindesmisshandlung anzeigen«, grinste Ryan.

»Mach doch. Wenn ich nach Dallas komme, habe ich sowieso keinen Job mehr.«

Es war der Abend des ersten Weihnachtsfeiertages und Ryan befand sich in dem großen Kartenraum im vierten Stock des Kremls.

»Warum hast du mich hier heraufgerufen?«, fragte er. »Ich habe nicht lange Zeit, unten wartet Natalka auf mich, bereit für echt heißen Sex.«

»Treib es nicht zu weit«, warnte ihn Amy, musste aber unwillkürlich lächeln. »Ich dachte, du hättest gerne ein Update. Wir hatten einen kurzen Kontakt zu Andre. Wir wissen jetzt, wo er ist, und werden jemanden hinschicken, der ihm helfen kann.«

»Ted Brasker?«, fragte Ryan.

»Das hatten wir ursprünglich vor«, bestätigte Amy. »Aber der Blödmann hat sich das Kreuz verrenkt. Jetzt brauchen wir einen Ersatzmann, und da unsere Operation, Leonid zu finden, auf höchster Ebene nicht so ganz genehmigt wurde, ist es einigermaßen schwer, bei der TFU jemanden zu finden, der seine Karrierechancen aufs Spiel setzen würde.«

»Was soll das heißen, *nicht so ganz genehmigt?*«, wollte Ryan wissen.

»Offiziell muss Dr. D. ihren Bossen bei der CIA Bericht erstatten, bevor sie eine neue Operation beginnt«, erklärte Amy. »Sie hat ein wenig gemogelt und behauptet, es gehöre zu unserer Mission hier, Leonid zu finden.«

»Ist es so oder nicht?«

»Na ja, es ist schon unsere Aufgabe, die Geschäfte des Aramov-Clans abzuwickeln. Man könnte argumentieren, dass es dafür wichtig ist, Leonid zu finden, man könnte aber auch sagen, dass es eine völlig andere Aufgabe ist, eine Mutter und ihren Sohn nach Mexiko zu schicken, um jemanden zu suchen, der schon vor sechs Monaten aus dem Clan geworfen wurde.«

»Politik«, beschwerte sich Ryan. »Es wäre alles so viel einfacher, wenn sie uns einfach nur unseren Job machen ließen.«

»Stimmt«, meinte Amy. »Aber das wird nie passieren.«

»Und sind wir in dieser Lombardi-Angelegenheit weitergekommen?«

»Das Informationsmanagement-Team in Dallas hat ein wenig nachgebohrt. Ethans Mutter Galenka Aramov und sein Onkel Leonid Aramov haben eine Holdinggesellschaft mit Namen Vineyard Eight gegründet. Jedem von ihnen gehörte fünfzig Prozent der Gesellschaft und Lombardi war der einzige andere Direktor.

Vineyard Eight kaufte eine Satelliten-Navigationsfirma namens Lisson Communications auf. Lisson baute Navigationssysteme für amerikanische Militärfahrzeuge und war eine der ersten Firmen, die Navigationsgeräte für Autos anboten. Doch ihre Geräte konnten sich auf dem Markt nicht durchsetzen, und Galenka und Leonid kauften eine Gesellschaft, die fast bankrott war.«

»Warum haben sie das getan?«

»Es war ein großes Risiko, aber die Aramovs haben ihre Chance genutzt. Galenka hat die Navigationsabteilung an einen größeren Konkurrenten verkauft, aber Lisson behielt eine Menge wertvoller Patente.«

»Das mit den Patenten und Markennamen habe ich nie so ganz verstanden«, gestand Ryan.

»Im Grunde ist es so: Wenn du etwas erfindest, hast du das Recht, deine Erfindung patentieren zu lassen. Dann kannst du entweder Leute daran hindern, deine Idee zu kopieren, oder du kannst für die Erlaubnis Geld verlangen. Lisson Communications betrieb grundlegende Forschungen zur Navigationstechnik und besaß ein paar wichtige Patente. Und jetzt verlangt Lisson von jedem Hersteller, der ein GPS-System entwickelt, eins Komma drei Cent dafür, dass sie ihre Patente verwenden dürfen. Das hört sich nicht viel an, bis man sich vorstellt, dass jedes Jahr etwa eine Milliarde Telefone und andere GPS-Geräte hergestellt werden.«

»Sie machen also eine Menge Geld?«

»Galenka und Leonid haben 1999 sechzehn Millionen Dollar für Lisson bezahlt. Danach haben sie für mindestens sechs Millionen Firmenwerte verkauft und jetzt erzielt Lisson jährlich zehn Millionen Dollar Gewinn durch Patentrechte.«

»Damit könnte ich leben«, meinte Ryan.

»Lombardis Kanzlei kümmert sich um die rechtlichen Angelegenheiten von Lisson Communications. Sie sind auch für Galenka Aramovs Firma für Computersicherheit zuständig, die auch nach ihrem Tod sehr gut läuft.«

»Dann ist unser Freund Ethan also ein ziemlich reicher Kerl?«, lachte Ryan.

»Allerdings«, bestätigte Amy. »Aber soweit es unsere

Nachforschungen betrifft, scheint das eine Sackgasse zu sein. Es zeigt uns nur, dass Galenka und Leonid Aramov einen Teil ihres Geldes zusammengeworfen und eine gute Investition getätigt haben.«

»Lombardi hat Leonid Aramov unter falschem Namen Geld geschickt«, bemerkte Ryan. »Das muss doch illegal sein.«

»Aber es würde mich wundern, wenn ein cleverer Anwalt wie Lombardi das Geld nicht so verschieben würde, dass man es unmöglich zurückverfolgen kann.«

»Dann müssen wir uns also doch darauf verlassen, was Andre und Tamara in Mexiko herausfinden können?«, fragte Ryan.

Amy nickte.

»Und das ist gefährlich. Wir geben ihnen maximal zwei Wochen, dann werden wir sie herausholen, egal, ob sie etwas Belastendes gegen Leonid gefunden haben oder nicht.«

*

Abgesehen von den Kindern, die sich in der Grundausbildung befanden, und denen, die eine Strafe abbüßten, hatten alle zwischen Weihnachten und Neujahr frei. James hatte den zweiten Weihnachtsfeiertag freigehabt und am 27. Dezember die Aufgabe übernommen, einen Haufen Kinder nach London zu fahren, damit sie einkaufen und eislaufen gehen konnten.

Da zwei Mädchen über eine Stunde zu spät am Treffpunkt auftauchten, war es bereits zehn, als James den Minibus durch das Haupttor des Campus fuhr. Er hatte Kopfschmerzen, nachdem seine Schützlinge sich auf dem Heimweg aufgeführt hatten wie die Rowdys.

Am liebsten wäre er gleich in sein Zimmer gegangen und hätte geschlafen, aber er hatte eine SMS bekommen, die ihn bei seiner Rückkehr direkt ins Einsatzkontrollgebäude rief, wo ihn Ewart Asker hinter einem großen Schreibtisch mit Glasplatte erwartete. Er war der Chef-Einsatzleiter und Ehemann der Vorsitzenden Zara Asker.

»Wie war die Schnäppchenjagd?«, fragte er James.

Es war neun Jahre her, seit James selbst als zwölfjähriger Rekrut auf den Campus gekommen war, doch in dieser Zeit hatte sich Ewart wahrscheinlich stärker verändert als jedes andere Mitglied des Personals. Damals war Ewart ein junger Einsatzleiter mit Ohrlöchern und zerrissenen Jeans gewesen. Jetzt hatte er vier Kinder, sein Haar wurde schütter, und er zeigte einen Bauchansatz.

»Je weniger ich über diesen Tag rede, desto besser«, meinte James. »Zwei Mädchen im grauen Hemd haben geheult, als ich ihnen gesagt habe, ich würde sie melden, weil sie zu spät zum Bus gekommen sind, die Autobahn aus London heraus war komplett dicht, und die Kids haben die ganze dreieinhalbstündige Fahrt über nicht eine Sekunde Ruhe gegeben.«

Ewart lachte.

»Es ist noch gar nicht so lange her, dass du eines von diesen Kindern warst, die im Bus herumgetobt sind und mich wahnsinnig gemacht haben.«

»Da komme ich mir echt alt vor«, gestand James.

»Wie ist eigentlich dein Spanisch?«

James sah ihn verwirrt an.

»Ich habe es in den letzten Jahren nur genutzt, wenn ich mit Kerry zu diesem kleinen Mexikaner in der Nähe des Stanford-Campus gegangen bin. Aber ich bin sicher, ich komme zurecht.«

»Mit Andre bist du gut ausgekommen, nicht wahr?«

»Er ist absolut okay.«

»Eigentlich hätte Ted Brasker, ein leitender TFU-Agent, Andres und Tamaras Kontaktmann in Mexiko sein sollen. Dummerweise ist er in seinem Hotel in Dubai auf der Treppe ausgerutscht und steht jetzt unter Schmerzmitteln, und zwar so lange, bis sich seine Rückenmuskulatur entkrampft. Wir suchen also jemanden mit breiter Felderfahrung, der Russisch und Spanisch spricht. Die Bekanntschaft mit Andre wäre von Vorteil und idealerweise hätte die Person schon vor sechs Stunden vor Ort sein sollen.«

»Klingt ziemlich nach mir«, fand James misstrauisch.

»Normalerweise würden drei Einsatzleiter an so einer Sache mitarbeiten«, sagte Ewart. »Aber zu Beginn werden es du und eine Agentin der Drogenfahndungsbehörde sein, die sich dort auskennt. Brasker wird zu euch stoßen, wenn es ihm besser geht.

Die Lage in Ciudad Juárez ist gefährlich. Wir wissen nicht, was Leonid Aramov vorhat, aber wir wissen, dass dort ein großer Drogenkrieg tobt. Die Polizei ist so korrupt, dass der Präsident sie aufgegeben hat und lieber die Armee auf die Straße schickt. Ich habe bereits einige Einsatzunterlagen zusammengestellt und maile dir noch mehr. Da du noch kein richtiger Einsatzleiter bist, kann ich dich nicht einfach hinschicken. Ich brauche dein Einverständnis.«

»Wenn ihr mich dort braucht, dann gehe ich«, erwiderte James und begann zu lächeln. Seit seiner letzten Mission als CHERUB-Agent waren über drei Jahre vergangen und er vermisste die Aufregung der Undercoverarbeit.

»Ich habe mir mal die Flugverbindungen angesehen, aber der einzige Weg nach Ciudad Juárez führt über Amsterdam oder Atlanta. Auf beiden Strecken gibt es lange Zwischenstopps und du würdest länger als einen Tag brauchen. Aber ich kann dich von einem Langstrecken-Privatjet an der nächsten Militärflugbasis abholen lassen.«

»Wann?«, fragte James.

Ewart sah auf die Uhr.

»Das Flugzeug kann in zwei Stunden aufgetankt und bereit sein. Geh packen. Ich suche dir ein paar Überwachungsgeräte zusammen und lasse dir einen Diplomatenpass ausstellen, damit du bei deiner Ankunft in Mexiko nicht durchsucht wirst. Wir haben jetzt ein Gerät zur Herstellung von Pässen hier auf dem Campus, es dauert also keine zehn Minuten.«

Ewart schob ihm einen Stapel Papiere zu.

»Nimm das, du kannst es unterwegs lesen. Und weil du so müde bist, lasse ich dich von einem der Schwarzhemden zum Flugplatz fahren.«

37

Streng geheim
CHERUB-Personal: Einsatzunterlagen für James Adams
27.12.2012
Nicht ausdrucken oder in unverschlüsseltem Format abspeichern

Teil 1: Hintergrund zur Mission und Zusammenfassung

Einleitung
Mit 110 Millionen Einwohnern liegt Mexiko an elfter Stelle der am dichtesten besiedelten Länder der Welt. Seine 3600 Kilometer lange Grenze zu den USA ist eine der längsten der Welt und wird täglich von über einer Million Menschen überquert. Durch diese Länge ist es für die Polizei schwierig, sie zu kontrollieren, obwohl die Grenzpolizei der USA mehr als 10 Milliarden Dollar im Jahr dafür ausgibt.

Anfänge
Von den Siebzigerjahren bis Mitte der Neunziger wurde das meiste Kokain durch die Luft oder über das Meer in die USA geschmuggelt, und zwar durch mächtige Drogenkartelle aus Kolumbien. Diese Kartelle vergrößerten sich, bauten riesige Mengen an Marihuana an und schufen Verbindungen zum Nahen Osten, um dort Heroin absetzen zu können.

Als 1980 US-Präsident Reagan an die Macht kam, erklärte er den »Krieg gegen die Drogen«. Obwohl man Milliarden in diesen Drogenkrieg investierte, änderte sich an der Menge der auf amerikanischen Straßen erhältlichen Drogen nur wenig. Die Gründung der Drogenfahndungsbehörde DEA (Drug Enforcement Agency) und stärkere Drogenkontrollen auf Luft- und Seewegen machte den Schmuggel von Drogen auf dem Landweg von Südamerika über Mexiko in die USA immer attraktiver.

Operationen des US-Militärs und der DEA in Südamerika schwächten allmählich die Macht der Kolumbianer, doch dafür entstand in Mexiko eine neue Generation von Syndikaten. Anfang 2000 hatten die mexikanischen Banden ihre kolumbianischen Vorläufer überflügelt und begannen, sowohl die Produktion als auch den Schmuggel von Drogen zu übernehmen.

In Mexiko selbst kämpfte eine Handvoll verbrecherischer Organisationen um die Schmuggelrouten. Das am heftigsten umstrittene Gebiet lag an der nördlichen Grenze zu den USA. Brutale Straßenkämpfe zwischen rivalisierenden Banden machten einstmals blühende Touristenorte an der mexikanischen Grenze wie Tijuana zu trostlosen Orten, die man am besten mied.

Während die amerikanischen Touristen also nicht mehr nach Mexiko kamen, stellten gleichzeitig die Betriebe, die in Nordmexiko billige Waren für den US-Markt herstellten, ihre Produktion ein, weil es billiger war, diese Waren in China oder Vietnam zu fabrizieren. Der Zusammenbruch von Tourismus und Industrie sowie eine Welle von Drogengeld führten zu einem wahren Sturm von Gewalt, Korruption, Arbeitslosigkeit und Armut.

Ein Polizeibeamter mit einem Gehalt von 6000 Dollar im Jahr konnte in einer Woche das Gleiche an Bestechungsgeldern von einem Drogenhändler bekom-

men, und Beamte, die sich der Bestechung widersetzten, mussten feststellen, dass ihre Familien bedroht wurden. Die Korruption reicht bis in die höchsten Ebenen der mexikanischen Politik und Justiz und die Mordrate ist siebzigmal höher als in den USA. Man nimmt an, dass einige Gegenden dieses einst so schnell aufsteigenden Landes dem völligen Zusammenbruch nahe sind.

Militarisierung

Abgesehen von der außerordentlichen Brutalität zeichnen sich die sich bekriegenden mexikanischen Drogensyndikate auch durch den Einsatz von schweren Waffen und Militärtechnik aus, bedingt durch die Verflechtung mit der Polizei.

Ein Beispiel dafür ist eine mexikanische Spezialeinheit, die geschlossen zu einem Drogensyndikat überlief. Kurz darauf exekutierten die Soldaten die Drogenbosse und übernahmen selbst das Kommando. Tausende von Bauern wurden gekidnappt, gezwungen, Tunnel zum Schmuggeln von Drogen unter der US-Grenze hindurchzugraben, und anschließend getötet, damit sie die Position der Geheimwege nicht verraten konnten.

Als 2006 der mexikanische Präsident Felipe Calderon an die Macht kam, erkannte er schnell, dass die Polizei in vielen Grenzbezirken so korrupt war, dass eigentlich die Drogensyndikate regierten. Mehr als 45 000 mexikanische Soldaten sind jetzt für Anti-Schmuggel-Operationen innerhalb ihrer eigenen Landesgrenzen eingesetzt. Als Reaktion darauf haben sich auch die Syndikate bei ihren Kämpfen untereinander und gegen die Regierung zunehmend militarisiert.

Ciudad Juárez

Ciudad Juárez, an der Grenze zwischen Mexiko und den USA auf halbem Weg zwischen dem Atlantik und dem

Pazifik gelegen, sowie seine Schwesterstadt El Paso auf der Nordseite der Grenze, hat einige der schlimmsten Kämpfe im mexikanischen Drogenkrieg miterlebt. Die Grenzübergänge zwischen den beiden Städten gehören zu den größten des ganzen Landes. In Ciudad Juárez passieren täglich mehr Laster die Grenze als an jedem anderen Ort. Dadurch ist es zu einem bevorzugten Drogenumschlagplatz geworden.

Zu unterschiedlichen Zeiten wurde der Drogenschmuggel in der Stadt von drei verschiedenen Syndikaten kontrolliert, doch nach jahrelangen erbitterten Kämpfen innerhalb dieser Banden und untereinander ist augenblicklich nicht klar festzustellen, wer was kontrolliert.

Die Stadt wurde überdies besonders hart vom Zusammenbruch der mexikanischen Wirtschaft getroffen. Ist es im Stadtzentrum bei Tageslicht noch einigermaßen sicher, so ist es doch nachts in der gesamten Stadt gefährlich, und in die umliegenden Industriegebiete mit einer Arbeitslosenrate von über 50 Prozent sollte man sich nur wagen, wenn man einen Führer dabeihat, der sich mit den Gegebenheiten vor Ort ausgezeichnet auskennt.

Beteiligung des Aramov-Clans

In den Achtzigerjahren arbeitete der Aramov-Clan eng mit den kolumbianischen Kartellen zusammen und flog Heroin vom Nahen Osten nach Südamerika und in die Karibik. Anfang des neuen Jahrtausends sah Clanchefin Irena Aramov sich jedoch gezwungen, sich aus dem groß angelegten Heroinschmuggel zurückzuziehen, weil die Situation durch die rivalisierenden mexikanischen Syndikate sowie die Präsenz des amerikanischen Militärs in Afghanistan, wo das meiste Heroin produziert wird, zu unsicher geworden war.

Allerdings führte der Clan weiterhin einige Schmuggeloperationen für mexikanische Drogensyndikate durch, und man vermutet, dass er ihnen auch Mörsergeschütze und andere schwere Waffen geliefert hat.

Leonid Aramov

Als Leonid Aramov von seiner Mutter enterbt und gezwungen wurde, Kirgistan zu verlassen, nahm man an, dass er sich nach Russland oder in den Nahen Osten zurückziehen werde. Auch wenn man derzeit keine Ahnung hat, was Leonid Aramov in Mexiko plant, so hat er doch keine anderen Verbindungen zu diesem Land, und eine Verwicklung in die Drogenkriege scheint die einzige Erklärung für seine Anwesenheit dort.

Aramov hat weder Geld noch Leute, um es mit den mexikanischen Gangs aufzunehmen. Wahrscheinlich nutzt er seine ausgedehnten internationalen Kontakte, um den Syndikaten schwere Waffen zu beschaffen.

Nähere Umstände und Ziele der Mission

Leonids Exfrau Tamara und sein jüngster Sohn Andre haben sich bereit erklärt, für die TFU (Transnational Facilitator Unit) zu arbeiten, und wohnen bei Leonid Aramov in einer Luxuswohnanlage in einer reichen Vorstadt von Ciudad Juárez.

Ziele des Einsatzleiters:

- *Nach Ciudad Juárez reisen und mit DEA-Agentin Lucinda Alvarez Verbindung aufnehmen.*
- *Sicheren Kontakt zu Tamara und/oder Andre Aramov herstellen.*
- *Versuchen, herauszufinden, was Leonid Aramovs Ziele in Mexiko sind.*
- *Maßnahmen gegen Leonid ergreifen, sofern es sicher ist, entweder allein oder in Zusammenarbeit mit den mexikanischen Behörden.*

- *Angesichts von Leonid Aramovs Gewalttätigkeit und der gefährlichen Lage in Ciudad Juárez werden Andre und Tamara nach zwei Wochen abgezogen, selbst wenn bei der Mission keinerlei Fortschritte erzielt wurden.*

38

Da die meisten Einheimischen es für verrückt hielten, bei fünfzehn Grad Außentemperatur den Gemeinschaftspool zu benutzen, hatte Andre ihn für sich allein. Er war zwar kein guter Schwimmer, aber es hatte ihm immer Spaß gemacht, und da er nicht zur Schule ging und keinen Freund im Umkreis von fünftausend Kilometern hatte, war der Pool die einzige Gelegenheit, mal von seiner Familie wegzukommen.

Eine fünfte Bahn wäre zu viel gewesen, daher schwamm er zum Rand, um an der Zwei-Meter-Marke wieder zu Atem zu kommen. Als er die Beine eines Mannes am Beckenrand bemerkte, dachte er zuerst an Boris, doch dieser Mann trug Khakihosen und das grüne Polohemd der Wartungsteams der Wohnanlage.

»James!«, stieß Andre hervor und sah sich dann um, um zu sehen, ob jemand in der Nähe war.

»Schwimm zum flachen Ende«, befahl ihm James. Er sprach schnell, weil ihre Begegnung zufällig wirken musste. »Ich habe ein Kommunikationsgerät und ein paar andere Sachen in die Tasche deines Bademantels gesteckt.«

»Okay.«

»Und hör auf, dich umzusehen. Wenn es jemand wissen will, ich habe dich gefragt, ob das Wasser im Pool warm genug ist.«

James entfernte sich vom Pool, packte die Griffe eines Hausmeister-Karrens und zog weiter. Der Pool lag in einem rechteckigen Garten, von dem aus einzelne Treppen zu mehreren Dutzend Apartments führten. Es schien idyllisch, bis man bemerkte, dass jede Treppe mit stählernen, von Spitzen gekrönten Gittern, Überwachungskameras und gelegentlich auch bewaffneten Wächtern gesichert war.

Leonids Wohnung hatte zwar keinen Wächter, doch möglicherweise hatte er in anderen Wohnungen der Anlage Verbündete. Die kurze Unterhaltung mit Andre hätte ihre Aufmerksamkeit erregen können, und selbst mit einer Mütze waren James' blondes Haar und seine helle Haut in einem Land, in dem ein südländischer Typ eher die Norm war, auffällig genug.

Der Weg wurde ihm von einem mageren älteren Wesen auf ihrer Joggingtour verstellt. Sie gestikulierte wild und sprach so schnell auf Spanisch auf ihn ein, dass er nicht mitkam.

»Werden Sie heute meine Mülltonne sauber machen?«, fuhr sie ihn an. »Ich habe vor drei Tagen eine tote Ratte gemeldet und bis jetzt ist noch niemand da gewesen.«

»Ich bin neu hier«, meinte James achselzuckend mit betont starkem Akzent. »Ich frage mal den Boss.«

»Als ihr geklingelt habt und Weihnachtsgeld wolltet, wart ihr eifriger.«

»Ich habe heute erst angefangen«, erklärte James. »Ich hole das Desinfektionsmittel und eine Schaufel.«

»Na hoffentlich!«, zeterte die Frau und setzte ihren Lauf fort.

Als das alte Schlachtross abgezogen war, bemerkte James, dass Andre fünfzig Meter hinter ihm aus dem Pool geklettert war. Er schob seinen Karren schneller dorthin, woher er gekommen war, und gelangte durch eine schwarze Schwingtür in einen kahlen Betonbau, der als Lager für Poolchemikalien und Gartengeräte diente.

Dort nahm er seine Automatikpistole aus dem Werkzeugkasten seines Karrens und steckte sie sich hinten in die Shorts. Dann warf er einen Blick in das Büro des Hausmeisters. Der grauhaarige Mann schlief tief und fest über seinem Bürotisch. Das Spray, das James eingesetzt hatte, würde dafür sorgen, dass es auch noch mindestens eine halbe Stunde so blieb, und er hoffte, dass man den alten Mann nicht erwischte, wie er während der Arbeit schlief.

Vier Treppen und ein zwanzig Meter langer Gang brachten ihn zu einem Drahtzauntor am Ende der Wohnanlage. Er drückte auf einen Knopf, der das Tor öffnete, ging fünfzig Meter über rissigen Beton und sprang auf den Beifahrersitz eines VW-Busses.

Auf dem Fahrersitz saß die kraushaarige Halbamerikanerin Lucinda Alvarez. Sie war eine DEA-Agentin, die über Ciudad Juárez und seine Drogenkriege mehr wusste als sonst jemand, und Dr. D. hatte einen Gefallen eingefordert, um sie zeitweilig für die TFU zu rekrutieren.

»Hast du den Kontakt hergestellt?«, fragte sie.

»Drei Stunden nutzlose Warterei«, sagte James. »Als ich schon aufgeben wollte, kommt Andre in Bademantel und Badehose angelaufen. Das Kommunikationsgerät hat nur eine Reichweite von ein paar Kilometern, also fahren wir am besten nur außer Sichtweite.«

Lucinda warf den klappernden alten Dieselmotor des Busses an, und James stieg zwischen den Sitzen hindurch in den hinteren Teil, wo er sich auf einer dünnen, mit einer Häkeldecke überzogenen Schaumstoffmatratze niederließ. Dort nahm er die Pistole aus dem Hosenbund und zog sich das grüne Polohemd aus, das er aus einem Spind im Lager gestohlen hatte.

Lucinda bog aus der Auffahrt in den langsam fließenden Verkehr ab, und James nahm einen Rucksack mit Spionageausrüstung, aus dem er einen winzigen Empfänger und eine kleine Plexiglasschachtel mit seinem Kommunikationsgerät holte. Es in sein Ohr einzusetzen war ein wenig kompliziert und musste warten, bis Lucinda ein paar hundert Meter weitergefahren und in einer Einfahrt hinter einer verlassenen Apotheke geparkt hatte.

»Andre? Kannst du mich hören, Andre?«

James wiederholte den Ruf ein paarmal, bevor Andre panisch antwortete.

»Eine Minute, James, ich trockne mich gerade ab.«

»Such dir eine ruhige Ecke und sieh zu, dass dich keiner sprechen hört.«

»Ich bin in meinem Badezimmer«, erwiderte Andre. »Zwischen mir und den anderen liegen zwei geschlossene Türen.«

»Gut«, sagte James. »Wie geht es dir?«

Andre ignorierte die Frage und rief erfreut: »Ich bin so froh, dass Sie es sind. Sie hatten mir gesagt, es würde dieser alte Kerl namens Ted sein.«

Die Begeisterung ließ James lächeln.

»Ich glaube, du wirst der Gründer und das einzige Mitglied im James-Adams-Fanclub.«

»Die Reise war beschissen«, erzählte Andre. »Hat drei Tage gedauert. Ich habe versucht, eine andere Möglichkeit zu finden, um Verbindung aufzunehmen, aber es gibt kein Festnetztelefon, und ich habe kein Handy in die Finger bekommen.«

»Jetzt haben wir ja Kommunikationsgeräte«, beruhigte ihn James. »Und in der Tasche deines Bademantels ist noch eine Art winziges Handy. Es funktioniert überall, wo du ein Funksignal hast.«

»Es ist nicht so schlecht hier«, berichtete Andre. »Dad

ist schleimig nett zu Mum, weil er ihr an die Wäsche will, und Alex verhält sich menschlich. Boris ist immer noch ein Riesenblödmann, aber er verbringt die meiste Zeit mit dieser Mexikanerin Silvia. Irgendwie lustig, wenn man hört, wie sie in seinem Zimmer miteinander herummachen.«

James lächelte.

»Hast du eine Ahnung, was dein Dad vorhat?«

»Er hat mit Sicherheit etwas am Laufen«, erzählte Andre. »Ein paarmal hat er sich mit dem Typen aus Wohnung siebzehn auf der anderen Seite des Gartens getroffen. Und er hat hier ein kleines Büro eingerichtet und telefoniert ständig. Er versucht, Spanisch zu sprechen, aber er kann es echt schlecht und kriegt Wutanfälle, wenn ihn die Leute nicht verstehen.«

»Und deiner Mum geht es gut?«

»So lala«, erwiderte Andre. »Dad ist ein paarmal mit uns in die Stadt gegangen. Er hat mir Klamotten und einen Haufen Spiele für die Xbox gekauft. Aber er hat das Wireless-Passwort geändert, daher kann ich nicht mehr online gehen. Mum ist vorsichtig, denn es braucht nicht viel, dass mein Vater explodiert, und als wir noch im Kreml gewohnt haben, hat er sie unzählige Male verprügelt.«

»Eure Hauptaufgabe war es, uns zu ihm zu führen«, erinnerte ihn James. »Und die ist erledigt. Beim ersten Anzeichen dafür, dass sich etwas Schlimmes anbahnt, holen wir euch da raus.«

»Ich bin froh, dass wir wieder Kontakt haben«, erklärte Andre.

»Wir brauchen Informationen«, mahnte James. »In dieser Wohnanlage gibt es Hunderte von Handys. Wir können das von deinem Dad oder deinen Brüdern nicht ausfindig machen, aber wenn uns das gelingt, dann können wir ihre Gespräche abhören. Es würde uns helfen, wenn wir ihre Telefonnummern bekommen könnten. Wenn es schwierig ist, an ihre Telefone zu kommen, versuch mal, ob du eine Rechnung oder andere Unterlagen findest.«

»Da ist etwas«, erinnerte sich Andre. »Ich weiß zwar, dass mein Dad ein Lügner ist, aber er redet ständig davon, dass er bald fortwill und mit uns ein neues Leben anfangen wird. Und ich habe meine Brüder darüber reden hören, was sie tun wollen, wenn sie hier weggehen.«

»Irgendeine Ahnung, wohin oder wann?«

»Keine Ahnung, wohin, aber es muss bald sein, glaube ich«, antwortete Andre. »Als ich neulich vorbeiging, stand die Bürotür meines Vaters offen, und er hat Papiere in einen großen Reißwolf gesteckt. Normalerweise ist er total schlampig, aber jetzt stecken alle Sachen in ein paar Pappordnern.«

James war begeistert, aber auch besorgt. Sie hatten Leonid gerade erst aufgespürt, und das Letzte, was sie jetzt wollten, war, dass er verschwand, ohne dass sie irgendwelche Beweise fanden.

»Lassen sie euch je allein?«, erkundigte er sich. »Der Schlüssel zu allem, was Leonid tut, liegt in seinem Büro. Er vertraut Computern nicht, besonders, seit wir ihn gehackt und ihm den größten Teil seines Vermögens gestohlen haben. Die Unterlagen in seinem Büro sind unsere beste Chance, herauszufinden, was er vorhat.«

»Ich könnte ja behaupten, ich bin krank, und dann bleibe ich zu Hause, wenn sie zum Essen ausgehen oder so«, meinte Andre. »Aber die Bürotür hat ein schweres Schloss.«

James wünschte sich, er hätte Andre beigebracht, wie man Schlösser knackt, doch so etwas lernt man nicht in einem zehntägigen Kurs.

»Na gut«, meinte James. »Es wäre gut, wenn du in das

Büro kommen könntest, aber geh keine Risiken ein, die du nicht vorher mit mir besprochen hast.«

Vom Fahrersitz aus erinnerte ihn Lucinda: »Navis!«

»Oh ja«, bestätigte James. »Wir hatten noch eine andere Idee. Wenn du die Gelegenheit hast, geh mal zum Auto deines Vaters oder denen deiner Brüder, falls sie welche haben, und überprüfe die Navis. Wir wollen herausfinden, mit welchen Gangs dein Vater arbeitet, und wenn wir wissen, wohin er zu seinen Treffen geht, würde uns das unglaublich helfen.«

»Mach ich«, versprach Andre.

»Noch etwas, was du mich fragen möchtest?«

»Alles klar«, behauptete Andre.

»Wir bleiben in Verbindung. Ich versuche, mir in der Nähe ein Zimmer zu mieten«, sagte James. »Du kannst mich also jederzeit über das Kommunikationsgerät erreichen, und denk daran: keine Risiken, es sei denn, du besprichst sie vorher mit mir.«

39

Ryan betrachtete durch das Balkonfenster von Natalkas Eckzimmer den Sonnenuntergang über der Startbahn des Kremls. Es war wie in alten Zeiten, der Geruch von Kerosin hing in der Luft, und fünf Flugzeuge standen mit dröhnenden Motoren in einer Reihe und warteten auf ihren Start. Doch während beim letzten größeren Start vier Crews in ihr Schicksal geflogen waren, stand dieser Gruppe eine erfreulichere Zukunft bevor.

Die Kreml-Mechaniker hatten über Weihnachten gearbeitet und acht der modernsten Maschinen des Clans ausgeschlachtet, um fünf Flugzeuge in einen anständigen Zustand zu bringen. Zum ersten Mal in ihrer Geschichte wurden Aramov-Flugzeuge mit neuen Reifen und modernen Navigationsgeräten ausgestattet. Am wichtigsten war jedoch, dass alle Motoren mit einem Hundertausend-Dollar-Schalldämpfer ausgerüstet worden waren, damit sie den strikten Lärmbeschränkungen der reicheren Länder Genüge leisteten.

Im Laufe der Jahre hatten Kreml-Mechaniker die Flugzeuge mit Lackierungen von der UN bis zur vietnamesischen Luftwaffe getarnt, aber diese fünf trugen nun ganz legal die silberne Farbe und das rote Halbmondlogo einer islamischen medizinischen Hilfseinrichtung.

Den Gerüchten nach, die Amy im Kreml hatte streuen lassen, hatte ein reicher Wohltäter die Flugzeuge inklusive der Mannschaften für wohltätige Zwecke gechartert. Doch da es bald keinen Aramov-Clan mehr geben würde, den man dafür bezahlen konnte, waren sie im Grunde eine Schenkung. Die Finanzierung von Crews, Benzin und Wartung für die nächsten zehn Jahre kam ebenfalls als Schenkung aus dem beschlagnahmten Vermögen von Leonid Aramov.

Es war selten, dass ein CHERUB-Agent ein einfaches, direktes Beispiel dafür zu sehen bekam, was sie an Gutem taten, und Ryan war ziemlich aufgewühlt, als er das erste Flugzeug abheben sah. Zwei flogen nach Europa, wo sie zu fliegenden Krankenhäusern umgebaut würden, um medizinische Hilfe und die Möglichkeit zu Operationen in entlegene Gebiete zu tragen. Den anderen dreien stand eine weniger glamouröse, aber dennoch würdige Zukunft bevor: Sie würden Nahrungsmittel und medizinische Hilfsgüter in Katastrophengebiete bringen.

Doch während Ryan sich freute, sah Natalka missbilligend drein.

»Ich wette, das ist wieder eine Falle«, behauptete sie verächtlich. Sie stand am Küchentresen und malte ihren Daumennagel mit schwarzem Lack an. »Man wird sie reinlegen wie meine Mum.«

Ryan hatte Natalka in der Woche, seit sie wieder zusammen waren, kaum aus den Augen gelassen. Inzwischen war er ihre Zigaretten und ihre negative Einstellung ziemlich leid. Doch auch wenn es ihn wahnsinnig machte, so viel Zeit mit ihr zu verbringen, war er sich doch der Tatsache bewusst, dass ihnen nicht mehr viel davon blieb, und bei der Aussicht, nicht mehr mit ihr zusammen zu sein, ging es ihm noch viel schlimmer.

»Sie werden sich schon etwas überlegen«, meinte Ryan. »Ich bin sicher, das mit deiner Mum kommt wieder in Ordnung.«

Natalka warf Ryan eine halb leere Packung Kekse an den Kopf.

»Hör auf, so einen Blödsinn zu reden, nur damit ich mich besser fühle!«

»Hast du schon deine Tante angerufen?«

»Ich hasse sie«, erklärte Natalka. »Ich bleibe hier bei dir.«

Natalka hatte keine Ahnung, dass bereits ein Abrissteam im Anmarsch war, das den Kreml in Schutt und Asche legen würde. Ryan war sich nicht sicher, ob es besser war, zu wissen, dass die große Liebe zum Scheitern verurteilt war, so wie er, oder in Unwissenheit zu leben wie Natalka.

»Ich muss etwas für Igor erledigen«, sagte Ryan. »Ich bin für eine Stunde weg. Höchstens zwei.«

Er hob die Kekse auf und legte sie wieder auf den Tisch neben Natalka.

»Ich bringe Geld mit«, sagte er und suchte auf dem Boden nach seinen Schuhen. »Und du hast schlechte Laune. Wenn du so drauf bist, kann ich es dir sowieso nicht recht machen.«

»Sieh mal nach, ob sie im Zigarettenautomaten die Marlboros nachgefüllt haben«, trug Natalka ihm auf.

Kopfschüttelnd schloss Ryan die Zimmertür hinter sich, denn er wusste, dass das eigentlich hieß, er solle ihr eine Packung kaufen. Doch als er in sein eigenes Zimmer kam, war jeder Gedanke an Natalka vergessen. Er steckte sich einen kleinen 22er-Revolver in den Hosenbund und zog einen Kapuzenpulli an, um die Ausbeulung zu verstecken.

Igor war in der Rezeption und schien einen Kater zu haben. Ryan sprach ihn nicht an, sondern ging an seinem Sessel in der leeren Bar vorbei und bedeutete ihm tonlos: *fünf Minuten*.

Nachdem er am Automaten Natalkas Zigaretten gezogen hatte, fuhr Ryan mit dem Aufzug in den fünften Stock. Amy hatte den beiden Wachen gesagt, dass er kommen würde. Er betrat Leonids alte Wohnung, wo es sehr komisch roch, weil Tamara irgendetwas in einem Schrank gelassen hatte, was vor sich hin gammelte.

Amy war barfuß und trug ein Nachthemd.

»Guten Morgen«, begrüßte sie ihn. »Alles in Ordnung?«

»Natalka geht es miserabel«, sagte Ryan. »Können wir wirklich nichts für ihre Mutter tun?«

Amy lachte.

»Dimitra hat zehn Jahre als Pilotin für einen kriminellen Schmugglerring gearbeitet. Wir können sie nicht einfach heraushauen, nur weil du scharf auf ihre Tochter bist.«

»Aber wir haben sie reingelegt.«

»Ja, bei diesem letzten Auftrag«, bestätigte Amy. »Aber was ist mit den ganzen Drogen und Waffen, die sie in den zehn Jahren davor geschmuggelt hat?«

»Können wir nicht wenigstens versuchen ...«

»Du musst dich jetzt auf Igor konzentrieren«, schnitt Amy ihm bestimmt das Wort ab.

»Ich habe ihm in der Bar ein Zeichen gegeben«, sagte Ryan. »Er kommt gleich die Hintertreppe herauf.«

»Dann legen wir lieber los, nicht wahr?«

Die fünf Stockwerke des Kremls waren alle mit Treppen miteinander verbunden, doch die Aramovs hatten es so eingerichtet, dass man den obersten Stock nur über einen einzelnen Lift erreichte. Es standen immer zwei Wachen am Aufzug und die stählerne Tür zur Treppe konnte nur von innen geöffnet werden.

Zu dieser Tür, die sich in einem Zimmer befand, in dem früher die Krankenschwester von Irena Aramov gewohnt hatte, ging Ryan jetzt. Nachdem er ein paar Minuten auf dem schmalen Bett gesessen hatte, hörte er Igor leise anklopfen.

Als Ryan die schwere Tür aufzog, holte Igor eine große Pistole mit Schalldämpfer und Zielfernrohr hervor.

»Sind Sie sicher, dass die groß genug ist?«, grinste Ryan.

Igor zuckte mit den Achseln.

»Die macht auf jeden Fall Matsch aus Josef Aramov.«

»Und was ist mit dem Mädchen?«

»Leonid schert sich einen Dreck um Amy«, bekannte Igor. »Er will Josefs Tod dafür, dass er sich mit Tamara einlassen wollte. Aber ich will nicht, dass sie herumrennt und kreischt, bis ich weit weg bin. Wenn sie also da ist, werde ich sie auch töten.«

»Schade«, fand Ryan. »Amy hat fantastische Titten.«

Igor musste ein Lachen unterdrücken.

»Du gefällst mir, Ryan. Das mit deinem Vater ist schade, aber du bist ein echter Überlebenskünstler.«

»Vor allem mit hunderttausend Som in der Tasche, mit denen ich und Natalka hier verschwinden können.«

Igor verstand den Hinweis und zog ein Geldbündel aus der Tasche.

»Du wirst mir wohl vertrauen müssen. Wir haben keine Zeit, herumzustehen und zu zählen.«

»Wann geht Ihr Flug?«

»Ich habe noch Zeit«, wich Igor aus. »Wie kommen wir jetzt ans andere Ende, ohne dass uns die Wachen bemerken?«

Ryan führte Igor aus dem Zimmer der Schwester und durch Irena Aramovs Wohnzimmer. An der Wand hingen noch ihre Dekorationen und Familienbilder. Es hatte sich nicht viel verändert, seit sie zur Krebsbehandlung in die USA geflogen war. Als Ryan eine gläserne Schiebetür aufmachte, schlug ihnen kalte Luft entgegen. Hinter dem Vorhang zeigten sich drei lange Balkone, jeweils im Abstand von einem halben Meter voneinander.

»Das ist vereist«, warnte Ryan. »Aber Andre hat mir erzählt, dass Alex und Boris da häufig nur so als Mutprobe hinübergesprungen sind. Der dritte Balkon endet vor dem Eingang zu Josefs Wohnung. Ich bin schon hineingeschlichen und habe dafür gesorgt, dass die Tür nicht verschlossen ist.«

»Und das haben die Wachen nicht bemerkt?«

»Die Wachen sind an mich gewöhnt«, erklärte Ryan.

»Dann gehst du jetzt besser«, sagte Igor. »Sobald es sich herumspricht, dass dieses Schiff keinen Kapitän mehr hat, könnte es unangenehm werden. Plünderungen, Chaos …«

»Ich habe schon gepackt«, log Ryan. »Wir gehen zur Bushaltestelle.«

Während Ryan ins Zimmer der Schwester zurückging, betrat Igor den ersten Balkon. Die Lücke zwischen den ersten beiden Balkonen war kein Hindernis. Der gut aussehende Russe beseitigte das Eis von dem rostigen Geländer, bevor er hinübersprang.

Igor bemühte sich, nicht nach unten zu sehen, bis er glatt auf dem nachgiebigen Plastiksitz eines schneebedeckten Gartenstuhls gelandet war. Da er keine Ahnung hatte, dass Amy in der Fassung einer Balkonlampe einen wärmeempfindlichen Sprengsatz mit 250 Gramm Plastiksprengstoff angebracht hatte, stieg er hinunter.

Die Detonation traf ihn auf Schulterhöhe und blies ein großes Loch in seinen Hals. Als der erste Blutstrahl austrat, stürzte er mit dem Oberkörper auf das Metallgeländer, wo er einen Augenblick in der Schwebe blieb, bevor er Übergewicht bekam und abstürzte.

Igor fand ein unschönes Ende. Er blieb kurz an den Vogelabwehrstacheln hängen, und erst ein Schneebrett vom Dach, das von der Explosion gelöst wurde, stieß ihn ganz hinunter. Amy hatte die Ladung so berechnet, dass ihre Wirkung nach außen ging und Igor wie einen Schlag traf, doch die Druckwelle ließ dennoch mehrere Fensterscheiben zerspringen und löste noch jede Menge Schnee vom Dach des Kreml, der sich über Igor türmte, bis nur noch sein toter rechter Arm aus dem Haufen ragte.

40

Andre trug Jeans und ein schickes schwarzes Hemd, als er mit dem Aufzug von der Tiefgarage zur Wohnung fuhr. Leonid hatte einen maßgeschneiderten Kaschmiranzug an, etwas, was er im Kreml nie getragen hätte, während Tamara ein schulterfreies schwarzes Abendkleid trug, das Leonid ihr für mehr Geld gekauft hatte, als der Durchschnittsmexikaner in sechs Monaten verdiente.

»Ich habe meine Brieftasche im Auto vergessen«, sagte Andre und klopfte sich auf die leere Tasche seiner Jeans.

Er hatte Tamara zwar erzählt, dass er mit James Kontakt gehabt hatte und über sein Gerät kommunizieren konnte, aber sie wusste nicht, was er jetzt vorhatte, und benahm sich wie jede vernünftige Mutter.

»Die ist morgen früh auch noch da. Du musst ins Bett.«

»Aber wenn sie jemand auf dem Sitz liegen sieht, schlägt er vielleicht die Scheibe ein«, wandte Andre ein.

Leonid hatte eine Flasche Wein intus und brach in schallendes Gelächter aus.

»Die kugelsicheren Scheiben?«

Mittlerweile hatte Tamara begriffen und legte ihrem Exmann schmeichelnd den Arm um den Hals.

»Gib ihm schon die Schlüssel, du weißt doch, dass er sich immer so viele Sorgen macht.«

»Aber schließ wieder ordentlich ab«, sagte Leonid und reichte Andre die Schlüssel zu seinem großen Lexus.

Leonid und Tamara stiegen aus dem Aufzug, während Andre auf den Knopf drückte, um wieder in den Keller zu fahren. Es war eine schicke Garage mit Klimaanlage, ordentlichen gelben Markierungen und grünem Gummi auf den Parkplätzen wie in einer Sporthalle. Gelegentlich sah man eine ältliche Putzfrau am Boden knien und Reifenspuren beseitigen.

Andre drückte auf einen Knopf am Schlüsselbund, um die Limousine aufzuschließen. Die gepanzerte Tür wog eine Vierteltonne, daher surrten Motoren los, sobald er den Griff berührte, und nahmen ihm die Mühe ab, sie aufzuzerren. Schnell holte Andre seine Brieftasche vom Rücksitz und kletterte dann zwischen den Vordersitzen hindurch. Er tippte einmal auf das Navigationsgerät und zweimal hinter sein Ohr, um das Kommunikationsgerät einzuschalten.

»James, können Sie mich hören?«

»Laut und deutlich, Andre.«

»Sehr schön«, fand Andre. »Ich war mir nicht sicher, ob ich hier unten Empfang habe. Ich sitze vor Dads Navi und sehe mir die Adressen an. Haben Sie etwas zu schreiben?«

»Ich zeichne das Gespräch auf«, erklärte James. »Lies einfach vor.«

Andre las die sechzehn Adressen aus Leonids Navigationsgerät vor, die in letzter Zeit angesteuert worden waren. Keine davon sagte James etwas, aber Lucinda kannte sich in Ciudad Juárez sehr gut aus. Hoffentlich konnten ihnen diese Orte Aufschluss darüber geben, was Leonid plante und mit wem er zusammenarbeitete.

»Gut gemacht«, lobte James nach der letzten Adresse. »Aber du hast länger gebraucht, als dein Dad erwartet. Hast du eine Ausrede?«

»Diese Garage ist ein Irrgarten«, erklärte Andre. »Ich

sage, ich wäre in die falsche Richtung gelaufen und hätte das Auto nicht gefunden. Wenn ich nach oben komme, gehe ich ins Bett, also gute Nacht!«

»Träum was Schönes«, wünschte James. »Ich lasse mein Gerät die ganze Nacht an, also ruf auf jeden Fall an, falls du mich brauchst.«

Andre tippte sich zweimal hinters Ohr, schloss den Wagen ab und ging zum Aufzug. Als er ihn fast erreicht hatte, hörte er Schritte hinter sich. Die Garage war gespenstisch leer, und er zuckte zusammen, als er Boris um die Ecke kommen sah.

»Mein kleiner Bruder!«, rief Boris, kam näher und fügte drohend hinzu: »Endlich sind wir mal allein, du kleiner Verräter!«

»Verpiss dich!«, forderte Andre ihn auf und wich zurück.

Boris hob Andre mit einer Hand vom Boden hoch und knallte ihn mit dem Rücken gegen die Aufzugstür.

»Tut das weh?«, erkundigte er sich, als Andre aufstöhnte.

Er ließ ihn aus eineinhalb Metern Höhe fallen und setzte ihm den Hacken seines riesigen Nike-Schuhs auf den Bauch.

»Lass das!«, ächzte Andre, der das Gefühl hatte, dass ihm gleich sein Abendessen wieder begegnen würde, als Boris den Schuh auf seinem Magen drehte.

Er dachte an die Schwachpunkte, die James ihm gezeigt hatte, doch in seiner jetzigen Position waren sie alle außer Reichweite.

»Glaub ja nicht, Dad hätte dir verziehen«, knurrte Boris. »Sobald wir in der Karibik sind, kommt Dad wieder mit deiner Schlampe von Mutter zusammen. Er wird *nie* vergessen, dass du ihn verraten hast, und ich werde dir zur Erinnerung jeden Tag den Arsch versohlen!«

Andre stiegen die Tränen in die Augen.

»Wieso bist du so ein Scheißkerl?«, rief er. »Ich habe dir doch nie etwas getan!«

»Ich füge gerne Menschen Schmerzen zu«, erwiderte Boris. »Und dir ganz besonders.«

Ein molliger Wachmann hatte etwas auf dem Überwachungsbild gesehen und kam angewatschelt, eine Hand am Waffenholster.

»Ich bin es nur, Kumpel!«, rief Boris und trat von Andre zurück. »Ich mache nur Quatsch mit meinem kleinen Bruder!«

Der Wachmann betrachtete Andre besorgt, der hustend aufstand. Doch Boris war ein Monster, und der Mann würde seinen Job aufs Spiel setzen, wenn er die Waffe gegen einen Bewohner zog.

»Sie sind zu grob zu ihm«, mahnte er und zog sich dann kopfschüttelnd wieder zurück.

Andre hatte Angst, was passieren würde, wenn sich die Aufzugstüren schlossen, daher rannte er keuchend die Treppe hinauf, während ihm die Tränen übers Gesicht liefen.

Boris schrie hinter ihm her, dass es hallte: »Du kannst so weit rennen, wie du willst, Verräter! Ich habe Jahre Zeit, um dich einzuholen!«

*

Andre wollte nicht, dass ihn jemand weinen sah, und er wollte auch James nichts davon erzählen. Daher rief er seinen Eltern nur Gute Nacht zu und humpelte direkt nach oben. Dort lag er stundenlang wach, hielt sich den schmerzenden Bauch und stellte sich qualvolle Todesarten für Boris vor.

Am meisten ärgerte Andre sich darüber, dass Boris ihn gedemütigt hatte. Als er sicher war, dass alle zu Bett gegangen waren, schlich er sich in die Küche und holte eine Flasche Mineralwasser aus dem Kühlschrank. Das

Licht darin fiel auf den Marmortresen. Auf dem Fußboden lagen die hochhackigen Schuhe seiner Mutter, aber was ihn irritierte, war, dass auch ihre Strümpfe und das teure Kleid dort lagen.

Man musste kein Genie sein, um darauf zu kommen, was passiert war. Tamara und Leonid waren beide ziemlich betrunken gewesen, als sie das Restaurant verlassen hatten. Weniger klar war, ob seine Mutter freiwillig mitgemacht hatte. Andre ließ die Kühlschranktür offen, um etwas Licht zu haben, und untersuchte ihre Sachen. Das Kleid war nicht zerrissen und ihre Tasche und zwei halb leere Gläser Rotwein standen auf dem Tresen. Nichts deutete auf einen Kampf hin, aber Leonid war stark, daher musste das nichts bedeuten.

Andre warf seine halb leere Flasche in den Mülleimer, hielt sich den schmerzenden Bauch und ging wieder nach oben. Es war nach ein Uhr nachts, doch er konnte hören, wie Boris in seinem Zimmer *Call of Duty* spielte. Anstatt wieder ins Bett zu gehen, wandte Andre sich nach rechts. Das Zimmer, in dem seine Mutter schlief, war leer, daher ging er weiter zur Doppeltür des großen Schlafzimmers.

Die Tür war nur angelehnt. Die Bettdecken lagen auf einem Haufen, überall waren Rosen verstreut, und es standen eine Menge Kerzen herum, von denen die meisten heruntergebrannt waren. Leonid und Tamara lagen nackt und eng umschlungen auf dem Bett. Außerdem stand eine halb leere Flasche Champagner auf dem Nachttisch. Andre erkannte, dass sein Dad jemanden dafür bezahlt haben musste, dieses Blumen-Champagner-Kerzen-Arrangement herzustellen, während sie im Restaurant gewesen waren.

Seine Eltern zusammen im Bett zu sehen fand Andre schrecklich. Zum Teil war es einfach nur eklig, daran zu denken, dass sie es trieben. Aber er hatte auch ein ungutes Gefühl, denn auch wenn Tamara immer behauptet hatte, sie würde Leonid hassen, hatte sie doch nie versucht, den Kreml zu verlassen. Sie hatte Leonids Wäsche gewaschen, unglaublich gutes Essen gekocht und war oft mit ihm im Bett gewesen. Selbst wenn Leonid sie verprügelte, sagte sie meist, dass es ihre Schuld war, weil sie ihn verärgert hatte.

Einiges, was Tamara tat, konnte man mit Furcht erklären, doch es schien trotz allem noch eine physische Anziehungskraft zwischen den beiden zu bestehen, und Andre kam sich jedes Mal betrogen vor, wenn er es bemerkte.

Diese Schlafzimmerszene war ziemlich heftig, nachdem er schon Prügel von Boris eingesteckt hatte, und als er gehen wollte, war er schon wieder den Tränen nahe. Doch das Wackeln einer Hand im Dunkeln ließ ihn erstarren. Er hatte Angst, dass Leonid aufwachen könnte, doch es war die kleine Hand seiner Mutter, die ihn im flackernden Kerzenlicht zu sich heranwinkte.

Andre roch verschwitzte Körper, als er ans Bett trat. Es war ihm peinlich, so nah bei seiner nackten Mutter zu sein. Leonid war an Tamaras Körper gelehnt eingeschlafen und ein haariger Arm lag über ihrem Bauch. Lautlos formte sie Worte mit dem Mund und deutete mit ihrem freien Arm auf die oberste Schublade des Schränkchens auf Leonids Bettseite. Andre stieg über die Hosen seines Vaters und einen Haufen Kissen und sah, wie seine Mutter den Finger an die Lippen legte, als er zur Schublade kam.

Glücklicherweise ließ sich die Schublade leicht herausziehen. Andre blickte auf Leonids großen Schlüsselbund. Es ist ziemlich schwierig, geräuschlos Schlüssel an sich zu nehmen, und ihr Klimpern hörte sich in Andres Ohren an wie Kirchturmglocken, als er sie an seine Brust drückte.

Andre brauchte zwar keine weitere Aufforderung, doch Tamara wies ungeduldig zur Tür, während er hinausging. Auf dem Weg durch den Flur zu seinem Zimmer hörte er Boris laut fluchen. Erleichtert seufzte er auf und wurde schmerzhaft daran erinnert, was sein ältester Bruder mit seinen Bauchmuskeln angestellt hatte.

Er schaltete die Nachttischlampe ein und betrachtete den Schlüsselbund. Zwei Schlüssel gehörten zur Eingangstür der Wohnung, eins war eine Fernbedienung für die Alarmanlage, zwei kleine Schlüssel schienen zu Schreibtischschubladen oder Aktenschränken zu gehören, und der große goldene musste für das Büro sein.

Andre war ein klein wenig übel, als er versuchte, sich an das zu erinnern, was James ihm beigebracht hatte. Die erste Regel lautete, sich zu vergewissern, wo jeder war. Leonid schlief seinen Rausch und den Sex aus, und es war nicht damit zu rechnen, dass er vor dem Mittagessen noch aufwachte. Bei Alex und Boris war es schwieriger. Sie würden nicht rauskommen, weil sie aufs Klo mussten, denn die Zimmer hatten alle eigene Bäder, aber es bestand die Gefahr, dass sie herunterkamen, weil sie etwas zu essen oder trinken wollten.

Doch das hielt Andre nicht für ein großes Problem, denn während er an ihren Zimmern vorbeiging, würde er sich vergewissern, dass sie oben waren, und falls sie später herunterkamen, würde er hinter der verschlossenen Bürotür seines Vaters stecken.

Da T-Shirt und Boxershorts nicht ideal waren, um etwas zu verstecken, zog Andre sich Jeans an und steckte die Schlüssel seines Vaters sowie das winzige Telefon ein, das James ihm gegeben hatte.

Er hatte recht gehabt mit seiner Vermutung, welcher Schlüssel zum Büro seines Vaters gehörte, und schob leise die Tür hinter sich wieder zu. Da er fürchtete, dass man das Deckenlicht von außen durch den Türspalt sehen konnte, schaltete er nur eine kleine Schreibtischlampe an und richtete ihren Schein auf einen Stapel Akten. Dann tippte er zweimal hinter sein Ohr und nahm Verbindung mit James auf.

»James?«

James antwortete erst nach ein paar Sekunden und gähnte.

»Was ist los?«

»Ich bin traumatisiert, weil ich meine Eltern nackt gesehen habe«, erklärte Andre. »Aber die gute Nachricht ist, dass ich im Büro meines Vaters bin.«

»Du hättest vorher mit mir sprechen sollen«, sagte James besorgt. »Ist es auch wirklich sicher?«

»Ich habe Zeit«, beruhigte ihn Andre. »Meine Brüder kommen hier nie rein. Und meine Mutter würde mich irgendwie warnen, wenn Dad aufwacht.«

»Ich werde aufzeichnen, was du sagst«, erklärte James, und Andre hörte im Hintergrund das Knirschen von Bettfedern. »Mann, du glaubst nicht, in was für einer Absteige ich hier gelandet bin. Hier gibt es Mäuse und Kakerlaken.«

»Also, wo soll ich anfangen?«, fragte Andre. »Hier sind zwei verschlossene Aktenkästen, aber ich glaube, die bekomme ich mit den kleinen Schlüsseln auf. Außerdem steht hier ein Laptop und es liegen haufenweise Papiere auf dem Schreibtisch.«

»Ich zeichne jetzt auf«, verkündete James. »Merk dir, wo alles gestanden hat, bevor du anfängst, Sachen zu verschieben. Gehen wir mal davon aus, dass dein Vater Computern so schnell nicht wieder vertrauen wird. Dann gehen wir zuerst die Papiere auf dem Schreibtisch durch.«

»Hier ist ein Stapel Nachrichten auf hellblauem Papier. Auf Russisch. Sie liegen am Rand neben dem Reißwolf. Ich denke, er hat es noch nicht geschafft, sie zu vernichten … Oh, da ist noch etwas, was ich dir noch nicht gesagt habe. Boris hat fallen lassen, dass Leonid plant, mit uns in die Karibik zu ziehen.«

»Interessant«, fand James. »Wenn das stimmt, dann schließt das schon mal mögliche Pläne für eine Rückkehr in den Kreml aus. Liegen noch andere Papiere beim Reißwolf?«

»Ein großer Stapel«, bestätigte Andre.

James dachte einen Moment nach.

»Ich denke mal, alles, was für den Reißwolf bestimmt ist, ist ziemlich interessant. Wahrscheinlich ist es noch nicht allzu alt, und es muss einen Grund dafür geben, dass er sich die Mühe macht, es zu vernichten.«

»Genau«, bekräftigte Andre und ging zu dem für den Reißwolf bestimmten Stapel am Rand des Schreibtischs. »Es sind etwa zwanzig Nachrichten. RX 145-710 … Das sind alles Zahlenreihen.«

»Ein Code«, erklärte James. »Wahrscheinlich seine russischen Freunde. Deren Nachrichten entschlüsseln wir schon an der Quelle, also halt dich damit nicht auf.«

»Der nächste Stapel sieht aus wie Quittungen«, erzählte Andre. »Bausch Chemical, dreitausend Dollar. Houston Drilling Supplies, achttausendvierhundert.«

»Vielleicht bauen sie einen Tunnel«, vermutete James. »Lass das erst mal beiseite, wir können später darauf zurückkommen, wenn wir nichts Besseres finden.«

»Dann sind da einige größere Blätter«, berichtete Andre. »Sieht aus wie Baupläne für irgendeine Rakete. Vielleicht ein Mörsergeschütz?«

»Komisch«, meinte James. »Ich nehme an, da braucht jemand die technischen Daten einer Waffe, die er verkaufen will.«

»Das Ding heißt, glaube ich, PGSLM«, sagte Andre.

Die Abkürzung kam James bekannt vor. Er hatte sie acht Jahre lang nicht gehört, doch als es ihm wieder einfiel, kippte er selbst fast aus dem Bett. Sie bezeichneten eine schultergestützte Präzisionsrakete.

Im Alter von dreizehn Jahren hatte James zusammen mit seiner Schwester Lauren daran gearbeitet, ein Kind aus einem Hochsicherheitsgefängnis zu befreien. Die Aktion gehörte zu einem Plan, um eine Frau namens Jane Oxford aufzuspüren. Man hatte sie im Verdacht, einen Haufen dieser schultergestützten Raketen mit einem Leitsystem, mit dem man aus fünf Kilometer Entfernung durch ein Badezimmerfenster schießen konnte, gestohlen zu haben. James und Lauren war es gelungen, Jane Oxford zu finden. Doch auch wenn sie ins Gefängnis gegangen war, so hatte man die Raketen doch nie gefunden.

»Da bist du vielleicht auf Gold gestoßen«, erklärte er, bemüht, sich seine Aufregung nicht anmerken zu lassen, damit Andre nicht unkonzentriert wurde. »Sag mir mehr dazu.«

»Hier steht jede Menge auf Spanisch«, erklärte Andre. »Das verstehe ich nicht, aber am Rand steht etwas in der Handschrift meines Vaters: 74 x PGSLM à $ 325 000 = $ 24,05 Mio.«

Zuerst hatte James geglaubt, Leonid sei auf die sechs Raketen gestoßen, die Jane Oxford vor zehn Jahren gestohlen hatte, aber offensichtlich hatte er Zugang zu vierundsiebzig davon.

»Okay«, sagte James. »Vielleicht kann ich dir eine Kamera dalassen, wenn du schwimmen gehst, damit du ein paar der Dokumente fotografieren kannst, aber jetzt musst du erst einmal alles suchen, was mit PGSLM zu tun hat.«

»Warum ist das denn so wichtig?«, fragte Andre.

»Ein PGSLM ist ungefähr so groß wie ein Granatwerfer. Aber bei dem braucht man einen erfahrenen Schützen, um aus dreihundert Meter Entfernung einen Panzer zu treffen. Die PGSLM benutzen GPS und Kartensysteme. Stell dir vor, du bist ein Drogenboss und willst den Boss einer rivalisierenden Bande auslöschen. Oder den örtlichen Polizeichef. Dann musst du nicht mehr mit einem Dutzend Männer wild um dich schießend das Hauptquartier deines Feindes stürmen, sondern es reicht, zu wissen, wo sich dein Feind befindet. Du gibst nur die Koordinaten ein und schießt deine Rakete vom anderen Ende der Stadt aus dorthin.«

»Wie geschickt«, sagte Andre und begann die Papiere durchzublättern. »Okay, mal sehen, was ich sonst noch finden kann.«

41

Andre las James noch weitere Dokumente über PGSLM vor und fand Angaben zu Bankkonten, die Leonid unter falschem Namen führte. Nach neunzig Minuten riet James Andre, ins Bett zu gehen, schrieb dann einen kurzen Bericht und schickte die Audio-Aufzeichnung von allem, was Andre gesagt hatte, an das TFU-Hauptquartier in Dallas.

Der wachhabende Informationsmanager leitete alles an Dr. D., Ted Brasker und Amy Collins weiter. Da Amy mit dem mexikanischen Teil der Operation nicht direkt zu tun hatte, blieb die E-Mail ungeöffnet in ihrem Postfach liegen, während sie den Nachmittag an ihrem Laptop arbeitete und die Logistik für den letzten Teil zur Zerstörung des Kremls erstellte.

Als Amy sie schließlich öffnete, las sie begeistert, dass Leonid plante, Raketen im Wert von 24 Millionen Dollar an eine mexikanische Drogengang zu verkaufen. Doch so richtig interessant wurde es erst, als sie bei Google nach ein wenig Hintergrundinformationen zu den PGSLM suchte.

Die Suchfunktion in Amys Browser nutzte eine Mischung aus Google-Datenbank und Amys früheren Suchen, um herauszufinden, was sie suchte. Als Amy PGSLM ins Suchkästchen eingab, bot ihr die Optionsliste eine Suche nach *PGSLM Lisson Communications* an.

Überrascht startete Amy die Suche. Hinter ein paar Anzeigen fand sie den ersten Link zu einer fünfzehn Jahre alten Geschichte aus einem nicht länger existierenden Wirtschaftsmagazin.

Lisson Com verwandelt Gold in rote Tinte, weil die Aktien des SAT-Nav-Erfinders an einem einzigen Tag um 73% fallen.

Der Artikel war ein paar Wochen bevor Leonid und Galenka Aramov ihre Holding Corporation Lisson Communications aufkaufen ließen, erschienen. Der zweitausend Wörter lange Artikel sagte Amy im Grunde das, was sie bereits wusste, dass Lisson fast bankrott gewesen war, weil die Verkaufszahlen für eine neue Generation von Navigationsgeräten katastrophal waren.

Doch der Journalist hatte offensichtlich gründlich recherchiert, denn der Artikel enthielt einen kurzen Hinweis auf eine zusätzliche Niederlage, die der Konzern in seiner militärischen Abteilung hatte hinnehmen müssen. Die Gesellschaft war offensichtlich in Bestechungsvorwürfe verwickelt gewesen, nachdem ein Angebot, die Leittechnik für die neueste Generation schultergestützter PGSLM-Raketen für das US-Militär zu entwickeln, abgelehnt worden war.

Es schien ein unglaublicher Zufall, dass Leonid an einer Firma beteiligt war, die am Bau der PGSLM-Raketen arbeitete, und jetzt offensichtlich in der Lage war, vierundsiebzig davon an eine Bande mexikanischer Drogenschmuggler zu verkaufen.

Da Amys Handy innerhalb des Kremls nicht funktionierte, rief sie Dr. D. übers Internet an und nutzte dazu das sichere Kommunikationsnetz der TFU. Da Dr. D. nicht antwortete, versuchte sie es bei Ted Brasker, doch es war Ethan, der ans Telefon ging.

»Hi, Amy«, begrüßte er sie. »Wir haben uns ja lange nicht gesprochen. Wie geht es?«

Amy wollte ihm lieber nicht erzählen, dass ihr Tag damit begonnen hatte, dass sie Leonid Aramovs Kreml-Spion von einem Balkon im fünften Stock gesprengt hatte, und antwortete: »Nicht schlecht.«

»Ich nehme an, du willst Ted sprechen?«

»Ist er da?«

»Ja«, bestätigte Ethan. »Aber er nimmt Muskelrelaxantien für seinen Rücken, die ihn ein wenig außer Gefecht setzen.«

»Ich werde trotzdem versuchen, mit ihm zu sprechen.«

Amy hörte jemanden rufen und einen Mini-Streit zwischen Ethan und Teds Tochter Lyla, ob sie Ted aufwecken sollten oder nicht. Doch schließlich hörte sie den vertrauten texanischen Akzent und er klang nicht einmal schlecht.

»Die Langeweile bringt mich um«, beschwerte sich Ted. »Die US-Regierung scheint im Moment nervige Vorschriften nur so auszukacken. Ich würde lieber arbeiten, aber ich darf nicht ins Hauptquartier, ehe der Arzt nicht irgendein Papier unterschreibt.«

»Du kannst doch kaum laufen, Dad!«, hörte Amy seine halbwüchsige Tochter im Hintergrund.

»Auf Ihre alten Tage werden Ihre Gelenke langsam brüchig«, neckte ihn Amy. »Ich habe die E-Mail von James Adams gelesen und bin auf eine Verbindung von Lisson Communications mit den PGSLM-Raketen gestoßen.«

Nachdem Amy Ted alles erklärt hatte, rief der seiner Tochter zu, sie solle ihm seinen Laptop und seine Lesebrille holen.

»Lisson Communications hatte drei Direktoren«, berichtete er. »Galenka Aramov ist tot, Leonid ist unser Ziel, und der dritte Direktor und gleichzeitig Gesellschaftssekretär ist der Rechtsanwalt Lombardi. Wenn irgendjemand weiß, wie Leonid dazu kommt, in Mexiko vierundsiebzig Raketen mit Lenksystem zu verkaufen, dann er.«

»Stimmt«, meinte Amy. »Aber Lombardi ist Anwalt. Wenn wir ihn verhaften, wird er den Mund halten und alle rechtlichen Tricks aus dem Ärmel zaubern, um uns daran zu hindern, ihn zu befragen oder sein Haus zu durchsuchen. Und wenn wir ihn befragen ...«

»Wir müssen die Informationen haben, bevor Leonid diese Raketen verkauft, seine vierundzwanzig Millionen einsackt und von der Bildfläche verschwindet«, unterbrach Ted Amy.

»Andre hat James gegenüber erwähnt, dass es nicht mehr lange dauert, bis Leonid den Deal abschließt und in die Karibik zieht.«

»In der uns zur Verfügung stehenden Zeitspanne werden wir mit legalen Mitteln nichts aus Lombardi herausbekommen«, stellte Ted fest. »Aber da ich, wenn das hier vorbei ist, in Frührente gekickt werde, bin ich bereit, ein paar Risiken einzugehen.«

»Das könnte Sie Ihre Pension kosten«, warnte Amy.

»Ich könnte sogar ins Gefängnis wandern«, erwiderte Ted. »Aber ich habe noch meine Pension vom Marine Corps und auch noch den Geist vom Marine Corps. Vielleicht bin ich ein alter Knacker mit einem kaputten Rücken, aber ich lasse mich nicht von einem ausgebufften Anwalt und einem Haufen schwachsinniger Vorschriften davon abhalten, ein letztes Mal zu versuchen, das Richtige zu tun.«

Amy lachte.

»Sie können sich immer noch damit herausreden, dass die Pillen für den Rücken Sie high gemacht haben.«

»Und ganz abgesehen von diesem Raketenquatsch weiß Lombardi wahrscheinlich mehr als wir darüber, warum Leonid Galenka umgebracht hat. Ich habe Ethan wirklich lieb gewonnen, seit er hier bei uns wohnt. Er hat es verdient, die Wahrheit über seine Mutter zu erfahren.«

»Dann überlasse ich die Angelegenheit also Ihnen?«, erkundigte sich Amy.

»Ted ist am Ball. Und Sie müssen sich keine Sorgen um ihren nächsten Gehaltsscheck machen, Amy Collins. Sie sind eine gute Agentin und ich habe jede Menge Freunde.«

*

Ethan Aramov, ehemals Ethan Kitsell, wohnte jetzt als Ethan Brasker in Texas. Er hatte sich am letzten Sonntag in 2012 den Wecker für ziemlich früh gestellt, traf sich mit zwei Schulfreunden und verbrachte den Tag bei einem Blitzschachturnier in der Innenstadt von Dallas.

»Keine Trophäe?«, fragte Ted, als Ethan am Nachmittag nach Hause kam.

»Ich bin achtzehnter von vierundsiebzig geworden«, verkündete Ethan gut gelaunt. »Gar nicht mal so schlecht, denn ich war einer der Jüngsten, und es waren sechs Großmeister dabei.«

»Hat dich dieser Neunjährige wieder geschlagen?«

»Der kleine Klugscheißer war nicht in meiner Gruppe, aber er hat meinen Kumpel Josh geschlagen und ist ungefähr Zehnter geworden«, grinste Ethan.

»Eines Tages schaffst du ihn«, versicherte ihm Ted und stützte mit einer Hand seinen schmerzenden Rücken, während Ethan in die Küche ging und sich ein Dr. Pepper aus dem Kühlschrank nahm.

Lachend schüttelte Ethan den Kopf.

»Dein Vertrauen ist ermutigend, aber dieser Knabe ist ein Wunderkind.«

Selbst im Dezember war es in Texas warm, daher hatte Ethan sein Hemd aufgeknöpft und trat ins Wohnzimmer, wo er zu seiner Überraschung zwei riesige Männer auf dem Sofa vorfand.

»Joe und Don«, stellte Ted sie vor. »Ehemalige professionelle Wrestler. Wir werden mal ein paar kürzlich begangene Verkehrsdelikte geflissentlich übersehen, wenn sie uns mit unserem Freund Lombardi behilflich sind.«

Ethan kam sich zwischen den beiden Riesen unglaublich klein vor, als sie ihm die Hand schüttelten.

»Schach«, sagte Don nachdenklich, »das ist doch das Spiel mit dem Pferdchen, das sich wie ein L bewegt.«

»Ganz genau«, bestätigte Ethan und entschied, dass man einem Mann mit dem Tattoo einer Faust mit Stacheln im Nacken besser nicht sagt, dass diese Figur eigentlich Springer heißt.

»Ich habe in Fort Worth einen FBI-Jet aufgetrieben«, erklärte Ted. »Unser Plan ist ziemlich einfach. Wir sind heute Abend gegen zehn Uhr in Kalifornien. Dann fahren wir zu dem Weinberg, wo Lombardi seine Weihnachtsferien verbringt. Wir klopfen an seine Tür und sagen ihm, dass du Ethan Aramov bist und die Wahrheit über Leonid und deine Mutter hören willst. Wenn er sich nicht entgegenkommend zeigt, werden Joe und Don ihre Überredungskünste anwenden, um ihn ein wenig gesprächiger zu machen.«

*

Während Ethan und Ted sich auf den Weg machten, sah James durch den Türspion in seinem schäbigen Zimmer erfreut Lucinda vor der Tür stehen.

»Ich kann nichts für den Gestank hier«, verteidigte sich James sofort, als sie eintrat. »Das war schon so, als ich gekommen bin.«

»Ich glaube es, auch wenn es Millionen andere nicht tun würden«, antwortete Lucinda fröhlich. »Hast du noch etwas von Andre gehört?«

»Nichts Wesentliches«, erwiderte James. »Er ist zu Hause und macht Videospiele. Er ärgert sich darüber, dass sich seine Eltern wie die Turteltauben verhalten. Sieht allerdings so aus, als täte Tamara das hauptsächlich, um uns zu helfen.«

Lucinda nickte.

»Sie fühlt sich von ihm angezogen. Eine Menge Frauen stehen auf den Neandertaler-Look.«

»Du auch?«

Er versuchte nur, lustig zu sein, aber Lucinda sah ihn böse an.

»Wenn es andersherum wäre, was wäre dann?«, fuhr sie auf. »Wenn du undercover wärst und mit einer weiblichen Zielperson schläfst, dann ist das nur witzig. *Ha, ha, ich hab die Alte gepoppt!* Warum kann eine Frau nicht auch einfach nur so Sex haben? Warum muss eine Frau, die Sex hat, entweder ein Opfer oder eine Schlampe sein?«

James hatte bereits herausgefunden, dass Lucinda eine kurze Lunte hatte, aber das war selbst für sie eine heftige Reaktion.

»Schon gut, schon gut! Reiß mir nicht gleich den Kopf ab!«

»Ich bin nicht wütend«, sagte Lucinda. »Du bist nur ein kleines Arschloch, das ist alles. Aber die gute Nachricht ist, ich bin beim Supermarkt vorbeigefahren und habe dir ein paar Geschenke mitgebracht.«

Sie gab James eine Plastiktüte, in der sich Insektenspray und ein Dutzend Mausefallen befanden.

»Schokolade und Erdnussbutter sind die besten Köder«, belehrte sie ihn.

James untersuchte eine Plastikfalle und Lucinda rollte auf dem Bett eine Karte aus. Sie war aus Din-A4-Ausdrucken von Bing-Maps grob zusammengeklebt.

»Ich habe die sechzehn Orte ausgedruckt, die wir aus dem Navi in Leonids Auto haben«, erklärte sie. »Flughafen, Einkaufszentrum, große Industrieanlage an der Grenze. Das Interessanteste sind diese beiden Orte vor der Stadt, dicht am gesicherten Gelände der Talavera-Brüder. Ich würde mal vermuten, dass Leonid denen seine Raketen verkaufen will.«

»Können die denn vierundzwanzig Millionen berappen?«, fragte James.

»Sie sind hier oben im Norden eine neue Macht. Sie lassen auf den Schmuggelrouten die Muskeln spielen und werden von mächtigen Gruppen aus dem Süden unterstützt«, berichtete Lucinda. »Ich habe auch in einem anonymen Blog einen Bericht über eine große Explosion gefunden, bei der der Anführer einer Bande umgekommen ist, die mit den Talavera-Brüdern verfeindet war. Das war vor etwa zehn Tagen. Zeugen haben eine Rakete gesehen, die wie im Korkenzieherflug herunterkam, über den Köpfen einer Leibgarde abbog und durch das Fenster eines Restaurants knallte, in dem das Opfer zu Mittag aß.«

»Klingt genau so, als hätte jemand eine Rakete mit GPS und Kartenmaterial benutzt«, stellte James fest. »Wahrscheinlich hat ihnen Leonid einen Probeschuss geliefert. Aber warum siehst du dir anonyme Blogs an?«

Lucinda erinnerte James gerne daran, dass sie mehr wusste als er, und schüttelte verächtlich den Kopf.

»Die Zeitungen hier drucken Geschichten über Politiker, die Geld für wohltätige Zwecke spenden, über niedliche Baby-Schönheitswettbewerbe und Tratsch über Fernsehsternchen. Bringt irgendwer wirkliche Nachrichten oder nennt sogar die Namen der wichtigsten Gangs, reißen sie ihm den Kopf ab. Jeder liest die Blogs, weil sie die wahren Nachrichten sind, aber Gott steh den Schreibern bei, wenn die Gangs herausfinden, wer dahintersteckt.«

»Was für ein nettes Land ihr hier habt«, fand James.

»Ich bin Amerikanerin, also rutsch mir den Buckel runter«, empfahl ihm Lucinda.

42

Solange Ted auf dem Rücken lag oder stand, war alles in Ordnung, aber längere Zeit zu sitzen verursachte ihm große Schmerzen, und ihm tat alles weh, als er die sechs Stufen aus dem kleinen Jet stieg. Er befand sich am Flughafen von Sonoma County im Herzen des kalifornischen Weinlandes.

Er holte sich seinen Mietwagen ab und fuhr zu Lombardis Haus. Dort war niemand zu Hause, doch zum Glück gab sich Lombardi gerne als anständiger Bürger. Er wechselte seine Handys nicht wie ein banaler Gangster, daher konnte die TFU seine Position in einem schicken Fischrestaurant in der Stadt lokalisieren.

Joe begab sich auf einen Erkundungsgang und fand Lombardi mit seiner Frau und seinen zwei kleinen Töchtern. Sie gehörten zu einer größeren Gesellschaft, deren Mitglieder sich lautstark unterhielten, während sie sich mit Meeresfrüchten vollstopften und 200 Dollar teure Flaschen Wein leerten.

»Ihr Mann trinkt eine Menge«, verkündete Joe, als er sich in den gemieteten Minivan beugte, in dem Ted, Ethan und sein Kumpel Don saßen. »Die Toiletten befinden sich im hinteren Teil des Gebäudes. Ich könnte ihn überwältigen, ihm einen Sack über den Kopf ziehen und ihn durch den Notausgang befördern.«

Ted, der auf dem Beifahrersitz die Straßenkarte auf seinem iPhone betrachtete, nickte.

»Aber versuchen Sie, ihn nicht k.o. zu schlagen, wir brauchen ihn wach.«

Es war ein guter Plan, doch er funktionierte nicht.

Nach einer Stunde beschwerte sich Ted: »Dieser Lombardi muss eine Blase haben wie ein Rennpferd.«

Joe berichtete, dass die Gäste im Restaurant mittlerweile bei Kaffee und Dessert angekommen waren. Als Lombardi herauskam, war er immer noch nicht auf der Toilette gewesen. Er sah ein wenig angetrunken aus und trug seine schläfrige achtjährige Tochter auf dem Arm. Seine wesentlich nüchternere Frau setzte sich ans Steuer ihres Audi Q7 und fuhr die Familie nach Hause.

»Und jetzt?«, erkundigte sich Ethan.

Da Ted gerade eine weitere Schmerztablette für seinen Rücken einwarf, tippte Ethan ihm von hinten auf die Schulter.

»Ted!«

»Oh«, machte Ted, rieb sich die Augen und gähnte herzhaft. »Dann werden wir es wohl beim Haus machen müssen. Wenn sie die Mädchen ins Bett gebracht haben.«

Ethan war ein wenig besorgt. Joe und Don waren nicht gerade Genies und Ted war durch die Pillen leicht neben der Spur. Joe wartete ein paar Minuten, nachdem die Lombardis fort waren, und fuhr dann auf unbeleuchteten Landstraßen zu dem Weingut hinaus.

Eine Stunde lang parkten sie in der Nähe des Hauses und sahen zu, wie im Haus Lichter an- und ausgingen, während sich die Familie bereit machte, schlafen zu gehen. Zwanzig Minuten nachdem das letzte Licht erloschen war, gingen Joe und Ted zum Haus. Es war ein großes Holzhaus, dessen Fassade authentisch erhalten worden war. Das war insofern hilfreich, als man die alten Schiebefenster leicht aufbrechen konnte. Ted stieg durch ein Fenster in einen Raum, auf dessen Parkettboden sich das Mondlicht spiegelte.

Die kalifornischen Gesetze erlaubten es einem Hausbesitzer, Eindringlinge zu erschießen, daher hielten Ted und Joe die Waffen im Anschlag, während sie die knarrende Treppe hinaufstiegen. Joe ging als Erster ins Schlafzimmer, stieß Lombardi am Fuß an und sorgte dafür, dass die Pistole das Erste war, was er sah, als er sich aufsetzte.

»Ganz ruhig!«, befahl Joe. »Sie wollen doch nicht die Mädchen wecken!«

»Uhren und Schmuck sind hinten im Kleiderschrank«, sagte Lombardi und hob die Hände. Seine Frau keuchte erschrocken auf. »Ich bin bis zum Anschlag versichert, es ist mir also egal. Nehmen Sie einfach alles und lassen Sie uns in Ruhe!«

Ted schaltete dreimal das Licht ein und aus, um Ethan anzuzeigen, dass er hereinkommen sollte. Don würde im Auto bleiben, falls sie schnell verschwinden mussten.

»Ich bin nicht hier, um zu stehlen«, verkündete Ted, der Ethan die Treppe hinaufeilen hörte. »Ich möchte, dass Sie beide sich hinsetzen. Lassen Sie Ihre Hände da, wo ich sie sehen kann. Da ist ein junger Mann, der Sie gerne sprechen möchte, Mr. Lombardi.«

Lombardi sah Ethan erstaunt an, als er hereinkam. Sie hatten sich zwar nie getroffen, doch Lombardi hatte Bilder von ihm gesehen, als er noch für seine Mutter gearbeitet hatte.

»Junger Mann, für so etwas besteht doch keine Notwendigkeit«, versuchte Lombardi zu schmeicheln. »Wir hätten uns auch in meinem Büro treffen können. Es gibt eine Menge offener Fragen bei den Wertanlagen deiner Mutter.«

»Glauben Sie, ich interessiere mich für Wertanlagen? Warum hat Leonid Aramov meine Mutter getötet?«

Bevor Lombardi ihm eine Antwort geben konnte, fuhr Joe seine Frau an: »Wenn ich noch ein Mal sehe, dass Sie Ihre hübsche kleine Hand vom Kopf nehmen, schlage ich Sie k.o.!«

»Ich war der Anwalt deiner Mutter«, sagte Lombardi leise. »Galenka hat mir vertraut. Deshalb hat sie dir meine Telefonnummer gegeben und dir gesagt, du solltest mich anrufen, falls ihr etwas passiert.«

»Sie haben also nie auch für Leonid gearbeitet?«

»Nein!«

»Und was ist mit Lisson Communications?«, fragte Ethan.

Lombardi erschrak sichtlich bei der Erkenntnis, dass Ethan davon wusste.

»Als Sie die Berichte über den Besitz meiner Mutter aufstellten, haben Sie Vineyard Eight nie erwähnt«, fuhr Ethan fort. »Und weder Lisson noch die Tatsache, dass ihr die Hälfte davon gehörte. Und Sie haben Leonid Aramov in Mexiko Geld überwiesen.«

»Das ist ... Es wäre wirklich besser, wenn wir einen Termin ausmachten und diese Dinge im neuen Jahr in meinem Büro besprächen.«

»Nein, wir tun das jetzt«, verlangte Ethan. Er war derartige Konfrontationen nicht gewohnt und kam sich vor wie bei einer Schulaufführung. »Meine Mutter ist tot, und Sie haben versucht, mich hereinzulegen. Worum ging es? Wollten sie sich das Vermögen meiner Mutter mit Leonid teilen?«

Da Lombardi nicht antwortete, holte Joe aus und schlug ihm auf die Kehle. Dann packte er ihn an seinem langen, nach hinten gekämmten Haar, zerrte ihn aus dem Bett und warf ihn auf die Frisierkommode.

»Wahrheit oder Tod?«, drohte er.

»Leonid ist in Mexiko, um Raketen im Wert von vierundzwanzig Millionen Dollar zu verkaufen«, sagte Ethan. »Also fangen Sie ganz von vorne an. Erzählen Sie mir alles über Lisson und die PGSLM.«

Der Schlag auf den Hals hatte Lombardi den Atem verschlagen und er rang nach Luft. Einen Augenblick lang zögerte er, wedelte aber hektisch mit den Armen, als Joe mit seiner riesigen Faust zu einem zweiten Schlag ausholte.

»Okay, ich rede!«

*

James versuchte, in Reichweite von Andre und Tamara zu bleiben, falls etwas geschah. Doch Lucinda hatte noch nicht alle Orte in Leonids Navi identifizieren können, daher entschlossen sie sich, sich in den alten VW zu setzen und sie aufzusuchen, nachdem Andre nach einem langweiligen Tag in der Wohnung ins Bett gegangen war.

Bei Nacht wirkte die Stadt gespenstisch. Auf den Hauptstraßen floss der Verkehr ruhig dahin, und wenn man abbog, waren die Armeepatrouillen, die an einigen Kreuzungen die Autos anhielten, das einzige Anzeichen für den Drogenkrieg. In Ciudad Juárez gab es viele alte VW-Busse und Käfer, aber Autoentführungen beschränkten sich nicht nur auf neue Fahrzeuge, daher riet Lucinda James, die Pistole auf dem Schoß bereitzuhalten.

Die ersten paar Orte, die sie überprüften, waren Fast-Food-Restaurants und ein Fitnessstudio, in dem wohl Boris oder Alex Mitglied werden wollten. Der letzte Ort lag weit außerhalb in einem Industriegebiet an der Grenze. Über eine Hochstraße fuhren sie durch die ärmsten Gegenden der Stadt, in denen die Wohnhäuser trist wirkten und die Straßenschilder lauter Einschusslöcher hatten.

Eine Abzweigung führte sie auf ein Industriegelände mit identischen einstöckigen Fabrikhallen. Einige trugen noch die Logos großer Firmen oder, wenn sie abgenommen worden waren, die Spuren davon. Bei den wenigen, die noch in Betrieb waren, stieg übel riechender Qualm aus den Schornsteinen. Davor parkten alte Schulbusse aus Kalifornien, mit denen die Arbeiter aus den entfernteren Vierteln abgeholt wurden.

»Hier«, sagte Lucinda und deutete mit einem sauber manikürten Finger auf ein großes Gebäude.

Es unterschied sich in nichts von den zehn anderen Gebäuden, an denen sie seit der Abfahrt von der Schnellstraße vorbeigekommen waren. Durch die Oberlichter im Flachdach drang fahles Licht und auf dem Parkplatz standen ein paar Autos. James zog eine kleine Videokamera hervor und filmte verdeckt, während sie daran vorbeifuhren.

»Lagerplatz?«, fragte Lucinda. »Für die Raketen?«

Dieses Mal konnte James sich über sein größeres Wissen freuen und erklärte selbstzufrieden: »Eine PGSLM kann man auf der Schulter tragen. Dafür braucht man nicht so etwas. Vierundsiebzig davon bekommt man wahrscheinlich auch in einer Doppelgarage unter.«

»Andere Waffen?«

»Leonid hat wenig Bargeld«, meinte James. »Ich sehe nicht, wie er ein großes Lagerhaus voller Waffen haben sollte. Und selbst wenn, würde er sie dann in einer Stadt aufbewahren, in der x schwer bewaffnete Drogenbanden versuchen würden, sie zu stehlen?«

»Mit was haben wir es dann hier zu tun?«

»Ich bin mir nicht sicher«, sagte James. »Von hier aus kann man die Grenze sehen, und eine der Rechnungen auf Leonids Schreibtisch war von einer Firma, die Bohrausrüstungen verkauft.«

»Die DEA hat Tunnel unter der Grenze gefunden, die zwei Kilometer lang waren«, nickte Lucinda. »Aber was soll Leonid damit anfangen?«

»Vielleicht gehört der Tunnel jemand anderem, und

Leonid war nur hier, um etwas in Empfang zu nehmen«, vermutete James.

Nach ein paar weiteren Kurven gelangten sie ans Ende des Industriegeländes. Die Straße mündete in einen großen Wendekreis. Hinter einem Zaun fanden Arbeiten an der Kanalisation statt.

»Verdammt«, fluchte Lucinda, als sie den Bus wendete.

»Cops?«

»Private Sicherheitsfirma«, entgegnete Lucinda und blinzelte ins Licht, als ein Mann ihnen aus einem Pick-up ein Zeichen gab, dass sie anhalten sollten.

»Tritt aufs Gas«, riet ihr James. »Bis die gewendet haben …«

Lachend hielt Lucinda den Bus an.

»Die alte Kiste hier macht höchstens achtzig Stundenkilometer. Versuch nicht zu sprechen, du siehst aus wie ein Yankee, und dein Akzent ist grauenvoll.«

Lucinda lächelte strahlend, als der bewaffnete Wächter an ihren Wagen herantrat.

»Wir sind gerade von der Schnellstraße gekommen«, sagte sie. »Es ist dunkel und ich bin falsch abgebogen.«

»Warum sind Sie bei Haus 11 langsamer geworden?«, fragte der Mann. »Wer hat Sie hergeschickt?«

»Ich war gerade abgebogen …«

Der Wachmann unterbrach sie und sah in den Wagen.

»Da ist ein großes Schild, auf dem steht *Industriegelände*. Hier kommt man nicht einfach zufällig her. Ist das da eine Kamera?«

»Ich glaube das einfach nicht!«, empörte sich Lucinda.

Der Wachmann winkte seinem Kollegen im Pick-up und griff nach einem Funkgerät an seiner Hemdtasche.

»Steigen Sie beide aus dem Wagen aus!«

James entschied, dass es Zeit war, zu handeln. Er löste seinen Sitzgurt, riss die Tür auf und rollte sich auf den

Boden. Bevor der Wachmann reagieren konnte, stieß ihm Lucinda den Ellbogen ins Gesicht, riss die Tür auf und trat ihm vor den Kopf, während James zwei ausgezeichnete Schüsse abgab. Der erste zerfetzte einen Vorderreifen des Pick-ups, der zweite zerschmetterte die Windschutzscheibe und zwang den zweiten Wachmann, in Deckung zu gehen.

Lucinda riss die Waffe und das Funkgerät des Mannes zu ihren Füßen an sich, sprang wieder in den Bus und legte den Gang ein. James hechtete in den bereits rollenden Wagen und ließ die Tür durch die Fliehkraft zuschlagen.

Als sie losrasten – wobei sich die Raserei des alten Busses in Grenzen hielt –, versuchte der Fahrer des Mitsubishi sie zu rammen, als sie an ihm vorbeifuhren. Der Bus kippte fast um, als ihnen der massige Pick-up ins Heck fuhr. Lucinda schaffte es zwar, alle vier Räder am Boden zu halten, doch sie krachten in einen Drahtzaun, der um eines der verlassenen Grundstücke verlief.

Hier war die geringe Geschwindigkeit wenigstens ein Vorteil, denn so prallten sie von dem Zaun einfach nur ab, und Lucinda konnte wieder auf den Hauptweg fahren. Das Funkgerät war auf den Boden gefallen, und sie hörten, wie der andere Wachmann hektisch nach Verstärkung rief.

Mit dem zerschossenen Vorderreifen konnte sie der Pick-up nicht verfolgen, doch jedes andere moderne Fahrzeug würde kein Problem haben, sie einzuholen. James hielt die Pistole schussbereit, da er jedes Mal, wenn sie eine Einfahrt passierten, erwartete, dass jemand auf sie zukam.

Als sie den Ausgang des Geländes erreichten und Lucinda fast auf zwei Rädern um eine enge Kurve wieder auf die Schnellstraße fuhr, wurde er wieder optimistischer.

»Das war echt irre«, stieß er hervor, »oh Mann!«

Lucinda deutete mit dem Daumen auf die Grenze.

»Wenn man in den USA ermordet wird, gibt es eine große Untersuchung. Hier gibt es Tausende von Morden und keine ehrlichen Polizisten. Die Leute können einen erschießen, ohne dafür zur Rechenschaft gezogen zu werden, daher werden Wachleute in einer Situation wie dieser, wenn ihnen etwas verdächtig vorkommt, dich umbringen, nur um auf Nummer sicher zu gehen.«

»Sie hätten uns umgebracht?«, fragte James.

Lucinda beobachtete immer noch aufmerksam den Rückspiegel.

»Erst nachdem sie uns ein paar Tage lang gefoltert hätten, um herauszufinden, wer wir sind und was wir wissen.«

Auf der Schnellstraße schien niemand hinter ihnen her zu sein, doch Lucinda bog trotzdem vorsichtshalber an der nächsten Ausfahrt in ein Wohnviertel ab.

»Ich werde diesen Bus loswerden müssen«, meinte sie. »Wenn diese Wachen gute Verbindungen haben, dann gibt es eine Belohnung von fünftausend Dollar für jeden, der uns sieht.«

»Wie schnell?«

»Ich werde damit sicher nicht nach Hause fahren«, verkündete Lucinda. »Wir parken in der Stadt und fahren in verschiedenen Taxis zurück.«

43

Nachdem sie in das Haus von Lombardi eingedrungen waren und den Anwalt ein wenig herumgestoßen hatten, schubste ihn Joe auf einen Lehnsessel.

»Wir wissen bereits eine ganze Menge«, warnte Ted. »Wenn ich Sie bei einer Lüge ertappe, gehe ich Ihre Töchter wecken.«

Lombardi und seine Frau sahen sich entsetzt an, dann begann er zu reden.

»In den Neunzigern hat Lisson Communications ein Angebot für die Konstruktion und den Bau von PGSLM abgegeben«, berichtete er, leicht heiser von dem Schlag gegen die Kehle. »Normalerweise werden Aufträge vom Verteidigungsministerium an größere Firmen vergeben, aber Lisson hat einen General und einen Senator bestochen. Als die Wahrheit ans Licht kam, wurde Lisson mit einer Strafe belegt und der CEO musste seinen Hut nehmen.

Schlimmer war, dass Lisson zwar die Leitsysteme herstellen konnte, sich aber nicht mit Raketen auskannte. Das Projekt überstieg das Budget. Das Verteidigungsministerium zog schließlich die Notbremse und vergab den Auftrag an ein anderes Unternehmen.

Die Anteile an einer Gesellschaft berechnen sich nach dem Wert, den die Leute ihr zumessen. Nach dem Bestechungsskandal würde Lisson nie wieder Regierungsaufträge bekommen, daher sank der Aktienwert an der

Börse auf null. Doch Lisson hatte seine Lenkraketen fast fertiggestellt, und Galenka Aramov erkannte, dass die Technologie für eine ausländische Regierung oder eine Terrororganisation Millionen wert sein musste.

Allerdings war Galenkas Vermögen in ihr Unternehmen investiert und ihre Mutter war an weiteren Investitionen nicht interessiert. Da Leonid über eigenes Geld verfügte, bot ihm Galenka eine Partnerschaft an.«

»Und wo kamen Sie ins Spiel?«, fragte Ted.

»Ich musste den Deal so einfädeln, dass es niemandem auffiel, dass die Aramovs daran beteiligt waren. Zu dieser Zeit wusste noch niemand, dass einmal Milliarden von Handys GPS-Chips haben würden. Mit diesem Teil des Geschäfts machte Lisson weit mehr Geld, als irgendwer je erwartet hätte.«

»Was war denn dann das Problem zwischen Leonid und meiner Mutter?«, wollte Ethan wissen.

»Deinem Onkel und deiner Mutter gehörte je die Hälfte von Lisson Communications«, erklärte Lombardi. »Leonid wollte alle Informationen auf Festplatten kopieren und ein schnelles Geschäft für zwanzig Millionen Dollar machen, indem er es an die Chinesen, Inder oder sonst wen verkaufte, der am meisten dafür bot. Doch Galenka hatte größere Pläne. Sie wollte die Konstruktion der PGSLM zu Ende bringen und sie selbst herstellen. Sie rechnete damit, mehrere tausend Raketen jährlich für je eine Viertelmillion Dollar verkaufen zu können.«

»Das sind Milliarden an Dollar«, meinte Ethan bewundernd. »Meine Mutter war zwar eine Gaunerin, aber eine echt clevere.«

Lombardi schüttelte den Kopf.

»Selbst mit mehreren Millionen Forschungsgeldern von der Regierung war Lisson kaum in der Lage, die Raketen herzustellen. Es war schwer, ein geheimes Programm zum Bau der Raketen zu betreiben, und anstatt schnellen Profit zu machen, fand sich Leonid in einem Projekt wieder, das Millionen von Dollar verschlang.

2003 bekam die US-Armee von der Firma, die den Auftrag von Lisson übernommen hatte, die ersten PGSLM-Raketen. Die Konstruktion war ganz ähnlich wie die von Lisson, und Galenka bezahlte eine professionelle Diebin namens Jane Oxford, einige funktionierende Raketen zu stehlen. Doch selbst damit war es noch schwierig.«

Ethan sah ihn verwundert an. »Aber sie konnten sie doch einfach kopieren?«

Lombardi lachte.

»Ich habe zwar einen Toaster, aber deshalb weiß ich noch lange nicht, wie man eine Toasterfabrik baut. Das Geld wurde so knapp, dass Galenka im Keller eures Hauses in Kalifornien an einer der gestohlenen Raketen arbeitete.«

Ethan hatte gewusst, dass seine Mutter Stunden in einem verschlossenen Kellerraum in ihrem alten Haus an etwas gearbeitet hatte, und sie hatte nie eine Putzfrau engagiert, weil sie nicht wollte, dass Fremde bei ihnen herumschnüffelten.

»Springen wir in das Jahr 2011«, fuhr Lombardi fort. »Leonid wurde immer gewalttätiger und unberechenbarer. Als seine Mutter krank wurde, traute sie sich nicht, ihm die alleinige Kontrolle über den Aramov-Clan anzuvertrauen. Daher kontaktierte sie Galenka, die mittlerweile ein gut laufendes Unternehmen für Computersicherheit leitete. Ich kenne nicht alle Details, aber als sie starb, hatte Galenka die Lenkraketentechnologie perfektioniert und eine Fabrik zur Herstellung von Raketen aufgebaut, die genauso gut waren wie die Originale der US-Regierung. Für Leonid war das in doppelter Hinsicht ein Albtraum. Anstatt die Leitung des Clans zu übernehmen, wie er das immer erhofft hatte, war er nun Juniorpartner im Geschäft seiner Schwester.«

Ethan nickte und beendete die Geschichte selbst.

»Onkel Leonids Ego konnte das nicht verkraften, daher ließ er meine Mutter umbringen und hat unser Haus in die Luft gejagt, damit niemand sonst von den PGSLM erfuhr.«

»Was ist mit der Produktionsstätte?«, warf Ted ein.

»Was soll damit sein?«, fragte Lombardi.

»Wo ist sie?«, wollte Ted wissen. »Lieferanten, Logistik, Finanzen?«

Lombardi zuckte mit den Achseln.

»Je weniger ich von den illegalen Geschäften weiß, desto besser. Aber da Leonid Aramov in Ciudad Juárez aufgetaucht ist und Raketen verkauft, würde ich dort mal ansetzen.«

Ethan fühlte sich merkwürdig. Einerseits war es erleichternd, endlich zu wissen, warum Leonid seine Mutter umgebracht hatte. Doch er hatte immer geglaubt, sie hätte sich von ihrer Familie gelöst und sei eine ehrliche Geschäftsfrau geworden. Dabei trennten sie offensichtlich nur ihre Ambitionen vom Rest der Aramovs.

»Eines verstehe ich immer noch nicht«, sagte er. »Wenn Leonid Raketen im Wert von Milliarden herstellen kann, warum riskiert er dann alles, um vierundsiebzig davon an Drogenschmuggler direkt vor der Fabriktür zu verkaufen?«

»Leonid ist ein Ganove, kein Geschäftsmann«, erklärte Lombardi. »Er ist mit ein paar tausend Dollar in Mexiko angekommen und hat mich gebeten, ihm Geld zu schicken. Ausgehend von seinem bisherigen Verhalten würde ich sagen, dass er nach dem Verkauf der Raketen genug Geld hat, um die Fabrik zu schließen und sie an die meistbietende Rüstungsfirma oder Regierung zu verkaufen.«

*

Verprügelt zu werden und im Büro seines Vaters herumzuschleichen hatte Andre in der Nacht zuvor kaum schlafen lassen. Er schlief tief und fest, bis seine Brüder gegen fünf Uhr morgens aus einem Nachtclub nach Hause kamen. Nachdem er eine Viertelstunde lang vergeblich versucht hatte, den Lärm zu ignorieren, machte er seine Tür auf, um zu sehen, was in der großen Wohnküche unten vor sich ging.

Alex und Boris hatten Gesellschaft, doch der Aufmachung und dem Verhalten der Mädchen nach zu urteilen waren sie von der Sorte, die man dafür bezahlte. Aus einem Musikkanal erklang Latino-Pop, während die vier am Küchentresen standen und Kokain schnupften. Nach ein paar Linien zogen sie sich zu den Sitzsäcken zurück und begannen, sich auszuziehen.

Andre machte sich einen geistigen Vermerk, sich nie wieder auf einen der Sitzsäcke zu setzen, kroch wieder ins Bett und versuchte, die Sexgeräusche seiner Brüder auszublenden. Sie waren ihm unangenehm, und er hoffte, dass Leonid auftauchen und ihnen sagen würde, dass sie aufhören sollten. Doch die Türen zum Elternschlafzimmer waren offensichtlich zu gut isoliert.

Nachdem die Frauen ihr Geld erhalten und auf ihren hohen Absätzen hinausstolziert waren, sah Andre noch einmal nach unten ins Wohnzimmer, wo seine Brüder herumhingen, ihre edelsten Teile zur Schau stellten und Jack Daniels aus kleinen Flaschen tranken.

»Ich werde meine Kleine bitten, mich zu heiraten«, verkündete Boris.

Alex platzte fast vor Lachen, sodass ihm der Bourbon übers Kinn lief. »Du Weichei!«

»Ich werde sie völlig einwickeln«, fantasierte Boris. »Ich sage ihr, ich liebe sie und sie soll ihre Sachen packen und mit mir in die Karibik kommen. Und am Flughafen erzähle ich ihr dann, dass es nur ein Scherz war.«

»Das wird echt so witzig!«, fand Alex, raffte sich auf und machte sich taumelnd auf die Suche nach seiner Hose.

Andre ärgerte sich. Alex konnte ganz in Ordnung sein, aber nie, wenn er unter dem Einfluss seines Bruders stand. Während Alex sich bemühte, in seine Hosenbeine zu kommen, stand Boris auf, taumelte zum Geschirrspüler, machte ihn auf und pinkelte ausgiebig hinein.

»Du Irrer!«, rief Alex und bog sich vor Lachen. Er hielt sich am Geländer fest und zog sich die Treppe hinauf. »Ich geh ins Bett, mein Hirn ist wie gegrillt.«

»Kleines Geschenk für die Putzfrau«, grinste Boris und sammelte ein paar seiner Sachen vom Boden auf, bevor er Alex nach oben folgte.

Andre versteckte sich hinter der Tür, als seine Brüder daran vorbei zu ihren Zimmern stolperten. Er hörte, wie bei Alex die Dusche anging, und trat auf den Treppenabsatz, um sich das Chaos unten anzusehen. Erfreut sah er neben Flaschen, Kleidungsstücken, weißem Zeugs und der Pisse, die aus der Geschirrspülmaschine lief, Boris' Autoschlüssel neben seiner Jeans liegen.

44

Andre trocknete sich in seinem Zimmer gerade ab, als er das grün blinkende Licht an dem winzigen Empfänger bemerkte, den James ihm gegeben hatte. Er nahm ihn von der Kommode und drückte auf den einzigen Knopf darauf, bevor er ihn ans Ohr hielt.

»Alles in Ordnung?«, erkundigte sich James. »Ist dein Gerät kaputt?«

»Ich war unter der Dusche«, erklärte Andre, sah auf die Uhr auf seinem Nachttisch und stellte fest, dass es gerade 12:31 am 31.12. war. »Ich setze es gleich wieder ein.«

»Wie geht es dir?«

Ächzend ließ Andre sich aufs Bett fallen.

»Meine Brüder sind so bescheuert. Boris erzählt, dass er mit seiner Freundin Schluss macht, bevor wir in die Karibik fliegen, und er hat in die Spülmaschine gepinkelt.«

»Ein wahrer Gentleman«, fand James. »Aber du musst dich nicht mehr lange mit ihnen abplagen.«

»Es ist grässlich hier, aber ich gebe nicht auf«, erklärte Andre bestimmt. »Mum und Dad sind weggegangen, und Boris und Alex sind noch k.o. von letzter Nacht, deshalb bin ich in die Garage gegangen. Ich habe eine Menge neuer Adressen aus Boris' Navi. In seinem Auto habe ich auch noch einen Haufen Papiere gefunden, die etwas mit einem Hauskauf in Trinidad zu tun haben.«

»Das klingt interessant«, bemerkte James. »Aber ich glaube, wir haben den Fall bereits geknackt. Das, was du über die PGSLM herausgefunden hast, hat für uns eine Menge loser Enden miteinander verbunden. Wir haben deinen Cousin Ethan mit ein paar Schlägern losgeschickt, um den Anwalt weichzuklopfen, der deinem Dad Geld geschickt hat. Er hat uns die ganze Geschichte erzählt und eine der Adressen im Navi hat mich zu einem Industriegelände geführt. Die Anlage ist schwer bewacht, und wir sind uns ziemlich sicher, dass sie die Raketen dort herstellen.«

»Herstellen?«, stieß Andre hervor.

»Lange Geschichte«, wehrte James ab. »Ich werde sie dir bald persönlich erzählen können. Ich habe mit Dr. D. gesprochen, und sie ist der Meinung, dass du und deine Mutter so bald wie möglich dort abgezogen werden solltet.«

»Wir werden uns zusammen rausschleichen müssen«, meinte Andre.

»Hast du eine Ahnung, wann deine Mutter zurückkommt?«, erkundigte sich James.

»Sie sind noch nicht allzu lange weg«, erwiderte Andre. »Sie wollten einkaufen gehen und sagten etwas von einem Film, den sie sich ansehen wollten. Aber um zehn sind sie bestimmt wieder hier, weil hier im Hof so ein Feuerwerk sein soll. Boris war total wütend, weil Dad gesagt hat, wir sollten alle zu Hause sein und das neue Jahr als Familie begrüßen.«

»Schöne Familie«, spottete James. »Das Dumme ist nur, solange wir nicht tatsächlich in die Fabrik hineinkommen, können wir nicht hundertprozentig sicher sein, dass das der Ort ist, an dem die Raketen gebaut werden.«

»Und wie wollen Sie da reinkommen?«, erkundigte sich Andre.

James lachte.

»Das Gebäude ist wie eine Festung. Da gehe ich sicher nicht rein. Ich schätze, diese Aktion werden sie einer Einheit der Special Forces überlassen.«

»Da ist noch etwas«, fiel Andre ein. »Sieht ein PGSLM aus wie eine gigantische Zigarre?«

»Ja«, antwortete James. »Kannst du dich an die Pläne erinnern, die du neulich nachts gesehen hast?«

»Im Lagerraum unter der Treppe steht eine Golftasche. Aber weil mein Vater kein Golf spielt, habe ich mal hineingesehen, und ich bin mir ziemlich sicher, dass es eine Rakete ist.«

»Ich wette, dass eine Menge Leute das gerne näher untersuchen würden«, meinte James aufgeregt. »Sie würden sie auseinandernehmen, um herauszufinden, wer den Aramovs die Teile verkauft.«

»Soll ich sie zu Ihnen rüberrollern?«, fragte Andre.

James glaubte, Andre würde scherzen, und antwortete daher nicht.

»Nun?«, hakte Andre nach.

»Ich glaube kaum, dass ich noch mal zum Pool kommen kann«, meinte James. »Der Hausmeister, den ich außer Gefecht gesetzt habe, erinnert sich bestimmt an mich.«

»Sie müssen hier gar nicht herumschleichen«, meinte Andre. »Meine Brüder sind von letzter Nacht noch ziemlich erledigt und meine Eltern kommen erst in ein paar Stunden zurück. Ich lasse Sie ins Haus rein und gebe es Ihnen an der Tür.«

»Aber dein Dad wird merken, dass es weg ist«, warnte ihn James.

»Nicht, wenn wir verschwinden, sobald sie wiederkommen. Ist ja nicht so, dass Dad am Silvesterabend nach Hause kommt und als Erstes einen Blick in die Golftasche hinten im Abstellraum werfen will, oder?«

»Wenn du dir da sicher bist«, meinte James.

»Meine Brüder werden irgendwann aufwachen«, erklärte Andre. »Wie schnell können Sie hier sein?«

»Mit dem Auto sind es nur zwei Minuten«, sagte James. »Bis ich Schuhe angezogen habe und so, vielleicht zehn.«

Sechs Minuten später stand James vor dem Glasatrium des Wohnkomplexes. Sobald Andre ihm die Tür aufgemacht hatte, ging er über einen gut federnden Teppich und fand ihn an der Wohnungstür stehen.

»Alles in Ordnung, Kumpel?«

»So weit ganz gut«, meinte Andre und schob eine lange schlanke Röhre über die Küchenfliesen zu James hinaus.

»Ich bleibe lieber nicht«, erklärte James, griff nach einem dicken Nylonstrick und hängte sich die Rakete über die Schulter. »Wenn deine Mutter zurückkommt, dann sag ihr, dass ihr bei der ersten Gelegenheit flüchten müsst. Und fangt gar nicht erst an zu packen oder irgendetwas zu tun, was euch verraten könnte.«

»Mit wem redest du da, du Häufchen?«, rief Boris müde vom oberen Treppenabsatz.

»Da sammelt jemand für die Blinden«, rief Andre zurück und knallte James die Tür vor der Nase zu.

»Sag dem Wichser, dass ich ihm die Augen aussteche, wenn er es wagt, noch mal zu kommen«, tönte Boris, während James sich eiligst mit dem schwarzen Geschoss auf der Schulter durch den Gang zurückzog.

Auf der Straße schob er es durch das Seitenfenster eines VW Käfer, der noch verbeulter war als der Bulli, den er und Lucinda am Tag zuvor in der Stadt hatten stehen lassen.

Während der Fahrt machte er sich Sorgen, weil er überall in der Stadt Polizeisperren gesehen hatte und der düstere schwarze Kolben genau so etwas war, was das Misstrauen der Polizisten erregen würde. Doch er schaffte es in seine miese Wohnung, ohne belästigt zu werden. Bei seinem Eintreten scheuchte er eine Maus über die Dielen und setzte das Gerät auf dem wackeligen Esstisch ab.

Er löste drei Klammern, öffnete die Abdeckung und betrachtete die fabrikneue Rakete mit dem Abfeuerungsmechanismus, eingepackt in Styropor und mit Warnhinweisen in vielen Sprachen. *Kann schwere Verbrennungen hervorrufen. Vor Gebrauch Hinweise lesen!*

Die PGSLM hatte einen Durchmesser von 16 cm und war 120 cm lang. Ihr Suchkopf war rund, das Rohr verjüngte sich zum Ende hin etwas. Die Schulterstütze sowie die numerische Bedienungstastatur waren Wegwerfteile und erinnerten mehr an billiges Spielzeug als an technische Geräte für eine Hardware, die eine Viertelmillion Dollar wert war.

Da James das TFU-Hauptquartier in Dallas informiert hatte, bevor er zu Andre gegangen war, hatte er auf seinem Handy den Befehl erhalten, Hao-Jing vom Sonic Aviation Consortium (SAC) anzurufen, sobald er die Rakete hatte.

SAC hatte die Konstruktion der PGSLM übernommen, nachdem Lisson Communications den Auftrag verloren hatte. Hao-Jing war der Chefdesigner für die Software bei dem Projekt in beiden Firmen gewesen.

»Ich bezweifele, dass Galenka Aramov die Software-Codes geändert hat, die sie von den gestohlenen Raketen herunterladen konnte«, erklärte Hao-Jing.

»Warum nicht?«, wollte James wissen.

»Es hat funktioniert, warum sollte sie es also ändern?«, fragte Hao-Jing zurück. »Wenn die Software die gleiche ist, kannst du Zugang zum Log der Rakete erhalten. Ich habe dir ein Programm zugemailt. Installiere es auf deinem Laptop und drücke dann #406 auf der Tastatur für die Rakete. Wenn auf deinem Computer WiFi aktiviert ist, sollte dann ein Netzwerk namens PGSLM in den Kommunikationseinstellungen von Windows erscheinen.«

»Sind eure Raketen Mac-freundlich?«, fragte James mit einem Lächeln.

»Nein«, erwiderte Hao-Jing humorlos. »Aber wir arbeiten mit einer Android-App.«

James brauchte ein paar Minuten, um seinen Rechner hochzufahren und die Steuerungssoftware für die PGSLM zu installieren. Entsetzt schrak er zurück, als er #406 auf der Tastatur eingab und aus dem Heck der Rakete vier Flossen zur Stabilisierung hervorschossen.

»Ich kann doch dieses Ding nicht aus Versehen abfeuern, oder?«, erkundigte er sich.

»Nicht ohne den sechsstelligen Zündungscode«, beruhigte ihn Hao-Jing. »Rechts in dem PGSLM-Programmfenster sollte es den Menüpunkt *Programmierung* geben. Klicke darauf, gib TLL ein und drücke dann die Taste F9.«

Als James F9 drückte, tauchte unter der Hauptmenüleiste eine Reihe von verborgenen Wartungsmenüs auf.

»Klicke auf *Log* und dann auf das Feld *On-Screen mapping*.«

James tat es und erhielt eine Übersichtskarte mit Ortungspfeilen in alphabetischer Reihenfolge von A bis S. Auf der rechten Seite sah er eine Liste von Zeiten und Orten mit den Angaben, wo sich die Rakete zu verschiedenen Phasen befunden hatte. James erkannte gleich, dass die ersten vier Einträge, die sich *Test 1*, *Test 2*, *Orientierung* und *Inbetriebnahme* nannten, alle vor zwanzig Monaten gemacht worden waren.

»Siehst du dasselbe auf deinem Bildschirm wie ich?«, fragte James. »Den Kartenpunkten nach zu urteilen, wurde die Rakete zuerst in einer Fabrik eingeschaltet, bei der ich letzte Nacht war.«

»Genau das bedeutet es«, erklärte Hao-Jing. »Die US-Armee verlangt, dass alle intelligenten Waffen geortet werden können. Eine PGSLM zeichnet jedes Mal, wenn sie eingeschaltet wird, ihre Position auf. Wenn du die richtigen Einstellungen programmierst, lädt sie sich automatisch Software-Updates herunter und schickt eine SMS, wenn die eingebaute Diagnosesoftware einen Fehler entdeckt.«

»Cool«, fand James, der sich jedoch angesichts der Tatsache, dass er eine schwere Rakete mit vierzig Kilo hochexplosivem Sprengstoff auf dem Küchentisch liegen hatte, nicht ganz wohlfühlte.

Doch bevor er noch etwas sagen konnte, klickte es in der Leitung, und er hörte eine wesentlich höhere Stimme.

»James?«

»Hallo?«, fragte James neugierig. »Hao-Jing?«

»Dein Anruf wurde zum TFU-Hauptquartier durchgestellt«, erklärte Dr. D. »Ich habe Hao-Jing aus der Leitung geworfen. Du sprichst jetzt mit Dr. D.«

James hatte erst einmal mit ihr gesprochen und kaum lange genug, um zu merken, dass sie ein wenig exzentrisch war und eine Stimme hatte wie eine malträtierte Violine.

»Du machst da unten einen sehr guten Job«, begann Dr. D. »Eine aktive Rakete zu finden macht es so viel einfacher, die Mission zu beenden.«

»Wieso?«

»Hol Andre und Tamara aus Leonids Haus«, verlangte Dr. D. »Und dann lasse ich von Hao-Jing die Koordinaten dieser Fabrik in deine Rakete einprogrammieren. Du fährst damit bis auf vier Kilometer an die Fabrik heran und drückst auf den Startknopf. Wenn sie da drinnen tatsächlich mit Sprengstoff hantieren, sollte ein Schuss reichen, um die ganze Fabrik zu eliminieren.«

James war entsetzt.

»Aber ich dachte, Sie wollten das Geschoss auseinandernehmen, um Galenkas Konstruktion zu prüfen und herauszufinden, wer sie mit den Einzelteilen beliefert hat.«

»Den Luxus würde ich mir liebend gerne erlauben«, stimmte Dr. D. zu. »Aber diese Mission befindet sich in einer Grauzone, irgendwo zwischen nur halb autorisiert und vollkommen illegal. Wenn ich meinen Bossen erkläre, dass ich diese Anti-Leonid-Operation eingeleitet habe, gibt es jede Menge Ärger. Mir persönlich ist das ziemlich egal, aber ich versuche, für Amy und eine Menge anderer Leute bei der TFU neue Jobs zu finden. Für sie ist es besser, wenn meine Bosse keine groß angelegte Untersuchung starten, wer bei einer unautorisierten Mission von was gewusst hat.«

James sah ein, dass eine solche Untersuchung sich durchaus auch über den Atlantik erstrecken und Zara Asker sowie ihn selbst in Schwierigkeiten bringen konnte.

»Na gut«, meinte er. »Damit wird also die Produktionsstätte vernichtet. Aber können wir sicher sein, dass die vierundsiebzig Raketen, die Leonid verkaufen will, auch dort sind?«

»Es ist nicht ideal, wenn sie es nicht sind«, meinte Dr. D. »Aber mir ist es lieber, siebzig Raketen sind im Umlauf, als dass eine ganze Fabrik besteht, in der Tausende davon hergestellt werden können.«

»Wird Leonid nicht einfach untertauchen, wenn ich die Fabrik in die Luft jage?«

»Deine Aufgabe ist es, Tamara und Andre sicher aus Mexiko herauszubringen und die Fabrik in die Luft zu jagen«, stellte Dr. D. fest. »Um Leonid kümmert sich Lucinda. Sie kennt jeden, der in Ciudad Juárez etwas zu sagen hat. Sie kann das Gerücht streuen, dass die Raketen gefährliche Konstruktionsfehler haben oder dass Leonid vorhat, die Talavera-Brüder über den Tisch zu ziehen. Wenn er lebend aus Mexiko herauskommt, werden wir dafür sorgen, dass sie wissen, wohin er geht.«

»Dann lassen wir also die bösen Buben unsere Drecksarbeit erledigen, was?«, lachte James.

»Ganz genau«, bestätigte Dr. D.

45

Andre war nicht gerne allein mit seinen Brüdern zu Hause und verbrachte den Nachmittag damit, sich in seinem Zimmer zu verstecken. Boris war noch viel zu verkatert, um ihn zu quälen, und so bestand sein Hauptproblem darin, dass er in seinem Zimmer festhing, sich langweilte und sich gleichzeitig Sorgen machte, wie er mit seiner Mutter sicher von hier fortkommen sollte.

Um halb sechs tauchten Leonid und Tamara auf. Der Concierge war mit Bier und Champagner für die Silvesterfeier gekommen, während Tamara am Küchentresen Burritos und Reis aus einer Tasche nahm und auf Teller verteilte.

»Heute Abend wird nicht gekocht«, verkündete sie. »Greift zu, solange es noch heiß ist!«

Andre war am Verhungern. Er setzte sich auf einen Hocker am Tresen und schlang gierig das Essen hinunter, während sich die Familie um ihn herum versammelte.

»Ich habe eine kleine Ankündigung zu machen«, sagte Leonid und nahm Tamara am Handgelenk. Er hielt ihre Hand hoch, um einen Verlobungsring mit einem großen Diamanten zu präsentieren. »In ein paar Wochen, wenn wir in der Karibik sind, werden wir heiraten!«

Andre gratulierte in der Gewissheit, dass es nie so weit kommen würde. Alex schien es egal zu sein, doch Boris war wütend.

»Warum die Kuh kaufen, wenn du sie sowieso schon melkst?«, fuhr er auf.

Alex grinste. Leonid baute sich vor Boris auf, musste jedoch erst seinen Bissen zu Ende kauen, bevor er antworten konnte.

»Solange du unter meinem Dach wohnst, wirst du Tamara den gleichen Respekt entgegenbringen wie deiner eigenen Mutter!«, verlangte er.

Boris lachte so heftig, dass er Reis auf den Boden spuckte.

»Meine Mutter hast du geschlagen und gedroht, sie umzubringen, falls sie je wieder Kontakt zu uns sucht.«

»Erwähne diese Schlampe nie wieder!«, schrie ihn Leonid an.

Andre stand nur einen knappen Meter neben ihnen. Leonid war älter und besaß Autorität, aber Boris war körperlich stärker, und keiner von ihnen wollte nachgeben.

»Esst auf, bevor es kalt wird«, sagte Tamara.

Leonid warf seinen Burrito in den Mülleimer und stürmte nach oben, knallte die Schlafzimmertür zu und schrie: »Warum versuche ich es eigentlich immer wieder mit dieser Familie?«

Boris grinste Tamara frech an, nahm sich einen zweiten Burrito und schaufelte sich Reis auf den Teller. Als er hineinbiss, stürmte Leonid wieder auf den Treppenabsatz hinaus und warf einen Haufen Pesos über das Geländer.

»Geld!«, schrie er Boris an. »Das ist alles, was ich für euch bin! Ich habe versucht, uns einen schönen Abend zu machen, aber du schaffst es nicht mal, etwas Nettes zu sagen. Dann nimm halt das Geld! Geh los und mach Party, kauf dir Drogen oder was du sonst willst. Ist mir scheißegal!«

»Mach nicht so ein Theater, Dad«, riet ihm Boris und

biss gleichgültig in seinen Burrito. »In deinem Alter kriegt man davon leicht einen Herzinfarkt.«

Leonid zog eine Pistole mit Schalldämpfer aus dem Hosenbund, und Boris ging blitzartig in Deckung, als er in einen Sitzsack ein paar Meter hinter ihm schoss.

»Raus!«, brüllte Leonid. »Wenn du wiederkommst, erweist du mir etwas Respekt, oder du brauchst gar nicht erst wiederzukommen!«

Boris knallte seinen Teller auf den Tresen und hob die Hände.

»Ich verschwinde hier«, erklärte er und sah Alex an. »Kommst du mit?«

Boris' Anziehungskraft auf seinen jüngeren Bruder war magnetisch. Die beiden rannten eine Weile herum, um die verstreuten Pesos und ein paar Kleidungsstücke und Schlüssel einzusammeln, und knallten dann die Wohnungstür hinter sich zu.

»Wenn wir nach Trinidad ziehen, bekommen die beiden ihre eigene Wohnung«, erklärte Leonid, als er hinunterkam. »Verzogene Blagen!«

Er küsste Tamara und legte dann Andre den Arm um die Schultern und drückte ihn kurz an sich.

»Ich war immer hart zu dir, weil du zu weich bist«, sagte er zu ihm. »Aber du hast wenigstens Respekt und du hast mehr Köpfchen als die beiden Idioten zusammen.«

Andre hasste seinen Vater, aber irgendwo tief im Inneren fühlte er sich doch mit ihm verbunden, und daher war sein Lächeln mindestens zu fünfzig Prozent echt.

Tamara tat, was sie immer tat, und besänftigte Leonid nach seinem Wutausbruch. Sie küsste ihn auf die Wange, goss ihm einen Whiskey ein und redete beruhigend auf ihn ein.

»Vergiss die Jungs und diesen Fast-Food-Mist. Schnapp dir deinen Drink, geh nach oben und nimm ein schönes, entspannendes Bad. Ich räume hier auf und brate dir ein leckeres blutiges Steak.«

Leonid lächelte und tat so, als würde er Andre die Ohren zuhalten.

»Warum kommst du nicht mit in die Wanne?«

»Iiihh!«, entrüstete sich Andre.

»Lass das Bad ein, vielleicht hast du ja Glück«, gab Tamara zurück.

Leonid sah wesentlich zufriedener aus, als er sich ein paar gebratene Peperoni in den Mund steckte und nach oben ging.

Andre war immer noch empört darüber, dass seine Mutter sich so heftig in ihre neue Beziehung mit Leonid gestürzt hatte.

»Verlobt?«, fragte er gereizt, sobald sein Vater hinter der Doppeltür verschwunden war.

Tamara hob den Ringfinger und erklärte in wesentlich nüchternerem Tonfall: »Der hier kostet vierzigtausend Dollar. Das sind zwei Jahre College für dich.«

Andre lächelte seine Mutter an, die ihm die Hand auf die Schulter legte. »Hast du mit irgendjemandem über das Com gesprochen?«, fragte er.

Tamara nickte. »Ja, ich habe kurz mit Lucinda geredet, als ich auf die Toilette gegangen bin.«

»Ich glaube, wir sollten nach dem Feuerwerk verschwinden«, meinte Andre. »Dad wird wahrscheinlich direkt einschlafen, und ich bezweifele, dass Boris und Alex vor drei Uhr morgens wieder hier sind.«

Tamara kniff die Augen zusammen.

»Aber das war mit Amy Collins nicht so abgesprochen.«

»Wir haben Dad gefunden, und sie wissen jetzt, wo die Raketen sind.«

»Die Raketen sind mir völlig egal«, entgegnete Tamara. »Ich habe der Sache zugestimmt, weil ich deinen Vater ein für alle Mal aus unserem Leben haben wollte.«

»Aber sie werden ihn danach schnappen«, wandte Andre ein.

»Leonid ist clever, und ich will sicher sein«, behauptete Tamara kopfschüttelnd. »Schalte dein Gerät ein und sag James, dass er uns in fünfzehn Minuten abholen soll, aber sonst sagst du gar nichts! Dann gehst du in dein Zimmer und packst. Eine Tasche und nur das Wichtigste!«

»Was hast du vor?«

»Etwas, was ich schon längst hätte tun sollen. Jetzt tu, was ich dir sage, und geh nach oben!«

Mit zitternden Knien erreichte Andre sein Zimmer, und das Beben in seiner Stimme fiel auch James auf, als er ihn über das Com ansprach.

»Was ist los?«, wollte er wissen.

»Nichts«, log Andre. Er überlegte, ob er James die Wahrheit sagen sollte, doch die Loyalität seiner Mutter gegenüber überwog seine Freundschaft zu James. »Hol uns einfach in fünfzehn Minuten ab. Alex und Boris sind weg und mein Dad nimmt ein Bad. Das dauert immer mindestens eine halbe Stunde, deshalb können wir jetzt verschwinden.«

»Okay«, sagte James zweifelnd.

Andre schaltete das Gerät aus und nahm seinen einzigen Rucksack, in den er so viel wie möglich von den neuen Kleidungsstücken und Schuhen packte, die Leonid ihm gekauft hatte, sowie ein paar Xbox-Spiele und die Omega-Uhr und das Goldkettchen, das er zu Weihnachten bekommen hatte.

Als er wieder auf den Gang trat, ging Tamara gerade ins Elternschlafzimmer. Andre schlich sich zur Tür und sah, wie sie die Pistole vom Bett nahm und fachmännisch überprüfte, ob sie noch geladen war.

»Bist du in der Wanne?«, fragte sie zuckersüß.

»Komm zu mir«, bat Leonid. »Ich sorge schon dafür, dass es sich lohnt.«

»Mach die Augen zu«, befahl Tamara. »Ich habe eine Überraschung für dich.«

»Was denn?«

Mit gezückter Waffe stieß Tamara ein mädchenhaftes Lachen aus und ging zum Bad.

»Wenn ich dir das sage, ist es doch keine Überraschung mehr, oder?«

Andre machte die Tür ein paar Zentimeter weiter auf, um besser sehen zu können.

»Schwing deinen hübschen Hintern hier rein«, befahl Leonid lachend.

»Lass die Augen zu, sonst gibt es gar nichts«, neckte ihn Tamara und betrat das luxuriöse Bad mit der in den Boden eingelassenen ovalen Badewanne in der Mitte.

Leonid riss die Augen auf, als er hörte, wie Tamara den Sicherheitshebel zog. Der massige Schalldämpfer befand sich über einen Meter vor seinem Gesicht. Nah genug, um ihn nicht zu verfehlen, aber zu weit weg, als dass er danach hätte greifen können.

»Was soll das?«, fragte Leonid und packte den Wannenrand, dass es spritzte, als er sich aufsetzte.

Andre schlich sich zur Badezimmertür und sah, wie die Waffe in Tamaras Hand leicht zitterte, als sie sagte:

»Das hier ist für all die Male, die du mich geschlagen hast. Dafür, dass du mich bewusstlos geschlagen hast. Dass du mich vergewaltigt und mir den Kiefer gebrochen hast. Für jede Nacht, in der ich allein war und wusste, dass du mit fünfzehnjährigen Koreanerinnen ›Party machst‹. Für die achtzehn Stiche, mit denen ich genäht werden musste, nachdem du mir eine Vase an den Rücken geworfen hast. Aber vor allem dafür, dass du gedroht hast, unseren Sohn zu foltern und zu töten, falls ich je versuchen sollte, den Kreml zu verlassen, oder einen anderen Mann ansähe.«

»Tamara«, jammerte Leonid. »Ich liebe dich!«

Tamara schüttelte den Kopf.

»Du hast eine komische Art, das zu zeigen.«

Andre schrie auf, als seine Mutter den Abzug drückte. Eine Welle schwappte über den Wannenrand, als Leonid zusammenzuckte. Danach war es totenstill. Das Blut, das aus seinem Hinterkopf strömte, färbte das Wasser rosa.

Tamara hatte nicht bemerkt, dass Andre hereingeschlichen war. Ihre Hände und ihre Bluse waren blutbespritzt. Eine Träne lief ihr über die Wange, doch sie klang nicht weinerlich.

»Ich hatte dir doch gesagt, du sollst packen. Andre?« Sie wandte sich zu ihm um und sah ihn an. »Andre? Alles in Ordnung?«

Andre nickte.

»Ich werde es überleben.«

»Tu jetzt einfach, was ich dir sage. Während ich dusche, nimmst du dir eine Tasche. Hinten im Schrank liegen Rolex-Uhren und Bargeld. Nimm auch meinen Schmuck mit.«

»Amy sagte, dass ihre Leute sich um uns kümmern würden.«

Tamara klang überraschend kühl, als sie sich das Top über den Kopf zog.

»Ich habe lieber zu viel Geld als zu wenig. Wenn James fragt, hat Leonid versucht, mich zu ihm in die Wanne zu ziehen, als ich gehen wollte, und ich musste ihn erschießen. Solange ich in der Dusche bin, kann ich nichts hören, also nimm lieber die Waffe, für den Fall, dass deine Brüder nach Hause kommen.«

»Was passiert mit ihnen?«, fragte Andre. Tamara zog den Reißverschluss ihres Rockes auf und ging in ihr eigenes Schlafzimmer.

»Das ist mir ziemlich egal. Aber sie sind nicht sonderlich klug. Sie werden entweder sterben oder im Gefängnis landen.«

»Stimmt«, fand Andre, dem die plötzliche Skrupellosigkeit seiner Mutter imponierte, aber auch ein wenig Angst machte.

»Na los«, forderte Tamara ihn auf und ließ den BH fallen.

Sie brauchte kaum fünf Minuten, um zu duschen und sich einen Trainingsanzug anzuziehen. Andre erwartete sie an der Tür mit einem Rollkoffer und zwei Rucksäcken.

»Hast du alles?«, fragte Tamara und strich ihm übers Haar. Dann nahm sie ihm die Pistole ab.

Andre hatte angenommen, dass sie hinausgehen und sich vorne mit James treffen würden. Doch Tamara ging voran in den Keller und sie fuhren im großen Lexus aus der Tiefgarage.

James saß im Käfer, beobachtete das Haus und sah überrascht auf, als Tamara neben ihm hielt und hupte.

»Hier haben wir mehr Platz«, erklärte sie.

James hatte seine eigene Tasche und die Rakete in dem kleinen VW. Er war nicht auf die Idee gekommen, sie könnten Leonids Wagen nehmen, war aber erfreut über den zusätzlichen Platz. Außerdem konnte es nie schaden, in einem kugelsicheren Auto zu sitzen, wenn man nachts durch die Straßen von Ciudad Juárez fuhr.

James legte die Rakete und seinen Rucksack auf den weichen Rücksitz und wies Tamara an, zur Schnellstraße zu fahren und den Schildern zur US-Grenze zu folgen.

»Leonid ist tot«, berichtete Tamara kalt. »Hat damit jemand ein Problem?«

»Er hat Mum angegriffen«, warf Andre ein.

James lächelte schief.

»Geheimdienstler sollen zwar nicht herumlaufen und Menschen ermorden, aber ich glaube nicht, dass irgendjemand besonders traurig darüber sein wird.«

Tamara war bislang nur auf den recht ruhigen Straßen um den Kreml gefahren. Ihr Fahrstil war holperig, und sie fuhr ein paarmal fast auf den Seitenstreifen, bis James ihr befahl, von der Schnellstraße abzubiegen und vor den Toren einer Baustelle zu parken.

Hao-Jing hatte die Koordinaten der Fabrik in die PGSLM einprogrammiert. James legte die Rakete aufs Autodach, während ihr Computer hochfuhr, dann setzte er sie sich vorsichtig auf die Schulter und achtete darauf, dass sie nach oben zeigte und mindestens zwanzig Meter freie Flugbahn vor sich hatte.

Als die Rakete richtig lag, tippte er mit der freien Hand den Startcode ein – der fabrikmäßig mit 000000 eingestellt war. Danach drückte er auf den Startvorbereitungsknopf, der das Hämmern einer Hydraulikpumpe an seinem Ohr erklingen ließ. Nach zwanzig Sekunden leuchtete das Licht an der Druckanzeige und er drückte auf den Startknopf.

Beim Start wurde die Rakete die ersten Sekunden durch Pressluft angetrieben. Dadurch konnte das Geschoss aus dem Abschussrohr fliegen, bevor mit einem scharfen Knall die Rakete zündete, wobei sie blendendes Licht und genügend Hitze ausströmte, um die Feuchtigkeit aus James' Atemluft zu saugen.

Das raketengetriebene Geschoss stieg nach oben und beschleunigte in vierhundert Metern und weniger als zehn Sekunden auf 1100 Stundenkilometer. Ab da hatte die Rakete nur noch Treibstoff für etwa zwanzig Sekunden, doch das reichte aus, um ein paar Kilometer weit zu fliegen und dann in einer Korkenzieherbahn nach unten zu steuern und ein Zielobjekt von der Größe eines Sofas exakt zu treffen.

James warf die Leichtmetallröhre über den Bauzaun und hatte ein Bein schon wieder im Lexus, als vier Kilometer weiter ein lauter Knall ertönte.

»Ja, verdammt!«, jubelte Andre und drehte sich um,

um James fünf zu geben. Aber James sah ihn verlegen an.

»Was ist los?«

James wartete mit seiner Antwort, bis der Knall einer zweiten Explosion über die Stadt hinwegdröhnte.

»Wie viele Menschen waren wohl dort?«, fragte James.

»Hoffentlich nur ein paar Security-Leute, aber wenn sie dort noch Waffen herstellen, könnten es wesentlich mehr gewesen sein.«

Als Tamara losfuhr, klingelte James' Handy. Es war Dr. D.

»Die CIA überwacht das Gelände mit einer Infrarotkamera. Gratuliere, James, es sieht aus, als wäre die Fabrik dem Erdboden gleichgemacht.«

James legte schnell auf, denn Tamara fuhr wieder auf die Schnellstraße und musste wissen, wohin es ging. Sobald sie auf dem richtigen Weg waren, nahm James aus seinem Rucksack zwei US-Pässe, die er Andre reichte.

»Einer für dich und einer für deine Mutter«, erklärte er. »Ich muss noch schnell jemanden anrufen, damit wir mit diesem Wagen durch die Priority-Spur kommen. Die Grenze ist noch drei Kilometer weg. Ich habe uns in El Paso ein Hotel gebucht und mit etwas Glück können wir das neue Jahr in unseren Zimmern begrüßen.«

46

Die Kunde von Leonid Aramovs Tod erreichte den Kreml ein paar Tage nach Neujahr 2013, doch von den einst bis zu siebenhundert Menschen waren nur noch knapp dreißig anwesend, die sie hörten. Am Tag darauf flog die letzte Frachtmaschine ab und brachte drei alte Flugzeuge zu einem Schrottplatz in Indien, bevor sie einer ungewissen Zukunft mit Frachtflügen in Russland und der Ukraine entgegenschwebte.

Ein paar Stunden später tauchte ein amerikanisches Abrisskommando mit einer Handvoll Leuten auf. Nur ein kleines Team sorgte dafür, dass die Landebahn nicht vereiste, und ein paar Sicherheitsleute der Aramovs passten auf, während die Amis Löcher bohrten und sie mit Sprengstoff füllten.

Der Kreml war aus Betonfertigteilen errichtet worden, und die Experten gingen davon aus, dass er mit einer minimalen Sprengladung in sich zusammenfallen würde. Die schwerste Arbeit war die Zerstörung der Landebahn, bei der die meterdicke Bahn so aufgerissen werden musste, dass von dieser Schmugglerbasis aus in Zukunft niemand mehr operieren konnte.

Mit dem Tod von Igor war Ryans Mission eigentlich beendet, doch Amy hielt Wort und ließ ihn bleiben und seine Zeit mit Natalka zählen, erst Tage, dann Stunden, schließlich nur noch Minuten.

In der Nacht zum 9. Januar wütete ein Schneesturm.

Ryan hielt Natalka im Arm und betrachtete angewidert ihre zwei gepackten Rollkoffer an der Tür.

Er hätte sich auf den Campus freuen sollen. Auf seine Freunde, auf Paintball, Xbox-Turniere, Flurpartys, Fußballspiele und Ausflüge in die Shoppingzentren. Aber er konnte nur an alle kleinen Einzelheiten von Natalka denken, die er nie wieder sehen würde.

Ihren Gang, ihre Nase. Die kaputten grünen Converse, bei denen die kleine Zehe herausschaute. Die Brandlöcher in ihren Kopfkissenbezügen. Natalka glaubte, dass Ryan in die Ukraine fuhr, um bei einem entfernten Cousin zu wohnen. Sie glaubte, dass sie in Verbindung bleiben würden, doch Ryan war es verboten, den Kontakt zu jemandem aufrechtzuerhalten, den er während einer Mission kennengelernt hatte. Natalkas SMS und E-Mails würden auf einem toten Konto auflaufen und das würde ihre Erinnerung an ihn mit Sicherheit vergiften.

»Komm nicht mit zum Flughafen«, sagte Natalka.

Ryan hatte mit fünfeinhalb Stunden gerechnet, bis er sie zum letzten Mal sah, aber wenn er nicht zum Flughafen mitfuhr, waren es nur noch drei. Er hatte das Gefühl, als hätte er einen Tritt in den Magen bekommen.

»Aber ich will mit«, stieß er hervor.

»Ich will keine große Szene vor allen anderen«, sagte Natalka. »Ich will mich richtig verabschieden, ganz unter uns.«

Als sie sich später ihre Jeans anzog, wurde Ryan klar, dass er nie wieder ihre Beine sehen würde. Sich in Natalka zu verlieben war das Unglaublichste gewesen, was ihm je passiert war, doch es war grauenvoll, sie auf diese Weise zu verlieren.

»Bist du sicher, dass ich nicht mitkommen soll?«, fragte er und hoffte, dass der Lift auf dem Weg nach unten stecken bleiben würde.

An der Bar blinkten die Spielautomaten, aber sie waren schon tagelang nicht mehr mit Münzen gefüttert worden. Als Vierzehnjährige, deren Mutter am anderen Ende der Welt im Gefängnis saß, konnte Natalka mit keiner respektablen Fluglinie ohne Begleitung fliegen. Der Mann mit dem schütter werdenden Haar, der ihr in der Lobby die Hand schüttelte, trug das Abzeichen der russischen Fluglinie Aeroflot am Jackenaufschlag.

Ryan blieb fast die Luft weg, als Natalka ihm zu einem blauen Mercedes folgte und ihre Tasche Spuren in den frisch gefallenen Schnee zog. Er fürchtete entsetzt, dass sie gleich einsteigen würde, aber sie drehte sich um, um ihn noch einmal zu umarmen.

»Ich hab dir die hier besorgt«, sagte Ryan und nahm zwei Päckchen Zigaretten aus der Tasche seines Kapuzenpullis. »Die letzten Marlboros aus dem Automaten.«

Natalka strich sich die Haare aus dem Gesicht und setzte einen entschlossenen Ausdruck auf.

»Ich höre mit dem Rauchen auf«, verkündete sie mit einem Lächeln, das Ryan sein Leben lang nicht vergessen würde. »Ich habe gehört, dass einen die verdammten Dinger umbringen können.«

*

»Kerry?«, fragte James, als er vorsichtig das Haus betrat.

Das kleine Einfamilienhaus lag weniger als zwei Kilometer vom Campus der Stanford-Universität entfernt und war in den letzten zweieinhalb Jahren James' Zuhause gewesen. Er gab den Code für die Alarmanlage ein und hob einen Haufen Flyer und Briefe vom Fußboden auf. Als er durch einen Bogen in die offene Wohnküche trat, musste er schlucken.

Der Teppich trug noch die Spuren von Kerrys Bücherregal. Das Regal mit den CDs war halb leer und über dem Herd hingen keine Töpfe mehr. Der Wasserhahn tropfte noch, und als James ihn zudrehen wollte, sah er den Zettel, der mit seinem *Viva-Las-Vegas*-Magneten am Kühlschrank befestigt war.

Selbst wenn er sich anstrengte, war James' Handschrift mehr als krakelig. Er hatte Kerrys perfekte Buchstaben und die Art, wie sie die I-Punkte setzte, immer bewundert.

James,

es tut mir leid, dass wir uns letzte Woche gestritten haben. Ich bin sicher, wir haben beide Dinge gesagt, die wir nicht so gemeint haben.
Ich habe meine Sachen abgeholt. Ich glaube, ich konnte mich immer richtig erinnern, aber wenn ich etwas mitgenommen habe, von dem du glaubst, dass es dir gehört, dann gib mir Bescheid.
Ich habe die schweren Sachen wie Töpfe und Waschmittel eingepackt, denn das kannst du sowieso nicht mit nach England nehmen.
Ich weiß, dass ich gesagt habe, dass ich hier sein würde, aber Mark und ich haben beschlossen, vor dem Beginn des neuen Semesters noch ein paar Tage wegzufahren.
Ich glaube nicht, dass ich je ganz aufhören werde, dich zu lieben, aber wir haben uns im Alter von zwölf Jahren ineinander verliebt und uns auseinanderentwickelt.

Kerry
XXX

PS: Schnur, Klebeband und Schere liegen in der linken Küchenschublade. Ich habe zu viele Kartons gekauft und jede Menge Luftpolsterfolie. Steht in der Garage. Ich bin hier fertig, also nimm, was du brauchst.

James legte den Zettel weg und sah sich im Zimmer um, das Tausende von Erinnerungen in ihm aufkommen ließ, von der Nacht, in der sie nach ihrem Einzug auf dem Sofa gekuschelt hatten, über die Polizei, die seine Abschlussparty gesprengt hatte, und den großen Fleck an der Tapete, wo Kerry eine Ketchupflasche nach ihm geworfen hatte.

Sein Flug nach England ging am nächsten Abend, daher hatte er nur eineinhalb Tage Zeit, um seine Sachen zu packen, damit sie von einer internationalen Umzugsfirma abgeholt werden konnten. Während des Fluges von El Paso nach San Francisco hatte er kaum geschlafen, aber wenn er sich jetzt hinlegte, würde er den halben Tag verschlafen, daher ging er direkt in die Garage, um ein paar Kartons zu holen.

Lächelnd betrachtete er seine schwarze Lederjacke neben der Harley Davidson, die er sich nach seinem erfolgreichsten Trip nach Vegas gekauft hatte. Sie nach England zu bringen und den Importzoll dafür zu bezahlen wäre zu teuer, daher hatte er mit einem Händler vereinbart, sie auf Kommissionsbasis zu verkaufen. Aber eine letzte Fahrt über den Uni-Campus und Steak mit Eiern und starkem schwarzem Kaffee in einem kleinen Diner würde seinen Körper wieder auf Trab bringen.

Das Garagentor hatte schon immer geklemmt, und er musste ihm einen heftigen Tritt versetzen, bevor es aufging. Er brauchte eine Weile, um Jacke und Handschuhe anzuziehen, doch da er nicht weit fahren wollte, legte er nicht die ganze Ledermontur an.

James hatte von seiner Mutter eine Menge Geld geerbt und an den Spieltischen von Las Vegas noch mehr gewonnen. Er hatte sich online schon die große Triumph ausgesucht, die er sich kaufen wollte, wenn er seinen Job auf dem CHERUB-Campus begann, aber die Kombination der breiten kalifornischen Straßen und einer großen, tief dröhnenden Harley hatte etwas Unvergleichliches.

Die alte Dame von nebenan kam heraus, und James winkte ihr freundlich zu, als er das Motorrad auf die Straße rollte und Gas gab. Eine Minute später war er auf dem Zubringer und fuhr mit hundertvierzig Stundenkilometer über die Autobahn, kalte Januarluft im Ärmel und die Morgensonne auf dem Rücken.

47

Ein Mann aus dem Abbruchkommando wollte den roten Stern vom Kremldach abmontieren und ihn als Souvenir mitnehmen. Ryan durchsuchte die Büros im vierten Stock und fand ein Aluminiummodell eines Spionageflugzeugs aus der Sowjetära. Er fand, dass es sich in seinem Zimmer auf dem Campus gut machen würde.

Als jemand die Schlösser in der Bar des Kremls aufbrach und Zugang zu Kisten voller Whiskey und Wodka schaffte, gewannen die niederen Triebe die Oberhand. Abbruchkommando und das restliche Kreml-Personal widmeten sich der Vernichtung der Vorräte, und Ryan verbrachte seine letzte Nacht im Kreml damit, sich völlig zu betrinken und bis drei Uhr morgens zu Led Zeppelin Headbanging zu machen.

Amy war besorgt, weil er zu viel getrunken hatte, und brachte ihn in ein leeres Bett im fünften Stock, wo sie ihn im Auge behalten konnte. Als er einschlief, schluchzte er haltlos um Natalka, und als er wieder aufwachte, hatte er den ersten richtigen Kater seines Lebens.

»Ich weiß, wie beschissen du dich fühlst«, erklärte Amy. »Aber leider kannst du nicht ausschlafen, weil sie das Gebäude in vier Stunden in die Luft jagen. Und du stinkst nach Alkohol, hast dich im Dreck gewälzt, und sie haben das Gas abgestellt. Wenn du also nicht kalt duschen willst, musst du dich beeilen.«

»Ich will Natalka«, jammerte Ryan und zog sich ein

Kissen über den Kopf. »Nein, streich das, ich will sterben!«

Amy zog ihm Decke und Kissen weg.

»Was wird Zara wohl von mir denken, wenn ich dich am Campus abliefere und du aussiehst und stinkst wie ein besoffener Penner?«

»Lass mich in Ruhe!«

»Ich habe dir schon um zehn Uhr gesagt, du sollst aufhören zu trinken!«, erinnerte ihn Amy. »Rechne also nicht mit meinem Mitleid. Und jetzt beweg dich, bevor ich dir in den Hintern trete!«

Als Ryan mit flauem Gefühl im Magen zur Dusche ging, verluden gerade ein paar Männer Josef Aramovs persönliche Habe in einen Aufzug. Da niemand mehr da war, der ihn sehen konnte, duschte Ryan und ging dann in dem pinkfarbenen Bademantel, der einmal Tamara gehört hatte, in den dritten Stock.

In den letzten zehn Tagen hatte Ryan immer mehr seiner Sachen zu Natalka gebracht. Er hatte sich die Kleidung für die Rückreise schon zurechtgelegt, als er am Nachmittag zuvor gepackt hatte, und zog sie an. Dann sah er aus dem Fenster.

Die letzten Reste der Aramov-Flotte waren am Wartungshangar zusammengetragen und mit Sprengstoff versehen worden. Auf der Startbahn standen zwei moderne Airbusse vom Typ A320, ein Passagierflugzeug und ein Frachtflugzeug, in das gerade die Archive des Aramov-Clans, persönliche Habe und Abbruchausrüstung verladen wurde. Die Maschinen des Airbus liefen, damit sie nicht vereisten, doch im Vergleich zu den alten russischen Maschinen, an die Ryan sich gewöhnt hatte, waren sie gespenstisch leise.

Er nahm vorsichtig etwas Tee und ein Stück altes Nan-Brot zu sich, was seinen Magen einigermaßen stabilisierte. Eine Menge Dinge wurden aus dem Gebäude gebracht, und nachdem er zwei volle Aufzüge hatte durchfahren lassen müssen, entschied Ryan sich, die Treppe zu nehmen und seine Koffer in die Lobby zu schleifen.

Die Heizung war bereits einige Stunden zuvor abgeschaltet worden und durch die Einfachverglasung und die Risse in den Wänden wurde es in dem sonst so stickigen Kreml langsam kühl. Josef Aramov machte gut gelaunt eine Durchsage, an deren Ende ihn jedoch fast seine Gefühle übermannten.

»Das Hotel Kreml schließt seine Türen in fünfzehn Minuten. Gäste, die noch länger bleiben wollen, werden gewarnt, dass ihre Räume in die Luft fliegen könnten.«

Amy und Josef kamen zusammen aus dem Aufzug. Sie erhielten den Anschein aufrecht, dass sie immer noch ein Paar waren. In diesem Augenblick fiel Ryan noch etwas ein und er rannte zurück zur Treppe.

»He, was ist denn los?«, fragte Amy. »Geht es dir gut?«

»Mir ist nur gerade eingefallen, dass noch eine Tasche mit Kazakovs Sachen in meinem Zimmer ist.«

»Ist das so wichtig?«

Ryan zuckte mit den Achseln.

»Vielleicht kann man sie seinem Sohn schicken oder so. Es ist nichts Besonderes, aber ich fände es traurig, es einfach hierzulassen.«

»Dann geh, aber beeil dich.«

Das Abbruchteam arbeitete sich von oben nach unten durch das Haus und schloss die Zünder an die Sprengladungen, bevor sie in jeden Raum sahen, um sicherzugehen, das niemand mehr im Haus war. Ryan musste an einem von ihnen vorbei, als er in sein Zimmer huschte. Nachdem er die Tasche mit Kazakovs Sachen genommen hatte, ging er in Natalkas Zimmer am Ende des Ganges, um noch einmal ihren Duft zu riechen.

»Los, beeil dich!«, rief der Mann vom Abbruchteam.

Ryan hatte bereits überall gecheckt, ob er nichts vergessen hatte, und als er an die Zeit dachte, die er hier mit Natalka verbracht hatte, schnürte es ihm die Kehle zu. Wahrscheinlich war sie schon bei ihrer Tante in Russland.

»He, bist du taub?«, rief der Mann und unterstrich seine Worte mit wütenden Gesten, denn er nahm an, dass Ryan ein Einheimischer war und nur Russisch oder Kirgisisch sprach.

Überrascht sah er Ryan an, als er die Tränen in seinem Gesicht bemerkte.

»Ich geh ja schon«, sagte Ryan traurig.

Unten in der Lobby war Dan angekommen. Man hatte dem kräftigen Achtzehnjährigen einen Neuanfang in den USA versprochen, wenn er der TFU half, den Kreml zu infiltrieren. Doch als Ryan und Amy auf ihn zukamen, wirkte er fast traurig.

»Ist alles in Ordnung?«, erkundigte sich Amy.

»Ich wünschte, ich könnte meinen Lada mitnehmen«, erklärte Dan. »Ich habe ihn weiter hinten im Tal geparkt und die Zündschlüssel stecken lassen. Hoffentlich kümmert sich jemand um ihn.«

Lächelnd überreichte ihm Amy eine Brieftasche und gab ihm einen amerikanischen Pass.

»Wir fliegen nach London«, sagte sie. »Dann wirst du mit mir und Josef einen Linienflug nach Dallas nehmen, wo wir dir helfen, ein neues Leben anzufangen.«

Das Abbruchteam war mittlerweile mit den oberen Stockwerken fertig, und der Mann, dem Ryan ein paar Minuten zuvor in die Quere gekommen war, sagte ungeduldig in schlechtem Russisch: »Meine Damen und Herren, Sie müssen sich jetzt mit Ihrem Gepäck zum Flugzeug begeben! Vielen Dank!«

Ryan warf sein Gepäck auf einen wartenden Wagen und lief den vereisten Weg zu den Flugzeugen entlang.

Josef Aramov blieb noch zurück, um den Enteisungsteams ihr letztes Gehalt auszuzahlen, sie zu umarmen und ihnen zu sagen, sie sollten sich möglichst weit aus dem Tal entfernen.

Das Frachtflugzeug rollte schon, als Ryan seinen Flieger nach Hause bestieg. Es war ein normaler Passagier-Airbus, der für diese letzte Evakuierung gechartert worden war. Da sich kaum dreißig Leute auf die hundert Sitze verteilten, hatte Ryan drei Plätze für sich, auf die er sich legen konnte, um seinen Kater auszuschlafen.

Als Letztes kam das Abbruchteam an Bord. Am Eingang legten die Männer schwitzend ihre Helme und orangen Overalls ab. Normalerweise wären sie geblieben, um die Explosionen zu überwachen und den Schutt wegzuräumen, aber große Gebäude ohne staatliche Genehmigung zu sprengen ist in Kirgistan genauso illegal wie in jedem anderen Land, und keiner von ihnen wollte am Boden sein, wenn die Behörden herausfanden, dass jemand einen ganzen Luftstützpunkt in die Luft gejagt hatte.

Beim Start in dem engen Tal musste das große Flugzeug in einem gewundenen Steigflug durch eine Lücke zwischen zwei Gipfeln fliegen, wobei rechts und links der Tragflächen kaum fünfzig Meter Platz blieb. Beim Start eine Felswand am Fenster vorbeirasen zu sehen machte Ryan nervös, und er war ziemlich glücklich, als er blauen Himmel erblickte und wusste, dass er dieses Manöver nie wieder durchleben musste.

Es war auch das Signal für das Abbruchteam, die Sprengung einzuleiten. Der Pilot hatte seine Flugbahn so berechnet, dass sie die Explosion aus sicherer Entfernung mit ansehen konnten, und als das Abbruchteam den Countdown grölte, liefen alle zu den Fenstern auf Ryans Seite des Flugzeugs, um zuzusehen.

»Fünf, vier, drei, zwei, eins ...«

Null hörte niemand mehr, weil der Knall einfach ohrenbetäubend war. Die Betonwände des Kremls stürzten in sich zusammen, während dicht aufeinanderfolgende Detonationen tiefe Löcher in die Landebahn rissen und eine letzte große Explosion Wartungsschuppen und die Tankanlage vernichtete.

»Wow!«, machte Dan und sah sich zu Ryan in der Reihe hinter ihm um.

»Ich glaube, ich habe gesehen, wie ein großer Brocken hochgeflogen und auf deinem Auto gelandet ist«, scherzte Ryan.

Dan lächelte, doch er wusste genau, wie er es Ryan heimzahlen konnte.

»Ich wette, irgendein russischer Junge poppt schon deine Natalka.«

Aus dem Tal drangen Rauch und Flammen empor, doch der Airbus stieg weiter, und bald wurde ihnen die Sicht durch die erste Lage von Wolken versperrt.

48

Nichts vereinte die Bewohner des CHERUB-Campus so wie eine Karaoke-Nacht. Die kleinen Kinder rannten in der Haupthalle aus und ein, tranken zu viel Limonade und wurden völlig aufgedreht. Vorpubertäre Mädchen nahmen die Sache todernst, verkleideten sich, übten ihre Songs und studierten Tanzbewegungen ein. Als Teenager hatte man erkannt, dass Karaoke-Abende zwar total uncool waren, stieg aber dennoch auf die Bühne und lieferte seine Songs sozusagen ironisch ab.

James hatte ein paar Stunden zuvor einen Haufen Papiere in Zaras Büro unterschrieben. Laut Vertrag war er nun ein »Angestellter Stufe drei«, was bedeutete, er bekam ein Zimmer auf dem Campus, ein nicht gerade beeindruckendes Gehalt und musste mindestens sechs Monate lang dort arbeiten, wo er gerade gebraucht wurde, sei es beim Training, bei der Betreuung, im Unterricht oder bei Missionen.

An seinem ersten Arbeitsabend musste James die Karaoke-Vorstellung beaufsichtigen. Er war noch müde nach seinem Flug aus den USA, und angesichts eines Haufens sieben- bis neunjähriger Jungen, die geschlossen zur Herrentoilette strebten, wollte er eigentlich ganz gerne sterben.

Die Tatsache, dass jeder von ihnen einen leeren Becher in der Hand hielt, verriet ihre Absicht. James wartete an der Tür, während die sechs Jungen ihre Becher mit Wasser füllten und sich kichernd gegenseitig darüber informierten, wen sie damit bewerfen wollten.

»Oh nein, das tut ihr nicht!«, rief James, als die ersten beiden aus der Toilettentür kamen, sodass die Jungen erschraken. »Leert die Becher in die Waschbecken aus! Dann könnt ihr entweder wieder hineingehen und euch anständig benehmen oder ihr geht in den Juniorblock und ins Bett!«

»Aber das sind doch nur Getränke«, wandte ein knubbeliger kleiner Junge ein und schenkte James aus seinen babyblauen Augen einen Blick, als könnte er kein Wässerchen trüben.

»Ich habe wirklich Durst«, nickte ein anderer und trank seinen Becher halb leer, um seine Worte glaubwürdig erscheinen zu lassen.

»Benehmen oder Bett«, wiederholte James.

Also gingen die Jungen im Gänsemarsch zu den Waschbecken zurück und gossen schmollend das Wasser aus. Einer von ihnen murmelte dabei leise: »Wenigstens habe ich keine Essenschlacht im Speisesaal angefangen.«

Die sechs Jungen begannen zu kichern und ein anderer legte sich die Hand vor den Mund und fügte hinzu: »... oder hatte Sex im Campusspringbrunnen!«

Daraufhin mussten alle laut losprusten. James musste seine Autorität wiederherstellen, sonst würden ihm diese Kids ewig auf der Nase herumtanzen, doch wenn er es übertrieb, würde einer seiner Vorgesetzten die Strafe aufheben, und er würde wie ein Idiot dastehen.

»Zum einen ist das nur ein dummes Gerücht, das meine Schwester in die Welt gesetzt hat«, erklärte er beleidigt. »Und außerdem sehe ich, dass ihr hier eine Menge Wasser verteilt habt. Wenn ich in fünf Sekunden noch einen von euch hier sehe, schicke ich euch zum Putzschrank und lasse es euch aufwischen!«

Die Jungen verstanden den Hinweis, warfen die Pappbecher weg und liefen wieder in die Haupthalle. James wollte ihnen schon folgen, als drei zehnjährige Mädchen begannen, »Crazy in Love« von Beyoncé zu kreischen. Das Geräusch erinnerte ihn an einen Winkelschleifer, daher beschloss er, dass die Halle sich ganz gut ein paar Minuten selbst beaufsichtigen konnte, während er frische Luft schnappte.

Selbst im Januar wurde es in der Halle stickig, wenn zu viele Menschen darin waren, und James ging durch eine Feuertür hinaus und ein paar Stufen hinauf. Er stand vor dem Hauptgebäude, betrachtete den Springbrunnen und überlegte, wie er Lauren die Sache mit dem Sex-Gerücht heimzahlen konnte, als er einen Jungen am Springbrunnenrand sitzen sah.

Er sah aufgewühlt aus, und als James näher kam, stellte er fest, dass er Leon Sharma ähnlich sah, dem er vor einigen Wochen einen Fortgeschrittenen-Fahrkurs gegeben hatte.

»Du musst Ryan sein«, vermutete er.

Ryan nickte, sagte aber nichts, weil ihm die Stimme versagte.

»Ich weiß, dass du auf einer langen Mission warst«, sagte James, »also nehme ich an, dass es sich um ein Mädchen handelt – möglicherweise auch einen Jungen, wenn du so tickst.«

»Mädchen«, antwortete Ryan und wischte sich einen Tropfen von der Nase.

»Kenne ich«, meinte James. »Tut höllisch weh, nicht wahr?«

Ryan lächelte leise.

»Sind Sie James Adams?«

»Möglicherweise«, gab James zu, als sie sich die Hand reichten.

»Haben Sie sich schon mal auf einer Mission verliebt?«, wollte Ryan wissen.

»Bei meiner ersten Mission war es Joanna«, erzählte James. »Ich war erst zwölf, aber wir waren nach der Schule immer zusammen, und es schien so perfekt. Dann war da noch April. Ich habe mich nicht wirklich in sie verliebt, aber sie war sexy. Während meiner vierten Mission habe ich mal eine Nacht mit einem Mädchen namens Hannah auf einem Dach verbracht. Wir haben den Sonnenaufgang beobachtet. Es war einfach wundervoll. Und dann war da noch Kerry Chang, die ich irgendwie geliebt habe, seit wir uns während der Grundausbildung kennengelernt haben.«

Ryan wies auf den Springbrunnen.

»War sie es, die ...«

Gereizt unterbrach ihn James: »Das Gerücht hat meine idiotische Schwester gestreut. Steck deine Hand mal zwei Sekunden lang ins Wasser. Es ist eiskalt. Außerdem ist der Brunnen beleuchtet und man kann ihn von mindestens sechzig Zimmern aus sehen.«

»Schade«, fand Ryan. »Ist ein prima Gerücht. Sind Sie noch mit Kerry zusammen?«

James schüttelte den Kopf.

»Wir haben die letzten drei Jahre an der Uni zusammengewohnt, aber jetzt hat sie mich wegen eines Geschichtsstudenten namens Mark Lee verlassen.«

»Tut es weniger weh, verlassen zu werden, wenn man sich daran gewöhnt hat?«

James schüttelte den Kopf.

»Es ist jedes Mal so, als ob einen ein Elefant in die Eier träte.«

»Und wie lange dauert es?«

»Ich würde sagen, du hast ungefähr zwei Wochen heulendes Elend und schlaflose Nächte vor dir. Dann einen Monat stiller Verzweiflung, und danach denkst du nur noch ab und zu traurig an sie. Das ist keine genaue Wissenschaft, aber so läuft es bei mir üblicherweise.«

»Klingt beschissen«, fand Ryan.

»Wenn du nicht vorhast, Mönch zu werden, wirst du damit leben müssen«, warnte ihn James. »Und sieh mal die positiven Seiten: Deine Aramov-Mission war ein Riesenerfolg. Ich habe einige Missionen gehabt, bei denen ich ein paar böse Jungs zur Strecke gebracht habe, aber weißt du eigentlich, wie selten man es schafft, ein ganzes Verbrechersyndikat zu vernichten?«

»Ich habe mein schwarzes T-Shirt«, erzählte Ryan und streckte stolz die Brust vor, um es James zu zeigen. »Alle meine Kumpel sind total neidisch. Eigentlich sollte ich das genießen, aber ich kann nur an Natalka denken.«

»Wenn deine Missionsferien um sind, werden wir eine Weile zusammen sein«, verkündete James. »Ich leite den Fortgeschrittenen-Fahrkurs und du stehst als Zweiter auf der Liste der Wunschkandidaten.«

»Ning und Leon haben erzählt, wie toll das war«, sagte Ryan ein wenig munterer. »Es wäre nicht schlecht gewesen, wenn ich vor ein paar Wochen in Alabama hätte besser fahren können.«

»Ich muss wieder hinein, sonst gestaltet sich meine erste Karaoke-Nacht noch zum Aufstand«, erklärte James. »Wenn du dich mies fühlst, kannst du jederzeit mit mir reden. Aber frag mich lieber nicht um Rat bei irgendwelchen zukünftigen Beziehungen, denn ich gehe jetzt seit zehn Jahren mit Mädchen aus und habe ehrlich gesagt immer noch keine Ahnung davon.«

Lächelnd stand Ryan vom Springbrunnenrand auf und folgte James.

»Meine Freunde da drinnen sind unreife Idioten, aber das ist auch nicht schlimmer, als hier draußen zu sitzen und sich den Hintern abzufrieren.«

»Gute Einstellung«, fand James.

»Es hat mir gutgetan, mit Ihnen zu sprechen«, sagte Ryan. »Danke.«

Eigentlich wollte er noch etwas hinzufügen, aber als er zu der offenen Brandschutztür hinter der Halle kam, übergoss ihn ein Achtjähriger aus dem Hinterhalt mit einem halben Eimer eiskaltem Wasser. Als er sich von dem kalten Schock erholt hatte, sah er hinunter und erkannte seinen jüngsten Bruder Theo, der den Eimer wegwarf und quietschend wieder nach drinnen rannte.

»Du kleiner Mistkerl!«, schrie Ryan.

Er wollte ihm schon nachrennen, doch als er sich umsah, bemerkte er, dass das Wasser auch James' Hosenbeine nass gespritzt hatte. Angehörige des Personals nass zu spritzen war ein ernstes Vergehen und Ryan wollte seinen kleinen Bruder nicht in Schwierigkeiten bringen.

»Er wollte eigentlich nur mich treffen«, entschuldigte er ihn.

»Keine Panik«, beruhigte ihn James und schüttelte die Hosenbeine. »Geh, amüsier dich auf der Jagd nach deinem kleinen Bruder. Und wenn du ihn hast, dann kitzele ihn, bis er kotzt!«

Epilog

Die folgenden Updates wurden kurz vor der Publikation dieses Buches im Juli 2013 geschrieben.

Das Islamische Ministerium für Gerechtigkeit (IDoJ)

Nach den Anschlägen vom Black Friday und den darauf folgenden Verhaftungen sowie dem Tod von über zwanzig IDoJ-Mitgliedern hoffte man, der Organisation das Genick gebrochen zu haben. Geheimdienstberichten zufolge wurde allerdings zwar die Präsenz von IDoJ in den Vereinigten Staaten so gut wie ausgelöscht, doch die Führung der Organisation in Mumbai blieb unangetastet und konnte den Ruhm, den sie durch die Black-Friday-Anschläge erntete, dazu einsetzen, sich ein erhebliches finanzielles Polster für zukünftige Anschläge zu schaffen.

Der Pilot ELIJAH ELBAZ erwartet nach seiner Verhaftung zurzeit in einem Hochsicherheits-Bundesgefängnis seine Verurteilung. Er weigerte sich, zu kooperieren, und wird wahrscheinlich lebenslänglich hinter Gittern sitzen.

Der ARAMOV-CLAN

Die zweieinhalbjährige Mission zur Zerschlagung des Aramov-Clans war eine der längsten und komplexesten in der Geschichte von CHERUB. Es gelang nicht nur, die Schmuggelaktivitäten des Clans zu beenden, sondern während der Zeit, in der der Clan durch die TFU kontrolliert wurde, konnte man auch Informationen sammeln, die zu weiteren Operationen gegen viele Verbrechersyndikate führten, mit denen die Aramovs Geschäfte machten.

Von den über achtzig Flugzeugen des Clans wurden zweiundfünfzig zerstört oder verschrottet, elf wurden an neue Besitzer verkauft und siebzehn an wohltätige Organisationen gestiftet. Ein Teil der beschlagnahmten Gelder des Clans wurde dazu genutzt, die Betriebskosten dieser zu humanitären Zwecken eingesetzten Flieger zu decken. Die restlichen 600 Millionen Dollar blieben bei der TFU und wurden schließlich dem Budget des US-Geheimdienstes zugesprochen.

Nach der Zerstörung des Kremls legte die kirgisische Regierung vor der UNO Beschwerde ein, weil die Amerikaner illegal ihr Hoheitsgebiet betreten und die frühere Sowjetbasis vernichtet hatten. Der amerikanische Botschafter wies diese Vorwürfe als »frei erfunden« und »völlig absurd« zurück.

Die frühere Clanchefin IRENA ARAMOV erlag ihrem Krebsleiden und starb in einem privaten Pflegeheim in den Vereinigten Staaten.

Ihr einziges überlebendes Kind, JOSEF ARAMOV, verbrachte die letzten Wochen ihres Lebens bei ihr. Man hatte Josef Immunität vor der Strafverfolgung versprochen, weil er sich bereit erklärt hatte, mit der TFU zusammenzuarbeiten, nachdem sie den Clan übernommen hatten.

Heute lebt Josef mit einer neuen Identität in Philadelphia. Er durfte ein persönliches Vermögen von rund fünf Millionen Dollar behalten und hat mit einem Teil dieses Geldes eine kleine Reparaturfirma gekauft.

ANDRE ARAMOV und seine Mutter TAMARA ARAMOV kehrten nach Russland zurück. Tamara arbeitet Teilzeit im Schmuckgeschäft ihres Onkels. Andre geht auf eine Privatschule, auf der er sich in allen Fächern gut macht. Vor Kurzem hatte er seine allererste Freundin.

ETHAN ARAMOV, vormals ETHAN KITSELL, lebt jetzt dauerhaft bei TED BRASKER in Texas. Er erbte über 50 Millionen Dollar von seiner Mutter Galenka. Dieses Geld stammt aus den legalen Geschäften und wird in einem Trust angelegt, bis Ethan volljährig ist.

BORIS und ALEX ARAMOV nutzten die Flugtickets und Pässe, die ihr Vater vor seinem Tod gekauft hatte, um nach Trinidad zu fliegen. Zwei Monate nach ihrer Ankunft wurde Boris Aramov verhaftet, weil er in einem Nachtclub in eine Schlägerei verwickelt war, bei der ein französischer Tourist brutal zusammengeschlagen wurde.

Boris erwartet zurzeit seinen Prozess in einem Gefängnis in Trinidad. Alex wurde kurze Zeit später verhaftet, als man bei der Durchsuchung ihrer Wohnung haufenweise illegale Steroide zum Bodybuilding fand. Gegen Alex wurde zwar keine Anklage erhoben, doch man deckte seine wahre Identität auf und schob ihn nach Kirgistan ab.

Offenbar hatten weder Boris noch Alex Zugriff auf

eine beträchtliche Menge Geld, daher gehen die Behörden davon aus, dass Leonid Aramov die 74 PGSLM-Raketen nicht verkaufen konnte und dass sie sich in der Fabrik befanden, als James sie zerstörte.

Der Anwalt PAOLO LOMBARDI wird der Geldwäsche, des Betrugs und illegalen Anteilshandels bezüglich des Kaufs von Lisson Communications verdächtigt. Dieser hochkomplizierte Fall wird wahrscheinlich nicht vor 2014 verhandelt werden, aber wenn er verurteilt wird, muss Lombardi bis zu sechs Jahre ins Gefängnis.

DAN, der Laufbursche des Clans, hat mit einer neuen Identität in den Staaten ein neues Leben angefangen. Amy Collins besorgte ihm eine Wohnung und einen Teilzeitjob in einem Fitnesscenter in Texas. Er lernt zurzeit Englisch und bereitet sich an der Gemeindeschule auf sein Hochschuldiplom vor. Er hofft, im September 2014 seinen Abschluss machen zu können.

NATALKA konnte sich bei ihrer Tante in Russland nur schwer eingewöhnen. Nach einigen Monaten lief sie davon und verbrachte einige Zeit auf der Straße. Nach einer Verhaftung wegen Ladendiebstahls weigerte sich ihre Tante, sie wieder aufzunehmen, daher landete sie in einer der berüchtigten, strengen russischen Reformschulen.

Natalkas Mutter DIMITRA wartet zurzeit in einem amerikanischen Militärgefängnis auf ihre Verurteilung. Die Streitigkeiten über die Legalität der Verhaftung der vier Besatzungen des Aramov-Clans haben zur Folge, dass der Prozess wahrscheinlich erst 2015 stattfinden wird, und es besteht die Chance, dass sie ohne Anklage freigelassen wird.

TFU

Trotz des unbestreitbaren Erfolges der TFU-Operation zur Vernichtung des Aramov-Clans erhielt dieser kurzlebige Zweig des amerikanischen Geheimdienstes keine zweite Chance. Die wichtigsten Untersuchungen der TFU wurden Ende März 2013 entweder eingestellt oder anderen Stellen des Geheimdienstes übertragen.

Die Leiterin der TFU, DR. DENISE HUGGAN (Dr. D.), akzeptierte ihre vorzeitige Pensionierung vom Geheimdienst und hat eine Teilzeitstelle an der Universität von Texas in Dallas als Dozentin für Geheimdienst und Internationale Angelegenheiten angenommen.

Als sie pensioniert wurde, stellte man alle Untersuchungen bezüglich Dr. D.s Durchführung der IDoJ-Operation ein.

Der stellvertretende Leiter TED BRASKER ist nach einer Rückenoperation längerfristig krankgeschrieben. Er hat noch keine neue Stellung innerhalb des US-Geheimdienstes zugewiesen bekommen, und man erwartet, dass er in den Ruhestand tritt, sobald er wieder genesen ist.

Ted hat außerdem rechtliche Schritte eingeleitet, um dauerhaft als gesetzlicher Vormund für Ethan Aramov eingesetzt zu werden.

AMY COLLINS lehnte ein Angebot, zum CHERUB-Campus zurückzukehren und dort in der Einsatzleitung zu arbeiten, ab. Aufgrund einer schriftlichen Empfehlung von Ted Brasker bot man ihr einen Platz in einem zwanzigwöchigen Ausbildungsprogramm des FBI an. Amy hat mittlerweile die amerikanische Staatsbürgerschaft angenommen und wird erwartungsgemäß im Oktober 2013 die Qualifikation zum FBI Special Agent haben.

CHERUB

YOSYP KAZAKOVS Tod wurde zwar durch DNS-Spuren bestätigt, doch sein Körper wurde bei der Explosion auf der Oak-Ranch praktisch vaporisiert. In der Kapelle auf dem CHERUB-Campus wird ein Gedenkstein für ihn errichtet und die Hauptstraße im neuen Campusdorf wird seinen Namen tragen.

Die Vorsitzende ZARA ASKER hat angekündigt, dass sie kürzertreten und einen weniger anstrengenden Job annehmen will, wenn das Campusdorf-Projekt 2016 abgeschlossen ist. Im Moment ist ihr Mann EWART ASKER der Favorit für ihre Nachfolge.

JAMES ADAMS hat seine sechsmonatige Probezeit als Mitglied des CHERUB-Personals beendet und wurde auf Stufe vier befördert. Er würde gerne ganz als Einsatzleiter arbeiten, doch bislang teilen sich seine Aufgaben zwischen Einsatzleitung und Ausbildung.

James hat sich ein neues Motorrad gekauft, eine Triumph Thunderbird, mit der er regelmäßig auf den Straßen um den Campus herumfährt.

Mit KERRY CHANG hatte er vier Monate lang keinen Kontakt, dann rief sie ihn in Tränen aufgelöst an und verkündete, dass sie mit ihrem neuen Freund Schluss gemacht habe. Das ehemalige Paar hat wieder ein freundschaftliches Verhältnis zueinander, doch James arbeitet auf dem Campus, während Kerry in Kalifornien ihren Abschluss macht. Nach den letzten Prüfungen im Juli beabsichtigt Kerry, den Campus zu besuchen.

FU NING zeichnet sich weiterhin als CHERUB-Agentin aus und bekam nach einer kürzeren Mission ihr dunkelblaues T-Shirt.

Nachdem er von seinem kleinen Bruder Theo nass gespritzt wurde, fing RYAN SHARMA ihn ein, trug ihn über den Campus und warf in ihn eine Matschpfütze auf dem Fußballplatz. In den folgenden Monaten kam er langsam über den Verlust von Natalka hinweg, war aber immer noch traurig, dass er keinen Kontakt mit ihr haben durfte.

Nach seiner langen Mission in Kirgistan verbrachte er die erste Hälfte des Jahres 2013 auf dem Campus und holte versäumten Unterricht und Training nach. Seine besten Freunde sind immer noch MAX BLACK und ALFIE DUBOISSON. GRACE VULLIAMY ist weiterhin ab und zu seine Freundin auf dem Campus.

Nach einer Fitnessprüfung und positiven Beurteilungen durch seine Lehrer wird Ryan am 1. August 2013 wieder als Agent zur Verfügung stehen.

© Random House/Isabelle Grubert

AUTOR

Robert Muchamore, Jahrgang 1972, lebt und arbeitet in London. Als Teenager träumte er davon, Schriftsteller zu werden. Er wusste nur nicht, worüber er schreiben sollte. Daher arbeitete er dreizehn Jahre als Privatdetektiv, doch als sich sein Neffe darüber beschwerte, dass es nichts Vernünftiges zu lesen gäbe, beschloss er, das Schreiben wiederaufzunehmen. Seine Agentenreihe TOP SECRET wurde in über 28 Länder verkauft und zum internationalen Millionenbestseller.

Von Robert Muchamore sind bei cbj bereits erschienen:

Top Secret 1 – Der Agent (30184)
Top Secret 2 – Heiße Ware (30185)
Top Secret 3 – Der Ausbruch (30392)
Top Secret 4 – Der Auftrag (30451)
Top Secret 5 – Die Sekte (30452)
Top Secret 6 – Die Mission (30481)
Top Secret 7 – Der Verdacht (30482)
Top Secret 8 – Der Deal (30483)
Top Secret 9 – Der Anschlag (30484)
Top Secret 10 – Das Manöver (30818)
Top Secret 11 – Die Rache (30826)
Top Secret 12 – Die Entscheidung (30830)

Top Secret – Die neue Generation 1. Der Clan (31126)
Top Secret – Die neue Generation 2. Die Intrige (31127)
Top Secret – Die neue Generation 3. Die Rivalen (31417)
Top Secret – Die neue Generation 4. Das Kartell (16337)
Top Secret – Die neue Generation 5. Die Entführung (16338)

Rock War – Unter Strom (16291)
Rock War – Das Camp (16334)
Rock War – Heiße Phase (16335)

Mehr zu der Reihe unter www.topsecret-buch.de

© privat

ÜBERSETZERIN

Tanja Ohlsen studierte klassische Archäologie und Anglistik in Heidelberg und Berlin. Neben ihrer Tätigkeit auf verschiedenen Ausgrabungen machte sie ihre staatliche Übersetzerprüfung im Fachgebiet Geisteswissenschaften und hat mittlerweile über 150 Titel aus dem Englischen, Norwegischen und Dänischen übersetzt. Wenn sie nicht gerade übersetzt, unternimmt sie mit Vorliebe lange Expeditionen mit dem Seekajak an der norwegischen Küste.

Mehr über cbj auf Instagram unter @hey_reader